BEN BAUHAUS

MK4 BERLIN – Im Auge des Killers

Weitere Titel des Autors:

MK4 BERLIN – Jagd auf einen Toten

Blutschach
Killerverse
Puppenruhe

Über den Autor

Ben Bauhaus wurde 1973 in Berlin geboren und wuchs im östlichen Niedersachsen auf. Nach dem Abitur leistete er anderthalb Jahre Zivilersatzdienst in einem Sozialprojekt mit straffällig gewordenen Jugendlichen in Dublin, Irland. Ben Bauhaus hat Nordamerikanistik an der FU Berlin studiert und arbeitet als Game-Designer. Er wohnt mit seiner Familie in Berlin.

BEN BAUHAUS

MK4 BERLIN

THRILLER

Im Auge des Killers

Lübbe

NACHHALTIG PRODUZIERT

Die Bastei Lübbe AG verfolgt eine nachhaltige Buchproduktion. Wir verwenden Papiere aus nachhaltiger Forstwirtschaft und verzichten darauf, Bücher einzeln in Folie zu verpacken. Wir stellen unsere Bücher in Deutschland und Europa (EU) her und arbeiten mit den Druckereien kontinuierlich an einer positiven Ökobilanz.

FSC www.fsc.org MIX Papier | Fördert gute Waldnutzung FSC® C014496

CERTIFIED cradle to cradle BRONZE

Cradle to Cradle Certified® ist eine eingetragene Marke des Cradle to Cradle Products Innovation Institute.

Vollständige Taschenbuchausgabe
der bei Bastei Lübbe erschienenen E-Book-Ausgabe

Umschlaggestaltung: Massimo Peter-Bille
Einband-/Umschlagmotiv: © Shutterstock (frank_peters | Bernulius)
Satz: 3w+p GmbH, Rimpar (www.3wplusp.de)
Gesetzt aus der Adobe Caslon Pro
Druck und Verarbeitung: GGP Media GmbH, Pößneck

Printed in Germany
ISBN 978-3-404-19361-5

1 3 5 4 2

Sie finden uns im Internet unter luebbe.de
Bitte beachten Sie auch: lesejury.de

1

Während Denise und Sascha in den Schatten der Bäume traten, umwehte sie bereits der Geruch von Marihuana und Harz. Vor ihnen konnten sie die Schemen der Dealer ausmachen, die sich im schwindenden Licht am Eingang der Hasenheide die Zeit vertrieben und jedem, der vorbeikam, offen Drogen anboten. Die regelmäßigen Razzien der Berliner Polizei, bei denen sie mit mehreren Mannschaftswagen in den Park einfuhren und die Dealer jagten, halfen wenig, das Problem einzudämmen.

Denise drückte Sascha fester an sich. Sie mochte die Hasenheide nicht besonders, aber sie hatte sich von ihm überreden lassen, den kurzen Weg von der Tempelhofer Freiheit nach Kreuzberg zu nehmen, wo sie etwas essen wollten.

Denise hatte Sascha vom Training abgeholt, und als sie bei Erwähnung der Hasenheide protestiert hatte, hatte er mit einem Grinsen seine Tasche angehoben und auf den Boden fallen lassen. Der *Louisville Slugger* darin, der Baseballschläger aus Aluminium, hatte ein lautes Geräusch auf dem Asphalt gemacht.

Sascha reagierte auf den Druck ihrer Hand an seiner Hüfte und zog sie ebenfalls dichter an sich heran. Küsste im Gehen ihren Scheitel. In der Linken hielt er die Tasche, über die Schulter geworfen. Der Griff des Schlägers schaute wie eine Waffe daraus hervor.

Tatsächlich machte er sich keine Sorgen. Er verstand, warum Denise sich nicht gerne hier aufhielt, aber er mochte den Park. Er war in der Nähe aufgewachsen, am

Fraenkelufer, und hatte bereits viele Nächte mit seinen Kumpels in der riesigen Hasenheide verbracht. Die Dealer pushten ihr Zeug offensiv, aber wenn man kein Interesse hatte, ließen sie schnell von einem ab, und Sascha hatte noch nie erlebt, dass einer von ihnen aufdringlich oder handgreiflich geworden wäre. Vermutlich reiner Geschäftssinn, immerhin war Angst schlecht fürs Business.

Sie liefen den breiten geteerten Weg Richtung Norden, bis sie an einer der großen Wiesen vorbeikamen, die so typisch für den Park waren. Ein paar Meter zu ihrer Rechten stand ein bärtiger Mann und steuerte per Fernsteuerung ein Auto mit riesigen Reifen. Ein Hund verfolgte den Wagen aufgeregt bellend und mit fliegenden Lefzen. Ab und an überschlug sich das Fahrzeug, konnte aber offenbar durch die Bauweise und die großen Räder auf dem Kopf genauso gut fahren. In der Abendluft wurde der Geruch der Drogen durch den von Benzin ersetzt, und der trockene Rasen war bereits so geschunden, dass immer wieder kleine Staubwolken aufstiegen.

Als sie an dem Tier vorübergingen, hielt der Hund kurz in seiner Jagd inne, schaute sie einen Moment interessiert an, bellte einmal und setzte dann dem fliehenden Auto hinterher. Der Mann würdigte sie keines Blickes.

Sie kamen an einer der vielen Kreuzungen an. Denise wollte weiter Richtung Kreuzberg laufen, aber Sascha hielt sie zurück.

»Was ist?«

Er lächelte. »Bald ist Sonnenuntergang.«

»Ich habe Hunger.«

»Komm schon. Es dauert nicht lange. Und es sieht bestimmt grandios aus.« Er deutete mit dem Arm nach rechts. »Ich kenne eine coole Stelle. Da hocken wir uns hin, sehen zu, wie sie verschwindet, und dann gehen wir essen. Und du bekommst deinen Burger.«

Denise verzog das Gesicht. Er ebenfalls, in der Imitation eines Bettelblicks. »Bitte?«

Sie musste lachen. Ließ sich von ihm einen kleineren Weg entlang Richtung Osten ziehen. »Aber wenn ich verhungere, darfst du dich nicht beschweren, wenn ich mir etwas anderes suche«, sagte sie und biss ihm verspielt in den Oberarm.

»Ey, das tut weh!«, rief er und packte sie fest mit beiden Armen, um sie von weiteren Attacken abzuhalten. Lachend stürzten beide fast der Länge nach hin.

»Da vorne ist es«, sagte er und stieg über einen der knöchelhohen Zäune aus Eisen. Er hielt Denise die Hand hin, als könnte sie bei der Übersteigung Hilfe brauchen.

Während sie über die Wiese gingen, sah er sich plötzlich um.

»Alles okay?«, wollte sie wissen.

Sascha nickte, drehte sich wieder nach vorne. Seit einer Weile hatte er das Gefühl, verfolgt zu werden, wollte Denise aber nicht beunruhigen. Diesen Gedanken hatte er bereits auf dem Tempelhofer Feld gehabt, das Ganze allerdings als absurd beiseitegeschoben.

»Treffen wir uns morgen mit Lars und Sabi zum Frühstück?«, fragte Denise, während sie auf einen kleinen Hügel zusteuerten.

»Warum nicht«, antwortete er abwesend und sah sich nach der Sonne um. »Wir sind fast zu spät gekommen«, stellte er fest.

Während Denise ihren Sweater von den Hüften zog und ins Gras legte, nutzte er die Gelegenheit, um sich ein weiteres Mal umzusehen. Konnte aber niemanden entdecken. Vermutlich hatte er sich bloß von ihrer dämlichen Ängstlichkeit anstecken lassen, wies er sich selbst zurecht. Ließ sich dann mit einem Stöhnen neben sie ins trockene Gras fallen. In der Hasenheide wurde, anders als in anderen, kleineren und vor allem in reicheren Stadtteilen verorteten Parks im Sommer nicht gesprengt. Und jetzt, im Juli, hatte sie der Trockenheit bereits ihren Tribut gezollt. Noch ein paar Wochen hohe Temperatur und Sonne, und von dem Gras würde nichts mehr übrig bleiben.

Eine schwache Brise kam auf und trug eine Note von Hundekot zu ihnen herüber. »Der Duft von Kreuzkölln«, lachte Sascha, als Denise die Nase rümpfte.

»Sehr romantisch!«

Statt noch etwas zu sagen, lehnte er sich zu ihr hinüber und küsste sie. Erst sanft, als müsste er sich vergewissern, dass sie ihm das Ambiente nicht übel nahm. Dann fester, fordernder. Seine Hand suchte sich den Weg durch ihre langen Haare, Fingerspitzen strichen an der Kopfhaut entlang, und als sie ihn heftiger küsste, griff er zu.

Währenddessen strichen ihre Finger über seinen nackten Unterarm, wanderten die hervorstehenden Adern entlang bis zu seiner Hand. »Bassisten-Unterarm«, nannte sie das, auch wenn Sascha jedes Mal protestierte, dass Baseball-Spieler mindestens so definierte Unterarme wie die meisten Musiker hatten.

Ihr Zeigefinger kam an dem Pflaster an seinem linken Daumen an und zupfte daran herum.

»Tut es noch weh?«, fragte sie, als sie sich zögernd voneinander lösten und einander in die Augen sahen. Er schüttelte den Kopf. Wollte die Wunde ignorieren, warf dann doch einen Blick darauf.

Vor ein paar Tagen hatte er sich geschnitten, weil er versucht hatte, mit einem Messer einen Baseball aufzuschneiden und an den Kern aus hartem Kork zu kommen. Er war sich unglaublich clever und kreativ vorgekommen, weil er vorgehabt hatte, in dem Ball seinen zweiten Wohnungsschlüssel zu verstecken und ihr zu überreichen. Wie einen Verlobungsring, den uneingeschränkten Zugang zu seinem Leben. Sie waren jetzt fast vier Monate zusammen, und er war sich sicher, dass er noch viel, viel mehr von Denise wollte.

Aber er war abgerutscht, hatte sich tief in den Daumen geschnitten. Und seine Dummheit verflucht, während er das Blut aus der Wunde gelutscht hatte. Jetzt saß der angeschnittene Baseball mit dem getrockneten Blut wie ein böser Pac-Man auf seinem Schreibtisch und schien ihn zu verspotten. Deswegen hatte er das »Projekt Wohnungsschlüssel« für den Moment auf Eis gelegt.

Wieder überkam ihn das merkwürdige Gefühl, beobachtet zu werden. Er sah sich um.

»Was ist los?«, wollte sie wissen.

Diesmal konnte er es nicht abschütteln. »Weiß nicht. Da ist was.« Langsam erhob er sich, machte ein paar Schritte den Hang hinunter.

»Wie meinst du das? Wo ist was?«

Er schüttelte den Kopf, hatte konzentriert die Brauen zusammengezogen. »Hörst du das? So ein Brummen.« Vielleicht war es der Bärtige, der sein RC-Car durch den Park nach Hause fuhr wie ein Haustier an der unsichtbaren Leine.

Denise lauschte einen Augenblick, schüttelte den Kopf. »Du machst mir Angst. Ist das ein Witz?«

Plötzlich fiel ihm ein Licht auf, winzig klein, rot leuchtend. Mehrere Meter über dem Boden. Er bildete sich ein, dass das Geräusch ebenfalls aus der Richtung kam. Er ging weiter nach vorne, blieb kurz stehen, um einen Stein aufzuheben.

»Was machst du?«, rief Denise. Die Beklommenheit

in ihrer Stimme war deutlich zu hören, aber Sascha konnte nicht zurück. Seit fast einer Stunde nagte dieses Gefühl an ihm, die Vermutung, dass da jemand oder etwas ihnen folgte. Langsam näherte er sich, den Stein so fest gepackt, dass die raue Oberfläche sich schmerzhaft in seine Handfläche bohrte.

Dort vorne war definitiv etwas, er konnte das Licht erkennen! Und es bewegte sich, wenn auch kaum wahrnehmbar.

»Sascha!«

Er ignorierte sie und atmete ein und aus. Konzentrierte sich, wie er es auf dem *Pitcher's Mound* tun würde, kurz vor einem wichtigen Wurf. Dann riss er explosionsartig den Arm erst nach hinten, dann nach vorne und warf. Das Geräusch eines Aufpralls und das augenblickliche Verschwinden des roten Lichtes belohnten ihn für seinen Wurf.

Er riss die Arme in die Luft und jubelte. »Ich habe das Scheißding erwischt! Hast du den Wurf gesehen?« Er drehte sich um, versuchte, Denise im Zwielicht zu erkennen. »Das war ein verdammter Homerun, davon kannst du mal ausgehen.« Als keine Reaktion kam, legte er den Kopf schief, machte ein paar Schritte nach vorne. »Denise?« Er konnte sie nirgendwo entdecken. Ging die Anhöhe hinauf, bis er ein gedämpftes Stöhnen und ein pfeifendes Geräusch hören konnte. Wie ein Schlauch, aus dem Luft entwich. Er beschleunigte seine Schritte. »Denise? Alles in Ordnung?«

Er lief an ihren Sachen vorbei, stolperte fast über seine Tasche. Im Gebüsch vor sich glaubte er Bewegung in den Blättern zu sehen. Machte einen Satz dorthin, riss die Zweige zur Seite. Ein Stoß traf ihn, ließ ihn zurücktaumeln.

Auf einmal hatte er Schwierigkeiten zu atmen und drohte das Gleichgewicht zu verlieren.

»Denise?«, stieß er ein weiteres Mal hervor, diesmal kaum mehr als ein Keuchen. Noch zwei Schläge erwischten ihn, aber diesmal zuckten Lanzen aus Feuer durch seinen Bauch und Unterleib. Er stolperte zurück, fiel. Fing sich mit einer Hand ab, versuchte, sich aufzurichten. Das Atmen fiel ihm schwer, und er musste den Reflex unterdrücken, sich zusammenzurollen. Alles tat so weh!

Er musste zu ihr.

Sascha ließ sich auf die Knie fallen, die Finger gegen den schmerzenden Unterleib gepresst. Das T-Shirt fühlte sich feucht an. Sein Mund füllte sich mit einem metallischen Geschmack. Benommen hob er die Hand, hielt sie sich vor Augen. Im Zwielicht sah sie fast schwarz aus, schimmerte feucht.

Plötzlich bemerkte er etwas vor sich im fahlen Licht. Es sah aus wie eine Messerklinge. Daran glitzerte es ebenfalls dunkel.

Eine Hand fuhr ihm in die Haare, packte zu. Es war wie das Echo seiner Geste vorhin mit Denise, nur lag diesmal keine Zärtlichkeit darin. Sascha konnte fühlen, wie einzelne Haare sich aus der Kopfhaut lösten, aber der dumpfe Schmerz hatte keine Chance gegen das Inferno, das sich längst im Unterkörper ausgebreitet hatte. Er nahm eine silberne Bewegung wahr, und dann erfasste brutaler Schmerz seine Kehle, als würden sich alle Halsschmerzen, die er jemals gehabt hatte, auf einen Schlag im Körper wiedervereinigen.

»Denise«, wollte er sagen, aber das Wort erreichte die Lippen nicht. Stattdessen blubberte es feucht aus dem Hals.

2

»Was meinst du damit, du weißt nicht, ob Zoé von mir ist?« David Brenner starrte seine Frau Maren entgeistert an. Sie stand mit dem Rücken zur Anrichte und hielt sich an ihrer Kaffeetasse fest. Ohne ihn anzusehen, pustete sie auf das Getränk. Weißer Dampf stieg auf.

»Von Hoffmann, dem Arsch? Das ist nicht dein Ernst, oder?«

Sie antwortete nicht, sah ihn immer noch nicht an.

»Spinnst du?« Davids Stimme war lauter geworden, er machte einen drohenden Schritt auf sie zu. Erst dann fiel ihm auf, dass er immer noch die Frühstücksteller mit den ganzen Krümeln darauf in der Hand hielt.

»Nicht so laut. Ich glaube nicht, dass wir das vor ihr diskutieren sollten.« Sie machte eine Bewegung mit dem Kopf Richtung Kinderzimmer.

David Brenner hielt inne, starrte Maren an. Ihre vierjährige Tochter packte gerade ihre Tasche mit Schnuffeltuch und Kuscheltier für den Kindergarten. Oder »Kindi«, wie Maren und Zoé gerne sagten. David hasste diese Abkürzungen, genau wie »Spieli« oder »Schlafi«. Die beiden mussten immer lachen, wenn er sich darüber aufregte.

Erneut machte er einen Versuch, etwas zu sagen, aber es kam ihm nichts über die Lippen.

Maren sah ihn an, als wüsste sie genau, wie hilflos er sich gerade fühlte. Wie ein Fisch auf dem Trockenen, dessen Kiemen verzweifelt pumpten.

»Es tut mir leid«, sagte sie, aber irgendwie schaffte sie

es, den Satz nicht wie eine Entschuldigung klingen zu lassen. Eher so, als sollte er es bloß wagen, sich darüber aufzuregen.

Er musste sich zusammenreißen, nicht zu ihr zu springen und ihr eine Ohrfeige zu verpassen.

Bevor er den Gedanken zu Ende denken konnte, kam Zoé in die Küche. In der Hand hielt sie ihren kleinen Rucksack in Rosa und Rot und hob ihn wie eine Trophäe in die Höhe. »Fertig!«, verkündete sie. David starrte sie an. Seine Tochter.

Seine Tochter?

Sie sah zu ihm auf, das Gesicht erschrocken.

»Was ist los?«, fragte er. Ging in die Knie, wie er es fast immer tat, wenn er mit ihr sprach. Maren machte sich darüber oft lustig.

»Ich weiß nicht, wo Hasi ist«, stellte Zoé fest, und sie sah so besorgt und bekümmert aus, dass er fast lachen musste.

»Hast du ihn nicht eingepackt?«

Stumm schüttelte sie den Kopf.

»Weißt du, wo er ist?«

Erneut verneinte sie.

»Komm, wir gehen ihn suchen.« Mit einem Lächeln packte er sie, hob sie hoch. Aber statt sie auf dem Arm zu tragen, warf er sie sich wie einen Sack über die Schultern. Zoé kreischte vor Vergnügen.

»Bevor wir den Hasen suchen, muss ich allerdings kurz die Kartoffeln zu Bauer Ernie bringen«, rief er und marschierte unter Zoés lautstarkem Protest ins Kinderzimmer. Das war ein Spiel, das sie oft spielten.

Dort warf er sie scheinbar unbekümmert auf das Bett und fing an, nach dem Hasen zu suchen. Zoé, das Gesicht in die Bettdecke gedrückt, lachte laut und rief, sie sei doch Zoé und kein Sack Kartoffeln!

Als David sich mit aufgerissenen Augen umsah und sie verwundert anstarrte, fiel sie vor Lachen fast vom Bett. In der Hand hielt er den Hasen.

Während seine Tochter das Kuscheltier in ihrem Rucksack verstaute, fragte sie: »Bringst du mich heute, Papa?«

»Tut mir leid. Ich habe einen Termin auf der Arbeit. Mama fährt dich.«

Sie zog eine Schnute, und er fügte hinzu: »Morgen?« Sofort hellte sich ihr Gesicht auf. Sie flitzte unter seinem Arm hindurch, der die Tür aufhielt, und rief ihrer Mutter zu: »Wer Erster im Flur ist!«

David sah seine Frau an. Sie hatte ihn beobachtet, aber er konnte den Blick nicht deuten. Als sie ansetzte, um etwas zu sagen, drehte er sich abrupt weg. Ohne ein Wort riss er seine Jacke vom Stuhl und lief aus der Küche. Ließ die Tür ins Schloss fallen, stieg in den Wagen und feuerte die Jacke auf den Beifahrersitz. Bereits jetzt, früh am Morgen, war die Wärme zu spüren, aber seit Tagen kündigte sich ein Sommergewitter an. Der Himmel war zugezogen.

Er ließ den Motor mit zu viel Gas aufheulen, rauschte rückwärts aus der Auffahrt und fuhr mit deutlich überhöhter Geschwindigkeit durch die Siedlung Richtung Innenstadt.

Auf der Fahrt fiel sein Blick auf seine Knöchel, die sich weiß verfärbt hatten, so fest umklammerte er das Lenkrad. Auch seine Kiefermuskeln fühlten sich verkrampft an.

Als er an einer Ampel auf der Heerstraße anhalten musste, hämmerte er frustriert auf das Lenkrad. Dann noch einmal. Unvermittelt brüllte er los, laut, mit offenem Mund, und etwas Spucke flog gegen die Windschutzscheibe. Er nahm etwas zu seiner Linken wahr.

Als er hinübersah, konnte er zwei Frauen im Auto neben ihm sehen, die offen über ihn lachten.

Als hätte die Glut Sauerstoff bekommen, verspürte er den Wunsch, auszusteigen und ihre Tür aufzureißen. Sie ebenfalls anzubrüllen, bis ihnen das Lachen im Halse stecken blieb.

Stattdessen drosch er ein weiteres Mal mit beiden Fäusten auf das Lenkrad, schrie erneut gegen den Lärm des Radios an, und als die beiden erneut lachten, hämmerte er mit der Faust gegen die Scheibe.

Die Ampel sprang auf Grün. David fuhr zu schnell an, sodass er abrupt abbremsen musste, um nicht seinem Vordermann aufzufahren. Ob das die beiden Weiber noch mehr amüsierte, überprüfte er nicht mehr, hielt den Blick starr geradeaus gerichtet.

Während er die endlos lange Heerstraße weiter hinauffuhr, musste er mehrmals heftig schlucken. Die Wut im Bauch hatte sich von einem Augenblick auf den anderen verflüchtigt. Und auf einmal überkam ihn ein Gefühl, das ihn zu zerreißen drohte. Er brauchte einen Moment, um es zu einzuordnen: Es war die Angst, Zoé zu verlieren. Als wäre sie jetzt schon dabei, sich von ihm zu entfernen. Tränen stiegen ihm in die Augen. Der Gedanke, sie könnte auf einmal nicht mehr seine Tochter sein, machte ihn schwindelig, drohte ihn zu überwältigen.

Damals, als Maren ihm gesagt hatte, dass sie schwanger sei, hatte er sich wie ein absoluter Klischee-Mann verhalten. Unsicherheit und Sorge hatten sein Denken dominiert, er war sich nicht sicher gewesen, ob er bereit dazu war, Vater zu werden.

Nur die berühmt-berüchtigte Frage »Ist es von mir?«, die hatte er nicht gestellt. Hätte er das mal getan.

Kurz versuchte er zu ergründen, was dieser Schuss vor den Bug mit seinen Gefühlen für Maren machte. Sie hatten sich in den letzten Jahren auseinandergelebt. Eigentlich seit Zoé auf der Welt war, aber jeder hatte ihnen erzählt, dass das normal sei. Kinder sind toll, aber anstrengend, hatte man ihm bei mehr als einer Gelegenheit gesagt. Er hatte sich keine Sorgen gemacht, dass Maren und er das überstehen würden. Sie kannten sich seit der Schule, alle hatten immer davon geredet, sie seien wie füreinander geschaffen. Und dann kam der große Schock, Marens Affäre mit Erik Hoffmann, einem Arbeitskollegen.

Damals hatten sie sich sogar für eine Weile getrennt, dann aber wieder zueinandergefunden. Zoé war das Produkt ihrer Versöhnung gewesen. Hatte David jahrelang gedacht. Neuer Zorn auf Hoffmann und Maren übermannte ihn. Er fühlte, wie Röte sein Gesicht überzog. Sollte er sich krankmelden, um in dem Zustand nicht auf der Arbeit zu erscheinen? Aber der Dezernatsleiter Frams wollte ihn einem neuen Team zuteilen. Kein guter Tag, um blauzumachen, entschied er.

3

»Setzen Sie sich.« Mit einer Handbewegung bot Harro Frams David den Sitzplatz gegenüber seinem Schreibtisch an. Danach wandte er sich wieder seinem Monitor zu. »Ich bin gleich bei Ihnen.«

David nickte, räusperte sich und ließ sich in den Bürostuhl sinken. Er nutzte die Gelegenheit, um Frams zu mustern. In Frams' schwarzen Haaren war noch keine einzige graue Strähne zu sehen. Seine Frisur machte einen unbändigen, aber gleichzeitig gestylten Eindruck. David überlegte, wie lange Frams wohl jeden Morgen damit zubrachte, die Mähne in genau diese scheinbar achtlose Form zu bringen.

Der Mann war groß, mit einer athletischen Figur und einem kantigen Gesicht. Eine Art Bilderbuch-Kerl, hatte eine der Kolleginnen befunden. David misstraute solchen Typen, die zu gut aussahen, zu schnell befördert wurden und dabei auch noch sympathisch rüberkamen. Aber er musste sich eingestehen, dass das möglicherweise bloß die Missgunst war, die aus ihm sprach.

Der Kriminalrat war aus dem Süden Deutschlands nach Berlin gekommen, vor knapp zwei oder drei Jahren, und hatte die Karriereleiter in Hochgeschwindigkeit erklommen. Er war jung für den Posten und nach Davids Meinung Balsam für die Abteilung 11 des LKAs, die vorher von einem sturen alten Bock geleitet worden war, den man in die Pension hatte prügeln müssen. Frams hatte den Posten jetzt seit gut einem halben Jahr inne, aber bisher gefiel David, was er von ihm gesehen hatte.

Er ließ den Blick durch das Büro streifen. Es war ein kleines Büro im rückwärtigen Teil des Gebäudes. Frams hatte auf die riesige Halle verzichtet, die sein Vorgänger für sich beansprucht und mit einer Glaswand geteilt hatte, um seine Assistentin im anderen Teil unterzubringen. Eine der Mordkommissionen hatte sie seitdem bezogen. Das hatte Frams wichtige Bonuspunkte bei der Truppe eingebracht.

»So«, unterbrach Frams seine Überlegungen, rückte die Tastatur zur Seite und schaute David über seine Brille hinweg an. Er knöpfte sich die Hemdsärmel auf und begann sie nach oben zu falten. Anzugjacke und Krawatte hingen auf einem anderen Stuhl. Ihr alter Chef hatte tagein, tagaus im Anzug gesteckt. David konnte sich an keine Situation erinnern, in der die Krawatte auch nur gelockert worden wäre. Nicht mal auf der Weihnachtsfeier.

»Sie haben um Versetzung aus der achten Mordkommission gebeten«, stellte Frams fest.

David nickte. Er hatte das Gesuch bereits vor zwei Wochen eingereicht, aber warten müssen, bis eine aktuelle Ermittlung der Achten abgeschlossen war, bevor Frams ihm stattgegeben hatte. Aber Frams hatte ihm schon vor der offiziellen Antwort im Gang zu verstehen gegeben, dass er ihm seinen Wunsch erfüllen würde.

»Warum wollten Sie aus der Achten weg?«, fragte er ihn unvermittelt.

»Das steht alles in meinem Antrag.« David klang defensiver, als er es beabsichtigt hatte.

Frams lächelte. »Ich weiß. Den habe ich gelesen.« Er zog sich die Brille von der Nase, warf sie achtlos auf den Schreibtisch. Rieb sich mit Daumen und Zeigefinger die rote Stelle links und rechts am Nasenrücken. Dann deutete er mit dem Finger auf David. »Das ist die eine Seite der Medaille. Was auf dem Papier steht. Jetzt will ich von Ihnen wissen, warum Sie das Gesuch eingereicht haben.«

Weil Ruhland ein engstirniger Ignorant ist. Ein engstirniger *Wichser*, korrigierte sich David in Gedanken.

»Hauptkommissar Ruhland und ich haben sehr unterschiedliche Arbeitsweisen. Und noch verschiedenere Persönlichkeiten.«

Frams nickte. »Das ist auch gut so. Wenn alle meine Mitarbeiter in den MKs auf der gleichen Wellenlänge arbeiten würden, bezweifle ich, dass wir ähnlich gute Ergebnisse erzielen würden. Aber die Art der Arbeit erfordert ein Mindestmaß an Kompromissbereitschaft.«

David wollte sich bei dem Vorwurf gerade aufplustern, als ihn Frams mit einer Handbewegung zurückhielt. »Damit meine ich gar nicht nur Sie.« Er seufzte, sah aus dem Fenster. »Mann, Brenner, Sie wissen doch selbst, wie das ist. Diesen Boulevard der Eitelkeiten beisammenzuhalten …«

David hatte den Ausdruck noch nie gehört, aber er nickte zustimmend. »Wohin komme ich?« Es war ihm unangenehm, hier mit dem Chef zu philosophieren.

»In die Vierte«, antwortete Frams.

David runzelte die Stirn. »Die Vierte gibt's doch gar nicht mehr.«

»Ab heute wieder.«

»Wer bekommt die Leitung?«

Frams setzte sich seine Brille wieder auf. »Craig Bishop.«

David versuchte sich nichts anmerken zu lassen. Bishop war schottischer Abstammung und deutlich jünger als Ruhland, aber die beiden waren trotzdem *best bud-*

dies. Ihm wäre jemand anders lieber gewesen, jemand, der nichts mit Helge Ruhland zu tun hatte.

»Wer ist noch im Team?«

»Kriminalkommissarin Kleebaum.«

»Die Lesbe?«, rutschte es David raus. »Entschuldigung«, schob er sofort hinterher.

Erneut sah ihn Frams über den Brillenrand hinweg an wie ein Oberlehrer. So zugetan David ihm war, aber die Geste fing an, ihm gehörig auf die Nerven zu gehen.

»Sie wissen genau wie ich, dass Frau Kleebaums sexuelle Präferenzen absolut nichts mit ihrer Arbeit zu tun haben. Sie ist eine hervorragende Ermittlerin, und Bishop hat explizit um ihre Versetzung in die vierte Mordkommission gebeten.«

Während er mich bloß bekommen hat, weil es keinen anderen Platz für mich gab, dachte David verbittert. Sein Streit mit Ruhland hatte große Wellen geschlagen im LKA. Obwohl manche der Jüngeren durchaus auf seiner Seite standen, waren die meisten Vorgesetzten eher von Ruhlands Schlag. Ähnlich wie er nur ein paar Jahre von der Rente entfernt. Es hatte David das Leben nicht gerade leichter gemacht.

Er verzog das Gesicht. »Es tut mir leid. Ist mir so rausgerutscht. Ist bloß …« Er zögerte. »Manche von den Kollegen sagen, sie sei etwas schwierig.«

Frams lachte. David glaubte, darin Herablassung zu erkennen, war sich aber nicht sicher.

»Männliche Kollegen, nehme ich an? Brenner, wissen Sie, was man über *Sie* unter der Hand sagt?« Er schüttelte den Kopf. »Also reißen Sie sich zusammen, und freuen Sie sich über die neue Chance. Probieren Sie es aus. Falls es mit der Vierten, aus welchen Gründen auch immer, nicht klappt, sehen wir weiter.«

David nickte. Ihm blieb ohnehin nichts anderes übrig, als sich zu fügen.

Frams verabschiedete ihn.

Die Klinke bereits in der Hand, sprach ihn Frams noch einmal an. Wieder dieser Blick über die Brille! »Ruhland hat mir gesagt, dass, wenn Sie nicht um Ihren Transfer gebeten hätten, er es getan hätte. Versuchen Sie, im Team zu spielen. Ich kann gerade wirklich nicht noch mehr Befindlichkeiten brauchen. Schönen Tag noch, Brenner!«

Kurz darauf stand David draußen auf dem Gang. Er hatte darauf gehofft, in Berningers Team oder zu Haupt zu kommen, aber ihm war klar gewesen, dass die Teams bereits auf Sollstärke waren. Jetzt hatten sie ihn also zu Bishop gesteckt. Sein neues Team, der Dicke und die Lesbe. Er kam sich vor wie beim Sport in der Schule, wo manche Kinder immer zuletzt in die schlechtesten Teams gewählt worden waren. Nur dass er da immer als einer der Ersten genommen wurde. Die Zeiten hatten sich geändert, dachte er grimmig.

Seine Schritte hallten laut von den Wänden wider. Er hasste das alte Gebäude. Die Steintreppen, den Geruch. Der erinnerte ihn an Turnhallen und Sportunterricht, an Verfall.

4

David hatte gerade den Bereich mit den Getränkeautomaten hinter sich gelassen und wollte in den Gang einbiegen, der zu seinem neuen Büro führte, als er direkt geradeaus zwei Gestalten bemerkte. Die eine, mit Schmerbauch und weißem Bart, nickte ihm unterkühlt zu.

David erwiderte den Gruß von Helge Ruhland, obwohl er am liebsten eine Grimasse geschnitten hätte. Der andere Mann, gut einen Kopf kleiner als Ruhland, aber von ähnlicher Körpermasse, kam direkt auf ihn zu, nachdem er Ruhland zum Abschied auf die Schulter geklopft hatte. »Kommissar Brenner«, rief er ihm zu. David blieb stehen und wartete.

Sie schüttelten sich die Hand. »Willkommen in der vierten Mordkommission«, begrüßte ihn der deutlich kleinere Mann. Craig Bishop war irgendwas um die eins sechzig irgendwas, mochte knapp vierzig sein und trug das Haar kurz geschoren, vermutlich, weil es bereits sehr licht zu werden begann. Spitznamen für Bishop in der Abteilung waren unter anderem »*Cannon Ball*« und »Kugelblitz«, und in der Tat besaß er eine absurd runde Körperform. Das eine Ohr stand etwas schräg vom Kopf ab, und beide Muscheln sahen aus, als wären sie früher ordentlich durch die Mangel gedreht worden. Auch die knubbelige Nase machte den Eindruck, als könnte sie in der Vergangenheit gebrochen worden sein. Er trug einfache Lederschuhe, eine helle Hose und ein enges schwarzes Hemd, das den beeindruckenden Bauch noch betonte.

David hatte noch nie mit Bishop zusammengearbeitet und wusste nicht viel über ihn. Außer dass er eng mit Ruhland befreundet war.

»Danke. Frams hat mich gerade darüber informiert. Ich wollte mir eben das neue Büro ansehen.«

»Später«, unterbrach ihn Bishop. »Kommen Sie, wir haben einen Fall.« Er ging den Gang hinunter, überraschend flink für seine kurzen Beine. David blieb nichts anderes übrig, als ihm zu folgen. Er versuchte, die wenigen Worte, die sie gewechselt hatten, zu analysieren. Las er eine gewisse Zurückhaltung oder gar Feindseligkeit aus Bishops Verhalten? Wundern würde es ihn nicht. Vermutlich hatte sich Ruhland bereits mehrfach bei ihm über David ausgekotzt.

»Worum geht's?«, fragte er, als er Bishop an den Aufzügen endlich eingeholt hatte.

»Zwei Leichen. In der Hasenheide. Der Große ED ist schon draußen, komplettes Gedeck.«

Die Aufzugtüren öffneten sich, und sie stiegen ein.

»Wissen wir schon was über den Tathergang?«

Bishop schüttelte den Kopf. »Petersen meinte bloß, wir sollen auf das Frühstück verzichten.« Er besaß eine tiefe Stimme, sprach wohlmoduliert und in einer angenehmen Geschwindigkeit. David musste an die Hörbücher denken, die Maren immer auf ihr Handy herunterlud, und an deren Sprecher.

»Wir nehmen meinen Wagen«, entschied Bishop, als sie das Erdgeschoss erreicht hatten und auf die Tür zum Parkplatz zugingen.

»Scheiße«, entfuhr es David, als er den heftigen Regen bemerkte, der auf den Innenhof niederging. Die seit Tagen andauernde Anspannung des drohenden Gewitters hatte sich endlich entladen. Er musste an seine Jacke denken, die noch in seinem Auto lag, wollte sich aber Bishop gegenüber keine Blöße geben. Außerdem würde ihm der Sturzbach bloß das Leder ruinieren.

Die beiden rannten zu einem mitternachtsblauen Kombi. Der kurze Lauf reichte aus, um ihre Hemden komplett zu durchnässen.

»Ich habe Regenzeug hinten drin«, sagte Bishop, während er sich anschnallte. David brauchte einen Augenblick, bis er es geschafft hatte, den Sitz weit genug nach hinten zu fahren, sodass er die Beine ins Auto falten konnte. Er zog die Tür zu und wischte sich das Wasser aus den Haaren.

Innen beschlugen die Scheiben sofort. Bishop musste das Gebläse voll aufdrehen und einen Moment warten, bevor er überhaupt daran denken konnte loszufahren.

Schließlich fuhren sie schweigend in Richtung Hermannplatz. David dachte währenddessen über Bishop nach. Seine Meinung hatte er bereits nach wenigen Minuten korrigieren müssen. Bishop mochte kugelrund sein, aber anders als bei Ruhland handelte es sich dabei nicht ausschließlich um Fett. Seine Hände waren groß, und die Handgelenke und Unterarme verrieten jede Menge Kraft. Auch die Art, wie sich Bishop bewegte, ließ auf eine gewisse körperliche Gewandtheit schließen, die David ihm auf den ersten Blick nicht zugetraut hatte.

»Frams meinte, die Kleebaum sei auf Ihren Wunsch in die Vierte geholt worden«, unterbrach David schließlich das Schweigen, als er es nicht mehr aushielt.

Bishop nickte bloß.

»Warum?«

»Weil sie gut ist.«

David starrte Bishop einen Moment an, aber als der nichts hinzufügte, schaute er aus dem Fenster. Mit dem

Arm wischte er über die Scheibe, um nach draußen sehen zu können. Der Regen prasselte immer noch gegen Glas und Blech.

Endlich erreichten sie den Südstern und fuhren die Hasenheide entlang auf den Hermannplatz zu. »Da vorne ist es«, bemerkte Bishop unnötigerweise.

David nickte.

Bishop steuerte den Wagen zu einer der Parkeinfahrten. Ein Streifenwagen war davor zu sehen. Ein Polizist in Jacke und Kapuze hütete ein Absperrband.

Bishop ließ die Scheibe herunter und zeigte seinen Dienstausweis vor. »Können wir vor?«

Statt einer Antwort hob der Polizist das Absperrband. Bishop steuerte das Auto darunter hindurch.

Die Hauptwege in der Hasenheide waren breit und asphaltiert, sodass sie tief in den Park hineinfahren konnten, bis sie zu einem weiteren Streifenwagen und den weißen Transportern der Spurensicherung kamen.

Sie stiegen aus, und Bishop holte zwei Jacken aus dem Kofferraum. Die Dinger waren groß und unförmig. Obwohl Bishops Jacke um die Schultern und um den Brustkorb etwas klein aussah, hing sie lächerlich tief, fast bis auf den Boden. Kopfschüttelnd ging David durch den heftigen Regen hinter seinem neuen Boss her, die Kapuze tief ins Gesicht gezogen. Das feuchte Hemd klebte ihm am Rücken, und ihn fröstelte trotz der sommerlichen Temperaturen.

Sie stiegen über einen der extrem niedrigen Zäune und liefen über das, was einmal Rasen gewesen war. Die Trockenheit hatte dem Gras derart zugesetzt, dass sich durch den heftigen Regen der Boden stellenweise bereits in Schlamm verwandelt hatte. David fluchte, als er die erste Nässe durch die Sneaker spürte.

»Wird kein Spaß, hier nach Spuren zu suchen«, stellte

Bishop fest, ohne sich umzudrehen. Seine Stimme wurde gedämpft durch das Geräusch des feinen Regens auf Davids Kapuze. Er zog sie ein wenig zur Seite, um besser hören zu hören, aber Bishop fügte nichts mehr hinzu.

Wenig später erreichten sie die Stelle, wo erneut ein Bereich großflächig mit Absperrband gesichert worden war. Ein Polizist und eine Polizistin, ebenfalls in Regenjacken, begrüßten sie und ließen sie durch die Absperrung.

Bishop zeigte nach vorne. »Ist Petersen da?« Die Frau nickte in ihrer zu großen Kapuze.

Er bedankte sich, und einen Augenblick später wurden sie von Petersen in einem Schutzanzug begrüßt. Falls Petersen überrascht war, Bishop und David gemeinsam zu sehen, verriet er das mit keiner Miene. Anzunehmen war, dass die News über den Transfer schon längst die Runde gemacht, bevor David selbst davon erfahren hatte.

Mike Petersen war Mitte vierzig, aber er hatte etwas Jungenhaftes an sich, das es den meisten Menschen schwer machte, sein Alter korrekt zu schätzen. Er trug einen blonden Schnurrbart, der ihm zusätzlich etwas Spitzbübisches verlieh. Ansonsten war er glatt rasiert. Die schlaksige Gestalt sah in dem Anzug noch ungelenker aus als sonst.

Sie verzichteten darauf, ihm die Hand in seinen Latexhandschuhen zu geben.

»Morgen, Bishop! Brenner.« Er nickte ihnen zu.

»Was habt ihr?« Im Hintergrund konnte man andere weiße Gestalten im Regen sehen, die ihrer Arbeit nachgingen.

Als sie ihm eine kleine Anhöhe hinauffolgten, warf Petersen ihnen einen Blick über die Schulter zu. »Hast du dich an meinen Rat gehalten, Bishop? Kein Frühstück?« Bishop antwortete nicht.

»Das dort sind ihre Sachen.« Petersen zeigte auf einige Dinge, die sich im Gras befanden, durch eine Plane vor dem Regen geschützt. Ein dunkelblaues Sweatshirt lag auf dem Boden ausgebreitet, als hätte jemand darauf gesessen. Daneben stand eine mittelgroße Jeanstasche, David hielt es für eine Art sportliche Handtasche. Etwas weiter abseits lag halb umgekippt eine große Sporttasche, aus deren Reißverschluss der Griff eines Baseballschlägers aus Metall ragte. Mehrere Plastikaufsteller mit Zahlen wiesen auf ihre Wichtigkeit hin.

»Hat's da ein paar Skins erwischt, oder was? Mit'm Basi im Park ...«, bemerkte David, aber keiner der anderen beiden ging auf seinen Witz ein.

»Ihre Leichen liegen dort drüben.« Bei seinen Worten begrüßten zwei Mitarbeiter seines Teams Bishop und David, traten aus dem Weg und gaben so den Blick auf zwei Körper frei, beide ebenfalls durch Aufsteller vor dem Regen geschützt. Der eine, offensichtlich der eines Mannes, lag im Freien vor einer Gruppe aus Büschen und Bäumen. Sein ursprünglich grünes T-Shirt hatte an Brust und Bauch durch das Blut eine komplett schwarze Farbe angenommen. David konnte die Risse im Stoff und darunter das verletzte Fleisch sehen, wo die Stiche in den Körper eingedrungen waren.

Und dann wurde ihm klar, warum Petersen seine Warnung ausgesprochen hatte. Die Stichverletzungen selbst waren kein schöner Anblick, aber nichts, was einen gestandenen Kriminaler aus der Fassung bringen konnte. Aber statt eines Kopfes besaß die Leiche nur noch den Hals. Geronnenes schwarzes Blut, das hellere Rot von Fleisch und dazwischen das weiße Aufblitzen von Knochen präsentierten einen Anblick, bei dem sich Davids Magen zusammenzog.

Mit flacher Stimme fragte Bishop: »Das andere ist eine Frau? Ist sie auch enthauptet worden?«

»Ja und ja«, antwortete Petersen. »Sie liegt hier.« Er machte einen Schritt nach vorne. Die Spurensicherung hatte mit Gurten mehrere der Büsche zurückgebunden, um direkten Zugang zum zweiten Fundort der Leiche zu erhalten. Die Sandalen und Beine einer auf dem Boden liegenden Frau waren zu erkennen. Bishop trat um eine Gestalt im Schutzanzug herum, um einen besseren Blick auf die Tote werfen zu können. Zögernd folgte ihm David.

Die Frau lag mit den Füßen zu ihnen, sodass man von der Wunde am Hals nicht viel erkennen konnte, aber deutlich waren auch bei ihr die vielen Stiche in den Torso zu erkennen, genau wie bei dem Mann.

»Ungefähres Alter?«, wollte Bishop wissen.

»Mitte zwanzig würde ich aus dem Bauch heraus sagen«, antwortete Petersen.

»Identifizierung?«

»Brieftaschen sind noch da. Es scheint auf den ersten Blick nichts gestohlen worden zu sein. Wir haben zwei Ausweise, können also davon ausgehen, dass wir wissen, wer die beiden sind. Hundertprozentig ist das natürlich nicht, ohne die Köpfe …«

Bishop nickte. »Wie heißen sie?«

Einen Arm gegen den Regen anhebend, sah Petersen auf ein Clipboard. »Sascha Eschenbach und Denise Brink. Wenn das wirklich die beiden sind, dann ist er vierundzwanzig, sie sechsundzwanzig.«

»Wer hat die beiden gefunden?«

»Eine Anwohnerin. Wird bereits psychologisch betreut.«

»Was ist mit den Köpfen?«

Petersen verneinte. »Wir haben uns in der direkten Umgebung umgesehen, da ist nichts. Für den ganzen Park kann ich natürlich nicht sprechen.«

Bishop wandte sich an David: »Die sollen uns eine Freigabe für die Bereitschaftspolizei geben. Ich will, dass so viele BePos wie möglich den Park durchkämmen. Und wir brauchen Leichenspürhunde! Falls die Köpfe hier noch irgendwo rumliegen, will ich, dass wir die finden, bevor es irgendein Hipster oder Junkie tut.«

»Alles klar.« Unschlüssig blieb David stehen. Da er noch nicht mit Bishop zusammengearbeitet hatte, konnte er ihn nicht gut einschätzen. Sollte er sich sofort darum kümmern? Oder erwartete Bishop bloß, dass er eine mentale Notiz machen, sich weiter um den Tatort kümmern und das Ganze später anstoßen würde?

Petersen neigte den Kopf. »Das wird bei dem Regen nicht einfach. Überhaupt wird die Spurensuche hier kein Spaß, aber das muss ich dir ja nicht erzählen.«

Da sich Bishop wieder Petersen zugewandt hatte, entschied sich David für einen Mittelweg. Er blieb bei den beiden stehen, nahm aber sein Handy heraus, um im LKA anzurufen. Deckte es dabei mit dem Arm ab, um es vor der Feuchtigkeit zu schützen. Bishop berührte ihn am Arm, gab ihm mit einer Kopfbewegung zu verstehen, dass der Anruf warten konnte.

»Habt ihr eine Ahnung, von wo der Täter gekommen ist?«

Petersen deutete auf die Büsche. »Wahrscheinlich von dort. Im Moment ist meine Arbeitshypothese, dass er sich zuerst das Mädchen geschnappt hat. Dann, als der Typ dazugekommen ist, hat er sich den vorgenommen. Ich weiß aber nicht, ob das Mädel da bereits tot war.«

»Haben wir eine Chance auf Fußabdrücke?«

»Möglich. Wie gesagt, der Regen macht es nicht einfach, und durch die Trockenheit vorher war der Boden knallhart. Aber dort drüben, im Bewuchs ...« Er zuckte mit den Schultern. »Kann schon sein, dass der Boden dort feucht und damit weich genug geblieben ist. Kann ich dir heute Nachmittag sagen.«

Bishop legte ihm die Hand auf die Schulter und erzeugte damit ein patschendes Geräusch auf dem nassen Stoff. »Wir hauen ab. Sag mir Bescheid, wenn du wieder im Büro bist, dann setzen wir uns zusammen.«

Petersen ging grußlos zurück zu seiner Crew.

»Also los«, kommandierte Bishop.

David folgte seinem Chef durch die grauen Schleier Richtung Auto. Auf der Wiese, über die sie gerade liefen, kam ihnen ein hagerer Flaschensammler mit zwei Plastiktüten in der Hand entgegen. Unter der Kapuze seiner Jacke kaum zu erkennen, reagierte er nur mit einem Zucken, als ihn Bishop grüßte.

David musste an Berliner Sommertage denken, wo einem die Trupps von Flaschensammlern die leere Pulle manchmal direkt von den Lippen wegnahmen, wenn man nicht aufpasste. Die universelle Währung des einundzwanzigsten Jahrhunderts, Plastikflaschen.

»Immerhin hat er bei dem Wetter keine Konkurrenz«, sagte er, während er um den Wagen herumging. Mit einem Kopfschütteln stieg er ein.

Bishop hatte seine Bemerkung entweder nicht gehört oder sie ignoriert, jedenfalls warf er David einen schnellen Blick zu, als der ihn musterte. »Was?«, fragte er, ließ den Motor an und fuhr rückwärts, bis er wenden konnte.

David schüttelte bloß den Kopf, wischte über die Scheibe, die sofort wieder beschlug. Er wurde nicht richtig schlau aus Bishop. Er hätte versuchen sollen, mehr über ihn von Frams zu erfahren. Aber es war unwahrscheinlich, dass sich jemand, der sich sozial derart geschickt bewegte wie der Dezernatsleiter, dazu geäußert hätte.

Während er über das Meeting mit Frams nachdachte, rutschte er gedanklich noch weiter zurück. In seine Küche heute Morgen, und wieder drohte ihn Schwindel zu erfassen, wenn er an Zoé dachte. Sein Magen zog sich zu einem festen Ball zusammen, als er sich den Abend vorstellte. Wenn er Maren gegenübertreten würde. Sich ausmalte, wie er sich verhalten sollte. Ihr eine Szene machen? Und heftige Vorwürfe? Weil sie eine gottverdammte Schlampe war, die nicht einmal wusste, von wem ihr Kind stammte? Heulend zusammenbrechen, hilflos, weil er sich nicht vorstellen konnte, was das bedeutete? Dass Zoé eine Hoffmann und keine Brenner war? Oder aber gönnerhaft »Schwamm drüber« sagen? Er hatte keine Ahnung, ob er das wollte. Ob er das konnte.

Unbewusst stieß David einen Seufzer aus.

»Alles in Ordnung?«

»Könnte nicht besser sein.« Er klang wenig überzeugend, aber Bishop sagte nichts.

Den Rest der Fahrt verbrachten sie schweigend.

5

Heftiger Wind hatte die Wolkendecke aufgerissen. Der Regen ließ bereits nach, als sie auf dem Parkplatz des LKA hielten. Sie betraten das Gebäude, nachdem Brenner ihm die Tür aufgehalten hatte.

Craig Bishop merkte, wie seine Gedanken abdrifteten, während sie die Flure entlangliefen. Er liebte das alte Gebäude. Die abgegriffenen Geländer, genau wie die Stufen der breiten Treppen aus Stein, abgenutzt und glatt geschmirgelt. »Handschmeichler«, hatte ein Kollege mal liebevoll dazu gesagt. Er mochte es, dass der Gebäudekomplex eine Art eigenes Leben zu entwickeln schien, wie ein uraltes Lebewesen, das die Menschen in seinem Inneren beobachtete. An ihrem Treiben Anteil nahm.

Brenner wuchtete eine der widerspenstigen Türen mit einem leisen Fluch auf, ließ Bishop erneut den Vortritt.

Helge Ruhland hatte ihn gewarnt, dass Brenner schwierig sei, und Frams ihn gefragt, ob er sich zutraue, den manchmal etwas ruppigen Mann in sein Team zu integrieren. Bishop wusste, dass Frams ihm keine echten Führungsqualitäten zutraute. Von den Leitern der Mordkommissionen erwartete man Seniorität, graues Haar und die Fähigkeit, *das Maul aufzumachen*, wie man hier sagte.

Genügend Dienstjahre besaß Bishop, aber sowohl an vollem Haupthaar als auch an großen Tönen mangelte es ihm. Trotzdem zweifelte er nicht daran, dass er die neu gebildete vierte Mordkommission zu einer funktionierenden Einheit zusammenschweißen würde.

»Du bist nicht nur ein Teamplayer, Craig, du bist ein verdammter *Teambuilder*«, hatte mal ein Vorgesetzter anerkennend zu ihm gesagt. Das war ein Gedanke, der Bishop tatsächlich stolz machte.

Schweigend fuhren sie in dem ächzenden Fahrstuhl nach oben und betraten kurz darauf ihr neues Büro.

»Das dort ist mein Schreibtisch. Hier steht Ihrer, dort drüben sitzt Marika.« Bishop deutete auf die beiden Tische, die sich direkt gegenüberstanden. Brenners Platz war mit dem Rücken zum Raum, Marikas dagegen zur Wand.

Brenner verzog das Gesicht. Er sah sich um, drehte eine langsame Pirouette. Bishops Tisch stand vor der großen Fensterfront, ansonsten befand sich noch eine Art Caféhaustisch mit zwei Stühlen direkt neben der Tür. Und Regale an den Wänden, von denen die meisten noch auf Ordner warteten. Brenner war mittelgroß, mit blonden, halblangen Haaren. Ein etwas kantiges Gesicht, sportlicher Typ. So einer, wie ihn Bishop auch vom Rugby kannte. Kernig, ohne große Sorgen, irgendwo anzuecken, obwohl er es dauernd tat.

Brenners Blick wanderte von seinem Schreibtisch zum Eingang. »Ich stell den lieber dahin.« Er beugte sich vor, fasste den runden Beistelltisch an, als wollte er ihn gleich verrücken. »Das Ding brauchen wir hier drinnen ja nicht«, befand er und richtete sich wieder auf, offenbar zufrieden mit seinem Plan.

Bishop betrachtete die Ecke und stellte fest, dass Brenners Schreibtisch entweder in die Tür ragen würde oder aber in den Übergang zum nächsten Büro, wo Mitglieder der Sechsten saßen. Manche von ihnen beobachteten die neuen Nachbarn unauffällig durch die Glaswand.

Bishop schüttelte den Kopf. »Das funktioniert nicht. Nicht genug Platz. Außerdem hätte ich gerne, dass Sie und Marika schnell Rücksprache halten können. Kurze Kommunikationswege.«

Brenner wollte gerade widersprechen, als es hinter ihnen an den Türrahmen klopfte.

»Bin ich hier richtig bei der vierten Mordkommission?«, fragte Marika Kleebaum gut gelaunt und strahlte Bishop an.

»Willkommen an Bord«, sagte er, während sie sich umarmten. Sie klopfte ihm auf den Rücken, wie es sonst vor allem Männer taten.

Bishop schaute zu Brenner, der etwas unglücklich an der Seite stand. Sich offensichtlich wie ein Eindringling fühlte.

»Marika, das ist unser neuer Kollege David Brenner.« Er deutete mit der Hand auf den jüngeren Mann.

»Wir kennen uns«, entgegnete Marika kühl und schüttelte Brenner die Hand. Brenner nickte bloß.

Marika Kleebaum war Mitte dreißig, mit halblangem lockigem Haar in Kastanienbraun. Sie trug eine tief sitzende Jeans, ausgetretene Turnschuhe und ein unauffälliges Top.

Bishop wusste, dass sie jede Menge Sport trieb. Ihr Körper gab ein deutliches Zeugnis davon ab. Durchtrainiert und schlank und von ähnlicher Größe wie Brenner, zog Marika häufig die Blicke auf sich. Die Erfahrung hatte Bishop schon oft genug gemacht.

Auch Brenners austrainierten Körper konnte man durch das nasse und fast durchsichtige Hemd gut erkennen. Die schwarzen Cargopants schienen nicht ganz zu dem eher formell aussehenden Hemd zu passen, als hätte sich Brenner heute Morgen nicht ganz entscheiden können, wie *casual* sein erster Tag im neuen Team sein sollte.

Bishop betrachtete die definierten Muskeln an Oberarm und Schultern seines Kollegen und fragte sich, was für einen Sport er wohl betrieb.

»Das dort ist dein Tisch«, sagte er, den Gedanken abschüttelnd, und wies Marika den Weg. Aus dem Augenwinkel konnte er sehen, dass Brenner noch zu einer Bemerkung ansetzen wollte, den Mund aber wieder schloss.

Sie sah sich um. »Schönes Büro. Wer hockt da drüben?«

»Die Sechste. Einige von ihnen. Es mangelt an großen Büros.«

Marika wandte sich Bishop zu, lächelte. »Jeder fängt mal klein an. Irgendwann sind wir auch wieder so viele. Immerhin gibt es jetzt wieder eine Vierte.«

Bishop nickte. Er hatte keine Eile damit, mehr Leute ins Team zu bekommen. Oft wurde die Teamgröße der Mordkommissionen als ein Maßstab dafür gesehen, wie viel Prestige jede von ihnen besaß. »Wer hatte die Größte?« Daran lag ihm nichts. Kleine Teams waren oft effektiver, und für die Arbeitsbelastung machte es kaum einen Unterschied. Mehr Leute, mehr Fälle.

Marika setzte sich auf Brenners Schreibtisch. »Was habt ihr bisher?«

Brenner machte einen Schritt nach vorne, zog seinen Bürostuhl an ihren Knien vorbei und bedeutete ihr, Platz zu machen. Offenbar hatte er eben entschieden, sich das erste Mal an seinen Arbeitsplatz zu setzen.

»Echt jetzt?« Marikas Augenbrauen wanderten nach oben. »Soll das so ablaufen?«

»Ja, das soll so ablaufen«, äffte Brenner sie nach. »Darf ich mich jetzt auf meinen Stuhl setzen?«

Marika rollte mit den Augen, erhob sich und ging auf die andere Seite des Raumes, sodass sich Brenner einmal komplett drehen musste, wenn er dem Gespräch folgen wollte. Sie setzte sich auf einen der Stühle am Tisch. »Also, was habt ihr in der Hasenheide gefunden?«

Bishop überlegte kurz, was er tun sollte. Der neutralste Platz wäre an seinem Schreibtisch gewesen, aber dann hätten sie sich quer durch den Raum unterhalten. Zu Marika an den Tisch wollte er sich nicht setzen. Zum einen hätte sein Bauch kaum dahintergepasst, zum anderen wollte er die Front gegen Brenner nicht verhärten. *Teambuilder*, zuckte es ihm durch den Kopf. Also blieb er, wo er war, lehnte sich bloß unbequem gegen seinen Schreibtisch.

Kurz beschrieb er, was Brenner und er am Tatort vorgefunden hatten und was ihnen Petersen erzählt hatte.

»Sind die Angehörigen bereits benachrichtigt?«, wollte sie wissen, nachdem Bishop seine Schilderung beendet hatte. Er schüttelte den Kopf.

»Wer macht das?«

»Ich nicht!«, sagte Brenner sofort. Als die anderen beiden ihn ansahen, hob er abwehrend die Hände. »'tschuldigung, aber das ist nun absolut nicht meine Spezialität. Da braucht es Leute mit mehr Taktgefühl als mich.« Er lachte, als hätte er einen Witz gemacht. Als die anderen beiden nicht reagierten, schüttelte er den Kopf. »Wirklich nicht.«

»Du bist so ein Lappen«, rief Marika verächtlich. »Ich hab's nicht geglaubt, als sie das behauptet haben. Aber es stimmt. Voll das Weichei.«

Brenner federte aus seinem Stuhl hoch, sodass der gegen den Tisch prallte. Ganz dicht kam er an Marika heran.

»Du kleine Schlange!«

Ihre Gesichter berührten sich fast. Bishop konnte die Adern an seinem Hals pochen sehen.

»Und jetzt?«, zischte Marika. »Was wird das? Gibst du mir jetzt eine Kopfnuss? Oder einen Kuss? Na? Mach schon, du Penner!«

Eine feine Röte überzog Brenners Gesicht. Bishop konnte sehen, wie er die Fäuste ballte.

»Genug!«, brüllte er. Die beiden zuckten zusammen, offenbar erschrocken über die Lautstärke seiner Stimme. Manchmal überraschte sie Bishop selbst. Er wurde nicht oft laut. Marika legte Brenner die Hände auf die Brust und schob ihn langsam zurück. »*Back off, bitch!*«

Brenner verspannte sich, als hätte jemand sein Uhrwerk erneut aufgezogen.

»Ich habe gesagt, es reicht.« Bishop deutete auf den Bürostuhl, der sich immer noch leicht drehte. »Setzen Sie sich, Brenner.« Er wartete, bis der jüngere Mann wieder an seinem Platz saß. Mit verschränkten Armen stellte er sich in die Mitte des Raumes, baute sich vor ihnen auf. Musterte sie jeweils einen Moment, bis sie nicht anders konnten, als zur Seite zu sehen.

»Frahms hat mich gewarnt. Ruhland hat mich gewarnt. Sie alle haben mir davon abgeraten. Haben gesagt, das wird so nichts. Die Vierte wird ganz schnell wieder zugemacht, flüstern sie unter der Hand. Weil der Bishop sich richtig Ärger ins Team geholt hat. Das geht nicht gut.« Sein Blick wurde noch düsterer. »Ist das so? Haben sie recht?«

Er sah erst Marika an, dann Brenner. Sie antwortete zuerst. Kleinlaut, ohne ihn anzusehen. »Tut mir leid, Chef.«

»Sag ihm das.« Er nickte in Brenners Richtung.

Marikas Blick zuckte zu Bishop hoch, sah ihn mit großen Augen an. Dann schaute sie auf Brenner.

»Na los.«

»Tut mir leid, Brenner. Das war … Mist.«

Brenner nickte. Schien zufrieden mit sich, bis er Bishops Aufmerksamkeit auf sich spürte. Er räusperte sich. »Entschuldigung! Das mit der Schl…« Bishops erhobene Hand stoppte ihn, die Beleidigung erneut auszusprechen. »Also, es tut mir leid.«

Bishop musterte die beiden misstrauisch. Als traute er dem Frieden noch nicht.

Schließlich sagte er: »Ich glaube, dass die da draußen keine Ahnung haben. Und dass wir die Chance haben, zusammenzuwachsen. Gute Arbeit zu machen. Aber das müssen wir erst noch beweisen. Denen. Und uns.« Kaum ausgesprochen, klangen die Worte in seinen eigenen Ohren dämlich. Voll von Pathos. Als wäre er ein Coach, der sein Team für die zweite Halbzeit zu motivieren versucht, nach dem es nach Punkten hinten liegt. Er kam sich albern vor, schüttelte den Kopf und ging zum Schreibtisch. Marika wollte etwas sagen, aber er unterbrach sie. »Marika, wir beide informieren die Angehörigen. Brenner, mobilisieren Sie die BePos und die Hundestaffel, um den Park abzusuchen. Sie begleiten die Truppe und sorgen dafür, dass die wissen, worauf es uns ankommt. Und danach kümmern Sie sich um das Team. Der Eschenbach kam offenbar vom Baseball-Training. Finden Sie heraus, für welches Team er spielt. Wo die trainieren. Erstellen Sie eine Liste mit Eschenbachs Teamkollegen, und schauen Sie, ob Sie mit denen reden können. Ich will wissen, ob da schon irgendwas vorgefallen ist. Ob sich einer von denen an etwas erinnern kann. Und ob sie gesehen haben, wann Eschenbach und die Brink von da weg sind. Versuchen Sie nachzuvollziehen, welchen Weg die vom Training bis zum Tatort genommen haben.«

Brenner nickte, offenbar froh, dass der Sturm vorerst vorüber zu sein schien und dass er darum herumkam, den Angehörigen die schlechte Nachricht zu überbringen. Auch wenn er von Bishop ordentlich auf den Teller gehäuft bekommen hatte.

»Wir melden uns, wenn wir mit den Familien durch sind.« Bishop nickte Marika zu, und sie verließen das Büro.

6

Im Auto dauerte es eine ganze Weile, bis Marika überhaupt etwas sagte. Sie hatte die Füße gegen die Armatur gestützt und die Arme auf den Knien abgelegt. Bishop schien sie unauffällig aus dem Augenwinkel zu beobachten, wartete aber offenbar ab.

»Brenner ist ein Wichser! War der immer schon«, platzte es irgendwann aus ihr heraus. Sie wandte sich ihm zu. »Wieso hast du den ins Team geholt? War der nicht bei Ruhland in der Achten? Der Kerl ist doch ein absoluter Problemfall.«

»Dasselbe hat Brenner auch über dich gesagt«, erwiderte Bishop mit einem Lächeln, ohne sie anzusehen.

Als sie nicht antwortete, fuhr er fort: »Es gab jede Menge Ärger. Helge ist ein guter Freund von mir, aber auch nicht gerade einfach. Es war klar, dass Brenner von dort wegwill. Wegmuss. Er hatte schon ein Versetzungsgesuch gestellt.«

Marika blies die Backen auf. »Aber doch nicht gerade zu uns.« Ihr Ton wurde fast flehentlich. »Ich hatte mich so über die Chance gefreut. Und du hast die Möglichkeit, ein echt cooles Team aufzubauen. Aber mit Brenner …« Sie ließ den Rest unvollendet.

Bishop antwortete nicht, sondern steuerte den Wagen konzentriert durch den Verkehr. Er hatte vorhin entschieden, dass sie zuerst zu der Mutter des Mädchens fahren würden.

Ihr kam eine neue Idee. »Du willst ihm helfen, oder?« Sie hatte sich im Sitz gedreht, den ganzen Körper Bishop zugewandt, um deutlich machen, dass sie sich diesmal nicht mit Schweigen abspeisen lassen würde. »Ist das so eine Art Helfersyndrom, wo der gute Kerl den armen Streuner aufnimmt und ihm warme Milch gibt?«

Bishop räusperte sich. Zögerte einen Augenblick, bevor er schließlich antwortete. »Ich habe mir seine Akten angesehen. David Brenner ist ein guter Ermittler. Er hat eine feine Nase, und sogar in Helges Team, wo die beiden wirklich nicht gut harmoniert haben, hatte er ein paar beeindruckende Ergebnisse aufzuweisen.« Er machte eine Pause, um in den Rückspiegel zu schauen, den Blinker zu setzen und die Spur zu wechseln.

Marika machte keine Anstalten, ihn vom Haken zu lassen.

»Ich glaube, dass er sich selbst im Weg steht«, bot Bishop als Versuch einer Erklärung an.

»Mit seiner beschissenen Machoart? Mit seinen Sprüchen über Lesben, Schwarze und Schwule? Mit seiner Dummheit insgesamt? So was meinst du?«

Er ignorierte das Gift, das aus ihrer Stimme troff. »Gib ihm eine Chance. Wenn er sich in ein paar Wochen immer noch wie ein Arsch verhält, schmeißen wir ihn wieder aus dem Team. Oder geben ihn an Helge zurück.« Er warf ihr einen schnellen Blick zu, und sie erwiderte sein Lächeln.

»In Ordnung.« Sie schaute nachdenklich aus dem Fenster, während sie nach Süden rausfuhren, Richtung Marienfelde.

Nach einigen Minuten des Schweigens sagte sie unvermittelt: »Ich bin nicht lesbisch.«

Bishop antwortete nicht. Sie schaute zu ihm rüber, er sah geradeaus.

»Egal wie oft sie das erzählen. Egal wie sehr Typen wie Brenner das tuscheln. Ich bin keine Lesbe.«

»Das ist mir egal. Ich kümmere mich nicht darum, welche sexuellen Präferenzen meine Kollegen haben. Das ist nicht wichtig.«

»Es ist wichtig für Leute wie Brenner.«

Bishop zuckte mit den Schultern. »Dann muss er lernen, dass dem nicht so ist.« Er sah sie an. »Wirklich, es spielt keine Rolle für mich.«

Sie wusste nicht, ob es wirklich smart war, weiter drüber zu sprechen, nachdem Bishop ihr signalisiert hatte, dass das Thema für ihn abgehakt war. Aber sie konnte nicht anders. Nachdenklich sagte sie: »Ich hatte schon was mit Frauen. Aber ich bin nicht mal bi. Glaube ich«, fügte sie hinzu. Bishop räusperte sich. Eine unangenehme Stille entstand.

Marika überlegte, wie sie weitermachen sollte. Bishop klarmachen konnte, was sie dachte, ohne ihn zu verschrecken. Schnaubte über ihre eigenen Gedanken, musste lächeln. Wie absurd viel Energie sie in dieses Thema mit ihrem neuen Chef stecken musste.

Abrupt drehte sie sich zu ihm um. »Es geht um Macht.«

»Bitte?«, fragte Bishop, der nicht zu verstehen schien.

»Wie viele weibliche Ermittler haben wir in allen MKs? Insgesamt?«

Bishop schürzte die Lippen. »Keine Ahnung. Wie viele?«

»Also, wenn's hochkommt, haben wir eine Quote von zwanzig Prozent. Im gehobenen Dienst sind wir mit Glück nicht mehr einstellig.«

Bishop nickte, offenbar unsicher, wohin die Unterhaltung gehen sollte.

Marika fuhr sich durch die Haare, als könnte sie so ihre Gedanken ordnen. »Wussten Sie, dass Frauen in sogenannten Männerberufen öfter unter Depressionen leiden als in anderen Jobs?«

Bishop schüttelte den Kopf, sah kurz zu ihr herüber.

»Andersherum gilt das übrigens nicht. Also für Männer in Frauenberufen.«

»Woran liegt das? Am Stress?«

»Frauen stehen unter besonderer Beobachtung, müssen sich dauernd beweisen und haben mit Vorurteilen zu kämpfen. Ziemlich häufig haben sie außerdem unter Mobbing und sozialer Isolation zu leiden.«

Bishop nickte. »Klingt leider nachvollziehbar.«

»Und wer ist dafür verantwortlich?«, fuhr sie unerbittlich fort. Diesmal antwortete Bishop nicht, schien eine Fangfrage zu fürchten.

»So Arschgeigen wie Brenner. Die haben mir das Leben zur Hölle gemacht, seit ich angefangen habe. Männer, die sich als Alphamännchen definieren und ihr Revier verteidigen. Mit ihren dummen Witzen, Anzüglichkeiten, mit ihren Pranks und ihrer ganzen Art.« Sie seufzte. »Ich weiß nicht, irgendwie würde ich einfach gerne durchatmen können, in dem neuen Team. Mal die Schultern entspannen und nicht dauernd auf den nächsten Stich warten.«

Bishop entgegnete nichts, konzentrierte sich aufs Fahren. Offenbar hatte er keine Ahnung, was er sagen sollte.

Marika musterte ihn noch einen Augenblick, bevor sie wieder aus dem Fenster sah. Hatte sie ihn falsch eingeschätzt, und er interessierte sich nicht für diese Art von Politik? Aber das würde er müssen, immerhin war das Teil ihres Alltags. Und als ihr Teamleader würde er nicht darum herumkommen, sich damit zu beschäftigen. »Ich will einfach nur meinen Job machen!«

»Das wirst du«, erwiderte er etwas lahm. Halb erwartete sie, dass er ihr beruhigend auf den Oberschenkel klopfen würde, aber das tat er nicht.

Fast eine Stunde später saßen sie wieder im Auto, vor dem Haus von Jennifer Brink. Keiner von beiden sagte etwas. Sie starrten durch die Windschutzscheibe auf die verkehrsberuhigte Straße, die von Ein- und Zweifamilienhäusern gesäumt wurde. Weiter vorne fuhren zwei Jungs mit ihren Rädern auf der Straße. Verkehr gab es fast keinen.

»Gott, ich weiß schon, warum das Weichei Brenner keinen Bock auf diese Besuche hat«, stieß Marika hervor. »Auch wenn das kein besonders toller Skill ist – du hast das ziemlich gut gemacht.«

Er bedankte sich für das Kompliment mit einem stummen Nicken. Frau Brink hatte eine ganze Weile durchgehalten, bevor sie schließlich zusammengebrochen war. Von Schluchzern geschüttelt, hatte sie minutenlang zusammengekrümmt auf ihrem Sofa gesessen und den Stoff mit Tränen und Rotz getränkt. Irgendwann hatte er sie in den Arm genommen, sie eine Weile gehalten. Ihr die Illusion von Halt vermittelt. Jetzt war seine Schulter ebenfalls nass, er hatte den Schaden noch nicht näher begutachtet. Bishop hatte nicht das Gefühl, dass er der Frau irgendwie hatte helfen können.

Er kniff die Augen zusammen, fragte sich, ob Marika mitbekommen hatte, dass er ebenfalls irgendwann feuchte Augen bekommen hatte. Aber im Grunde war es ihm egal. Wäre Brenner dabei gewesen, wäre das anders gewesen.

Sie mochte recht haben, und er hatte sich mit Brenner in seinem jungen Team zu viel zugemutet. Ihm entfuhr ein kleiner Seufzer. Marika beugte sich herüber und berührte ihn am Arm. »Fahren wir zu Sascha Eschenbachs Eltern?«

Bishop nickte, ließ den Motor an. Sascha und Denise kannten sich von der Schule, wohnten nicht weit voneinander entfernt. Während sich die Eltern von Denise bereits vor Jahren getrennt hatten und sie jetzt nur mit der Mutter gesprochen hatten, wartete bei den Eschenbachs potenziell eine ganze Familie auf sie, inklusive jüngerer Geschwister. Bishop wendete und fuhr langsam an den Jungs auf den Rädern vorbei. Er hoffte, dass nicht alle zu Hause waren, wenn sie gleich dort aufliefen.

Auf der Rückfahrt machte sich Bishop nicht mal die Mühe, sich die Tränen wegzuwischen, während sie ihm die Wangen hinunterrollten. Sie hatten zunächst nur mit dem Vater gesprochen, der Saschas jüngeren Bruder auf ihre Bitte hin aus dem Zimmer geschickt hatte, beim Zusammenbruch des Vaters aber wieder hereingestürzt kam.

Bishop zog die Nase hoch, blinzelte die Augen frei, versuchte, sich zu konzentrieren. Er hatte sich geirrt, es hatte keinen Unterschied gemacht, dass die Mutter und die anderen beiden Geschwister nicht anwesend waren. Es hatte nichts leichter gemacht. Wie erklärte man jemandem, dass sein Sohn im Park enthauptet worden war? Dass sie keine Ahnung hatten, was mit dem Kopf geschehen war und ob sie ihn jemals finden würden?

»Das nächste Mal machen Brenner und ich die Tour.«

Bishop schüttelte den Kopf. »Ich brauche das.«

Marika fragte nicht nach. Stattdessen wechselte sie unvermittelt das Thema. »Weißt du, wie er sich damals bei ein paar Kollegen vorgestellt hat? Als ›der *Burner*‹.«

Bishop musste ebenfalls lächeln.

Marika strich sich eine Strähne aus dem Gesicht.

»Was liegt heute noch an? Soll ich mich um die Berichte kümmern?«

»Mal schauen, wie weit Brenner mit dem Team gekommen ist. Wenn er gut ist, hat er bereits eine fertige Liste und Teile davon abgearbeitet. Wäre doch nett, wenn er uns damit überraschen würde.«

»Jede Wette, der faule Hund hat noch nichts auf die Kette bekommen.« Sie winkte ab. »Ich kenne so Typen wie den. Schreibtischarbeit ist bestimmt nicht seins.«

Bishop, der Brenners Akte und seine Karriere kannte, sagte nichts.

Nachdem sich Bishop in seinen Stuhl gesetzt hatte, stand Brenner bereits an seinem Tisch und ließ eine Mappe darauf fallen.

»Was ist das?«

»Die Berlin Beeliners.«

Marika trat ebenfalls zu ihnen.

»Das ist das Team von Sascha Eschenbach. Er hat seit vier Jahren dort gespielt. Die trainieren auf dem Tempelhofer Feld. Von dort aus kann man gut in die Hasenheide rüber. Ich habe bestätigt bekommen, dass Denise ihn dort abgeholt hat und die beiden zu Fuß weggegangen sind. Die Uhrzeiten stehen da drin. Deckt sich mit der ungefähren Tatzeit. Die beiden sind durch die Hasenheide, vermutlich auf dem Weg zu Eschenbachs Wohnung nördlich vom Hermannplatz, und sind dort auf ihren Mörder getroffen.«

»Hast du Namen und Adressen von den Teammitgliedern?« Bishop öffnete die Mappe.

»Steht alles drin. Der Coach hat mir die Liste geschickt und ist sie mit mir durchgegangen, wer alles beim Training anwesend war und wen wir dazu befragen können.«

Bishop nickte befriedigt. »Gute Arbeit, Brenner.« Er warf Marika einen schnellen Blick zu, aber sie hielt sich mit einer Reaktion zurück. Er war froh, dass Brenner offenbar ebenfalls das Gefühl gehabt hatte, seinen verpatzten Einstieg wieder wettmachen zu müssen.

»Da ist noch was.«

Bishop sah von den Unterlagen auf.

»Der Coach hat mir erzählt, dass er vor Kurzem jemanden aus dem Team geschmissen hat. Einen ...« Er beugte sich vor und drehte die Mappe, die vor Bishop lag. »... einen Manuel Kamander. Einen Lackierer. Der hat bei den Beeliners gespielt, und mit dem gab es immer wieder Ärger. Jedenfalls hat er den aus dem Team gekickt. Seitdem spukt der bei jedem Training auf dem Tempelhofer Feld herum. Der Coach sagt, es sei nicht ungewöhnlich, dass der Kerl ein paar Stunden am Zaun hängt und alles beobachtet.« Brenner hob die Arme, formte die Finger zu Krallen und tat so, als würde er sich an einen Maschendrahtzaun hängen. »Und immer wieder gab es Ärger mit Mannschaftsmitgliedern, die er provoziert hat.«

»Lass mich raten«, sagte Bishop müde.

Brenner grinste und nickte. »Genau. Besonders heftige Streits hatte er mit Eschenbach. Eschenbach ist Pitcher, das ist so etwas wie der Quarterback des Teams, der Kopf der Mannschaft.«

»Verbinder«, widersprach Bishop reflexartig.

»Wie bitte?« Brenner starrte ihn verständnislos an.

»Ich spiele Rugby. Das ist der Vergleich, den Sie suchen, der Verbinder. Die Nummer 10, der Verbindungshalb.« Er winkte ab. »Entschuldigung! Also Eschenbach ist Pitcher gewesen.«

»Richtig. Jedenfalls hat er sich wohl besonders oft und heftig mit Kamander angelegt. Der Coach hat mir da, glaube ich, am Telefon nicht alles gesagt, aber ich schätze, da ist ordentlich was gelaufen zwischen den beiden. Eventuell können wir dazu was ausgraben.«

Bishop überlegte. »Was ist mit der Bereitschaftspolizei?«

»Die sind noch im Park, aber man hat mir zugesagt, dass ich als Erstes angerufen werde, sobald die etwas finden.«

Bishop nickte. Dann traf er eine Entscheidung. »Nehmt euch den Kollegen Kamander mal vor.«

»Wir beide?«, fragte Marika mit Blick auf Brenner, der nicht weniger überrascht aussah. Die Aussicht, mit dem jeweils anderen ohne Bishops Aufsicht unterwegs zu sein, schien sie zu beunruhigen.

Er nickte. »Ich mache den Papierkram für heute fertig und besuche dann noch mal Petersen und sein Team in den Wohnungen der Opfer. Wenn ihr mit Kamander durch seid, könnt ihr Feierabend machen. Wir sehen uns morgen früh. Dann hat hoffentlich Petersen auch schon mehr für uns.«

Die beiden drückten sich noch unentschlossen einen Moment vor Bishops Schreibtisch herum, vielleicht in der Hoffnung, er könnte es sich noch einmal anders überlegen. Als er anfing, den Rechner hochzufahren, und die beiden nicht weiter beachtete, trollten sie sich schließlich.

»Mein Wagen oder deiner?«, fragte Brenner, während sie das Büro verließen. Bishop musste lächeln.

Brenner steckte kurz darauf noch einmal den Kopf durch die Tür. »Sie waren aber nie selbst ein Fly-half, oder?«, fragte er mit einem Zwinkern. Erstaunt, dass Brenner die Bezeichnung für einen Verbinder kannte, brauchte er einen Moment, bevor er antwortete. Dann sagte er lachend: »Nein, obwohl ich als junger Mann vielleicht das Zeug dazu gehabt hätte. Ich habe fast immer als Gedrängehalb gespielt.«

Brenner schien ihn kurz in Augenschein zu nehmen und nickte dann. »Ergibt Sinn.«

Bishop war ungewöhnlich korpulent für einen Gedrängehalb, aber er war schnell auf den Füßen und sehr ballsicher. Außerdem unterschätzten ihn die Gegner aufgrund seiner Körperfülle gerne, das hatte er sich oft zunutze gemacht.

»Woher verstehen Sie etwas vom Rugby? Spielen Sie?«

Brenner schüttelte den Kopf. »Ich bin Handballer. Aber mein alter Herr liebt Rugby. Wir haben das oft zusammen geschaut.« Sein Gesicht drückte Anerkennung aus. »Schöner schneller Sport.« Er hob die Hand, um sich zu verabschieden, und verschwand aus der Tür.

Bishop schaute ihm einen Augenblick nach, immer noch überrascht. »Vielleicht werden wir doch noch Freunde, Sie und ich«, sagte er dann leise, bevor er sich wieder den Berichten zuwandte.

Knapp eine Stunde später klingelte sein Telefon. Es war Brenner.

»Kamander ist nicht zu Hause. Wir hängen hier schon eine ganze Weile rum. Müssen wir hierbleiben, oder können wir einpacken?«

»Lassen Sie es gut sein. Wir versuchen es morgen noch mal, und wenn wir ihn dann nicht erwischen, lassen wir ihn ausschreiben.«

Im Hintergrund konnte er Marika hören, die irgendetwas fragte.

Brenner zögerte einen Moment, bevor er die Frage weitergab. »Sind Sie noch im Büro?«

Bishop stöhnte. »Ja, das dauert hier noch eine Weile.«

Außer den Berichten zu den Morden in der Hasenheide hatte er noch zwei Abschlussberichte aus seiner Zeit bei der zweiten Mordkommission, die er fertigstellen musste. Für seine wöchentliche Verabredung im *Pub Grub* mit den Jungs sah er schwarz.

»Sollen wir in die Wohnungen der Toten fahren?«

Bishop begriff, dass der Vorschlag von Marika gekommen war. Offenbar hatte Brenner weniger Lust, seinen Chef zu entlasten und die Fahrten zu übernehmen. Verständlich, er hatte Frau und Kinder.

Bishop widerstand der Versuchung, die beiden gehen zu lassen und sich selbst darum zu kümmern. Wenn er Petersen und sein Team noch in den Wohnungen antreffen wollte, musste er jetzt los und würde danach bis spät in die Nacht am Rechner sitzen, um fertig zu werden.

»Ja, machen Sie das. Vermutlich will Doktor Kettler morgen früh mit uns reden.« Die Staatsanwältin würde wissen wollen, wie der Stand der Ermittlungen war.

Jetzt war es an Brenner zu stöhnen.

»Viel Erfolg«, sagte Bishop, bevor er sich verabschiedete. Er hatte darauf verzichtet, zu fragen, ob die beiden es schaffen würden, sich wie zivilisierte Menschen zu benehmen. Das würde er morgen früh erfahren.

Als er endlich den Rechner herunterfuhr, war es fast halb zehn. Mit einem Ächzen streckte er den Rücken durch und ging, um die Lichter im Zimmer auszumachen. Als er neben die Stehlampe am Fenster trat und den Schalter drückte, der den Rest des Zimmers ins Dunkle tauchte, stutzte er kurz. Mit gerunzelter Stirn trat er an die Scheibe und spähte nach draußen. Ihm war es so vorgekommen, als hätte er draußen ein rotes Licht gesehen, aber jetzt konnte er nichts erkennen.

Er wandte sich ab und nahm seine Tasche, um das Büro zu verlassen.

Bishops Nasenflügel weiteten sich, als er den Irish Pub betrat. Obwohl der *Grub Pub* sich damals zähneknirschend an das gesetzliche Rauchverbot gehalten hatte, steckten in den Wandvertäfelungen, den Deckenbalken und im gesamten Mobiliar noch der alte Dunst von jahrzehntealtem Rauch. Bishop konnte sich noch gut daran erinnern, dass man damals, vor Einführung des Gesetzes, manchmal kaum einmal den Raum überblicken konnte, weil der Pub derart zugequalmt war. Aber Bishop mochte den Geruch. Er erinnerte ihn an seine Zeit in Schottland, an zu viele bei Ale, Cider und Stout verschwendete Abende. Und Nachmittage.

Er begrüßte Schnappi hinter der Theke und beantwortete den fragenden Blick mit einem Nicken. Es war ein eingespieltes Ritual und bedeutete, dass er in ein paar Augenblicken seinen Cider gereicht bekommen würde.

Hinten in dem abgetrennten Raum, wo sich der Snookertisch und die Dartscheibe befanden, stieß er zu seinen »Sportlerkollegen«. Jeden Montag traf sich hier eine lockere Gruppe aus knapp einem Dutzend Leuten, die in den typisch angelsächsischen Kneipensportarten Snooker, Dart und Trinken gegeneinander antraten. Da viele von ihnen bereits seit sechs oder sieben Uhr im Pub waren, hatte Bishop einiges an Aufholarbeit zu leisten.

Er umarmte Helge Ruhland, der sich an einem Tisch mit einem der anderen Member unterhielt, und machte dann die Runde, um auch dem Rest Hallo zu sagen.

Kurze Zeit später setzte er sich, das Pint Cider schon fast leer, zu Helge und dem Mann, den sie alle bloß »Whiteout« nannten, an den Ecktisch.

»Wolltest du gleich mal Eindruck schinden, an deinem ersten Tag als MK-Leiter? Erst mal ein paar Stunden länger bleiben als alle anderen? Streber«, sagte Ruhland mit einem Augenzwinkern.

»So ungefähr, ja«. Bishop setzte an, um den Rest des kalten Apfelweins hinunterzukippen. Er hatte das Glas kaum auf dem Tisch abgesetzt, als Schnappi ihm ein frisches direkt daneben stellte und das erste entsorgte. Dicke Perlen der Kondensation liefen an dem wie Gold aussehenden Pintglas hinunter.

»Du bist ein Schatz«, bedankte sich Bishop und hob das Glas zum Gruß. Schnappi winkte ab und machte sich daran, weitere Getränke an den Tischen und die Spielenden zu verteilen.

»Stößchen«, sagte Ruhland und stieß mit Bishop an. »Auf dein neues Team!«

Whiteout, der ebenfalls in den Toast mit eingestiegen war, wischte sich nach dem Trinken etwas Schaum von der Oberlippe. Er und Ruhland tranken tiefschwarzes Guinness. »Hast du einen neuen Job?«, fragte er.

Von Whiteout wusste Bishop bloß, dass er Programmierer war, als Freiberufler für immer andere Kunden arbeitete. Bishop schätzte ihn auf Ende dreißig. Mit dem Körperbau stach er aus der üblichen Altherrenrunde des Pub Clubs heraus. Anders als die meisten anderen Mitglieder besaß Whiteout eine sportliche Figur, mit breiten Schultern und definierten Oberarmen. Sein Gesicht war auf eine markante Art attraktiv, gleichzeitig vermutete Bishop, dass es manchen Frauen etwas zu primitiv vorkam. Besonders die dunklen Augenbrauen, die wuchtige Stirn und kantigen Wangen ließen Whiteout einfältiger aussehen, als er in Wirklichkeit war. Das alles zusammen mit den strähnigen schwarzen Haaren, vermutete Bishop, dass es viele Mütter gab, denen eher unwohl würde, wenn Whiteout zu viel Zeit auf Spielplätzen verbrachte.

Aber Bishop hatte Andreas Weißau, wie er in Wirklichkeit hieß, in der Vergangenheit als höflichen und umgänglichen Menschen kennengelernt.

»So ungefähr. Ich habe ein neues Team übernommen«, erklärte er.

»Und einer von den Jungs war vorher bei mir. Ein echter Troublemaker. Aber Craig wollte ja nicht auf mich hören.« Ruhland grinste. Als Bishop nicht antwortete, fuhr er fort: »Ich hätte dich gerne in meinem Team gehabt.«

»Du weißt doch, dass ich nicht aus der Zweiten weg bin, weil ich keine Lust mehr auf die Nasen dort hatte. Ich habe gut mit Kleinschmidt zusammengearbeitet.«

»Ich weiß, ich weiß. Du wolltest dein eigenes Ding machen. Eine MK zu übernehmen ist schon ein Schritt nach vorne, das verstehe ich.«

Whiteout stand auf und entschuldigte sich.

»Habe ich den jetzt vertrieben? Das tut mir leid«, entschuldigte sich Bishop. Es war sonst nicht seine Art, einfach in Gespräche einzudringen und sie zu kapern.

Ruhland winkte ab. »Andreas ist erwachsen.«

Bishop nahm das Thema wieder auf. »Ich hätte halt nicht gedacht, dass Frams mir so bald die Chance gibt.«

Ruhland nickte. »In der Tat, damit hat keiner von uns gerechnet. Ich will damit ja auch bloß sagen, dass du eine echte Bereicherung für meine Truppe gewesen wärst.«

»Danke, Helge, das weiß ich zu schätzen.«

Ruhland lehnte sich verschwörerisch nach vorne und senkte leicht die Stimme. »Und wenn dir der Brenner doch über den Kopf wächst, also wenn du entscheidest, dass du den wieder loswerden musst …«

Bishop sah ihn mit gerunzelter Stirn an. »Was meinst du?«

Ruhland zuckte mit den Schultern. »Ich musste echt lange mit dem Kerl zusammenarbeiten. Da sammelt sich was an.«

»Was sammelt sich da an? Hast du was gegen ihn in der Hand?«

Erneutes Schulterzucken. »Wie gesagt, wenn du keine Lust mehr auf den Kerl hast, sag Bescheid. Den wieder loszuwerden, ist kein Problem.«

Bishop schüttelte den Kopf. »Ich vergesse jetzt mal, dass du das gesagt hast.«

»Mit dem wirst du noch jede Menge Spaß haben, das prophezeie ich dir.«

»Der wird dich noch überraschen«, widersprach Bishop. Er wünschte, er wäre sich so sicher, wie er klang. Erneut stießen sie die Gläser zusammen, wie um das Thema für den heutigen Abend zu begraben.

7

David Brenner saß in der Dunkelheit in seinem Auto und beobachtete das Haus. Er hatte nicht in der Auffahrt geparkt, um Maren nicht zu alarmieren. Weil er sich noch nicht entschieden hatte, ob er wirklich hineingehen würde.

Die Hausfront war unbeleuchtet, aber das hatte nichts zu sagen. Genauso gut konnte Maren noch wach sein und im Wohnzimmer sitzen. Sein Blick fiel auf die digitale Uhr in der Armatur. Kurz vor zwölf.

Nachdem Kleebaum und er sich die Wohnungen angesehen hatten, war er nicht direkt nach Hause aufgebrochen. Er hatte sich von ihr verabschiedet und war zu einem Kumpel gefahren, der in den letzten Monaten jede freie Minute in einen alten Daimler gesteckt hatte, um den zu restaurieren. Also hatte er ein paar Stunden in der Garage abgehangen, jede Menge dummes Zeug gequatscht und ein paar Bier zu viel getrunken. Er wusste, dass er sich bloß davor drückte, nach Hause zu kommen. Maren hatte er nur eine SMS geschrieben: *Komme später.* Mehr schuldete er ihr nicht, fand er. Sie sollte froh sein, wenn er überhaupt noch nach Hause kam. Das Problem dabei war nur, dass er nicht genau wusste, wen er damit mehr bestrafte, sie oder sich. Störte es Maren wirklich noch, wenn er nicht da war? Machte er es ihr damit nicht viel einfacher? Nicht auszuschließen war auch, dass sie den Abend mit Hoffmann am Telefon verbracht hatte, um ihm zu berichten, wie sie die Bombe hatte platzen lassen und David so richtig hochgekocht hatte.

Sein Puls beschleunigte sich. Er wusste, dass er in diese Richtung nicht denken, diese hirnrissigen Gedanken verbannen sollte, wenn er seine Ehe nicht noch mehr gefährden wollte. Er schnaubte. Alles drehte sich im Kreis. Wer hatte denn die Ehe überhaupt in Gefahr gebracht? Sofort war sie wieder da, seine Wut auf Maren, und es drängte ihn, ins Haus zu stürmen.

Müde lehnte den Kopf zurück an die Stütze. Starrte weiter auf das Haus. Kampf oder Flucht? Er kratzte sich über die stoppeligen Wangen, schloss die Augen. Alles drehte sich um ihn, und das lag nicht am Dosenbier, das er zusammen mit Clemens getrunken hatte.

Schließlich raffte er sich auf, stieg aus und ging auf das Haus zu. Den Wagen ließ er am Straßenrand stehen, als müsste er sich eine schnelle Fluchtoption offenhalten.

Drinnen im Flur konnte er Licht aus dem Wohnzimmer sehen. In seinem Magen breitete sich ein unangenehmes Gefühl aus. Lieber wäre ihm gewesen, Maren würde längst schlafen, um so der Konfrontation zu entgehen. Auch wenn er wusste, dass das feige war.

Er ließ sich in den Sessel fallen, sah sie an. Sie hockte in ihrem Lieblingssessel, die Beine seitlich unter den Körper gezogen, mit der Fernbedienung neben sich. Auf dem Couchtisch stand ein halbes Glas Wein. Der Fernseher lief, irgendeine Gameshow, der Ton lautlos gestellt. Vermutlich hatte sie das gemacht, sobald sie den Schlüssel im Schloss gehört hatte.

»Zoé schläft?« *Was für eine blöde Frage,* dachte er, sobald er sie ausgesprochen hatte.

Maren nickte. Erwiderte seinen Blick, bis er es nicht mehr aushalten konnte. Er lehnte sich zurück, stöhnte, rieb sich mit beiden Händen über das Gesicht.

»David, es tut mir leid.« Maren machte eine Pause, setzte neu an. »Ich weiß, dass ich es dir früher hätte sagen müssen. Aber …« Sie beugte sich vor, nahm einen Schluck von dem Wein.

»Was aber?«, wollte er wissen.

»Ich weiß nicht. Ich hatte Angst, okay? Und irgendwie schien es teilweise dann auch vollkommen zweitrangig. Immer, wenn ich euch beide zusammen gesehen habe. Ich meine, Zoé ist deine Tochter, oder? Also vollkommen egal, was die Biologie sagt, oder nicht?«

Er starrte sie an. Eigentlich wollte er ihr zustimmen. Zoé *war* seine Tochter, mit Leib und Seele, schrie etwas in ihm drin. Aber er brachte es nicht über die Lippen. Weil es in seinen Ohren wie ein »Schwamm drüber« oder ein »Nicht so wild« geklungen hätte. Das wollte er nicht. Er fühlte sich von Maren hintergangen. Der Gedanke, dass er ein Kuckuckskind großgezogen haben könnte, trieb ihm die Schamesröte auf die Wangen, und irgendwer würde dafür bezahlen müssen. »Ich will einen Test«, sagte er unvermittelt.

Sie schaute ihn an, und in dem Moment hasste er diese braunen Augen, die ihm immer so stark erschienen waren. Die Kraft, die ihnen innewohnte.

»Bist du sicher?«, fragte sie erstaunt und trank erneut aus dem Glas. Er hatte Lust, es ihr aus der Hand zu schlagen.

»Ja.«

Sie nickte. »Okay.« Fügte dann hinzu: »Was willst du jetzt machen?«

Er hatte keine Ahnung, worauf sich die Frage bezog. Auf heute Nacht, auf die nächsten Wochen und Monate, auf den Rest seines Lebens. So antwortete er bloß: »Ich schlafe in der Garage.«

Früher, als die Nächte mit Zoé oft unruhig gewesen

waren, hatte er sich ein Feldbett in die Garage gestellt, um wenigstens ab und an eine Nacht schlafen zu können. Das Bett und sein Schlafsack befanden sich immer noch dort.

Wortlos erhob er sich und ging, um sich die Zähne zu putzen.

8

Als Bishop ins Büro kam, warteten die anderen bereits auf ihn. Marika saß am Computer und tippte etwas ab, während Brenner seitlich an seinem Tisch hockte und mit einem Kugelschreiber offenbar Notizen auf einem Papier hinzufügte. Die Atmosphäre zwischen den beiden schien fast friedlich.

»Morgen«, grüßte Bishop, während er sich auf seinen Stuhl fallen ließ. Dann sprang er wieder auf und riss die großen Fenster hinter sich auf. »Einwände?«, fragte er über die Schulter hinweg.

Marika schüttelte den Kopf, Brenner reagierte gar nicht. »Hat sich im Park was ergeben?«

Brenner schüttelte den Kopf. »Die haben mich gestern Abend noch angerufen, aber nichts gefunden. Bei Einbruch der Dunkelheit ist der Einsatz abgebrochen worden.«

»Gar nichts?«, fragte Bishop ungläubig.

»Leider nicht. Keine Spur von den Köpfen, und nicht einmal Blutstropfen haben die Hunde entdeckt. Das heißt, der Täter muss die abgetrennten Köpfe mitgenommen haben. Und vor allem, er muss darauf vorbereitet gewesen sein. Mit mehreren Plastiktüten oder so.« Brenner verzog das Gesicht. »Ich meine, so Köpfe … die bluten doch wie Sau! Wenn der die einfach in eine Tasche gesteckt hätte oder so, dann hätten die Köter auf jeden Fall Witterung aufgenommen.«

»Damit reden wir nicht mehr von Affekt. Sondern die Tat war in jedem Fall geplant«, warf Marika ein.

»Vermutlich, ja. Was ist mit den Wohnungen?«, wollte Bishop wissen.

Marika stand auf, kam um die Tische herum und setzte sich auf die Kante von Brenners Schreibtisch. Diesmal erhob er keine Einwände.

Bishop unterdrückte den Wunsch, die beiden zu fragen, wie es gestern zwischen ihnen gelaufen war. Dass die beiden eine Art Waffenstillstand über die gemeinsame Arbeit gefunden hatten, musste ihm reichen.

»Wir waren zuerst bei Denise Brink. Die hat gerade eine Ausbildung als Mediengestalterin gemacht. Das merkt man der Wohnung auch an.«

»Hat sie da alleine gewohnt?«

»Ja, es ist eine Anderthalb-Zimmer-Wohnung.«

Bishop schaute in seine Unterlagen. »Die Brink war sechsundzwanzig. Warum ist die jetzt erst in der Ausbildung?«

Brenner beantwortete die Frage. »Sie hat zunächst ein Germanistikstudium angefangen, das aber wieder abgebrochen. Mit der Ausbildung wäre sie nächstes Jahr fertig geworden.«

»Habt ihr irgendwas Auffälliges bei ihr gefunden?«

»Auf den ersten Blick nicht, nein. Petersen und seine Leute haben die natürlich trotzdem umgekrempelt, aber als wir dort waren, war ihnen noch nichts untergekommen.«

»Was ist mit Eschenbach?«

Brenner übernahm. »Das ist eine ehemalige WG im Graefekiez. Eschenbach hat da bis vor Kurzem mit einem Freund zusammengelebt, der dann nach Asien gegangen ist.«

»Was noch?«

»Eschenbach scheint ein wenig Probleme gehabt zu haben, mit Geld umzugehen«, erklärte Marika. »Wir sind auf jede Menge unbezahlter Rechnungen gestoßen, teilweise mit mehrfachen Mahnungen.«

»Was hat Eschenbach gemacht?«

»Soziologie studiert und nebenher in einem Lager für einen Elektronikversand gejobbt.«

Bishop überlegte. »Ist bei den Rechnungen irgendwas rausgestochen, eine besonders große Summe oder Privatpersonen, denen er Geld geschuldet hat?«

Sie schüttelte den Kopf. »Nicht nach dem, was wir bisher gefunden haben.«

Bishop wollte gerade ansetzen, etwas zu sagen, als es an den Türrahmen klopfte.

»Guten Morgen«, begrüßte sie Doktor Halina Kettler, die Staatsanwältin, in knappem Tonfall. Sie stellte sich vor Bishops Schreibtisch und nickte ihm auffordernd zu. Als der nicht sofort antwortete, fragte sie: »Was haben Sie bisher?«

Bishop straffte die Schultern und setzte sich etwas gerader hin. »Noch nicht allzu viel. Frau Doktor Kettler, das ist mein Team: die Kriminalkommissare Marika Kleebaum und David Brenner.«

Beide nickten der Staatanwältin zu. Brenner zuckte, als wollte er ihr die Hand anbieten, überlegte es sich anscheinend aber anders.

Doktor Kettler wandte sich wieder Bishop zu. »Ich habe gehört, Sie haben den Einsatz von Bereitschaftspolizei und Hundestaffeln im Park autorisiert?«

Bishop wusste, dass Doktor Kettler etwa so alt wie er selbst war, höchstens ein paar Jahre älter. Auch von der Größe befanden sie sich ungefähr auf Augenhöhe, auch wenn die Staatsanwältin hier mit ihren hochhackigen Schuhen im Vorteil war. Nur im Umfang war ihr Bishop um ein Mehrfaches voraus. Sie hatte sich gut gehalten, besaß einen sportlichen, drahtigen Körperbau und trug die halblangen braunen Haare mit einem aggressiven Pony. Im LKA hatte sie sich den Ruf einer »harten Hündin« erarbeitet, und es gab wenige Mordkommissionen, die gerne mit ihr arbeiteten. Aber Bishop schreckte das nicht. Seine Wahrnehmung war, dass sie zwar viel forderte, aber dafür mit offenen Karten spielte. Bei ihr wusste man meistens, woran man war. Deswegen störte er sich auch nicht an ihrem offensiven Tonfall, auch wenn das seine erste Begegnung mit ihr als Leiter einer eigenen Truppe war.

»Uns fehlen nach wie vor die Köpfe«, erklärte er ihr nun.

»Wissen Sie, was das für einen Rummel da draußen gegeben hat?« Doktor Kettler beugte sich etwas vor, und Bishop erwartete jeden Moment, dass sie wie ein Primat die Fäuste auf seinem Tisch abstützen würde. »Die Presse hat sich da drauf gestürzt wie die Fliegen auf die Scheiße!«

Brenner räusperte sich, vermutlich, um einen Lacher einzufangen. Doktor Kettler war für ihre ungeschönte Art zu reden bekannt. Zumindest in den eigenen Hallen; er nahm an, dass sie es schaffte, sich vor Gericht etwas gewählter auszudrücken.

»Ich bin nicht davon ausgegangen, dass es uns geholfen hätte, wenn irgendwelche Kinder die Köpfe beim Spielen gefunden hätten«, konterte Bishop.

Doktor Kettler schaute ihn einen Moment lang an und nickte dann abrupt. Der Punkt ging an ihn.

Sie drehte sich halb zur Seite und bezog die anderen beiden Beamten mit ein. »Ab jetzt will ich eine komplette Nachrichtensperre. Ich habe keine Lust, dass jedes Pennerblatt in der Stadt sich im Sommerloch an dem *Hauptstadthenker* aufgeilt, ist das klar?«

Bishop hatte keine Ahnung, ob das bereits der Name

war, den die Presse ihrem Täter verpasst hatte, oder ob es sich dabei um Doktor Kettlers Art von Humor handelte. »Natürlich, Frau Staatsanwältin.«

»Gut. Noch wissen die nicht, dass die Köpfe verschwunden sind.« Sie seufzte. »Keine Ahnung, welches Arschloch da wieder sein Maul nicht halten konnte. Jedenfalls sind die Köpfe Verschlusssache, bis ich etwas anderes anordne, *capiche?*«

Alle drei nickten.

»Was haben Sie bisher zu den Opfern ermittelt?«

Bishop gab Marika ein Zeichen, und sie umriss kurz, was sie in den Wohnungen der beiden Toten gefunden hatten.

»Direkt im Anschluss gehen wir runter zu Petersen, der uns hoffentlich mehr zum Tathergang erzählen kann«, fügte Bishop hinzu. »Wenn wir Glück haben, gibt es auch bereits neue Erkenntnisse zu den Lebensumständen der Opfer.«

Doktor Kettlers Miene verdüsterte sich. Offenbar hatte sie bereits erste Ergebnisse erwartet, aber Bishop konnte darüber innerlich bloß den Kopf schütteln. Sie war lange genug im Geschäft, um zu wissen, dass sich derart schnell nur selten etwas ergab. Äußerlich ließ er sich nichts anmerken.

Brenner machte einen Schritt nach vorne. »Aber es gibt einen Verdächtigen, der sich bis jetzt einer Vernehmung entziehen konnte.«

Eine scharf geschminkte Augenbraue von Frau Doktor Kettler wanderte nach oben. »Ach ja?« Sie wandte sich Brenner zu, und Bishop bemerkte, wie Marika ihm einen bösen Blick zuwarf. Brenner schien das nicht zu merken. »Der Mann hat sich oft und ausgiebig mit dem männlichen Opfer gestritten und ihm in mindestens einer Situation sogar Gewalt angedroht.«

»Na dann?« Doktor Kettler drehte sich zu Bishop um. »Lassen Sie ihn zur Fahndung ausschreiben.«

»Wir haben keine Ahnung, ob diese Streits irgendwas mit dem Mord zu tun haben«, warf Marika ein. »Das ist nach wie vor bloß eine Spur, der wir nachgehen«, fauchte sie in Brenners Richtung.

»Kein Problem. Ausschreiben, einsammeln, vernehmen. Dann wissen Sie, ob es eine handfeste Spur ist oder bloß ein Haufen Mist.« Doktor Kettler sah Marika pointiert an, die schließlich den Blick senkte und nickte.

»Sollen wir runter in die Technik?«, fragte sie dann, als ginge es darum, sich in die Kantine zu bewegen.

An der Tür passte Doktor Kettler Bishop ab und berührte ihn sanft am Ellenbogen. An die anderen beiden gewandt, sagte sie: »Gehen Sie doch bitte schon vor, wir sind in einer Minute bei Ihnen.«

Schon im Weggehen wurde sichtbar, dass Marika Brenner die Leviten lesen wollte. Die gezischte Unterhaltung auf dem Weg zum Aufzug war nicht hörbar, aber die Körpersprache der beiden war eindeutig. Offenbar war der Waffenstillstand vom Morgen nicht von nachhaltiger Wirkung gewesen. Bishop bemerkte, dass Doktor Kettlers Blick seinem gefolgt war, und räusperte sich.

»Haben wir ein Problem, Bishop?«, fragte sie unvermittelt.

»Wie bitte?«

Sie deutete mit dem Zeigefinger den Gang hinunter. »Mit den beiden? Die Lesbe und der Macho, haben Sie die beiden im Griff, Bishop?«

Der wusste nicht sofort, was er darauf antworten sollte, und einen Augenblick später drückte sie ihm sanft, aber bestimmt gegen die Brust, um die Tür zum Gang schließen zu können. Dann ruckte ihr Kopf nach vorne wie bei einem Habicht. »Ich war nicht glücklich, dass der Fall bei Ihnen gelandet ist, Bishop. Gar nicht glücklich, aber das ist das Wunderbare an der Rotation. Wenn ich mir meine Teams aussuchen könnte, würden einige Kollegen nur wenig schlafen.« Sie lächelte über ihren eigenen Scherz, wurde aber sofort wieder ernst. »Jedenfalls, Ihre Leute haben noch nichts bewiesen. Sie auch nicht. Nicht als Teamleiter«, fügte sie zur Erklärung hinzu. »Kein Problem.« Sie machte eine Bewegung mit beiden Händen, als wollte sie ein Kaninchen auf der Bühne verschwinden lassen. »Aber wenn persönliche Eitelkeiten meinen Fall gefährden, dann werde ich unausstehlich.« Sie kam Bishop noch ein wenig näher. Wenigstens roch ihr Atem nicht unangenehm, dachte er.

»Und Sie haben bestimmt schon jede Menge Gerüchte über die *miesgelaunte Kettler* hier im Haus gehört. PMS hoch zehn ist, glaube ich, eine der Beschreibungen.«

Bishop verzog keine Miene, auch wenn er den Ausdruck bereits gehört hatte.

»Was ist mit Brenner und der kleinen Kleebaum? Was haben die für ein Problem? Und viel wichtiger, kommen Sie damit klar?«

»Ich komme klar.« Bishop war erstaunt darüber, wie fest seine Stimme klang. Kein bisschen so, als hätte Frau Doktor seine Kronjuwelen in der Schraubzwinge, auch wenn er sich so vorkam.

»Hervorragend.« Doktor Kettler ging wieder etwas auf Abstand. »Machen Sie irgendwas.« Hob beide Hände, als wäre es ihr komplett egal. »Reden Sie mit ihnen, schmeißen Sie einen raus. Lassen Sie sie miteinander schlafen, mischen Sie ihnen etwas ins Essen. Es ist mir echt scheißegal, Bishop. Hauptsache, meine Ermittlungen werden nicht gefährdet. Haben Sie mich verstanden?«

»Laut und deutlich.«

»Gut, dann gehen wir jetzt zu Petersen.« Doktor Kettler öffnete die Tür und deutete auf die Glasscheibe zum Büro drüben. »Und besorgen Sie sich Jalousien. Wenn ich Sie das nächste Mal angifte, will ich nicht, dass mir ein halbes Büro dabei zusieht.« Sie zwinkerte ihm zu und ging dann vor ihm raus auf den Flur. Im Gehen hakte sie sich bei ihm unter und tätschelte ihm den Arm.

9

Mike Petersen erwartete sie mit einer Kaffeetasse in der Hand in seinem Büro. Die Kriminaltechnik hatte unten im Keller einen eigenen Komplex, in dem sich neben einzelnen Räumen und Großraumbüros auch die Labore befanden, in denen die meisten Tests gemacht wurden.

Er saß mit seinen über eins neunzig vornübergebeugt auf dem Tisch und ließ die gekreuzten Beine immer wieder unruhig nach oben schnellen. Er erinnerte Bishop an einen ungeduldigen Schuljungen.

»Ist frisch aufgebrüht«, sagte Petersen und deutete auf eine in der Ecke stehende Maschine, die den Raum mit Kaffeeduft füllte. Bishop, der meistens Tee bevorzugte, liebte trotzdem den Geruch.

Sowohl Brenner als auch Marika folgten der Einladung und füllten sich Tassen, auf denen verschiedene lustige Sprüche und Mottos zu lesen waren. Dann setzten sie sich im Halbkreis auf eine Reihe von Stühlen, die in Petersens Büro an der Wand standen. Der Leiter der KT hatte öfters Gruppen bei sich zu Besuch und besaß deswegen eines der größten Büros mit vielen Sitzgelegenheiten. Auch wenn die Meetingräume in den oberen Geschossen geeigneter für solche Briefings waren, zog Petersen es oft vor, diese hier unten abzuhalten.

»Also?«, wollte Doktor Kettler wissen, die Arme abweisend gekreuzt. Ihr Fuß in dem eleganten Schuh wippte ungeduldig auf und ab.

Petersen nickte, ließ sich nicht aus der Ruhe bringen. Er sah zu, wie Brenner und Marika ihre Stühle zurechtrückten, um sich nicht gegenseitig in die Quere zu kommen, dabei bemüht, ihren Kaffee nicht zu verschütten.

Als endlich Ruhe eingekehrt war, fing er an. »Wir haben die Ergebnisse der Obduktion. Einen Bericht. Wenn Sie dazu detailliertere Fragen haben, müssen Sie sich direkt an Frau Doktor Schüler wenden«, fügte er mit einem Blick auf Doktor Kettler und Bishop hinzu, als würde er von ihnen am ehesten unangemessene Rückfragen erwarten.

»Beide Opfer weisen mehrere Stiche in den Bauch und Unterleib auf. Tatwaffe ist, ersten Erkenntnissen zufolge, vermutlich ein Messer mit einer Klingenlänge von fünfzehn bis zwanzig Zentimetern. Genauere Angaben folgen noch. Immerhin haben wir jede Menge Stiche, an denen wir das überprüfen können.«

Niemand verzog bei dem Versuch eines Scherzes das Gesicht.

Petersen trank aus seiner Tasse und fuhr fort: »Die Klinge ist einseitig geschliffen, vermutlich mit einem Hohl- oder Säbelschliff, und hat keine Sägezähne an der Oberseite.«

»Warum ist das etwas Besonderes?«, warf Doktor Kettler ein.

Als hätte er genau darauf gewartet, hob Petersen mit einem Lächeln den Zeigefinger. »Der Klingenform nach haben wir es vermutlich mit einem Kampfmesser zu tun, wie es im Militär- oder Outdoorbereich eingesetzt wird. Und da sind solche Sägeklingen auf der Oberseite relativ üblich.«

Bishop dachte darüber nach, ob eigentlich alle Leute in Petersens Position am liebsten Oberlehrer geworden wären, da das Dozieren meist zu ihren bevorzugten Tätigkeiten gehörte. Aber das war wohl zwangsläufig der Fall, wenn man tagein, tagaus Laien technische und wissenschaftliche Zusammenhänge so erklären musste, dass sie es verstanden.

»In unserem Fall handelt es sich um eine Clip-Point-Klinge«, und er kam der Zwischenfrage zuvor, indem er mit dem Finger einen Ausschlag nach oben beschrieb. »Im Gegensatz zur Drop-Point-Klinge, wie zum Beispiel bei einem Bowie-Kampfmesser.«

»Lässt das irgendwelche Rückschlüsse auf den Täter oder auf seinen Hintergrund zu?«, fragte Doktor Kettler ungeduldig.

Petersen schüttelte den Kopf, trank erneut.

Bishop beobachtete, wie etwas Kaffee in dessen blondem Schnurrbart glitzerte.

»Leider nicht. Wir sind noch dabei, Gewebeproben zu analysieren. Eventuell können wir dadurch die Art des Klingenstahls eingrenzen. Aber das dauert noch.« Petersen leckte sich mit der Unterlippe den Schnurrbart ab.

»Sind die beiden durch die Stiche getötet worden?«, wollte Marika wissen.

Petersen kratzte sich mit Daumen und Zeigefinger beide Mundwinkel. »Vermutlich nicht. Ganz genau können wir das noch nicht sagen. Momentan geht Frau Doktor Schüler davon aus, dass zunächst die Stiche erfolgten. Hoher Blutverlust und eine Schwächung waren die Folge. Als Nächstes hat der Täter vermutlich bei beiden einen Kehlenschnitt gesetzt, der kurz darauf zum Tode geführt hat. Wir gehen davon aus, dass dies mit der gleichen Klinge gemacht wurde, mit der auf die Opfer eingestochen wurde. Nach dem Schnitt hat der Täter jeweils beide Opfer enthauptet.«

»Mit derselben Waffe?«

Petersen schüttelte den Kopf. »Das ist schwierig mit einem solchen Messer. Machbar, aber das würde eine ziemliche Sauerei veranstalten. Na gut, eine Sauerei hat er trotzdem hinterlassen, jede Menge Blut von beiden Opfern, aber Sie wissen, was ich meine. Tatsächlich hat der Täter eine außergewöhnlich scharfe Hiebwaffe benutzt, um die Schädel sauber vom Körper zu trennen.«

»Aber das heißt, wir wissen nicht genau, ob die beiden zur Zeit der Enthauptung noch am Leben waren?«, unterbrach ihn Bishop.

Petersen verzog das Gesicht. Er spreizte die Finger und antwortete schließlich: »Nein, das können wir nicht mit Sicherheit sagen. Kann sein, dass einer von ihnen – oder sogar beide – noch gelebt hat.«

»Das wäre wichtig zu wissen«, schob Bishop hinterher. »Könnte uns Aufschluss über die Motivation des Täters geben.«

Petersen nickte, als hätte er die Bemerkung gedanklich notiert. »Arbeitshypothese ist im Moment, dass der Täter so etwas wie eine Machete für die Enthauptungen verwendet hat. Eine Axt oder ein Beil passt eher nicht. Im Fall des weiblichen Opfers hat der Täter nur einen einzigen Schlag benötigt, bei dem männlichen Opfer immerhin drei. Frau Doktor hat mir versichert, dass jede Menge Übung dazu gehört, einem Menschen mit einem Schlag gezielt den Kopf vom Rumpf zu trennen.«

»Soll das heißen, der Täter hat das nicht zum ersten Mal gemacht?«, fragte Bishop, bei dem sich ein unangenehmes Kribbeln über den Rücken ausbreitete.

»Oder aber er hat an irgendetwas üben können«, sagte Petersen mit einem Schulterzucken.

Brenner und Marika verzogen das Gesicht, als sie sich offensichtlich vorstellten, was Petersens Vermutung bedeuten könnte.

»Vielleicht können wir uns um das verdammte Täterprofil später kümmern«, befahl Doktor Kettler barsch.

»Ich würde gerne wissen, wie es jetzt weitergehen soll«, fügte sie, an Bishop gewandt, hinzu.

Bishop schob sich etwas aufrechter im Sitz zurecht. »Ich würde gerne einen Großeinsatz in der Hasenheide durchführen. So viele Dealer wie möglich dort aufscheuchen und einkassieren, um herauszufinden, ob die irgendwas gesehen haben. Die stehen den ganzen Tag im Park, haben immer Ohren und Augen offen – wenn da was zu sehen war, dann wissen die es.«

»Das heißt, Sie wollen noch einmal die Bereitschaftspolizei bemühen?«

Bishop konnte in Doktor Kettlers Tonfall nicht erkennen, ob sie seinen Vorschlag guthieß oder nicht. So machte er einfach weiter. »Mit den BePos wäre es einfacher. Wir können das Ganze auch mit Streifenpolizisten machen …«

»Um Gottes willen! Bloß nicht. Sie kennen die Überstundenlage.«

»Was soll das denn bringen?« Brenner lehnte sich in seinem Sitz so weit zurück, dass es aussah, als würde er jeden Moment zu Boden rutschen. Ihm fehlte bloß noch der Zahnstocher, fand Bishop. »Die Dealer reden doch ohnehin nicht mit uns. Die meisten von denen sprechen nicht mal unsere Sprache.« Bevor Marika etwas sagen konnte, intervenierte Bishop. »Doch, ich glaube schon, dass sie mit uns reden werden. Wenn wir ihnen die möglichen Konsequenzen klarmachen.«

»Was sollen die denn sein? Abschiebung?«, sagte Brenner ironisch und riss die Augen auf, als würde ihn der Gedanke mächtig schrecken.

Bishop schüttelte den Kopf. »Denen geht es doch vor allem ums Geschäft. Und wenn wir da durch den Park stapfen, andauernd einen von denen anhauen und dumme Fragen stellen, ist das schlecht fürs Business. Denke schon, dass man das kommunizieren kann. Die wollen uns bestimmt möglichst schnell da weghaben.«

Doktor Kettler nickte, offenbar als Zustimmung. »Also gut. Fordern Sie die Leute an. Was noch?«

»Da wäre noch die Fahndung nach Kamander.« Genau wie Marika fand es Bishop noch zu früh, diesen Schritt zu gehen, allerdings hoffte er, so tatsächlich schneller zu einer Entscheidung zu kommen, was Kamander betraf.

»Machen Sie's. Falls wir ihn so schneller als Verdächtigen eliminieren können, umso besser. Was noch?«

Marika räusperte sich, als müsste sie um Erlaubnis fragen, sprechen zu dürfen. »Ich würde mir mal das Archiv vornehmen und dort nach alten Fällen mit Enthauptungen oder versuchten Enthauptungen vornehmen.«

Bishop nickte. »Weite die Suche gleich mal auf Tiermisshandlungen in der gleichen Richtung aus. Nicht ausgeschlossen, dass unser Täter erst mal angefangen hat, an Hunden zu üben, bevor er sich an Menschen herangetraut hat.«

»Was ist mit den Wohnungen? Habt ihr da noch was gefunden?«, wollte Doktor Kettler wissen.

Brenner verzog das Gesicht. »Nichts, was neue Ermittlungserkenntnisse ermöglichen würde. Aber es gab eine Merkwürdigkeit: Er hat anscheinend versucht, einen Baseball aufzuschneiden und darin etwas zu verstecken. Offenbar hat er sich dabei geschnitten, wir haben Blut am Ball entdeckt. Wir wissen aber noch nicht hundertprozentig, ob es wirklich seins ist.«

Petersen meldete sich zu Wort: »Deckt sich zumindest mit einer älteren Schnittwunde an seiner Hand.« Dann fuhr er fort: »Wir hätten da noch was.« Er machte eine Pause für einen dramatischeren Effekt, und erst als ihn Doktor Kettler mit einem energischen Kopfnicken aufforderte, sprach er weiter. »Wir sind unweit des Tatorts über etwas gestolpert. Kann Zufall sein, kann aber auch sein, dass es etwas mit dem Fall zu tun hat.« Er schob sich von der Kante, ging um den Tisch herum und kam dann mit einem in Plastikfolie verpackten Paket zurück. Er legte es auf den Tisch und fing an, es langsam auszuwickeln. Nacheinander erhoben sich die Kommissare und die Staatsanwältin, um ebenfalls einen Blick auf das Fundstück zu werfen.

»Was zum Teufel ist das?«, fragte Doktor Kettler. Bishop ahnte Petersens Antwort schon, da er die kleinen Propeller bemerkt hatte.

»Das ist eine Drohne. Ein sogenannter Quadkopter, der mit vier Propellern fliegt und über eine Fernsteuerung gelenkt wird.«

Doktor Kettler zog sich wieder zurück, offenbar nicht mehr wirklich interessiert. »Die Dinger fliegen doch jetzt überall rum. Warum, glauben Sie, hat das Teil etwas mit dem Fall zu tun?«

Petersen beugte sich vor, um etwas weiter hinten auf dem Schreibtisch hochzuheben. Als er sich umdrehte, hielt er eine durchsichtige Plastiktasche mit einem faustgroßen Stein in der Hand. »Weil wir den hier direkt in der Nähe der Drohne gefunden haben. Und auf dem Stein finden sich Partikel, die durchaus zu der Drohne gehören könnten. Auf die Laborbefunde warten wir aber noch.«

»Und was würde das bedeuten?«

»Dass jemand gezielt mit einem Stein dieses Fluggerät runtergeholt hat«, erklärte Petersen. Doktor Kettler schien nicht zu verstehen. Bishop dagegen hatte begriffen, worauf Petersen hinauswollte. »Die Drohne ist nicht größer als ein Schuhkarton. Um das Ding im Fliegen zu treffen, muss man schon ganz gut werfen können. Und vor allem treffen.«

Petersen nickte, während Marika einwarf: »Jemand, der zum Beispiel beim Baseball Pitcher ist.«

»Genauso ist es«, bestätigte Petersen. »Ein guter Pitcher kann einen Baseball, der im Übrigen eine ähnliche Größe wie der Stein hier hat, mit fast hundertfünfzig Stundenkilometern werfen. Punktgenau, wohlgemerkt. Nach dem, was wir von Eschenbach wissen, könnte es durchaus möglich sein, dass er den Stein auf die Drohne geworfen hat.«

»Wie weit weg vom Tatort ist die Drohne gefunden worden?«, fragte Bishop.

»Nicht besonders weit. Knapp fünfzig Meter.«

»Das heißt, Eschenbach könnte sich entfernt haben, um den Stein auf den Kopter zu werfen, und ist dann angegriffen worden.«

Petersen nickte, aber Doktor Kettler schüttelte vehement den Kopf. »Ich verstehe das nicht. Welche Signifikanz hat dieses Ding? Ich meine, außer dass das Opfer physisch in der Lage gewesen wäre, den Stein zu werfen?«

Petersen schob sich mit dem Hintern wieder auf die Tischkante. Die Staatsanwältin musste ihm Platz machen, damit er mit seinen Schuhen nicht ihren Rock streifte. »Außer Eschenbach wäre vermutlich kaum jemand in der Lage gewesen, den Kopter in der Luft zu treffen. Das ist also potenziell hochgradig signifikant.« Erneut sein erhobener Zeigefinger. »*Falls* sich herausstellt, dass der Kopter mit dem Stein vom Himmel geholt wurde. Eventuell ist er ja auch von alleine abgestürzt. Aber falls Eschenbach es zerstört hat, muss man sich fragen: Warum?«

Marika schaltete sich ein. »Vielleicht hat der Täter die

beiden beobachtet, Eschenbach hat die Drohne zerstört und damit einen Racheakt provoziert.«

Doktor Kettler verstand immer noch nicht. »Wieso beobachtet? Mit so einem Spielzeug?« Sie deutete auf den Haufen aus Plastik- und Elektronikschrott.

Petersen grinste. »Die Kleinen können mehrere Tausend Euro kosten. *Spielzeuge* trifft es da nicht ganz.«

»Wirklich?« Die Staatsanwältin trat näher, ignorierte jetzt Petersens Schuhe an ihrem Rock. »Und, ist das so ein teures Gerät?«

»Das können wir noch nicht sagen. Ich habe noch keine Gelegenheit gehabt, es mir genauer anzusehen. Aber eine Kamera hat es auf jeden Fall.«

»Ich verstehe. Bin ja nicht ganz blöde. Gelesen habe ich schon von solchen Drohnen. Aber die werden doch meistens im Krieg eingesetzt, oder?«

»Nicht nur. Immer mehr auch privat. Mit manchen von denen kann man sogar hochauflösende Fotos und Videos machen«, erklärte Petersen.

»Überwachungsdrohnen?«

»Sozusagen. Für den Hausgebrauch.«

Doktor Kettler schaute unvermittelt auf die Uhr. »Ich habe einen Termin.« An Bishop gewandt, sagte sie: »Melden Sie sich bei mir, wenn Sie wegen der BePos Hilfe brauchen. Ansonsten bin ich jederzeit erreichbar, falls Sie etwas zu unserem Verdächtigen herausfinden.« Damit verschwand sie mit schnellen Schritten aus Petersens Büro.

»Wie schnell habt ihr die Ergebnisse von dem Stein?«, wollte Bishop wissen.

Petersen legte den Kopf schief. »Morgen früh, wenn wir Glück haben.«

10

Oben im Büro saßen die drei Kommissare an ihren Schreibtischen. Zwischendrin telefonierte immer wieder einer von ihnen. Brenner hatte die Aufgabe bekommen, die Fahndung nach Manuel Kamander zu organisieren, während Marika mit der Einsatzleitung der Bereitschaftspolizei darüber verhandelte, wann die Aktion gegen die Dealer in der Hasenheide starten konnte.

Marika warf ab und an heimliche Blicke auf ihre Kollegen. So ganz hatte sie sich noch nicht an »ihre beiden neuen Männer«, wie es eine Freundin aus der Sechsten genannt hatte, gewöhnt. Brenner sah müde aus, wischte sich ab und zu mit der Hand über das Gesicht, als hätte er Mühe, sich zu konzentrieren.

Bishop saß an seinem Rechner und recherchierte im Internet.

»Es gibt die Kopter inzwischen echt in jeder Preisklasse«, verkündete er irgendwann. Er lehnte sich zurück, kratzte sich über die kurzen Haare. »Ich meine, die Teile bekommt man bereits für dreißig Euro oder so im Baumarkt. Handtellergroß.«

»Das ist aber nicht die Dimension, von der Petersen gesprochen hat«, warf Brenner ein. »Nicht, wenn da eine ordentliche HD-Kamera dabei sein soll.«

»Ja, ich weiß. Da gibt es welche, die kosten mehr als ein ausgewachsener Kleinwagen.«

»Kennst du dich mit Drohnen aus?«, fragte Marika Brenner. Sie fand, dass sie dabei komisch klang. Als könnte sie sich nicht entscheiden, ob es eine ernst gemeinte Frage war oder ob sie ihn provozieren wollte.

Aber Brenner schien das nicht zu bemerken. Er nickte bloß und kam um Bishops Schreibtisch herum, um auf den Monitor zu sehen. »Ein bisschen. Das ist krass, was für Fortschritte die in den letzten Jahren gemacht haben. Die Akkus sind immer besser geworden, die haben so viel Power inzwischen, und die Bildqualität der Kameras ist unglaublich. Mein Schwager hat mal eine Weile mit denen rumgespielt. Auf Hochzeiten Drohnenfotos von oben gemacht und so.«

»Ist das ein echter Experte? Den man zu unserer Drohne befragen könnte?« Bishop sah zu Brenner hoch. Marika unterdrückte den Wunsch, aufzustehen und zu den beiden zu treten, als würde sie sonst etwas verpassen.

»Glaub nicht. Das ist alles noch sehr amateurmäßig, und in letzter Zeit ist da auch nicht mehr viel passiert, glaube ich.« Er beugte sich nach vorne und zeigte auf ein Bild auf dem Monitor. »Ich hatte überlegt, ob ich meinem Patensohn so eine schenke.«

»Wie alt ist der?«

»Wird demnächst acht.«

Bishop schaute ihn verwundert an. »Ist das nicht ein bisschen jung? Ich meine, man muss das ja auch steuern können.«

Brenner lachte. »Das hätte ich dann mit ihm gemacht.« Er klopfte Bishop auf die Schulter. »Ein Männerspielzeug. Kann man nie früh genug mit anfangen. Meine Zoé ist leider noch nicht alt genug, sonst würde ich versuchen …« Er brach mitten im Satz ab, und seine Miene verdüsterte sich.

»Alles in Ordnung?«

Brenner schüttelte bloß den Kopf und ging zurück an seinen Tisch.

Marika spielte mit einem Kugelschreiber im Mund herum. »Sag mal, wie wahrscheinlich ist es, dass das Teil wirklich dem Täter gehört? Ich meine, wenn das nur so ein billiges Ding war, dann bringst du dafür ja keinen um. Also, im Normalfall.« Sie breitete die Hände aus, weil sie wusste, wie absurd es schien, über »Normalität« zu reden, wenn zwei Menschen der Kopf abgehackt worden war. »Jedenfalls wenn sich das als so eine Superdrohne rausstellt, oder eigentlich egal, wie teuer die ist – wenn du wegen der jemanden umbringst da im Park. Warum nimmst du das Wrack dann nicht mit? Wieso sollte das jemand da liegen lassen?«

»Keine Ahnung.« Bishop verschränkte die Finger beider Hände ineinander. Nacheinander schaute er seine Mitarbeiter an. »Was ist mit den BePos?«

»Kriegen wir. Wir können mehr oder weniger sofort starten. Sollen wir gleich los oder bis abends warten?«, fragte Marika.

Bishop überlegte. »Geht bei Einbruch der Dämmerung in den Park, das sollte ein guter Zeitpunkt sein, um möglichst viele von ihnen zu erwischen.« Er schaute auf seine Uhr am Handgelenk. »Aber macht euch direkt auf den Weg. Nehmt euch Zeit, die ordentlich zu briefen. Ich will nicht, dass die einfach wie die Cowboys in den Park einrollen, alles aufscheuchen, und am Ende stehen wir mit zwei Dealern und zehn Gramm Hasch da, klar? Ich will jeden verdammten Ticker in diesem Park in Gewahrsam haben. Nur so haben wir eine Chance, einer möglichen Spur zu folgen.«

Marika hatte sich erhoben. »Mit ›uns‹ meinst du …« Sie deutete mit dem Daumen nach hinten auf Brenner. Bishop nickte. »Macht das zusammen.«

»Fahndung nach Kamander läuft«, warf Brenner ein, in dem Gefühl, sich ebenfalls produktiv beteiligen zu wollen.

»Ich halte dich auf dem Laufenden«, verkündete Marika und klopfte auf seinen Tisch, bevor sie das Büro verließ. Brenner hob zum Abschied bloß die Hand, und sie machte sich nicht die Mühe zu checken, ob er ihr wirklich folgte. Erst am Aufzug holte er sie ein.

»Du weißt, dass du hier nicht jeden Tag die Harte spielen musst, oder? Also nicht mir gegenüber«, sagte er unvermittelt, während er sie von der Seite anstarrte. Sie zog bloß eine Augenbraue hoch, sah ihn aber nicht an. »Ach ja?«, sagte sie gedehnt.

»Mann, Kleebaum, ich weiß, dass du was auf dem Kasten hast. Ich kenne deine Quote und weiß, was du alles gemacht hast. Hab sogar die Bilder von deinen Schlammrennen gesehen.«

»Crazy Mudder«, sagte Marika tonlos. Sie hatte bei den Extrem-Hindernisläufen durch Schlamm, Wasser und andere Hindernisse über fast zwanzig Kilometer schon öfter mitgemacht und war stolz auf ihre Ergebnisse. Und sie wusste, dass nur die wenigsten ihrer männlichen Kollegen so etwas durchhalten würden, zumindest nicht ohne Training.

Er lachte. »Ganz recht. Du bist eine echte ›*crazy* Mudda‹.« Er sprach es wie eine schnodderige Version von Mutter aus. Marika schnaubte, musste dann aber unfreiwillig lachen. Er grinste breit. »Ich will keinen Streit, verstehst du?«

Sie nickte, erwiderte sonst aber nichts. Sie wusste nicht, inwieweit sie dem Friedensangebot trauen konnte.

Der Aufzug kam. Mit einem Ping öffneten sich die Türen.

Bishop sah ihnen einen Moment nach, bis sie verschwunden waren. Eigentlich hatte er selbst den Einsatz in der Hasenheide leiten wollen, am liebsten mit Marika, aber er zwang sich, die beiden möglichst oft gemeinsam loszuschicken. Wenn er mit Marika gut zusammenarbeitete und Brenner auf sich selbst gestellt war, würde aus ihnen dreien niemals ein Team werden.

Er wollte sich gerade wieder dem Rechner zuwenden, als Helge Ruhland im Türrahmen auftauchte. »Klopf, klopf! Sind deine Vögelchen ausgeflogen?«

»Hey, Helge! Komm rein.«

»Hast du Zeit, mit mir in die Kantine zu gehen?«

Bishop sah überrascht auf die Uhr. Ihm war nicht klar, dass es bereits kurz vor zwölf war. »Du bist zeitig unterwegs.«

Ruhland lachte. »Du weißt ja, die alten Herren gehen gerne früh essen. Und früh ins Bett.«

Nach einem kurzen Zögern nickte Bishop und sperrte den Computer.

Während sie auf den Fahrstuhl warteten, fuhr sich Ruhland durch den Bart. »Ärger mit Brenner?«

Bishop schüttelte den Kopf. »Nein. Der macht sich gut. Ich meine, er und Marika haben so ihre Schwierigkeiten, aber ansonsten …«

»Du würdest es mir ohnehin nicht sagen, selbst wenn Brenner der Kettler das Büro angesteckt hätte, oder?« Ruhland zwinkerte ihm zu. »Du bist echt eine treue Seele, Craig. Kerle wie Brenner können froh sein, dass du selbst für solche Typen einstehst.«

Bishop winkte ab. »Ich nehme ihn nicht in Schutz. Er macht seine Arbeit.« Die Aussage kam selbst ihm lahm vor, aber er wusste nicht genau, was er hätte sagen sollen. Bisher hatte er an Brenner wirklich nicht viel auszusetzen, zumindest aus Ermittlersicht, aber es hatte auch noch keine echte Gelegenheit gegeben, sich auszuzeichnen.

Der Aufzug kam, und sie fuhren nach unten.

In der Kantine nahmen sie sich Plastiktabletts und stellten sich in die Schlange. Beide ließen sich Rahmgulasch mit Nudeln auf die Teller geben und setzten sich kurz darauf an einen der Tische am Fenster. Grünpflanzen, die großen Blätter durch den Staub fast komplett grau eingefärbt, bliesen hinter ihnen an den Scheiben Trübsal. Bishop musste sich etwas anders hinsetzen, damit ihm eins der Blätter nicht beständig gegen die Schulter schabte.

»Was ist mit eurem Fall? Den jungen Leuten, die den Kopf verloren haben?«, fragte Ruhland kauend, der sich einen Löffel genommen hatte, um das Essen effektiver in den Mund zu schaufeln. Bishop, der eine Gabel benutzte, brauchte deswegen deutlich länger für sein Essen.

»Noch keine konkreten Spuren. Außer dass wir eine Drohne gefunden haben, die eventuell dem Täter gehörte.«

Ruhland deutete ein Pfeifen an und schaffte es, dass nichts von dem Gulasch seinem Mund entkommen konnte. »Das wäre doch mal was. Fingerabdrücke, Spuren – da könnte alles dabei sein.«

Bishop nickte.

»Ist das so ein Multikopter? Wie sie gerade überall im Angebot sind?«

»Ja. Ich hatte keine Ahnung, dass es die inzwischen echt an jeder Ecke gibt.«

Ruhland kaute, nickte und kaute. »Auf jeden Fall. Da kommt auch auf uns in der nächsten Zeit noch einiges zu.«

Bishop sah ihn fragend an.

»Na, auf uns als Exekutive. Gibt für die Teile ja kaum

Gesetze. Ich meine, manches, was angewandt wird, gilt eigentlich für echte Fluggeräte, nicht für Spielzeuge. Aber die bewegen sich im Luftraum, das heißt, die müssen ja Regeln unterliegen. Oder die ganze Geschichte mit der Privatsphäre.« Er stach mit seinem Löffel in Bishops Richtung. »Jeder Depp kann mit denen hochauflösende Videos machen. Zum Teil aus echt großen Entfernungen. Hier muss man erst mal richtig klären, wo man mit denen überhaupt rumfliegen darf. Das ist so wie mit diesen Brillen, die damals kommen sollten. Wo man mit einer eingebauten Kamera alles direkt ins Internet übertragen konnte. Dann haben Geschäfte und Kneipen und so gesagt, du kommst hier nicht damit rein, und dann haben sie das erst mal wieder auf Eis gelegt.« Er füllte den Mund wieder auf, kratzte die Reste auf dem Teller mit Löffel und Daumen zusammen. »Da gab's ja auch keine Regeln für. Darfst du mit so einem Ding auf der Nase rumrennen und alle Leute filmen? Nee, darfst du nicht. Aber das begreift ja erst mal keiner, wenn du so was im Laden kaufen kannst. Mit den Drohnen ist es das Gleiche.«

»Marika ist sich noch nicht so sicher, dass die Drohne wirklich dem Täter gehört. Mal abwarten, was Petersens Untersuchung ergibt. Aber es stimmt schon, was sie sagt. Wenn sie wirklich dem Täter gehört hätte, warum sie im Park liegen lassen? Das ergibt doch keinen Sinn.«

Ruhland schnaubte, um seinen Protest anzudeuten. »Craig, du machst doch den Job auch nicht erst seit gestern. Wenn die Täter immer nur schlaue Dinge machen würden, wenn es keine Fehler und Ungereimtheiten im Tatablauf gäbe, dann wäre unsere Aufklärungsquote ganz schön mies, das kann ich dir aber sagen. Sei froh über die Dinge, über die wir stolpern können.« Er zuckte mit den Schultern. »Möglicherweise ist eure Drohne so ein Stolperstein. Ich drücke euch die Daumen.« Nach einer kurzen Pause fügte er hinzu: »Whiteout ist Drohnenflieger.«

Bishop zog die Augenbrauen zusammen, um anzudeuten, dass er keine Ahnung hatte, wovon sein Freund redete. »Was meinst du?«

»Na ja, die Drohnen fliegen. Und Whiteout steuert die. Was gibt es daran denn nicht zu verstehen?«

»Aber warum? Im Park oder was? Mann, Helge, lass dir nicht alles aus der Nase ziehen.«

»Na, so genau weiß ich das auch nicht. Aber nee, nicht einfach so. Ich glaube, die fliegen Rennen mit den Dingern. Und haben so Brillen auf, wo sie aus Sicht der Drohne gucken. Und lassen die durch so Parcours rasen und so.« Er machte mit der Hand eine Bewegung, als würde er eine enge Kurve fliegen.

»Ich dachte, der Andy ist Programmierer.«

Ruhland wischte sich mit der Serviette den Mund ab und schob seinen Teller von sich fort, als hätte er gerade eine anstrengende Arbeit beendet. »Isser ja auch. Aber in seiner Freizeit fliegt er halt die Dinger. Also, ich glaube, vor allem schraubt er an denen rum. Die gehen wahrscheinlich auch schnell kaputt, wenn man die so rumsausen lässt. Und er kennt jedenfalls noch jede Menge anderer Leute, die das auch machen. Sobald du also weißt, was für ein Gerät da bei euch im Park abgestürzt ist, kannst du ihn ja mal anhauen.«

Bishop nickte nachdenklich und starrte auf seinen noch fast vollen Teller. Dann fiel ihm etwas ein. »Sag mal, kommst du heute Abend zum Training?«

Ruhland lachte. »Du gibst nie auf, oder?«

Bishop verzog das Gesicht zu einem schiefen Lächeln. Ruhland hatte vor ein paar Jahren das letzte Mal auf einem Rugbyplatz gestanden, seinen Abschied vom Team aber nie öffentlich verkündet. Sondern nur so etwas wie eine Auszeit genommen, während Bishop immer noch aktiv spielte. Aber beide wussten, dass Ruhland längst zu alt und zu fett war, um noch um das Ei zu kämpfen.

»Viel Spaß! Und grüß den Rest. Ich sehe euch bei der Vereinsfeier«, verabschiedete sich Ruhland mit einem Augenzwinkern und Schulterklopfen, bevor er sein Tablett wegbrachte.

11

Marika wollte gerade nach ihren Schlüsseln greifen, als es klingelte. Sie fluchte, drückte auf den Summer. Stand bereits in der offenen Tür, als der Postbote eine halbe Treppe weiter unten den Kopf nach oben reckte.

»Frau Kleebaum!«, begrüßte er sie freudig. Der Mann war seit Jahren ihr Paketbote und sowohl unglaublich freundlich als auch sehr bemüht. Einmal hatte er im Verteilerzentrum ein Paket, das an sie adressiert war, bei dem der Versender allerdings die Hausnummer vergessen hatte, abgegriffen, vor der Retoure bewahrt und ihr vorbeigebracht.

»Ich habe nichts für Sie«, sagte er und verzog dabei das Gesicht, »aber bei Yilderim ist niemand. Und Frau Schubert ist auch nicht da.« Jetzt sah er wirklich bekümmert aus.

Die alte Schubert aus der Parterrewohnung unten nahm sonst immer alles entgegen. Marika hatte bei ihr schon unzählige Pakete abgeholt.

Sie schüttelte den Kopf. Sinan Yilderim war ein eingebildeter Idiot, der seine Musik zu laut hörte, anzügliche Bemerkungen machte und ganz sicher niemand, für den sie ein Paket entgegennehmen wollte. »Es tut mir leid, das ist keine gute Idee. Ich bin nicht besonders oft zu Hause.« Sie wurde ungeduldig. Bishop würde nicht begeistert sein, wenn sie zu spät kam.

»Ich sehe Sie oft genug«, sagte er und zeigte seine Zähne in einem strahlenden Lächeln. Es stimmte, durch die unregelmäßigen Dienste sah sie ihn vermutlich tatsächlich öfter als viele normale Berufstätige.

Wieder huschte ein Anflug von Traurigkeit über sein Gesicht, und fast hätte sie gelacht. An ihm war so etwas wie ein Schauspieler verloren gegangen. »Bitte, Frau Kleebaum. Tun Sie es für mich.« Er sah auf das Paket in seiner Hand, als würde davon in der Tat etwas abhängen.

Sie seufzte. »Also gut.«

Sofort breitete sich ein breites Grinsen auf seinem Gesicht aus, und er sprang die letzten Treppenstufen nach oben, um ihr das Paket zu überreichen und sie unterschreiben zu lassen.

»Karte werfe ich unten rein«, rief er noch fröhlich, während er bereits wieder die Treppe hinunterhüpfte.

Marika warf das Paket hinter sich auf die Kommode im Flur und zog die Tür hinter sich zu, um zu gehen.

»Die Drohne ist eindeutig durch Sascha Eschenbach vom Himmel geholt worden«, verkündete Petersen. »Wir haben seine DNA an dem Stein gefunden. Er hat ihn geworfen, der Stein hat die Drohne erwischt und zu ihrem Absturz geführt.« Befriedigt drückte er sich mit beiden Armen in die Höhe und setzte sich auf seinen Schreibtisch.

Bishop und Marika standen bei ihm im Büro, während Brenner sich entschuldigt hatte, dass er später kommen würde.

»Habt ihr an der Drohne Fingerabdrücke entdeckt?«, wollte Bishop wissen.

»Leider nicht!« Petersen verzog das Gesicht. »Keinen einzigen.« Seine Miene verdüsterte sich. »Das heißt, da muss jemand penibel drauf geachtet haben. Zufällig passiert so etwas nicht. Eigentlich finden wir immer Abdrücke.«

Bishop verzog das Gesicht. »Das wäre vermutlich auch etwas zu einfach gewesen.«

»Kann man an so einer Drohne erkennen, wem sie gehört?«, fragte Marika.

Petersen schüttelte den Kopf. Nickte dann. »Also theoretisch schon, weil die seit einer Weile alle registriert sein müssen. Alle Drohnen über einem bestimmten Gewicht. Was auf unsere Drohne zutrifft. War aber nicht registriert, was leider kein Einzelfall ist. Entweder weil die Flieger das nicht wissen oder sie sich nicht drum scheren. Aber ohne die Registrierung haben wir keine Chance. Das ist nicht wie bei einem Handy oder so. Sobald der Kontakt zwischen Steuerungsgerät und Drohne abreißt, haben wir keine Möglichkeit, da irgendwas nachzuverfolgen.«

»Was kannst du uns zu der Drohne an sich sagen?«

Petersen beugte sich zur Seite, nahm einen Stapel Zettel zur Hand. »Ich habe hier die ganzen Infos für euch. Um es mal zu übersetzen: Das ist eine ziemlich hochwertige Drohne. Listenpreis so zwischen tausendfünfhundert, zweitausend, schätze ich. Aber das Ding ist umgebaut worden. Da hat jemand die Kamera ausgetauscht, der Sender an der Drohne wurde modifiziert, und im Inneren wurde auch ordentlich rumgelötet. Das heißt, ihr sucht nach jemandem, der sich hervorragend auskennt. Das war kein Anfänger.«

»Und die Drohne war eher so eine zum Überwachen und keine …« Bishop zögerte. Er musste an die Unterhaltung am Tag davor mit Ruhland denken. »Weiß nicht, also keine Drohne, mit der man Rennen macht?«

Petersen lachte. »Nein. Die sehen anders aus. Erkennt man schon an der Kamera. Die Drohne hier war dafür konzipiert« – und er fing an, die Punkte an den Fingern abzuzählen – »extrem hochauflösende und scharf gestochene Bilder zu liefern, sehr, sehr lange in der Luft zu bleiben, bevor sie wieder ans Dock muss, und dabei stabil in der Luft zu stehen. Schnell war die weiß Gott nicht.«

»Was heißt denn lange in der Luft bleiben?«

Petersen zuckte mit den Schultern. »Das können wir noch genauer testen, aber so grob geschätzt würde ich sagen, eine Stunde, maximal anderthalb.«

»Und das ist lange?«, fragte Bishop verblüfft.

»Die Racing-Drohnen, nach denen du gefragt hast? Deren Akkus haben bloß genug Saft für ein paar Minuten.«

»Wow! Das ist nicht lange«, entfuhr es Marika.

Petersen lachte. »Nein, nicht wirklich. Aber mehr Akku-Power heißt halt auch gleich wieder mehr Gewicht, was dann wiederum eine niedrigere Geschwindigkeit bedeutet. Da beißt sich die Katze in den Schwanz.«

Bishop wedelte ungeduldig mit der Hand. »Du hast Kamera gesagt. Die Aufzeichnungen, sind die in der Drohne?«

Petersen schüttelte den Kopf. »Nein. Die Drohne hat einen Slot für eine Micro-SD-Karte, aber der ist leer. Offenbar wurde der Feed direkt auf das Steuergerät übertragen und dort aufgezeichnet. Das hat den Vorteil, dass man zum einen deutlich mehr Speicherplatz zur Verfügung hat und zum anderen, dass man beim Absturz der Drohne, so wie hier, immer noch Zugriff auf die Daten hat.«

»Gehen so Drohnen öfter mal verloren?«, fragte Marika.

»Da bin ich echt kein Experte für, aber technisch gesehen kann das durchaus passieren. Wenn die Verbindung zwischen Drohne und Steuereinheit abreißt, wird's halt blöd. Das sind Funkwellen, die können in der Stadt schon mal unterbrochen werden.«

»Was denkst du, wie weit kann der Besitzer der Drohne maximal entfernt gewesen sein?«

»Um das zu beantworten, müssten wir uns die Technik noch einmal genauer ansehen und uns vor allem schlaumachen dazu. Aber ich denke mal, wenn da auch noch der Videofeed übertragen wurde, nicht allzu weit weg. Ein paar Hundert Meter, denke ich.«

Marika wandte sich an Bishop. »Dicht genug am Tatort.«

Der schwieg.

Während sie auf den Aufzug warteten, unterbrach Marika Bishops Grübeleien. »Was denkst du? Täter in der Nähe, wertvolle Drohne, dazu noch selbst dran rumgebastelt, also eine besondere Beziehung dazu – reicht das?«

»Ich weiß nicht. Selbst wenn der Täter schon im Park war, als Eschenbach seine Drohne zerstört hat, dann würden wir hier über Affekt reden. Und dann hatte der Täter zufällig ein Kampfmesser, eine Machete und jede Menge Plastiktüten dabei? Das passt doch alles nicht zusammen.«

»Also hatte der Täter schon vor, die beiden umzubringen. Hat sie deswegen beobachtet. Vielleicht schon länger? Und Sascha Eschenbach hat zufällig das Ding runtergeholt, bevor der Täter zugeschlagen hat? Klingt jetzt auch nicht einleuchtender, wenn du mich fragst.«

»Und wenn Eschenbach die Drohne schon früher bemerkt hat? Und sich deswegen dafür entschieden hat, sie vom Himmel zu holen?«

Die Aufzugtüren öffneten sich, und Bishop bedeutete

Marika einzutreten. »Oder aber die Drohne hat einfach gar nichts mit dem Mord zu tun.«

Drinnen drückte er den Knopf und wartete darauf, dass die Türen sich wieder schlossen. »Da wir aber wissen, dass Eschenbach sie zerstört hat, klingt das auch nicht sehr plausibel.« Er wechselte das Thema. »Haben die alten Fälle etwas ergeben?«

Marika schaute in einen Ordner, den sie mit in Petersens Büro gebracht hatte.

»Leider keine Enthauptungen oder versuchte Enthauptungen in letzter Zeit. Zwei Fälle in den letzten drei Jahren, in denen jemand eine Machete benutzt hat, um anderen Gewalt anzudrohen. In beiden Fällen wurde aber niemand verletzt.«

»Wie lange her?«

»Sechs Monate und der andere zweieinhalb Jahre.«

»Beides männliche Täter?«

Marika nickte.

»Überprüf sie. Auch wenn das ziemlich dürftig ist.«

»Wir sind schon dabei.«

»Was noch?«

Marika studierte erneut die Unterlagen. »Einen Mann, der in den Neunzigerjahren beide Großeltern enthauptet hat.«

»Wo ist der Kerl jetzt?«

»Der ist tot. 2002 im Gefängnis verstorben.«

Bishop brummte unzufrieden. »Noch jemand?«

»Ein junger Mann, der versucht hat, seiner Nachbarin den Kopf abzuschlagen. Der hat behauptet, sie würde ihn nachts mit Einflüsterungen quälen.«

»Hat's geklappt?«

Marika schüttelte den Kopf. »Er hat sich derart dilettantisch angestellt, dass er die Frau zum Glück nur verletzt hat, wenn auch schwer. Aber sie hat überlebt.«

»Und er? Sag nicht, der ist auch tot.«

Sie grinste. »Nee, hilft uns aber auch nicht weiter. Der sitzt in Sicherungsverwahrung.«

Bishop stieß genervt die Luft aus.

Sie gingen den Flur entlang in Richtung des Büros.

»Wir schauen uns den Knaben trotzdem mal an. Muss ja nicht er selbst gewesen sein.«

Marika antwortete nicht, weil sie beide wussten, dass das eine extrem dünne Spur war, die vermutlich nichts einbringen würde.

»Was ist mit Gewalt gegen Tiere?«, fragte er schließlich.

»Der Büffelmörder von Bernburg«, antwortete Marika.

Bishop blieb stehen und sah sie an. »Was bitte?«

»Wir haben da einen Mann, der ist vor knapp anderthalb Jahren verurteilt worden, mehrere Büffel im Kreis Bernburg mit einem Schwert getötet zu haben.«

»Bernburg? Wo liegt das?« Sie waren am Büro angekommen, und erneut ließ Bishop Marika den Vortritt. Sie schaute ihn kurz irritiert an, ging dann aber hinein.

»Bernburg an der Saale. Ist gar nicht weit von hier, südlich von Magdeburg. Knapp zweihundert Kilometer.«

Bishop zog sich einen der Stühle vor und setzte sich. Dabei verzog er leicht das Gesicht. »Und was für ein Schwert?«, stieß er hervor.

»Alles in Ordnung?«, wollte Marika besorgt wissen.

Er winkte ab. »Wir hatten gestern Training, da bleiben ein paar blaue Flecken immer nicht aus. Und das Alter hinterlässt ebenfalls seine Spuren.«

Sie lachte. »Ich weiß, was du meinst. Nach einem Wettbewerb am Wochenende frage ich mich auch immer die nächste Woche, warum ich mir das eigentlich antue.

Wo ich auch schön gechillt auf der Couch rumliegen könnte.«

Marika ging zu ihrem Schreibtisch und schaute in die Unterlagen. »Offenbar war es ein zweihändiges Schaukampfschwert. So eins, mit dem auf Mittelaltermärkten gekämpft wird. Nur dass die meisten keine scharfe Klinge haben. Der Büffelmörder hatte seins rasiermesserscharf geschliffen.«

»Und damit hat er dann Kühe umgebracht?«

»Keine Kühe. Büffel.«

»Die gibt's in Bernburg?«

»Wenn man sie züchtet, schon.«

»Okay«, sagte Bishop bloß und fuhr seinen Rechner hoch.

»Was machst du?«, fragte Marika, die seine Betriebsamkeit beobachtete. Bishop hielt inne. »Ich schaue nach, wo Bernburg liegt.«

»Und dann?«

»Dann fahren wir da hin.«

»Ernsthaft?«

Statt ihr zu antworten, sah Bishop genervt auf. »Wo ist eigentlich Brenner?«

»Der hat sich heute Morgen abgemeldet. Keine Ahnung, ich glaube, mit seinem Kind ist was. Krank oder so.«

»Und er hat sich bei dir gemeldet?«

Marika nickte.

Bishop schürzte die Lippen. »Ist das jetzt ein gutes Zeichen, weil es heißt, dass ihr angefangen habt, eure Differenzen auszuräumen, oder ein schlechtes, weil er keinen Bock hat, seinem Chef davon zu erzählen?«

Marika zuckte mit den Schultern. »Was weiß ich. Best Buddies sind wir jedenfalls noch lange nicht.«

»Ja, ja, schon klar«, brummte Bishop.

Marika versuchte das Thema zu wechseln. »Okay, wie ist jetzt der Plan?«

»Leite mir mal das Zeug zu dem Büffeltypen weiter. Ich schaue mir das an, und dann kontaktieren wir die Kollegen da unten.«

David schaute überrascht auf, als Bishop und Marika in das Büro traten.

»Ah, der Herr Brenner beehrt uns auch mal wieder mit seiner Anwesenheit«, sagte Bishop bissig, während er sich an seinen Schreibtisch setzte.

Marika warf David einen Blick zu, den er nicht richtig deuten konnte.

Ein Blick auf die Uhr zeigte, dass es bereits nach vier war. »Wo wart ihr?«, fragte David. Als er vormittags endlich ins Büro gekommen war, waren die beiden bereits außer Haus gewesen, und auf seine Anrufe hatte keiner der beiden reagiert. Und jemanden wie Harro Frams hatte David nicht anrufen wollen. Das wäre ihm vollkommen erbärmlich vorgekommen. »Herr Frams, ich weiß nicht, wo mein Team ist, und die lassen mich nicht mitspielen! Können Sie mir nicht helfen?«

»Bernburg an der Saale«, sagte Bishop, als ob das irgendwas erklären würde. Er schaute nicht von seinem Computer auf und tippte etwas auf der Tastatur ein.

Hilfesuchend sah David zu Marika.

Sie erbarmte sich seiner. »Der Büffelmörder von Bernburg. Hat dort eine Reihe von Büffeln enthauptet.«

»Und?«, fragte David.

Marika schüttelte bloß den Kopf, während Bishop sich gar nicht regte.

David fing an, wütend zu werden. »Was soll das werden, wenn es fertig ist? Könnt ihr den Kinderkram lassen und mich wieder an Bord holen, bitte?«, schnaubte er.

Bishop hob den runden Schädel und starrte David einen Moment aus kleinen Augen an, bevor er fragte: »Wo warst du heute Morgen?«

David ignorierte, dass Bishop plötzlich angefangen hatte, ihn zu duzen. Ob das ein gutes oder ein schlechtes Zeichen war, konnte er nicht sagen. »Es ging um meine Tochter!«, presste er heraus. Er hatte die Formulierung gewählt, um nicht geradeheraus lügen zu müssen. Tatsächlich war er, nachdem er Zoé in den Kindergarten gebracht hatte, zurück nach Hause gefahren und hatte dort fast anderthalb Stunden im Kinderzimmer gesessen und geheult. Erbärmlich geflennt, und es hatte ihn immer wieder geschüttelt, als würde es ihn gleich zerreißen. Er konnte das Gefühl nicht loswerden, Zoé bereits zu verlieren. Auch wenn es dafür keinen Grund gab. Es fühlte sich an, als würde er sie allein mit seiner Entscheidung für einen Test verraten. Als wäre er nicht stark genug, so etwas auszuhalten. Er kam sich wie ein Feigling vor.

Irgendwann hatte er es auf wackeligen Beinen geschafft, aufzustehen und sich so weit zu fangen, dass er Marika anrufen konnte. Sich bei Bishop zu melden, hatte er sich nicht getraut. Warum, wusste er nicht genau. Marika hatte vermutlich bessere Antennen dafür, dass er sich nicht normal verhielt, und sofort gefragt, ob alles in Ordnung sei. Aber bei der Erwähnung von Zoé hatte sie nicht tiefer gebohrt.

»Was war mit deiner Frau?«, brummte Bishop, noch nicht versöhnt.

»Sag mal, was ist denn das für eine Frage?«, rief Marika verärgert, bevor David antworten konnte. Beide Männer sahen sie an.

»Fragst du jetzt im Ernst, warum sich Davids Frau nicht um das Kind kümmern kann? Damit der Mann die wichtigen Sachen erledigen kann?« Sie schien umso wütender zu werden, je länger sie sprach. »Das ist genau die Art von sexistischem Kackscheiß, mit dem ich jeden Tag zu tun habe. Bitte nicht auch noch hier, in dieser Abteilung, ausgerechnet von dir, Craig!«

Bishop schien von Marikas Reaktion komplett überrascht. Fast hilfesuchend sah er David an, aber als von dem keine Reaktion kam, verdüsterte sich seine Miene. »Also, entschuldige mal, wir reden hier von der Mordkommission. Es ist ja nicht so, als ob Brenner, ich weiß nicht, Regale im Supermarkt einräumen würde.«

»Und was macht seine Frau?«, fragte Marika aggressiv.

Bishop stutzte. »Was meinst du?«

»Was seine Frau arbeitet, will ich wissen.«

Bishop sah kurz auf Brenner, dann wieder auf Marika. »Keine Ahnung«, gab er hilflos zu. »Was macht sie?«

»Ich weiß es auch nicht.«

Bishop wollte gerade empört zu einer Antwort ansetzen, als sie weiterredete und ihm ins Wort fiel: »Aber du maßt dir an, zu entscheiden, dass seine Frau sich ja um das Kind kümmern könnte, weil die – ganz offensichtlich – einen weniger wichtigen Beruf als ihr Mann ausübt. Oder«, fuhr sie fort und redete dabei immer schneller und lauter, »weil es einfach *immer* die Sache der Frau ist, sich um das Kind zu kümmern? Ist es das?«

Bishop sagte nichts.

»Vielleicht ist sie Herzchirurgin oder Bundeskanzlerin oder hat einfach nur einen wichtigen Termin, den sie nicht verpassen will, oder, Gott bewahre, ist sie auch einfach schon öfter zu Hause geblieben, und heute war einfach mal ihr Mann dran!« Sie zeigte auf David, der trocken schluckte. Er kam sich wie ein Scharlatan vor, weil er eben nicht am Bett seiner todkranken Tochter gesessen, sondern bloß im Kinderzimmer gehockt und geheult hatte.

»Ich jedenfalls rechne ihm das hoch an, und du, Craig, kannst mal überlegen, wie viel Chauvi eigentlich so in dir drinsteckt.«

Bishop sah sie verärgert an. »Fertig?« Auf ihre Vorwürfe ging er nicht ein.

Marika sagte einen Augenblick nichts, schließlich nickte sie. Sie schien ihr Pulver verschossen zu haben.

»Gut. Dann würde ich gerne mit unserer eigentlichen Arbeit weitermachen, wenn das hier niemanden stört«, sagte er und wandte sich wieder seinem Bildschirm zu.

In diesem Moment klingelte eines der Telefone. Marika nahm ab. Sie hörte kurz zu und nickte. »Einen Moment, bitte«, sagte sie und deckte den Hörer ab.

»Was gibt es?«, wollte Bishop wissen.

»Es gab einen Anruf von dem Hausmeister. Manuel Kamander ist in seiner Wohnung aufgetaucht. Eine Streife ist unterwegs. Sollen sie ihn herbringen, oder fahren wir hin?«

Die beiden sahen Bishop an, der kurz überlegte. »Sag ihnen, sie sollen ihn dabehalten. Wir holen ihn ab.«

»Alles klar, wir kommen«, gab Marika durch und legte auf.

»Ich will einen Blick in die Wohnung werfen«, erklärte Bishop, ohne dass ihn jemand in Frage gestellt hätte.

»Sie ist Leiterin einer Personalabteilung. Großes Softwareunternehmen«, sagte David unvermittelt. Beide sahen ihn an. »Meine Frau. Maren. Das ist ihr Job.« Weitere Erklärungen bot er nicht an, und die anderen beiden fragten nicht.

Kurz darauf befanden sich alle drei auf dem Weg nach unten zu den Parkplätzen.

Im Gehen entriegelte Bishop das Fahrzeug. Marika

stockte kurz und sah David an. Offenbar hatte sie darüber nachgedacht, wer vorne sitzen durfte.

David musste an die Kämpfe früher mit seinem Bruder denken: *ErsterVornesitzerohneStreitTippTopp!,* hatten sie gebrüllt und ihre Eltern damit genervt. Mit einem kleinen Lächeln bedeutete er Marika, vorne einzusteigen. Für sich selbst öffnete er die hintere Tür.

Kurz darauf hielten sie in Neukölln in der zweiten Reihe. Vor ihnen stand der Streifenwagen der Beamten, und einer der Uniformierten empfing sie unten an der Tür. Sie folgten ihm die Treppe in den zweiten Stock des Vorderhauses.

Das Haus befand sich innen in einem überraschend guten Zustand. Nachdem David die abbröckelnde Fassade draußen gesehen hatte, war er auf das Schlimmste gefasst gewesen, aber innen waren die Wände sauber gestrichen, die Treppen und das Geländer lackiert, und es fanden sich weder Graffiti noch Tags oder Sperrmüll auf den Fluren. Da hatte David schon ganz andere Häuser hier im Bezirk gesehen.

Oben stand die Tür offen, und nachdem sie sich auf dem Abstreifer die Schuhe geputzt hatten, betraten sie den engen Flur. Wieder ließ David Marika den Vortritt. Ihren genervten Blick konnte er nicht ganz deuten.

Der Flur der Altbauwohnung war unter der Decke für zusätzlichen Stauraum abgehängt. Nach rechts ging es in eine Küche, in der neben der Küchenzeile ein Tisch und zwei Stühle standen. Die Tür hatte man rausgenommen, vermutlich, um mehr Platz zu schaffen. Die ganze Wohnung machte einen aufgeräumten und ordentlichen Eindruck.

Dann gingen sie an zwei verschlossenen Türen vorbei

und betraten schließlich das Wohnzimmer, vermutlich den größten Raum der Wohnung.

Dort saß ein junger Mann, vielleicht Mitte zwanzig, den David als Manuel Kamander von den Fahndungsfotos wiedererkannte. Er trug ein weites Sportjersey und seine Arme waren fast vollständig mit Tattoos bedeckt. Die braunen Haare waren in einem Undercut geschnitten. In beiden Ohren trug er mehrere Ohrringe. Seine verblichene Jeans war zerrissen, aber es war nicht zu erkennen, ob das Verschleiß oder Style sein sollte. Die Haut war tief gebräunt, und David musste sofort an einen Surfer oder Skater denken.

Neben ihm stand ein uniformierter junger Beamter, der sie mit einem Kopfnicken begrüßte.

»Manuel Kamander?«, fragte Bishop, und nach dem Nicken des Mannes stellte er sich und sein Team vor. Der Beamte schob sich an ihnen vorbei, vermutlich, um vorne an der Haustür zu warten.

Bishop hatte sich einen weiteren Stuhl herangezogen und sich ungefragt neben Kamander gesetzt. »Wissen Sie, warum wir hier sind?«, fragte er nach einem Moment.

Kamander sah ihn nicht an, sondern starrte weiter auf den Teppich. Als Bishop gerade noch einmal ansetzen wollte, sagte Kamander: »Hab gehört, der Wichser Eschenbach hat ins Gras gebissen.«

»Er ist tot, ja. Und Ihr Trainer hat uns erzählt, dass Sie in der letzten Zeit häufiger Ärger mit ihm hatten.«

»Der Arsch hat dafür gesorgt, dass ich aus dem Team geworfen wurde. Der hatte es auf mich abgesehen.« Kamander spuckte fast, so wütend sprach er.

»Warum genau?«

David war beeindruckt davon, wie ruhig Bishop blieb.

»Also, wie hat er dafür gesorgt, dass Sie das Team verlassen mussten?«

Kamander verzog das Gesicht. »Der hat mich beim Coach angeschwärzt. Sich als Hilfspolizist aufgespielt. Der Typ hat gedacht, er ist die Nummer eins im Team, und alle anderen sind nur Statisten.«

»Und deswegen haben Sie sich mit ihm angelegt?«

Kamanders Kopf zuckte herum, und er starrte Bishop an. »Er hat sich mit *mir* angelegt, so wird ein Schuh draus. Wenn sich der Wichser einfach um seinen eigenen Scheiß gekümmert hätte, dann hätte es doch gar kein Problem gegeben!«

David überlegte, ob Kamander Drogen konsumierte. Seine Pupillen waren geweitet, beim Reden gestikulierte er wild mit den Händen, und ab und zu schien er in seiner Wut Mühe zu haben, seine Aussprache zu kontrollieren.

Geduldig fragte Bishop: »Was war denn der *offizielle* Grund, warum Sie das Team verlassen mussten?«

Kamander sah ihn an, blinzelte. Sah aus, als müsste er kurz überlegen. Dann antwortete er: »Angeblich habe ich ein Mädchen geschlagen.«

»Aus dem Team?«

Kamander nickte. »Ja.«

David zog unbewusst die Augenbrauen hoch, bemühte sich aber sofort um einen neutralen Gesichtsausdruck. Er kannte nicht viele Teams, in denen Männer und Frauen gemeinsam spielten, aber wenn er das aussprach, würde Marika ihm vermutlich sofort den Macho unterstellen.

»Haben Sie aber nicht?«

Kamander zögerte. »Nicht wirklich, nein.«

David musste sich zusammenreißen, bei der Formulierung nicht mit den Augen zu rollen. Ein Seitenblick auf Marika zeigte ihm, dass sie ihn beobachtet hatte, und vermutlich ähnlich dachte. Um ihre Lippen spielte ein kleines Lächeln.

»Wie kann man denn jemanden ›nicht wirklich‹ schlagen? Kam es zu einem Übergriff Ihrerseits oder nicht?«, bohrte Bishop weiter.

»Das war ein Missverständnis. Wir haben uns gestritten. Die kleine Fotze hat mir ins Gesicht geschlagen und mich geschubst, da ist mir die Hand ausgerutscht. Ich habe mich beim Coach entschuldigt«, erklärte er mit ausgebreiteten Armen.

»Beim Coach? Nicht bei ihr?«, fuhr David aggressiv dazwischen. Bishop warf ihm einen warnenden Blick zu.

»Wann haben Sie Eschenbach das letzte Mal gesehen?«, wollte Bishop wissen.

»Nachmittags, bevor es ihn erwischt hat«, sagte Kamander leise.

»Wo war das?«

»Beim Training.«

»Aber Sie waren doch gar nicht mehr im Team. Der Coach hatte Sie längst rausgeworfen, richtig?«

»Fuck, ja! Aber …« Kamander brach ab, starrte auf den Boden. »Das ist doch Scheiße«, sagte er dann. Sah Bishop eindringlich an. »Ich bin seit fast fünf Jahren in dem Team! Die können mich nicht einfach so loswerden, nicht wegen so einer dämlichen Lappalie!«

Bishop sagte nichts, sah ihn bloß an. Kamander fuhr fort: »Ich bin oft noch da. Schaue dem Training zu. Ich weiß auch nicht, fühlt sich komisch an, in der Zeit irgendwas anderes zu machen.«

»Sie waren also beim Training. Bis zum Ende?«

Kamander nickte.

»Und dann sind Sie Eschenbach und seiner Freundin gefolgt?«

»Was? Nein!« Kamander schüttelte den Kopf. Lehnte sich zurück, als müsste er möglichst viel Abstand zwischen sich und Bishop bringen. »Ey Mann, das könnt ihr mir nicht anhängen! Damit habe ich nichts zu tun. Nur weil ich den Arsch nicht ausstehen konnte, heißt das nicht, dass ich ihn abgemurkst habe.« Er starrte Bishop an, schüttelte den Kopf. »Echt nicht!«

»Was haben Sie nach dem Training gemacht?«

»Ich bin zu einem Kumpel in der Boddinstraße. Können Sie überprüfen!«

Mit einem Seufzer erhob sich Bishop und bedeutete David und Marika, auf den Flur zu treten.

»Was machen wir mit ihm?«, wollte sie mit leiser Stimme wissen.

»Mitnehmen, seine Aussagen zu Protokoll nehmen, den Kumpel finden.«

»Was ist mit der Wohnung?«, fragte David.

Bishop zuckte mit den Schultern, sah sich um. »Hängt wohl davon ab, ob es diesen Kollegen gibt und was der sagt. Danach wird sich entscheiden, ob wir hier noch mal durchdürfen oder nicht. Aber der hat uns hier ohne Protest reingelassen. Kann mir nicht vorstellen, dass wir fündig werden.«

Marika ging, um die Streifenbeamten zu instruieren, während David seinen Chef die Treppe nach unten begleitete.

»Was denkst du?«, fragte er, als sie vor der Tür standen. Bishop sah das Haus hinauf, als könnte er auf diese Weise in die Wohnung und auf Kamander schauen.

»Weiß nicht. Irgendwas an dem Typ stimmt nicht, und ich bin nicht sicher, ob er uns vollständig die Wahrheit sagt, aber ob er unser Mann ist …«

12

Brenner betrat das Büro und schüttelte sofort den Kopf, als ihn Marika und Bishop fragend anschauten.

»Der Kumpel existiert, heißt Lukas Mellmann und hat Kamander in der Tat ein Alibi gegeben.«

Bishop verzog das Gesicht. Auch wenn er damit gerechnet hatte, wäre es trotzdem um einiges einfacher gewesen, wenn sie Kamander als Tatverdächtigen weiter hätten festsetzen können. »Also gut, lasst ihn gehen.«

Brenner nickte und griff nach dem Telefon.

»Aber mit dem stimmte doch was nicht«, sagte Marika. »Der Typ war irgendwie komisch. Ich bin mir ziemlich sicher, dass der gelogen hat.«

Bishop nickte. »Ich mir auch. Glaube auch nicht, dass wir mit dem schon fertig sind.« Er stand auf, um die Jalousien herunterzulassen. Die Sonne stand tief und blendete ihn.

»Was machst du heute noch?«, fragte sie unvermittelt.

»Ich wollte mich mit einem Kumpel, Whiteout, treffen. Mir etwas über Drohnen erzählen lassen.«

»Haben wir nicht jemanden hier, der darüber Bescheid weiß?«

Bishop nickte. »Haben wir. Theoretisches Wissen. Whiteout hängt mit Leuten ab, die das *leben*. Typen, die vermutlich genauso verrückt sind wie der, dem die Drohne in der Hasenheide gehört hat.« Nach einem Moment fügte er hinzu: »Willst du mitkommen?«

Sie wirkte überrascht. Er selbst wusste nicht genau, warum er gefragt hatte.

»Zählt das als Überstunden?«, fragte sie dann mit einem Grinsen. Er schnaubte bloß.

Dann sagte sie. »Warum nicht! Klingt lustig.«

Bishop nickte, und als er sich daranmachte, seine Sachen zusammenzuräumen, bemerkte er aus dem Augenwinkel Brenners Blick. Der hatte die Unterhaltung offenbar mitbekommen, und kurz fragte er sich, ob es schlau gewesen war, Marika mitzunehmen. Falls sich Brenner jetzt ausgeschlossen fühlte, war das seiner Teambildung nicht gerade zuträglich. Aber mit beiden bei Whiteout aufzukreuzen, würde definitiv zu sehr nach offizieller Ermittlung aussehen, das wollte er seinem Freund nicht antun.

An der Tür verabschiedeten sie sich von Brenner. Bishop kam es vor, als würde er dessen Blick noch bis zum Fahrstuhl im Rücken spüren.

Sie stiegen die schmale Betontreppe nach oben und betraten den »Computer-Club«, wie Whiteout es nannte, über eines der Rolltore in einer Ladebucht. Weil es nur halb nach oben gezogen war, mussten sie sich bücken, um in das Innere zu treten.

Sie waren mit Bishops Wagen nach Kreuzberg gefahren und hatten in einem Gebiet aus Werkstätten, Brachen und Industriehöfen auf einem verwinkelten Hinterhof geparkt. Den »Arsch von Kreuzberg«, nannte Whiteout die Gegend. Den Teil von Kreuzberg, der noch nicht von Sushiläden, Cocktailbars und Bio-Burger-Restaurants überwuchert war.

Bishop gab Marika einen Augenblick, in dem sie sich staunend umsah. »Das ist jetzt nicht das, was ich erwartet habe«, sagte sie schließlich.

Er lachte. »Was hast du denn gedacht, wie es hier aussieht?«

»Ich weiß nicht. Dunkel. Fenster abgehängt, alles voll mit Zeug. Riesige Plastikschläuche an der Decke und eine Atmosphäre wie aus einem *Alien*-Film. So halt.«

Sie gingen gemeinsam einen Gang aus höhenverstellbaren Arbeitstischen mit jeder Menge Computern und Bildschirmen entlang. Die gesamte Nordseite der Halle war aus Glas, mit einem spektakulären Blick auf die Spree und einem wunderschönen, verwunschen wirkenden Garten davor. Die Abendsonne tauchte die Halle in ein atemberaubendes Licht.

An vereinzelten Tischen saßen Menschen verschiedensten Alters und arbeiteten. Nur ab und zu warf ihnen jemand einen kurzen Blick zu, oft begleitet von einem Lächeln. Ein junger Mann zu ihrer Rechten mit Hornbrille und Undercut sah zu ihnen auf. »Hey«, begrüßte er sie.

»Wir sind mit Whiteout verabredet«, sagte Bishop. Der junge Mann stand auf und deutete auf eine Sofaecke in der Nähe des Fensters. »Ich gebe ihm Bescheid. Nehmt euch doch etwas zu trinken.«

Während sie sich auf eines der grauen Sofas setzten, verschwand der junge Mann durch eine Seitentür. Bishop konnte einen Blick auf weitere Schreibtische und große Racks mit Computer-Bauteilen werfen. Neben ihrer Couch stand gegenüber eine weitere sowie ein einzelner Sessel, und zu ihrer Rechten befand sich ein niedriger Tisch mit Zeitschriften und verschiedenen alkoholfreien Getränken.

»Das ist hier wie in einer Agentur oder so«, flüsterte Marika. »Ich komme mir vor, als würden wir gleich das neue Weblayout mit unserem Chefdesigner besprechen.« Bishop musste lachen.

Kurz darauf erschien Whiteout und begrüßte sie beide mit Handschlag. Er setzte sich in den Sessel.

»Marika hatte sich etwas anderes vorgestellt«, verriet Bishop. Fragend sah Whiteout sie an. Bishop vermutete, dass Marika von Whiteout sicher ebenfalls ein falsches Bild im Kopf gehabt hatte. Das enge Shirt brachte den athletischen Körper gut zur Geltung, einzig die strähnigen, langen Haare, Zeichen bester Nerdkultur, dürften ihren Erwartungen entsprochen haben.

»Na ja, ich weiß auch nicht«, begann sie. »Nach dem, was mir Craig erzählt hat, bin ich von etwas ganz anderem ausgegangen. Einer Art Hacker-Höhle.«

»Keine Sorge, so falsch liegst du damit nicht. So hat es hier durchaus auch mal ausgesehen. Aber irgendwann war es Zeit, ordentlich durchzulüften. Der Vorstand des Vereins hatte gewechselt, jede Menge junger Leute, und danach hat sich hier so einiges geändert.«

In diesem Moment kam der junge Mann zurück und stellte ihnen ein Tablett mit Kaffeetassen auf den kleinen Tisch. Sie bedankten sich.

»Habt ihr hier so eine Art Hierarchie?«, fragte Marika, nachdem sich der Mann entfernt hatte.

»Weil Johannes uns Kaffee gebracht hat?« Whiteout lachte. »Nein, keine Praktikanten oder so. Bosse gibt es auch keine. Den Kaffee haben wir bekommen, weil ich Gäste habe. Wenn es andersherum ist, bringe ich die Heißgetränke.« Dann änderte sich sein Tonfall, er wurde ernster. »Aber ihr seid sicher nicht hier, um die Räumlichkeiten oder unseren Kräutergarten zu bewundern.«

Bishop schüttelte den Kopf. »Nein, in der Tat. Helge hat erzählt, dass du dich in deiner Freizeit mit dem Fliegen von Drohnen beschäftigst.«

Whiteout antwortete nicht, sondern zog nur eine Augenbraue leicht nach oben. Er wartete auf weitere Erklärungen.

Bishop räusperte sich. In kurzen Zügen umriss er, was es mit der gefundenen Drohne auf sich hatte, ohne konkret auf die Details des Falls einzugehen.

Als er fertig war, lehnte sich Whiteout zurück und trank seinen Kaffee. Er schien nachzudenken. Schließlich sagte er: »Ein paar Leute aus dem Club hier machen Drone-Racing. Aber die Drohnen, die wir da benutzen, haben nicht besonders viel mit einem Kopter zu tun, wie du ihn beschreibst. Das ist ungefähr so, als würdet ihr zu einem Ferrarihändler gehen, weil ihr einen gestohlenen Lastwagen sucht.« Er machte eine Pause, und Bishop wollte gerade etwas erwidern, als Whiteout fortfuhr: »Aber du hast gesagt, an dem Ding wurde ordentlich rumgebaut.« Bishop und Marika nickten beide.

Mit einem Grinsen sagte Whiteout: »Wer weiß, vielleicht liegen die beiden gar nicht so weit auseinander. Womöglich haben wir es ja mit einem getunten Renn-Lastwagen zu tun.«

»Du hast mal erzählt, dass es durchaus möglich ist, Programmierer an ihrem Code zu erkennen. An der Art, wie sie schreiben.«

Whiteout nickte, winkte aber sofort ab, als wüsste er bereits, worauf Bishop hinauswollte. Der fuhr unbeirrt fort: »Wenn man auf den Platinen und im Inneren so eines Geräts arbeitet, gibt es da auch so eine Handschrift?«

»Wenn, dann hat die noch niemand erforscht. Nein, tut mir leid, das könnt ihr vergessen. So individuell ist das Löten nicht.«

Bishop schnaubte frustriert. »Das heißt, wir haben gar nichts. Nichts, was die Drohne mit unserem möglichen Täter verbindet.«

»Nein, euren Täter mit der Drohne nicht. Aber diese

Verbindung hättet ihr mit einer solchen ›Bastler-Handschrift‹ ja auch nicht gehabt. Bloß die Verbindung zwischen Drohne und Pilot.«

Jetzt sah Bishop Whiteout an, um zu sehen, worauf der hinauswollte.

»Okay, was ich sagen will: Wenn der Besitzer eurer Drohne sie auseinandergenommen und modifiziert hat, wenn das ein begeisterter Drohnenflieger ist, dann hat der noch mehr von den Dingern. Dann hat der zu Hause eine Werkbank, auf denen er sie bearbeitet. Eine Ladestation, die Unmengen an Strom frisst, um die ganzen Akkus aufzuladen. Dann beschäftigt der sich auch sonst mit Drohnen. Drohnenfliegen ist ein Lifestyle. Das ist wie ... Surfen oder Tauchen. Oder Fallschirmfliegen. Das machst du nicht nur alle paar Wochen oder Monate, damit beschäftigst du dich täglich, in der einen oder andern Form.«

Bishop nickte, damit er weiterredete.

»Und das bedeutet, dass der Kreis von solchen Leuten nicht wahnsinnig groß ist. Von ernsthaften Drohnenfliegern, also nicht nur so Leute, die sich eine Drohne online kaufen und damit ein bisschen rumfliegen, gibt es in der Stadt vermutlich weniger als tausend, würde ich schätzen.« Er grinste. »Das macht den Kreis eurer Verdächtigen doch ziemlich klein, oder? Jedenfalls verglichen mit anderen Ermittlungen.«

Marika warf ein: »Wie sind diese Leute organisiert? Wie treffen Drohnenflieger andere Hobbyisten?«

»Die üblichen Kanäle. Discord, Facebook, Insta oder Reddit sowie die ganzen Social Media Apps. Du lernst einen kennen, daraus erwachsen weitere Kontakte, zack, kennste quasi alle.«

»Du aber nicht«, stellte Bishop fest.

Whiteout zuckte mit den Schultern. »Weiß man nicht.

Aber wie gesagt, die Drohne, von der du erzählst hast, ist, was wir eine ›Spanner-Drohne‹ nennen. Die lässt jemand durch die Gegend fliegen und findet es geil, die Menschen heimlich zu beobachten. Jemand, der auch nachts vor den Fenstern rumfliegt, in der Hoffnung, jemanden nackt oder beim Sex zu erwischen.«

Marika schüttelte es. »Wenn ich mir vorstelle, ich wohne irgendwo ohne Häuser gegenüber, da komme ich doch nicht auf die Idee, die Vorhänge zuzuziehen, nur damit so ein Nerd mich nicht filmt.«

Bishop dachte nach. »Gibt es so etwas online? Also Plattformen, wo Menschen solche Filme austauschen? Ich weiß, dass es von heimlich gefilmten Videos am Strand oder in Umkleidekabinen Hunderttausende gibt. Eventuell tauschen sich die Drohnenspanner ähnlich aus.«

»Gut möglich«, gab Whiteout zu. »Allerdings nicht meine Expertise. Ich könnte dir höchstens zeigen, wo du die geilsten Racing-Videos findest.«

»Da kümmern wir uns drum«, sagte Marika. »Ich bin mir sicher, dass es da einen Austausch gibt.«

»Ihr könntet heute Abend mit zum Racing kommen«, schlug Whiteout vor. »Auf der Treptower-Seite vom Kanal gibt es ein Event, da könnt ihr euch ein Bild von der Szene machen. Ist nicht weit von hier, und ich gehe sowieso dorthin.«

Bishop sah Marika fragend an, aber die schüttelte den Kopf. »Tut mir leid, ich bin verabredet.«

»Was ist mit dir?«, fragte Whiteout.

Bishop zuckte mit den Achseln. »Single, keinen Hund, keine Katze und heute kein Sport – ich habe nichts vor!«

Marika kam die Treppe hoch und sah den Post-it an der

Tür hängen. Sie zog ihn ab und las ihn: »Wo ist mein Paket?« In ihrem Kopf las sie die Zeilen in einem Berliner Kiezdeutsch, obwohl Sinan gar nicht wirklich so sprach. Jedenfalls soweit sie das den wenigen Malen, die sie sich gesehen hatten, entnehmen konnte. Aber sein ganzes Gebaren passte derart hervorragend zu diesem »Ethnolekt«, wie es ihre Schwester nennen würde, dass sie nicht anders konnte.

Mit einem Kopfschütteln knüllte sie das Papier zusammen, schloss auf und warf den Zettel auf den Karton, der auf der Kommode lag. Sagte in übertriebenem Ghettoslang: »Wo iss mein Paket, Mann! Walla!« Lachend ging sie, um ihre Sporttasche zu packen.

Als sie ihren Sport-BH nicht sofort fand, lief sie suchend herum und sagte immer wieder mit tiefer Stimme: »Wo iss mein BH, Mann? Alta-lan, wo iss mein BH, du Kek?«

Schließlich hatte sie ihre Sachen beisammen und wollte gerade zu ihrer Verabredung mit Doro zum Bouldern gehen, als ihr etwas einfiel. Sie ging noch einmal zurück, holte sich ein Post-it und einen Stift, schrieb etwas darauf und ging dann nach oben in den vierten Stock. Das Licht hatte sie ausgelassen, und mit angehaltenem Atem lauschte sie, ob sie etwas in seiner Wohnung hören konnte, war sich aber nicht sicher. So vorsichtig wie möglich klebte sie das Post-it an seine Tür.

Sie kam sich vollkommen albern vor. Falls er zu Hause war, würde er wohl kaum auf das Kratzen eines kleines Stück Papiers an seiner Tür lauschen, um sie dann aufzureißen und Marika zu überraschen. Und der erwachsene Move wäre ohnehin, einfach zu klingeln und ihm sein verdammtes Paket zu geben.

Trotzdem grinste sie breit, als sie den Zettel angebracht hatte und die Treppe langsam wieder hinunterstieg.

Sie warf einen letzten Blick über die Schulter und konnte das kleine gelbe Quadrat gerade noch erahnen. Das Quadrat, auf dem stand: »In meiner Wohnung!« Auf das »du Opfer« hatte sie gerade noch so verzichten können.

Whiteout führte sie an dem kleinen Tisch vorbei, an dem der geringe Eintritt bezahlt wurde, nachdem er sich kurz mit der Frau an der Kasse unterhalten hatte.

Bishop sah sich um. Er war bereits einmal in dieser Halle bei einem Konzert gewesen, aber jetzt herrschte eine komplett andere Atmosphäre. Überall waren riesige Stahlgerüste aufgebaut worden, die meisten davon mit schwarzem Stoff abgehängt. Der eigentliche Flugparcours um und durch die Konstruktionen war mit Leuchtringen in Neonfarben markiert. Trotzdem hatte Bishop Schwierigkeiten zu erkennen, welche Route die Flieger nachher nehmen würde.

Das Einzige, was an seinen Besuch damals erinnerte, waren die riesigen Podeste, ebenfalls aus Gerüsten, auf denen die Zuschauer sitzen konnten. Sie waren in einem Quadrat rund um die eigentliche Arena herum angeordnet, und überall an den Wänden und an den Türmen hingen riesige Bildschirme, die Szenen aus Sicht eines Drohnenpiloten beim Racing durch verschiedene Areale zeigten: Lost Places aus Beton und Stahlgitter, überwucherte Steinhänge, irrwitzige Passagen durch offenbar leere Hochhäuser und Kunstflüge durch Stoffhindernisse auf freiem Feld, die Bishop an Agility-Trainings für Hunde erinnerten. Alles nur in kurzen Clips, hart hintereinandergeschnitten, und unterschiedliche Videos auf allen Monitoren. Ihm wurde bereits vom Zusehen leicht schwindelig. Er konnte sich nicht vorstellen, eine VR-Brille aufzusetzen und so ein Hochgeschwindigkeitsgeschoss auch noch zu fliegen.

In der Halle hielten sich bereits mehrere Hundert Menschen auf, die meisten auf den Rängen, viele an den Essens- und Merchständen und etliche in einem abgesperrten Technikbereich, wo mehrere Dutzend Tische aufgebaut waren. Dort befand sich offenbar das Techniklager, wo die Flieger und ihre Crew zum Teil noch an Drohnen bastelten, testeten oder sich unterhielten. Bishop kannte ähnliche Set-ups vom RC-Racing mit funkgesteuerten Autos, das sein Cousin früher betrieben hatte.

Neben elektronischer Musik mittlerer Lautstärke und dem konstanten Stimmenpegel von vielen Menschen war in der Halle aber noch ein weiterer, aggressiverer Laut zu hören: ähnlich dem von einem riesigen Schwarm Insekten. Und dann bemerkte Bishop die vielen kleinen, blinkenden Lichter in der Luft und die kleinen Schatten, die zu ihnen gehörten. Offenbar flogen bereits einige der Piloten ihre Drohnen zu Testzwecken durch den Parcours, aber auch außerhalb konnte Bishop ein paar von ihnen entdecken. Er schätzte, dass sich ungefähr ein Dutzend gleichzeitig in der Luft befanden, und er fragte sich, ob der Luftraum irgendwie aufgeteilt worden war, um zu verhindern, dass es zu Zusammenstößen kam.

Inzwischen hatte Whiteout sie in den Technikbereich geführt. Das Areal war zwar durch Kordeln abgesperrt, aber es störte sich niemand daran, dass sie es betraten.

»Chris, das ist Craig. Einer meine Dartskollegen.« Bishop schüttelte einem blonden Mittzwanziger die Hand, der vorher ungelenk den Lötkolben in die Linke gewechselt hatte. »Chris ist aus dem Club. Wir haben unsere Rechner nebeneinanderstehen.«

»Fliegst du heute Abend?«, wollte Chris wissen, der sich bereits wieder über die Platine gebeugt hatte. Ein leicht beißender Geruch aus Lötzinn stieg Bishop in die Nase, der sich daraufhin etwas zurücklehnte.

»Nee, heute nicht. Ich bin bloß zu Fuß hier.« Whiteout und Chris lachten beide über den Witz. Währenddessen hatte Bishop den Blick über die Menschenmassen gleiten lassen und versuchte, eine Einordnung von dem, was er sah. Unter den Anwesenden gab es einen leichten Überhang an Männern, aber es waren auch jede Menge Frauen zu sehen. Und obwohl ein Großteil von ihnen sicher unter dreißig war, war der Rest altersmäßig breit verteilt. Drone-Racing schien keine ganz klar umrissene Zielgruppe anzusprechen. Vielleicht war es aber auch einfach so, dass es an Berlin lag. Der Berliner an sich verweigerte sich ja gerne scharf gezeichneten Profilen, und die Aktivitäten in der Hauptstadt umfassten oft genug exotische Dinge, die solche Profile gar nicht richtig zuließen.

»Ich schaue mich mal um«, sagte Bishop, als er bemerkte, wie Whiteout seinem Clubkameraden mit irgendwas zur Hand ging. Er verließ das Technikareal und sah sich an den verschiedenen Ständen um. Neben frittierten Sandwiches und Sweet Mango Rice sowie Getränken gab es jede Menge Stände mit Merchandising. An einem lagen verschiedene T-Shirts für Drohnen-Fans aus. Während auf einem die typische Evolutionskette des Menschen mit einem Drohnenpiloten und seinem Kopter als letztem Glied abgebildet war, stand auf einem anderen: *Drones make me happy. You – not so much.* Er verzog das Gesicht zu einem schiefen Lächeln, als er daran dachte, was Marika über die Spanner gesagt hatte. Immerhin schienen Drohnenflieger ihren Eindruck auf ihre Umwelt relativ realistisch einzuschätzen.

Auf einem anderen, vor dem er kurz stehen blieb, stand: Bevor du fragst: 1. Ja, das ist eine Drohne 2. Natürlich hat sie eine Kamera! 3. Nein, ich verletze keine Persönlichkeitsrechte 4. Nein, ich lasse dich nicht damit fliegen.

Bishop musste an die zerstörte Drohne in der Hasenheide denken, als sein Blick an dem dritten Punkt hängen blieb. Auch hier zeugte die Tatsache, dass der Satz auf einem witzigen T-Shirt auftauchte, davon, dass man sich in der Community durchaus eines Problems bewusst war. Aber machte das die Aussage damit zutreffender? Bishop wusste, dass sich die Hacker-Community, von der Whiteout ein Teil war, in sogenannte *ethical hacker*, also ehrenhafte *white hats*, und unehrenhafte, die *black hats*, aufspaltete. Gab es eine ähnliche Art von Kodex auch für Drohnenflieger? Er beschloss, Whiteout danach zu fragen.

»Soll ich dir eins davon kaufen?«, fragte Whiteout, der von hinten zu ihm getreten war. Er hielt eins der Shirts mit einem Grinsen in die Höhe. »Weiß nur nicht, ob sie deine Größe haben.« Dabei drückte er Bishop eine Flasche Bier in die Hand, und die beiden stießen an. »Komm, die Vorläufe fangen gleich an.«

Kurz darauf saßen sie auf einer der Tribünen. Bishop bemerkte, dass das Licht in der Halle inzwischen gedimmt worden war. Vorne, wo sich der Start befand, sah er am Boden fünf verschiedene Drohnen, in jeweils anderen Farben heftig leuchtend.

Er hatte Whiteout die Frage nach dem »ethischen Drohnenfliegen« gestellt, aber der hatte den Kopf geschüttelt. »Nicht dass ich wüsste«, hatte er gesagt. »Vielleicht ist die Szene zu jung, vielleicht die moralische Polarität nicht schwarz und weiß genug, keine Ahnung.«

Die Stimme des Announcers dröhnte durch die Halle: »Guten Abend, Flieger! Grüßt mir die Sterne und grüßt mir die Sonne! Wir warten nicht, wir starten! Herzlich willkommen zur vierten Berlin Flight Night.« Während der Sprecher den Ablauf und die Regeln des Abends vorstellte, wurden auf den Bildschirmen bereits die ersten Piloten eingeblendet. Bishop sah sich um. »Wo sitzen die?«

Whiteout lachte und zeigte in die Dunkelheit hinter dem Technikareal. »Dort oben in einer Kabine. Bequeme Sessel, schallgedämpft, die VR-Brillen auf der Nase. Hast du gedacht, die stehen hier am Track?«

Bishop sagte nichts. Ein wenig hatte er sich das vorgestellt wie beim RC-Racing, wo die Fahrer nicht weit von der Rennstrecke, meist etwas erhöht, standen, um ihre Autos sehen zu können. Aber da die Piloten hier ohnehin nur durch die Kameras ihrer Drohnen sehen konnten, war es unerheblich, wo sie sich befanden, solange sie ausreichend Funkkontakt zu ihren Fliegern hatten.

Kurz darauf gab es den ersten Countdown. Mit einem aggressiven Kreischen erhoben sich die Drohnen in die Luft und rasten durch die Halle.

Kameras waren offenbar in der ganzen Halle verteilt. Auf den jeweiligen Monitoren wurden sowohl verschiedene Ansichten aus den Cockpits gezeigt als auch Totalen vom Rennverlauf.

Bishop musste immer wieder kurz schlucken, wenn die Bilder von einem direkten Drohnen-Feed besonders krass waren. Er hatte schon als Kind manchmal unter Übelkeit im Reisebus gelitten, und die Bilder lösten einen ganz ähnlichen Schwindel aus. Trotzdem musste er zugeben, dass die brutale Geschwindigkeit der Drohnen und ihre unglaubliche Wendigkeit sich hervorragend auf die Bilder übertrugen und es sich tatsächlich anfühlte, als würde man das Rennen aus den Drohnen selbst heraus verfolgen können.

Es wurden insgesamt zwei Runden geflogen. Nur drei von den Fliegern kamen überhaupt ins Ziel. Fast alle hatten irgendwann Kollisionen, meist mit den Gerüsten, aber während einige nach kurzem Trudeln weiterfliegen konnten, war für die anderen das Rennen vorzeitig zu Ende.

Wer das Ende der Strecke erreichte, raste in eine Art Auffangnetz, und wurde dort von der Crew wieder eingesammelt, genau wie die abgestürzten Drohnen.

»Was ist mit denen? Sind die jetzt kaputt?«

Whiteout schüttelte den Kopf. »Unwahrscheinlich. Die Racing-Kopter sind extrem modular gebaut, sodass einfach Teile abfallen, anstatt zerstört zu werden. Oft kannst du die einfach wieder zusammenstecken. Und wo das nicht geht, lassen sich Komponenten auf ganz simple Weise ersetzen.«

Gewonnen hatte das Rennen eine junge Frau mit dem Spitznamen »Radar«, deren Rennen noch einmal in einem kurzen Showreel gezeigt wurde, während das Bodenpersonal bereits die nächsten fünf Drohnen an den Start platzierte.

Bishop sah sich suchend unter den Zuschauern um. Ob sich ihr Drohnenflieger jetzt auch hier befand? Wie viel hatte ein »Drohnenspanner«, wie ihn Whiteout genannt hatte, wirklich mit dem Racing zu tun? Erhöhte allein das Geräusch der schwirrenden Propeller seinen Pulsschlag? Hielt er sich in der Nähe der Technik auf, um den Geruch von Lötzinn einzuatmen? Oder war ihr Pilot vielleicht ebenfalls Racer und trat heute Abend sogar an, um zu fliegen?

Mit einem Seufzer erhob er sich, ließ sich von Whiteout die leere Flasche Bier geben und ging, um ihnen Nachschub zu holen.

Gut anderthalb Stunden später klopfte Bishop seinem Freund auf die Schulter. »Ich hau rein!«, verkündete er.

»Bist du sicher?«, fragte Whiteout mit zusammengezogenen Brauen. »Die Endrunden fangen gleich an.«

Bishop lächelte. »Ich glaube, ich habe genug gesehen.«

Während er sich seinen Weg durch die volle Halle suchte, blieb er kurz stehen, um sich ein weiteres Mal umzuschauen. Die Drohnen in der Luft, die Hindernisse in Schwarz und das ganze Ambiente waren nach wie vor faszinierend. Dabei bemerkte er, dass ihm Whiteout hinterhersah. Unbeholfen hob er die Hand. Der andere erwiderte die Geste. Bishop drehte sich um und ging.

Er verließ die Halle, vor der in kleinen Gruppen Menschen standen, tranken und sich unterhielten. Immer noch kam ihm vereinzelt jemand entgegen, der jetzt noch zum Event wollte, aber sobald er aus dem gleißenden Licht der Scheinwerfer rund um die Halle ins Halbdunkle eintauchte, wurde der Betrieb weniger.

Er suchte sich seinen Weg durch das Industriegebiet Richtung Kreuzberg.

Während er auf den Landwehrkanal und den Wrangelkiez zusteuerte, bildete er sich immer wieder ein, das aggressive Kreischen der Drohnen zu hören. Einmal musste er sogar stehen bleiben und sich mit dem kleinen Finger ins Ohr drücken, um das unangenehme Gefühl zu beseitigen. Als hätte er einen Tinnitus davongetragen. Er konnte sich nicht vorstellen, dieses Geräusch dauerhaft ertragen zu müssen. Aber dann musste er mit einem Lächeln daran denken, was Whiteout gesagt hatte. Immerhin waren die Piloten, die eigentlichen Verursacher, vor ihrem eigenen Lärm in der Kabine geschützt.

Bishop ging in die Küche, um Teewasser aufzusetzen. Das Wasser kam dabei nur aus der Filterkanne. Britischen Tee mit ungefiltertem deutschem oder gar Berliner Wasser zu trinken, war ein Fehler, den er nur zu Anfang gemacht hatte. »Das Wasser hier ist so hart wie die Stadt und ihre Bewohner«, lautete ein Spruch, und tatsächlich führte der hohe Kalkgehalt des Wassers dazu, dass englischer, schottischer und irischer Tee kaum zu genießen waren.

Kurz darauf ging er mit der Kanne und einer Tasse in das Wohnzimmer, stellte beides ab. Als er sich gerade Tee eingießen wollte, entschied er sich um und holte sich zunächst ein Glas Whiskey von der Anrichte. Auch wenn es immer wieder Ärger mit seiner Familie gegeben hatte, verteidigte Bishop seinen Hang, irischen Whiskey zu trinken, den er gegenüber schottischem Whisky präferierte.

Er ließ den torfigen Geschmack des *uisge beatha,* des »Wassers des Lebens«, im Mund schmelzen, während er das Glas betrachtete. Nachdenklich ging er zurück, stellte den Whiskey auf dem Tisch ab und wollte sich gerade mit Unterlagen, die er aus dem Präsidium mitgenommen hatte, auf das Sofa setzen, als sein Blick auf das Fenster fiel. Er wohnte im vierten Stock, und gegenüber in der Häuserzeile fehlte ein Gebäude wie ein gezogener Zahn. »Bombennachlass«, hatte Helge Ruhland dazu gesagt. Deswegen schloss Bishop für gewöhnlich nie die Vorhänge.

Nachdenklich ging er zum Fenster und starrte nach draußen. Schaute auf die vielen erleuchteten und dunklen Fenster, beobachtete seine Nachbarn. In manchen

Wohnungen konnte man Menschen bei den üblichen Tätigkeiten sehen: der Hausarbeit oder einen Jungen, der am Schreibtisch am Rechner saß. In vielen abgedunkelten Räumen flackerte das verdächtige Blau von Fernsehern, und in viele war der Blick ohnehin durch Vorhänge verborgen.

Auf einmal glaubte Bishop einen blinkenden roten Punkt zu erkennen, drüben auf der anderen Seite, ungefähr dort, wo sich die kleine Grünanlage und der Spielplatz in der Bombenlücke befanden.

Stirnrunzelnd kniff er die Augen zusammen, versuchte zu erkennen, ob seine Augen ihm einen Streich spielten. Befand sich dort drüben etwa eine Drohne, die ihn beobachtete?

Mit einem Ruck zog er die Vorhänge zu und schüttelte den Kopf. Schimpfte sich selbst, nicht kindisch zu sein.

13

»Und dann bin ich nach Hause gegangen«, beendete Bishop seine Rekapitulation des letzten Abends. Marika lachte. »Du hast also keine Ahnung, wer gewonnen hat? Ob Radar sich am Ende durchsetzen konnte?«

Bishop schüttelte den Kopf und wandte sich wieder seinem Rechner zu. Das *Pling* einer hereinkommenden Mail hatte ihn abgelenkt. »Absolut keine Ahnung. Aber ich nehme an, wenn es dich so brennend interessiert, kannst du das vermutlich online herausfinden.«

»Hey, Kleebaum, hier ist mal eine Frage für dich«, rief Brenner von seinem Schreibtisch aus. Die Lautstärke ließ aber durchaus vermuten, dass er damit auch Bishop ansprach.

Bishop hielt reflexartig die Luft an, weil er nicht wusste, ob Brenner wieder einen seiner berühmten Klopper raushauen würde.

»Offenbar fliegen beim Drone Racing ja Männer gegen Frauen.«

Marika nickte bei dem Statement nur. Wartete wie Bishop darauf, was kommen konnte.

»Wie siehst du das? Ist das fair? Immerhin haben Frauen doch deutlich mehr Probleme mit dem räumlichen Vorstellungsvermögen. Einparken und so. Das kann nicht hilfreich sein, wenn man durch solche engen Passagen fliegt.«

Bishop hatte ihnen morgens die Clips von der Veranstaltung gezeigt, die sich bereits im Netz befanden. Beide waren von der Professionalität sowohl der Clips als auch der Veranstaltung insgesamt beeindruckt gewesen.

»Willst du Ärger?«, fragte Marika zurück. »Oder interessiert dich meine Meinung wirklich?«

Brenner hob die Hände, um seine Unschuld zu beteuern. »Ich finde das einfach bloß ziemlich spannend.«

»Okay«, sagte Marika und ließ ihren Stift fallen, um sich auf beide Ellenbogen gespannt nach vorne zu lehnen. »Lass hören. Das wird bestimmt gut.«

»Na ja, soweit ich weiß, wirken sich männliche Hormone positiv auf die räumliche Wahrnehmung aus«, sagte er, nun in Bishops Richtung gewandt. Als suchte er Unterstützung. Der ignorierte ihn, versuchte so zu tun, als ob er konzentriert auf seinen Monitor starren würde. »Und wenn ihr eure Tage habt, dann geht das auch besser. Angeblich. Sagt eine Studie.« Er hob die Hände, als wollte er jede Schuld von sich weisen. Als wäre er bloß der Bote.

Marika schien ein Stück weit beeindruckt. »Richtig. Wegen des niedrigen Östrogenspiegels direkt vor dem Eisprung.« Sie sah Brenner weiter an. »Und?«

»Was, und?« Er zuckte mit den Schultern. »Was meinst du?«

»Das ist alles, was du hast? Ein, zwei Online-Artikel überflogen, und du siehst dich in deinen verkrusteten Vorstellungen bestätigt?«

Brenner wollte gerade zu einem Protest ansetzen, aber Marika rollte einfach über ihn drüber: »Wenn du dich *wirklich* mit dem Thema beschäftigt hättest, dann wüsstest du, dass das zwar stimmt, also dass es da messbare Unterschiede gibt, aber, und jetzt hör gut zu, weil das ist viel, viel wichtiger: Die Sozialisation spielt eine viel größere Rolle. Die meisten Jungs spielen immer noch mehr alleine draußen, benutzen haptische Dinge wie Bauklötze und, und, und, und das führt dazu, dass sie darin einfach besser sind. Bei den Inuit – du weißt, wer die sind, oder?«

Brenner nickte.

»Jedenfalls, bei den Inuit hat man zwischen Männern und Frauen, die beide auf die Jagd gehen, keine Unterschiede beim räumlichen Vorstellungsvermögen festgestellt. Wie auch bei anderen Naturvölkern, bei denen die Frauen ebenfalls jagen. Weil man das braucht, wenn man sich draußen in der Wildnis orientieren muss. Das heißt: Maßgeblich verantwortlich für die Unterschiede sind mal wieder nicht die angeborenen oder genetischen Verschiedenheiten, sondern die Gesellschaft. Also ja, ist fair.« Damit lehnte sie sich wieder zurück, schob Brenner noch einen kurzen Blick mit hochgezogenen Augenbrauen rüber, als sollte er es bloß wagen, ihr zu widersprechen, und wandte sich dann erneut ihren Unterlagen zu.

Bishop ignorierte den Seitenblick, den Brenner ihm zuwarf. Als auch der nichts mehr sagte, schaffte es Bishop endlich, sich auf die Mail zu konzentrieren. Der Betreff der Mail war das gestrige Datum, zusammen mit »Blue Thunder«. Der Absender sagte ihm nichts. Trotzdem öffnete er die Mail.

Drinnen stand nur: *Beste Grüße, BB*

Angehängt an die Mail war eine Videodatei, die mehrere Megabyte groß war. Obwohl es ihm in den Fingern juckte, die Datei zu öffnen, telefonierte Bishop kurz mit der IT, die sich die Mail weiterleiten ließen, bis sie ihm grünes Licht gaben.

Marika und Brenner hatten den Verlauf mit verhaltenem Interesse verfolgt. Als Bishop schließlich nach dem letzten Telefonat den Hörer ablegte, hielt es Marika offenbar nicht mehr aus. »Was geht hier ab?«

»Eine Mail mit einem Video«, sagte Bishop knapp, während er das File öffnete.

»Und? Was ist daran so besonders?«

Bishop starrte mit trockenem Mund auf den Bildschirm.

»Was ist drauf?«, wollte Brenner wissen, der sich jetzt erhoben hatte und zu ihm kam. Marika tat es ihm gleich.

»Ich«, sagte Bishop tonlos. Die beiden standen hinter ihm, schauten ebenfalls auf den Bildschirm.

Tatsächlich konnte man auf dem Video Bishops charakteristische Form sehen, die eine Straße nicht weit von seiner Wohnung entfernt lief. Er erkannte den Kiosk und die Kneipe daneben. Die Person ging daran vorbei. Das Ganze war aus einem Winkel schräg von oben aufgenommen. Die Kamera folgte dem Mann offenbar langsam.

»Eine Drohne?«, fragte Marika. »Wann wurde das aufgenommen?«

Ein Schnitt, und jetzt schaute die Kamera auf die Front eines Hauses. Einige beleuchtete Fenster, andere dunkel. Langsam wurde hineingezoomt, bis man eindeutig Bishop erkennen konnte, der sich in seinem Wohnzimmer bewegte. Eine Kanne mit Tee und eine Tasse auf den Tisch stellte, zögerte. Sich umdrehte und zu einer Anrichte ging, um sich etwas in ein Glas zu gießen. Wie er trinkend zum Tisch ging und sich setzte und anfing, in einem Haufen Unterlagen zu blättern.

»Fuck, hast du gewusst, dass du gefilmt wirst?«, fragte Brenner.

Jetzt hielt der Beobachtete inne, schien direkt in die Kamera zu sehen. Stand auf, starrte weiter direkt auf den Zuschauer und kniff die Brauen zusammen. Zog mit einem Ruck die Vorhänge zu. Kurz darauf endete das Video.

»Hast du ihn gesehen? Also, die Drohne, meine ich? Hast du deswegen die Gardinen zugezogen?«, wollte Marika wissen. Bishop starrte wie benommen auf den Monitor, schüttelte den Kopf. Sagte dann: »Ich weiß nicht. Irgendwie hatte ich mir eingebildet, einen roten Punkt zu sehen. Wie von einem elektronischen Gerät oder so. Aber ich war mir nicht sicher.«

Brenner zeigte auf den Bildschirm. »Also, jetzt kannst du dir wohl sicher sein.« Er lachte. »Eindeutiger geht es wohl nicht. Gut, dass du dir nicht einen runtergeholt hast oder so.« Er bemerkte Marikas Seitenblick und zog die Augenbrauen hoch. »Was denn? Ich meine, wir machen doch alle andauernd Zeug, bei dem wir lieber nicht beobachtet werden wollen. Und wenn …«

Marika stoppte ihn mit erhobener Hand. »Bitte, keine Details. Ich will keine Bilder von dir im Kopf, die ich dann nie wieder loswerde.«

Brenner schien beleidigt, hielt aber den Mund.

»Glaubt ihr, das ist unser Pilot? Der Mann aus der Hasenheide?«, fragte er stattdessen.

»Das ist ja wohl kaum ein Zufall, dass Craig auf seinem Weg nach Hause von einem Drohnen-Event heimlich gefilmt wird. Das *muss* der Kerl sein.«

»Dann war der auch in der Halle«, murmelte Bishop und versuchte sich die unzähligen Gesichter des Abends wieder ins Gedächtnis zu rufen, als könnte er sich in dem Meer aus Unbekannten an eine bestimmte Person erinnern, die ihm dann auf magische Weise erscheinen würde. Ein dumpfes Gefühl breitete sich in seinem Magen aus, das er als Hilflosigkeit identifizierte.

»Zufällig? Oder meinst du, er ist dir dahin gefolgt? Wer wusste denn, dass du abends dort bist?«, fragte Brenner.

»Nur Whiteout und Marika«, antwortete Bishop.

»Du hast gesagt, die IT hat die Mail bereits – vielleicht können die was darüber herausfinden, woher sie kam«, forderte Marika. Brenner schnaubte bloß. »Wir befinden uns im 21. Jahrhundert. Wer verschickt denn heutzutage noch Mails, die man irgendwie zurückverfolgen könnte?«

Marika schien kein Interesse daran zu haben, auf einen möglichen Streit einzusteigen. »Na ja, versuchen müssen wir es trotzdem. So ist der Job nun mal. Ich rede mit der IT.«

Brenner ging nicht weiter darauf ein. »Okay, ich denke, wir können davon ausgehen, dass es der Täter damit auf eine persönliche Ebene gehoben hat. Und können voraussetzen, dass er weiß, dass du der ermittelnde Kommissar bist.«

»Pilot«, korrigierte ihn Bishop mechanisch.

»Wie bitte?« Brenner schien nicht zu verstehen.

»Bisher gibt es noch keinen Hinweis darauf, dass es sich dabei um den Täter handelt. Wir gehen lediglich davon aus, dass es sich bei demjenigen auch um den Drohnenpiloten aus der Hasenheide handelt.«

Wieder protestierte Brenner nicht, auch wenn er seine Zweifel zu haben schien. »Jedenfalls glaube ich nicht, dass das eine einmalige Aktion war. Das heißt, dass wir auch in Zukunft damit rechnen müssen, dass hier diese Dinger rumschweben. Oder vielmehr: darauf hoffen dürfen.«

»Wie meinst du das?« Marika war gerade auf dem Weg zu ihrem Schreibtisch, hielt bei Brenners Worten aber inne.

»Na ja, was machst du, wenn du weißt, dass dich jemand beschattet? Du stellst ihm eine Falle.«

»Und wie willst du das machen?«

Brenner grinste. »Das weiß ich noch nicht. Aber mir

fällt schon was ein. So ist der Job nun mal.« Seine kleine Retourkutsche schien ihm besonders gut zu gefallen, als er sah, wie Marika das Gesicht verzog. »Mach das. Ich bin gespannt.« Damit ging sie.

»Kannst du uns beiden die Mail weiterleiten?«, fragte er danach Bishop. Er blieb direkt bei ihm stehen, als würde er überwachen wollen, dass seiner Bitte auch nachgekommen würde.

Mit einem verspäteten Nicken beugte sich Bishop vor und klickte mit der Maus herum. »Erledigt«, verkündete er.

Brenner schien zu zögern. Nach einem Moment fragte er: »Wie geht es dir?«

Bishop war überrascht. Er hätte die Frage eher von Marika erwartet. Er räusperte sich. »Weiß nicht genau. Merkwürdig. Als hätten sich auf einmal komplett die Spielregeln verändert.«

Brenner nickte. »Verstehe ich. Aber mach dir keinen Kopp. Wir kriegen den Penner.«

Bishop sah zu ihm auf und lächelte. »Dir fällt schon was ein, richtig?«

»Korrekt!« Brenner klopfte ihm auf die Schulter und ging zu seinem Schreibtisch.

Bishop kaute auf der Lippe herum, während er weiter auf den Monitor schaute. Er wusste nicht genau, warum ihn das Video so mitnahm. Er hatte bereits in der Vergangenheit Täter gehabt, die Drohungen gegen ihn ausgesprochen hatten. Drohungen, die konkreter und ernst zu nehmender gewesen waren als dieses Video. Aber trotzdem hatte ihn das weniger verunsichert als die Tatsache, dass es dort draußen jemanden gab, der ihn anscheinend mühelos auf Schritt und Tritt beobachten konnte. Und es auch tat.

»Hey«, rief Brenner.

»Was hast du?«, fragte Bishop.

»Blue Thunder? Aus dem Mail-Betreff? Das ist ein Film. Über einen Helikopter. Heißt auf Deutsch ›Das fliegende Auge‹.«

»Wow, das ist treffend übersetzt«, sagte Marika und verzog spöttisch das Gesicht.

»Ist aus den Achtzigern, und es geht um einen Kampfhubschrauber, der gleichzeitig eine Art Super-Überwachungssystem ist.«

»Süß. Das sagt uns, dass der Pilot an Größenwahn leidet, wenn er seinen kleinen Multikopter aus Plastik mit so einem Ding vergleicht.«

Brenner schüttelte den Kopf. »Das sagt uns noch viel mehr.« Er hob die Hand und zählte mit den Fingern auf: »Erstens: Der Typ ist vermutlich etwas älter. Ich meine, der Film ist von 83, steht hier. Und so wie es aussieht, weiß davon heutzutage kein Schwein. Eventuell irgendwas aus seiner Kindheit.«

»Möglich«, gab Bishop zu. »Oder aber ein Kultfilm aus der Drohnenszene. Eventuell kennt den da jeder. Kann ich Whiteout zu befragen.«

»Zweitens«, fuhr Brenner unbeirrt fort, »benutzt er den englischen Titel, nicht den deutschen. Ist also vermutlich ein Nerd, der zumindest keine Berührungsängste mit Englisch hat. Oder sogar einer von diesen OV-Nazis.«

»Bitte was?«

»Originalversion«, erklärte Brenner. »So Leute, die alle Netflix-Filme nur noch auf Englisch schauen. Mit denen man keinen normalen Film auf Deutsch mehr sehen kann.« Ihm war die Abscheu ins Gesicht geschrieben.

Marika lachte bei seinem Ausdruck.

Ein Telefon klingelte. Marika ging ran, sprach kurz. Legte auf. Dann stand sie auf und sah die anderen beiden mit düsterem Blick an. »Wir haben noch eine Leiche. Wieder enthauptet.«

Der dumpfe Schwindel, den Bishop morgens beim Anblick des Videos verspürt hatte, kehrte zurück, nur hatte er sich inzwischen in bleierne Übelkeit verwandelt.

Marika hatte sie zum Tatort gefahren, und jetzt stiegen sie aus, um den kleinen Weg am Landwehrkanal entlangzugehen, bis sie zu dem flatternden Absperrband kamen. Ein Uniformierter ließ sie passieren. Sie liefen den Sandweg neben dem Ufer entlang, bis sie eine kleine Kreuzung erreichten. Im Hintergrund war eine breite Metallrutsche zu sehen, die oben von der Brücke auf den Uferweg führte. Die Sonne stand hoch am wolkenleeren Himmel und versprach einen weiteren heißen Tag.

Marika sah Bishop an. »Sag mal ...«

Er nickte, bevor sie weiterreden konnte. Sein Gesichtsausdruck stoppte sie.

Brenner war nicht so schnell von Begriff. »War nicht diese Flugshow gestern Abend irgendwo hier in der Nähe?«, sagte er und sah sich um. »Da drüben, oder so?« Er drehte sich und zeigte Richtung Industriegebiet. Bishop nickte erneut.

»Mann, Brenner«, sagte Marika bloß. Sie hatten die Stelle erreicht, an der bereits die Mitglieder der Kriminaltechnik in ihren Schutzanzügen dabei waren, Details aufzunehmen. Überall standen schon die kleinen Aufsteller mit Nummern, die markierten, wo sich potenziell wichtige Spuren befanden. Der schlaksige Petersen kam auf sie zu. »Ah, das volle Gedeck diesmal«, begrüßte er sie zusammen.

»Was haben wir?«, wollte Bishop kurz angebunden wissen. Petersen schien eher amüsiert als getroffen über die Schroffheit seines Kollegen.

»Männliche Leiche, zwischen dreißig und vierzig, würde ich schätzen. Straßenkleidung. Es fehlt: der Kopf.«

»Todesursache?«

»Vermutliche Todesursache?«, fragte Petersen gedehnt.

Bishop nickte bloß. Der Kriminaltechniker seufzte. »Stichwunden im unteren Rücken und Bauch sowie der Seite. Sieht so aus, als ob der Täter überraschend von rechts hinten gekommen wäre, vermutlich aus dem Gebüsch, das Opfer gepackt und auf den Mann eingestochen hätte. Danach hat er ihn, wie es aussieht, zwischen die Sträucher gezerrt und dort enthauptet. Den Anzeichen nach ist das Opfer auf jeden Fall direkt hier getötet worden.«

»Vom Kopf wieder keine Spur?«

»Nichts, was wir hier direkt gefunden hätten.« Bishop nickte erneut.

»Wenn das unser Täter ist, dann werden wir den Kopf auch nicht finden. Die Köpfe sind seine Trophäen«, sagte Brenner, der sich mit zusammengekniffenen Augen umsah. Oben auf der Brücke, die nach Kreuzberg und in den Görlitzer Park führte, hatten sich vor dem Absperrband jede Menge Neugieriger versammelt.

»In der Tat. Ich vermute, die Gegend mit einem Großaufgebot zu durchkämmen, können wir uns dieses Mal sparen«, brummte Bishop. »Habt ihr irgendwas zur Identität?«

Petersen schüttelte den Kopf. »Kein Handy, keine Papiere.«

»Wer hat ihn gefunden?«

»Der Klassiker.« Petersen lachte. »Spaziergänger mit seinem Hund, der an irgendwas in den Sträuchern rumschnüffelt und nicht mehr rauskommen will. Herrchen geht ihn holen, steht vor der Leiche.«

»Alles klar. Schätze, dann ist es an der Zeit für mich, mit der Frau Staatsanwältin zu sprechen.«

»Viel Glück«, sagte Petersen und klopfte ihm auf die Schulter. Er ging zurück zu seinem Team. Brenner deutete in Richtung Brücke. »Ich rede mal mit den Beamten, die als Erstes vor Ort waren und die Zeugenaussage aufgenommen haben.«

Bishop sah sich um. Doch diesmal war es mehr als der Reflex, an einem Tatort nach dem Täter zu schauen. Sein Blick glitt durch den wolkenlosen Himmel. Er musste wegen der hellen Sonne die Augen zusammenkneifen.

»Ich höre nichts«, sagte Marika, die ihn beobachtet hatte. Bishop nickte. »Ich auch nicht. Aber heißt das was?«

Marika entgegnete nichts. Nach einem Moment fügte er hinzu: »Werde ich paranoid?«

»Denke nicht. Schätze, das ist normal bei so etwas. Solange er überall sein könnte.«

»Wie sicher sind wir uns, dass es sich um denselben verdammten Täter handelt?«, wollte Doktor Kettler wissen.

»Sieht nach so etwas wie neunundneunzig Prozent aus«, bot Bishop an. »Exakt gleicher Modus operandi, und bis auf die Tatsache, dass es sich bei den Morden aus der Hasenheide ebenfalls um Enthauptungen handelt, ist kaum etwas davon bekannt. Mike hat sich sogar so weit aus dem Fenster gelehnt, dass er davon ausgeht, dass das Messer, das die Stichwunden verursacht hat, dasselbe ist.«

Doktor Kettler atmete deutlich hörbar aus und sah aus dem Fenster. »Sie werden mich für kaltherzig halten, aber Sie wissen, woran ich als Erstes denke bei der Aussicht, einen Serienmörder zu jagen? Das gibt schlimme Presse! Da werden die sich richtig das Maul zerreißen.«

Bishop sagte nichts, sondern wartete ab. Er war in ihr Büro gekommen, um ihr Bericht zu erstatten. Bevor er sich auf ihr Geheiß hin gesetzt hatte, hatte er noch einen schnellen Blick auf die Fenster geworfen. Und den Reflex unterdrücken müssen, die Jalousien herunterzulassen. Er musste aufhören, sich in jedem Moment vorzustellen, wie oder was eine Drohne wohl gerade von ihm aufnehmen könnte. Den unsichtbaren Beobachter nicht derart in seinen Kopf lassen.

Als Doktor Kettler nicht weitersprach, räusperte er sich. »Es gibt eine weitere Komplikation.«

Die fein geschminkten Augenbrauen der Staatsanwältin wanderten nach oben. Kurz berichtete er ihr von dem Video, das er erhalten hatte. Sie verzog das Gesicht. »Das müssen Sie unbedingt unter Verschluss halten! Das würde den Geiern von der Boulevardpresse gefallen: der Stalker und der Kommissar!« Nach einem Augenblick fragte sie unvermittelt: »Was ist mit dem Kamander?«

»Sind wir dran. Aber falls sich da nicht noch irgendwelche Querverbindungen zu dem Toten ergeben, ist da wohl nichts. Wenn Kamander mit der ganzen Sache zu tun gehabt hätte, dann ja *wegen* eines persönlichen Motivs. Das geht uns jetzt komplett verloren.« Doktor Kettler nickte, auch wenn ihr der Gedanke ganz offenbar nicht gefiel. »Schade. Das hätte vieles einfacher gemacht.« Nach einem Moment fügte sie hinzu: »Hoffen wir mal, dass wir das Ganze unter Kontrolle behalten können und uns ein kompletter PR-Clusterfuck erspart bleibt.«

»Wir haben die Identität des Toten«, verkündete Marika, als Bishop zu ihnen in das Büro kam.

Petersen hatte ihnen die Information vorhin vorbeigebracht, und kurz überlegte David, ob es ihn nervte, dass Marika vorgeprescht war. Oder ob so Gedanken nicht kompletter Kinderkram waren. Als ob sie hier in der Schule wären und Marika sich durch heftiges Schnipsen besonders hervortun wollte. David schob den Gedanken weg.

»Wer ist der Tote?«

David schaute auf seine Unterlagen. »Ein gewisser Jörg Herrmanns. Partygänger in einem der Clubs auf der Treptower-Seite. Gehörte zu einer Gruppe von Leuten, die gerade auf dem Weg zurück nach Kreuzberg waren. Er hatte sich offenbar von der Gruppe entfernt, um zu pinkeln. Sein Fehlen ist den anderen allerdings erst aufgefallen, als sie fast am Schlesischen Tor waren. Einige sind wohl zurückgegangen, um ihn zu suchen, haben ihn aber, wenig überraschend, nicht gefunden. Die scheinen aber alle auch ziemlich betrunken gewesen zu sein.«

»Gibt es schon einen toxikologischen Befund der Leiche?«

Es war Marika, die antwortete. »Noch nicht. Aber nach den Aussagen seiner Freundin dürfte der ziemlich stramm gewesen sein.«

»Die waren aber vorher nur in Clubs, richtig?«, fragte Bishop. Falls Marika erahnte, auf was er anspielte, ließ sie sich das nicht anmerken. »Zwei Kneipen, ein Club, und dann wollten sie noch weiter nach Kreuzberg. Ihren Aussagen nach muss Hermanns so gegen halb zwei dort am Ufer verschwunden sein. Mal sehen, ob sich das mit dem Todeszeitpunkt deckt.«

»Habt ihr schon erste mögliche Verbindungen gecheckt?«

David nickte. »Oberflächlich. Bisher nichts, was ihn mit den Toten aus der Hasenheide oder Kamander in Verbindung bringt. Der kommt nachher zur Befragung rein.«

»Bekommen wir eigentlich mehr Leute?«, fragte David. »Wird da eine Sonderkommission gebildet?«

Bishop ließ sich ächzend in seinen Sessel fallen. »Ziemlich sicher, ja. Auch wenn ich noch nicht genau weiß, was wir mit zusätzlicher Manpower so alles anstellen sollen. Und Womanpower«, korrigierte er sich nach einem Blick auf Marika. »Ich meine, es ist ja leider nicht so, als hätten wir eine Million Hinweise, denen wir nachgehen könnten, wenn wir bloß mehr Leute hätten.« Er schien den Gedanken abzuschütteln.

Bishop nickte. Er sah auf die Uhr. »Kommt irgendjemand mit zum Essen?«

Marika bejahte und stand auf. Bishop sah David an, aber der schüttelte den Kopf. Lächelte und fügte hinzu: »Ich habe noch eine kleine Verabredung. Eine Überraschung.«

Bishop sah nicht so aus, als wäre er sich sicher, dass das etwas Gutes zu bedeuten hatte. Die beiden verabschiedeten sich und gingen den Flur hinunter.

David beendete seine Eingaben am Rechner und verließ dann ebenfalls das Büro.

Im dritten Stock klopfte er an den Türrahmen eines offenen Büros. »Knock, knock«, sagte er.

Nadir Almasi saß vor einer Mappe mit technischen Blaupausen und sah hoch. Mit einem Grinsen antwortete er: »Who's there?«

»Alice«, sagte David, der immer noch im Türrahmen stand.

»Alice who?«

»Alice fair in love and war«, beendete David den

Witz, und grinsend fielen sich die beiden in die Arme. »Long time no see, man!«

David nickte, und zögerlich entließen sie sich gegenseitig aus der Umarmung.

»Wie geht's dir, Mann. Wo bist du gelandet?«, wollte der dunkelhäutige Techniker wissen.

»In der Vierten. Bei Bishop.«

Nadir lachte. »Kommissar Kugelblitz. Nice. Ich habe gehört, der soll gechillt sein. Stimmt das?« David versuchte sich an einer Mischung aus Nicken und Schulterzucken. Nadir lachte erneut. »Versteh schon.«

»Hast du Zeit, was essen zu gehen? Dönermann?«

Nadir und er hatten sich bei einem Überwachungseinsatz vor ein paar Jahren kennengelernt und waren seitdem immer in Kontakt geblieben – mal enger, mal weniger eng. Sie teilten die gleiche Art von Humor, und ihre »Knock, knock«-Witze hatten sich zu einer Art Running Gag entwickelt. Manchmal war es für beide schwierig, den Überblick zu behalten, welche Jokes sie bereits verbraucht hatten.

Nadir war Anfang dreißig, Single und auf klassische Weise gut aussehend. Er hätte sein Geld auch als Model verdienen können. Eine Weile waren sie abends zusammen um die Häuser gezogen, aber da Nadir eigentlich immer ein Mädel klarmachen konnte, während David zurück nach Hause zu Frau und Kind musste, hatte ihn das irgendwann zu sehr frustriert.

Wenig später liefen sie durch die Sonne auf den kleinen Container zu, der um die Ecke vom Präsidium seit Jahren den Nadirs Meinung nach besten Döner verkaufte.

Nachdem sie ihre Bestellung aufgegeben hatten und an der schmalen Theke lehnten, pikte Nadir David in die Brust. »So gerne ich dich auch sehe, Brudi, mache ich mir da aber keine Illusionen. Dass du bei mir auftauchst, heißt doch, dass du in Schwierigkeiten bist. Richtig?«

»Schwierigkeiten ist das falsche Wort. Aber du kannst mir helfen, ja.«

»Okay, schieß los!«

David umriss in knappen Worten den Drohnenfund am Tatort und das Video, das Bishop bekommen hatte.

»Und jetzt wollt ihr das Ding fangen?«

David nickte.

»Aber dir ist klar, dass ihr damit zum technischen Support müsst, oder? Ich meine, ich kann dir gerne was dazu erzählen, aber offiziell …«

»Ja, das ist mir klar. Aber bevor ich da ein Dutzend Anträge ausfülle, muss ich erst mal wissen, ob das überhaupt Sinn ergibt. Ob das machbar ist.«

Sie bekamen ihr Essen, und Nadir nickte beim Kauen immer wieder vor sich hin. Schließlich fragte er: »Ihr wollt den Piloten finden, nicht die Drohne, richtig? Und auch nicht die Kommunikation zur Dohne unterbrechen?«

»Korrekt.«

Nadir nickte, überlegte weiter. »Kreuzpeilung!«, sagte er schließlich und schob sich den Rest seines Döners in den Mund.

»Für die Ortung?«

Nadir nickte, kaute, schluckte, nickte wieder. »Mit zwei mobilen Antennen, zum Beispiel in Funkwagen, kannst du das Signal via Triangulation ziemlich easy orten. Dann noch ein paar Leute am Boden, und ihr solltet euren Piloten einsacken können.«

»Klingt nach jeder Menge Aufwand«, gab David zu bedenken. Er hatte erst die Hälfte seines Döners geschafft. »Ich esse schnell, ich denke schnell«, hatte Nadir früher immer behauptet.

»Kommt darauf an. Wenn ihr nicht genau wisst, wann die Drohne fliegt, dann schon. Jede Menge Bereitschaft. Aber wenn das Ding einmal in der Luft und geortet ist, nicht mehr so arg.«

David überlegte. »Klingt, als sollte ich dich mal dem Team vorstellen. Das Essen geht auf mich!«

»Also, wir können mit einem Sensorik-Package arbeiten, dass uns vermeldet, wenn ein Controller online geht. Quasi der Moment, wenn der Pilot seine Fernsteuerung einschaltet.« Nadir stand in dem kleinen Raum, in dem sich Bishop, David und Marika versammelt hatten, und präsentierte seine Infos mit Hilfe eines Beamers und einer Leinwand. Im Moment waren dort bloß schematische Bilder von Funksendern und -empfängern zu sehen. Die drei Kommissare saßen auf Stühlen im Halbkreis, und während Marika gespannt zuhörte, hatte David den Eindruck, dass Bishop bereits jetzt nicht überzeugt schien.

Nachdem er Nadir überredet hatte, ihnen ad hoc eine kleine Einführung in das Thema zu geben, hatte er Bishop und Marika nach dem Essen abgefangen und ihnen den kleinen Raum gebucht. Bishop schien das alles zu schnell zu gehen, vermutlich hätte er offizielle Wege bevorzugt. »Die müssen wir ohnehin noch gehen«, hatte David versucht, ihn zu beruhigen. »Wenn wir das Gefühl haben, dass es funktionieren könnte. Aber wenn euch Nadir erst mal erklären kann, worum es geht, dann sind wir schon einen Schritt weiter.«

Der Techniker fuhr fort: »Dieses Package nützt uns aber nicht viel, wenn wir den Täter finden wollen. Das ist eher etwas, das man benutzt, um eine Art Frühwarnsystem zu haben. Wenn da die Lichter angehen, dann weiß man halt, dass man vermutlich mit Drohnen zu rechnen hat.«

Marika nickte immer wieder bei Nadirs Ausführungen, und kurz dachte David darüber nach, ob sie ihn attraktiv fand. Und dann wanderte er weiter zu der Frage, ob sie wirklich lesbisch war. Er zwang sich, sich wieder auf Nadir zu konzentrieren.

»Dann können wir ein sogenanntes Disruption Package benutzen. Im Grunde genommen ein Störsignal. Damit können wir verhindern, dass Drohne und Pilot miteinander kommunizieren. Also technisch gesehen.« Er lachte. »Dass der Pilot rumschreit und der Drohne winkt, können wir natürlich nicht verhindern. Aber das würde uns vielleicht ja sogar helfen.«

Marika lachte. David zwang sich, sie nicht wieder anzusehen.

Auf der Leinwand war jetzt eine Art durchsichtiger Glocke über einem Flughafen zu sehen, auf der mehrere Punkte farbig aufleuchteten – offenbar um zu zeigen, an welchen Stellen das System aktiv war.

»Das ist ein System, wie es zum Beispiel an Airports eingesetzt wird. Damit unterbindet man einfach jede Art von eindringenden Drohnen. Die sind von einen auf den anderen Moment ungesteuert, und je nach Art stürzen sie einfach ab oder landen automatisch. Andere haben ein simples KI-System, um zu ihrer Funkeinheit zurückzukehren.«

»KI?«, fragte Bishop. David bildete sich ein, dass er einen aggressiven Unterton in dessen Stimme entdeckte. Möglicherweise mochte Bishop Nadir nicht besonders, oder das ganze Thema war ihm zuwider. Was David aufbrachte. Immerhin kümmerten sie sich gerade priorisiert um dieses Zeug, weil der werte Herr Hauptkommissar heute Morgen beim Anblick des Videos feuchte Augen und eine zitternde Unterlippe bekommen hatte.

»Künstliche Intelligenz. Hochwertige Drohnen haben Flightcontroller installiert, die es ihnen erlauben, an einen vordefinierten Punkt zu fliegen oder sogar zu ihrer ›Base‹, also zum Steuergerät, zurückzukommen, wenn sie Funkkontakt verlieren. Aber was ihr wollt, ist ja, den Piloten zu finden. Mit der Sensorik-Einheit ist es bereits möglich, die Richtung, aus der das Signal kommt, zu bestimmen. Aber für den genauen Standort benötigen wir noch etwas mehr. Dafür benutzen wir eine Kreuzpeilung mit zwei Funkwagen, die sich in Bewegung setzen, sobald wir ein erstes Signal empfangen. Damit ist es uns möglich, den Standort der Steuereinheit relativ exakt zu bestimmen.« Jetzt zeigte das Bild zwei Strahlen, die sich an einem »X« wie auf einer Piratenschatzkarte kreuzten.

Mit erhobenem Finger fügte er hinzu: »Und wenn die Drohne zu dem Zeitpunkt bereits Videomaterial überträgt, wovon wir ja ausgehen, dann können wir sie damit ebenfalls sofort lokalisieren.«

»Was ist, wenn mit einem Relais gearbeitet wird? Also wenn eine Zwischenstation benutzt wird, über die die Signale an die Drohne weitergegeben werden? Wie bei einem Staffellauf?«, wollte David wissen.

Nadir legte kurz den Kopf schief. »Dann finden wir zuerst das Relais und danach den eigentlichen Sender. Im Grunde genommen das gleiche Prinzip. Ist aber unwahrscheinlich, weil die Qualität des Funksignals über ein Relais ja nicht besser werden würde. Der Pilot müsste also ziemlich genau wissen, was ihm blüht, damit er solche Überlegungen überhaupt anstellt.«

»Vermutlich«, gab David zu.

»Okay«, sagte Bishop unvermittelt und schlug in die Hände. Er wirkte wie jemand, der in der Mitte einer Performance aufwachte und an der falschen Stelle klatschte. »Sie gehen also davon aus, dass Sie mit einem solchen Set-up den Täter fangen können, sobald er sich mir oder uns mit einer solchen Drohne nähert?«

Nadir zögerte, nickte dann. »Ich oder irgendwer anders von der Technik. Was wir brauchen, haben wir alles im Haus.«

»Mal was Neues«, brummte Bishop. Nadir hatte ihn vermutlich nicht gehört, aber David schon.

An Nadir gewandt, fuhr Bishop fort: »Können Sie uns eine Auflistung machen mit den Komponenten, die wir brauchen? Also Ausrüstung und Personal?«

Nadir nickte. »Schicke ich Ihnen.«

Bishop erhob sich. »Dann muss ich nur noch die Kettler davon überzeugen«, sagte er sardonisch. Er bedankte sich bei Nadir, und sie verließen gemeinsam den Raum.

»Hoffen wir mal, dass unser Stalker noch nicht das Interesse an mir verloren hat«, sagte Bishop, als sie sich am Aufzug von Nadir verabschiedeten.

14

Auf dem Monitor war eine Szene aus der Vogelperspektive zu sehen, in den typischen Grauschattierungen einer Nachtsichtkamera. Helle Schlaglichter von mehreren Straßenlaternen säumten das Bild am rechten Rand. Man konnte undeutlich eine Gruppe aus einem Dutzend Menschen erkennen, die offenbar um eine Parkbank herumstanden. Einige schienen betrunken, so wie sie sich bewegten.

Dann lösten sich zwei von ihnen und liefen auf die Büsche hinter den Laternen zu. Marika konnte Wasser dahinter erahnen, rechts unten im Bild befand sich möglicherweise eine Brücke. »Ist das der Landwehrkanal?«, fragte sie mit angehaltenem Atem.

Bishop nickte grimmig. Die Uhrzeit, die unten im Video eingeblendet war, zeigte 01:26.

Die erste Figur blieb direkt unter einer Laterne stehen und urinierte offenbar. Selbst den Strahl konnte man klar auf dem Video erkennen. Die zweite Gestalt gestikulierte wild, offenbar redeten die beiden miteinander, sie lief weiter. Den Sandweg entlang, den Marika und die anderen beiden ein paar Stunden früher ebenfalls entlanggelaufen waren.

Während der erste Mann bereits zurück zur Gruppe lief, schob sich der zweite gerade zwischen die Büsche. Die Kamera, vermutlich von einer Drohne, bewegte sich weiter nach vorne und ging etwas tiefer, zoomte heran. Der Mann stand in den Büschen und pinkelte. Jörg Herrmanns, korrigierte sich Marika. Sie musste sich in Erinnerung rufen, dass sie den Mann auf dem Video kannten. Und dass der vermutlich in wenigen Minuten sterben würde. Sekunden. Sie schluckte.

Der Mann war offenbar fertig und trat gerade zwischen den Büschen hervor, als unvermittelt eine zweite Gestalt hinter ihm auftauchte. Sie schien ihn zu umarmen, und man sah heftige Abwehrbewegungen.

»Stichwunden im unteren Rücken und Bauch. Sieht so aus, als ob der Täter überraschend von der Seite gekommen wäre, vermutlich aus dem Gebüsch dort, den Mann gepackt und auf ihn eingestochen hätte«, hatte Petersen korrekt vorhergesagt. Herrmanns brach zusammen. Die zweite Gestalt beugte sich über ihn. Einen Augenblick später konnte man sehen, wie Herrmanns ins Gebüsch gezogen wurde.

»Danach hat er ihn, wie es aussieht, zwischen den Sträuchern enthauptet.«

»Fuck, das ist kranker Shit«, entfuhr es Brenner. »Wie so ein übles Snuff-Video.« Die Drohne ging noch einmal ein wenig tiefer, um besser unter den Bäumen filmen zu können, die dichter am Ufer stehen. Man konnte sehen, wie jemand wiederholt mit dem Arm ausholte und zuschlug. Marika glaubte, eine lange Klinge erkennen zu können. Ihr wurde übel. Das Video brach abrupt ab.

Bishop saß tief in seinen Sessel gelehnt, die Hände seitlich am Gesicht. Als müsste er sich schützen oder die Hände vor die Augen schieben.

Brenner beugte sich, auf den Schreibtisch gestützt, über ihn und starrte immer noch auf das Videozeichen auf dem Monitor.

Marika lehnte hinter den beiden am Fensterbrett und spürte die kühle Scheibe am Hinterkopf.

»Gehen wir also davon aus, dass der Drohnenpilot nicht unser Täter ist?«, fragte sie unvermittelt. Die beiden sahen sie an. »Ich meine, der wird doch kaum die Drohne gesteuert und für ein besseres Bild herangezoomt haben, während er Herrmanns den Kopf abgehackt hat, oder?«

Keiner der anderen beiden antwortete, aber es kam auch kein Protest. »Kam das Video über die gleiche Mail-Adresse wie das letzte?«, wollte Brenner wissen.

Bishop nickte.

»Betreff?«

»Datum von heute und wieder ›Blue Thunder‹.«

»Stand wieder etwas in der Mail selbst?«, fragte Marika und beugte sich vor.

»Who made you the Pope?«, las Bishop vor. »Und wie beim letzten Mal: Beste Grüße, BB.«

»Wer hat dich zum Papst gemacht? Was soll das denn bedeuten? Und haben wir irgendeine Ahnung, für was BB steht?«

»Im besten Fall sein Name. Bernhard Bunsen ... Bums ...« Brenner ließ seinen Satz austrudeln, weil er selbst merkte, wie wenig Feuer der hatte.

»Ich nehme an, das ist auch wieder so eine Anspielung«, überlegte Bishop. »Vermutlich können wir unserem Täterprofil hinzufügen, dass er sich gerne überlegen fühlt.«

»Ich habe den Satz mal in die Suchmaschine geschmissen«, verkündete Brenner von seinem Schreibtisch aus.

»Und?«

»Das scheint ein Zitat aus einem Film zu sein. ›Während du schliefst‹ von 1995.«

Marika verzog verwirrt das Gesicht. »Ist das nicht so eine Komödie? Eine Romcom?«

»Korrekt«, bestätigte Brenner. »Mit Sandra Bullock und Bill Pullman.«

»Und wie passt das in unser Täterprofil?«

Brenner bewegte den Kopf hin und her. »Na ja, wieder benutzt er Englisch. Ich sage ja, OV-Nazi. Und, wie Craig schon sagt, wenn es unserem Täter darum geht, seine Überlegenheit zu zeigen, warum dann nicht mit exotischen Filmzitaten, die wir nicht kennen, sondern erst googeln müssen?«

»Ich verstehe es trotzdem nicht«, gab Bishop zu.

Marika lehnte sich erneut leicht nach vorne. »Ich schätze, der Titel des Films ist der eigentliche Hinweis. Er ist dir mit der Drohne gefolgt, hat gesehen, dass irgendwann bei dir die Lichter ausgegangen sind – und dann ist der Mord passiert. Während du schliefst.«

Bishop verzog das Gesicht, als würde ihn die Logik anwidern, aber er protestierte auch nicht.

»Und das Zitat«, fuhr Marika fort, »ist vermutlich eher allgemeiner Natur zu verstehen: Wer hat dich zum Chef gemacht? Immerhin leitest du die Ermittlungen in einem Fall, der ihn betrifft.« Nach einem Moment fügte sie hinzu: »Außerdem: Bishop – Papst. Verstehst du?«

Bishop seufzte. »Im Ernst?«

Brenner löste sich von seinem Schreibtisch. »Meint ihr, das ist eine direkte Reaktion darauf, dass Craig beim Drohnenfliegen war? Fühlt sich der Täter aufgescheucht?«

»Was? Dass er das Video von Craig gemacht hat oder dass er den Mord begangen hat?«

»Können wir bitte mal etwas sauberer die Taxonomie anwenden?«, fauchte Bishop. »Der Täter ist derjenige, der dort im Gebüsch Köpfe abhackt. Ich dachte, wir wären uns einig, dass der Drohnenpilot und Versender der Mails vermutlich *nicht* der Täter ist.«

»Na ja, er ist insofern der Täter, als er dich stalkt und

anonyme Mails verschickt«, sagte Brenner, aber so leise, als wollte er eigentlich nicht gehört werden.

»Das Gute an dem Video ist, dass es jetzt vermutlich deutlich leichter werden wird, Doktor Kettler davon zu überzeugen, die Mittel für die Drohnen-Fang-Aktion freizugeben«, ätzte Marika. Bishop nickte gedankenverloren.

Marika sah erneut auf den Monitor. Irgendetwas an dem Video irritierte sie, aber sie konnte nicht sagen, was es war. Es fühlte sich an wie etwas zwischen den Zähnen, von dem man wusste, dass es da war, das man aber nicht loswerden oder identifizieren konnte. Mit einem Schnauben gab sie auf.

»Willkommen bei der Soko Drone Catcher«, sagte Bishop. Er stand in der Front eines der größeren Konferenzräume. Vor ihm saßen Marika, Brenner, Nadir sowie zwei weitere Techniker, die er empfohlen hatte: Detlef Holst und Janina Braun.

Am Rande der Gruppe, an die Wand gelehnt, stand Hauptkommissar Mario Ensen, vom Mobilen Einsatzkommando. Als eher »kompakt« konnte man seinen Körperbau charakterisieren, da er nicht besonders groß war. Sein enges schwarzes T-Shirt spannte über einem athletischen Körper, und er trug die Haare kurz geschoren. Die einzige Extravaganz, die er sich erlaubt hatte, schien ein kleiner Schnurrbart zu sein. Er hatte die Arme vor dem Körper verschränkt, was seinen Bizeps noch etwas besser zur Geltung brachte. Marika fragte sich kurz, ob er das mit Absicht machte oder ob das Gockelgetue reiner Reflex war.

Holst war Mitte dreißig und besaß deutliche Schwimmringe in der Körpermitte und am Hals, während Brauns hervorstechendstes Merkmal ihre Größe war: Sie musste jenseits der eins achtzig sein und überragte damit Marika, Holst, Ensen und Bishop, während sie sich auf Augenhöhe mit Brenner und Nadir befand.

Marika hatte die Blicke der Männer bemerkt. Noch weniger als sportliche Lesben mochten sie offenbar große Frauen, zu denen sie im Zweifelsfall aufblicken mussten. Besonders Ensen hatte sich bei ihrem Anblick noch einmal extra aufgeblasen. Immerhin hatte Braun darauf verzichtet, hohe Schuhe zu tragen, dachte Marika mit einem Lächeln.

Braun besaß lange dunkle Haare, die sie in einem Zopf trug, und besaß die Art von Aura, die Marika gerne als »Pferdemädchen von nebenan« bezeichnete. Eine ausgezeichnete potenzielle Schwiegertochter – wenn man als Mann nicht zu klein war.

Bishop erläuterte kurz, worum es bei der ganzen Aktion ging: die Drohne des unbekannten Piloten ausfindig zu machen und ihn dabei festzusetzen.

»Und damit übergebe ich an Kommissar Almasi. Bitte sehr.« Bishop gab mit einer Handbewegung die Bühne frei und setzte sich auf einen der Stühle.

Nadir erhob sich und nickte. Obwohl Marika wusste, dass seine Familie aus dem Libanon kam und nicht aus der Türkei, musste sie bei seinem Anblick an Sinan Yilderim denken. Heute Morgen hatte jemand um halb sieben bei ihr Sturm geklingelt, und obwohl sie längst wach war, hatte sie sich geweigert, aufzumachen. Sie wusste, dass es Yilderim gewesen war. Vermutlich hatte sich der Penner extra einen Wecker gestellt, um ihr möglichst früh auf den Sack zu gehen.

Als sie später aus der Wohnung gegangen war, hatte sich ein weiteres Post-it an der Tür befunden: »Bitch! Lass die Spielchen! Sonst …!!!!!!« Sie war beeindruckt gewesen von der großen Menge Ausrufezeichen, die er benutzt hatte. Kurz hatte sie auf das Paket geschaut und in Erwägung gezogen, es einfach vor seine Tür zu stellen. Aber Dinge in Neukölln vor Türen zu stellen, war quasi gleichbedeutend damit, sie zu verschenken. Eine jahrzehntealte Tradition, da konnte sie es auch gleich wegwerfen. Auch das hatte sie kurz überlegt.

Stattdessen hatte sie nur ein weiteres Post-it geholt und oben an seine Tür geklebt: »Tut mir leid, wir müssen uns trennen. Ich will dich nie wiedersehen! Dein Paket«.

Sie musste sich zwingen, sich auf Nadir zu konzentrieren. Er erklärte gerade in groben Zügen, was er auch Marika und den anderen beiden bereits beschrieben hatte. »Wir werden sowohl das Büro der Vierten als auch Hauptkommissar Bishops Privatwohnung mit einem Sensorik-Modul ausstatten, das Tag und Nacht online ist. Sobald dort Funkaktivitäten eingehen, wird dies unserer Zentrale gemeldet, die sich hier befindet. Einer von uns wird jeweils im Dienst sein«, sagte er, an Holst und Braun gewandt. Die beiden nickten. »Sobald das Signal eingeht, haben wir eine ungefähre Ortung, und zwei Peilwagen gehen an den Start. Die sind für die nächste Zeit ebenfalls auf Stand-by. Hoffen wir mal, dass der Pilot uns nicht warten lässt«, fügte er mit einem Grinsen hinzu. Bishop nickte, als könnte er das Ende der Operation ebenfalls kaum erwarten. Vermutlich fand er die Aussicht, eine Art Überwachungseinheit in seinem Wohnzimmer stehen zu haben, befremdlich. Auch wenn es eigentlich keinen Grund dafür gab. Immerhin überwachte das Ding nicht ihn. Es war einfach die Gesamtsituation, die ihm Unbehagen bereitete.

»Und sobald wir den Standort haben, gibt es eine Einheit des Mobilen Einsatzkommandos, die den Piloten für uns aufgreifen wird.« Er breitete die Hände aus und grinste. »So einfach ist das.«

15

Alle drei Kommissare prallten leicht zurück, als sie ins Büro kamen und Doktor Kettler an Bishops Schreibtisch stand. Sie hatte einen Laptop aufgeklappt und deutete vielsagend mit dem Finger darauf. »Erinnern Sie sich, was ich über ein verdammtes PR-Desaster gesagt habe, Herr Bishop?« Sie drückte einen Knopf auf der Tastatur, und ein Video wurde abgespielt.

Genauer gesagt zwei Videos. Zwei Videos, die jeder im Raum bereits kannte. Neu war die Zusammenstellung. Auf der linken Hälfte war das Nachtlichtvideo vom Mord zu sehen, während auf der rechten Seite die Bilder von Bishop in seiner Wohnung gezeigt wurden. Links waren deutlich Datum und Uhrzeit zu sehen, während unter dem Video rechts in großer Schrift stand: »Währenddessen, der leitende Beamte Craig Bishop so ...«

Man konnte sehen, wie Bishop sich auf seine Couch setzte, sich einen Whiskey holte und Tee trank, während auf dem Nachbarbildschirm ein Mensch starb.

»Das ist auf einem großen Videoportal hochgeladen worden. Nachdem wir Wind davon bekommen haben, haben wir es sofort wieder runternehmen lassen, aber es ist mittlerweile noch bei diversen weiteren Plattformen aufgetaucht. Ob es dort ebenfalls von der gleichen Person lanciert wurde oder ob inzwischen einfach bereits Kopien im Umlauf sind, können wir natürlich nicht sagen. Sie wissen ja: Das verfluchte Netz vergisst nie. Und wie Sie sich sicher vorstellen können, sind die Kommentare ziemlich toxisch. Von Spott und Unverständnis bis hin zu echten Hasskommentaren ist alles dabei.«

»Das ist Bullshit«, platzte es aus David heraus. »Die Aufnahmen sind nicht mal zur selben Zeit entstanden. Auch wenn die Zeitangaben das suggerieren sollen!«

Auf einmal fiel Marika ein, was sie beim Anblick des Videos aus der Mordnacht so irritiert hatte. »Der Datums- und Zeitstempel hat beim ersten Video gefehlt!«

Die anderen drei sahen sie bei ihrem Ausbruch verwirrt an.

Marika erklärte: »Bei dem ersten Video, das Craig bekommen hat, hat der Stempel gefehlt.« Sie deutete auf das Video auf der rechten Seite.

»Und? Sonst würde der Mist ja jetzt auch nicht funktionieren«, sagte Brenner, der immer noch nicht verstand.

Marika nickte. »Genau. Und das kann ja kein Zufall sein. Früher, als die ersten Videokameras aufkamen, da waren die Stempel *immer* unten im Bild. Egal, bei was. Omas achtzigster Geburtstag, Geburt des Sohnes, die lustigsten Skateboard-Fails, was auch immer – dauernd diese bekloppten Stempel! Bis die Leute irgendwann verstanden hatten, dass man das auch abstellen kann.«

»Ja, aber die Funktion gibt es heute immer noch«, wandte David ein. »Siehe hier.« Er zeigte auf das Video.

»Richtig. Aber das stellt man vorher ein. Wenn man es nicht nachträglich als eine Art Bauchbinde drüberlegen will. Wenn man das einmal auf den Aufnahmen hat, bekommt man es nicht mehr weg. Das heißt, der Täter *wusste* bereits, als er Craig nachts aufgenommen hat, dass er auf diesen Aufnahmen keinen Stempel haben will.«

Bishop runzelte die Stirn. »Du meinst also, der Stalker hat von vornherein vorgehabt, das Video gegen mich zu verwenden?«

»Sehr wahrscheinlich. Warum hätte er dich sonst filmen sollen? Und noch viel wichtiger: Es würde die Verbindung zwischen Täter und Stalker extrem eng machen. Weil der Stalker dann bereits vorher gewusst hätte, was passiert. Wir können also annehmen, dass die beiden zusammenarbeiten.«

»Okay. Ich lasse checken, ob wir herausfinden können, ob die Angaben später in das Video montiert worden sind«, entschied Marika.

Doktor Kettler, die ihrem Austausch ruhig zugehört hatte, stach mit dem Finger in Bishops Richtung. »Sie haben die notwendige Technik zugeteilt bekommen, um diesen Spinner und seine Drohne aufzuspüren. Bis dahin will ich, dass Sie sich benehmen wie ein Profi auf dem roten Teppich. Keine Ausrutscher, ist das klar?«

Bishop nickte, und Doktor Kettler fuhr unbeirrt fort: »Auch wenn Sie allein zu Hause sind, benehmen Sie sich, als wären Sie in aller Öffentlichkeit.«

Wieder nickte Bishop. »Und ich versuche weiter, diese verdammten Videos aus dem Netz zu bekommen.«

Damit klackerte sie aus dem Büro.

Zwei Stunden später tauchten Nadir und ein weiterer Techniker im Büro auf. Brenner und Marika organisierten noch einen Schreibtisch aus einem anderen Büro, auf dem die Sensorstation aufgebaut wurde. Wenig später trat Nadir zufrieden zurück und betrachtete sein Werk. Mehrere kleine Lichter leuchteten und blinkten ihnen beruhigend zu.

»That's it«, verkündete Nadir und sah Bishop an. »Die Station kommuniziert direkt mit unserer Basis. Sobald im Einflussbereich eine Drohne herumschwebt, wissen wir Bescheid. Ich melde mich dann bei Ihnen.«

Bishop sah die Station etwas zweifelnd an. »Muss ich irgendwas tun?«

Nadir lachte. »Nein. Überlassen Sie das komplett uns. Im besten Fall sagen wir und Ensen Ihnen irgendwann Bescheid, dass wir unseren Mann gleich hereinbringen.« Er zwinkerte Bishop zu.

»Alles klar«, sagte der wenig überzeugt. Vermutlich war ihm unwohl dabei, die Ermittlungsarbeit komplett den Technikern zu überlassen. Das und dabei selbst den Lockvogel zu spielen vermutete Marika.

Nachdem Nadir und der Techniker gegangen waren, entschuldigte sich Bishop kurz. »Bin gleich wieder da«, murmelte er und schob sich aus dem Büro.

Marika schaute ihm hinterher und bemerkte, wie Brenner sie anblickte. »Ich glaube, das Ganze nimmt ihn ziemlich mit«, sagte er, als er ihren Gesichtsausdruck sah. Dann grinste er. »Überrascht? Dass der stumpfe Kerl das mitbekommt?«

Marika wollte darauf mit Spott reagieren, aber ihr fiel nichts ein. Also sagte sie nichts, sondern ging zurück zu ihrem Schreibtisch.

Bishop öffnete die Tür, und sofort zerrte der Wind an ihm. Hier draußen auf der Dachterrasse standen sonst die Raucher, um in kurzen Pausen ihre Nikotinsucht zu befriedigen. Er war erleichtert, dass sich momentan niemand hier oben befand. Kurz sah er auf den blauen Himmel und überlegte, ob er jetzt ein gutes Ziel für eine weitere Drohnenbeobachtung abgab. Nadir hatte ihm zugesichert, dass die Anlage die Drohnen auch hier aufspüren würde. »Mit den Dingern kann man ganze Industrieanlagen oder Flughäfen überwachen, da wird das

Präsidium kein Problem sein«, hatte er lachend festgestellt.

Bishop verdrängte den Gedanken und griff nach seinem Handy. Kurz darauf meldete sich Whiteout. »Hey, Andy, hast du einen Moment?«

Als der bejahte, umriss ihm Bishop in groben Zügen Nadirs Plan, die Drohne aufzuspüren, zu orten und dann den Piloten zu finden. Dabei blieb er mit Absicht extrem vage und drohte mehrfach über seine Formulierungen und Konjunktive zu stolpern. Er kam sich selbst albern dabei vor, versuchte aber, innerhalb der Vorschriften zu operieren.

»Wie klingt das für dich?«

»Du fragst für einen Freund?« Whiteout lachte, und Bishop antwortete nicht.

Whiteout zögerte kurz. »Nur um das für mich klarzustellen – fragst du mich gerade, ob eure polizeiliche Strategie fundiert ist?«

Bishop schnaubte verlegen. »Wenn du es so formulieren möchtest – ja. Lange Jahre bei der Polizei haben mir beigebracht, dass wir in Sachen Spezialwissen oft nicht die erste Adresse sind. Deswegen dachte ich, ich verifiziere das mal.«

Whiteout lachte. »Okay, verstehe. Also, das, was du da in groben Zügen schilderst, klingt solide. Das ist auch in etwa das, was eine kommerzielle Drohnenabwehr tun könnte. Es gibt da noch ein paar andere Systeme, das kommt immer auf den Anbieter an, aber das, was ihr vorhabt, passt schon so.«

»Alles klar, vielen Dank. Ich schätze, ich fühle mich mit der ganzen Nummer etwas unsicher.«

»Kann ich mir vorstellen. Ich bin echt mal gespannt, was für ein Vogel das ist, der euch da ins Netz geht. Und im Übrigen: Wir sind auf eurer Seite!«

»Was meinst du?«

»Na ja, dein Video geht ja gerade ziemlich viral. Das haben wir auch auf dem Schirm. Aber die Drohnen-Community findet es natürlich nicht so cool, wenn jemand mit solchen Aktionen das ganze Hobby in Verruf bringt. Jedes Mal, wenn irgendein ignoranter Penner mit einer dämlichen Flugaktion einen Flughafen in Alarmbereitschaft versetzt oder Starts und Landungen verzögert, jedes Mal, wenn illegale Bilder wie deine durch die Medien gehen – das ist wie ein großes Aufstöhnen. Weil wir wissen, dass die Rufe nach Verordnungen, Gesetzen und Repressalien jetzt wieder ein kleines bisschen lauter werden. Dass wir jetzt noch einen Killer haben, der im Verbund mit einem Drohnenpiloten zu stehen scheint, macht die Sache nicht einfacher. Also, je schneller ihr den Kerl schnappt, umso besser.«

»Danke, wir geben uns größte Mühe.« Dann fiel ihm etwas ein. »Sagt dir der Film ›Blue Thunder‹ etwas? Heißt auf Deutsch ›Das fliegende Auge‹.«

»Gehört habe ich von dem. Der ist doch schon uralt, oder? Über so einen Super-Hubschrauber?«

»Genau der. Hat der in der Drohnen-Szene irgendwie eine besondere Bedeutung? Also, kennt den vielleicht jeder, selbst die ganz jungen, weil das so ein Kultfilm ist oder so?«

Whiteout überlegte. »Nicht dass ich wüsste. Ich meine, bloß weil es um Rotoren geht? Kann ich mir nicht vorstellen. Ist mir bisher in der Form auch noch nicht begegnet.«

»Alles klar, danke. Eine andere Sache: Ist dir neulich abends etwas aufgefallen? Bei dem Drohnen-Event?«

»Was meinst du?«

»Na ja, der Täter muss mich dort beobachtet haben. Ist mir gefolgt. Und zeitgleich passiert ein Mord. Das sind alles irgendwie komische Zufälle, und ich versuche, meinen Kopf so weit zu sortieren, dass ich es verstehe.«

»Tut mir leid, mir ist nichts aufgefallen.«

Nachdem er das Gespräch beendet hatte, starrte Bishop auf die Straßenschluchten unter ihm. Wie viele Drohnen waren jetzt gerade unterwegs? Wie viele Videos von Menschen, die keine Ahnung hatten, dass sie gefilmt wurden, entstanden gerade? Dann musste er an das denken, was er Marika und Brenner gesagt hatte. Außer ihr und Whiteout hatte niemand gewusst, dass er an dem Abend in Treptow sein würde. Hatte einer von Whiteouts Club-Kollegen etwas damit zu tun? Sich von dort an ihre Fersen geheftet oder dem Drohnenflieger Bescheid gegeben? War es ein Fehler gewesen, Whiteout in die Ermittlungen mit einzubeziehen?

Mit einem Seufzer verließ er die Dachterrasse, auf die gerade zwei Kollegen wollten. Er nickte den beiden zu und lief den Flur hinunter.

Bishop saß bereits eine Weile wieder an seinem Schreibtisch, als Nadir an den Türrahmen klopfte, hereinkam und Bishops Schlüsselbund auf den Schreibtisch legte. »Wir sind durch. Die Anlage steht in deinem Wohnzimmer und ist bereits online. Ich war schon in der Zentrale und habe es überprüft.«

Bishop nahm die Schlüssel an sich und nickte. »Danke, Nadir.« Durch die enge Zusammenarbeit waren sie zum Du übergegangen. Nadir hatte vorgeschlagen, dass sie die Technik ohne Bishop in seiner Wohnung installierten. Die Gefahr, dass der Pilot mitbekam, was vor sich ging, erschien ihnen zu groß, wenn sie gemeinsam dort auftauchten.

»Ich habe sie extra an der Seite aufgebaut und eine Gardine etwas vorgezogen. Damit sollte das Gerät von außen unsichtbar sein.« Genauso hatten sie es im Büro gemacht, und die rechte Jalousie blieb einfach dauerhaft geschlossen.

Wenig später ging Nadir.

»Was ist, wenn du weder zu Hause noch im Büro bist?«, wollte Marika wissen. »Müsstest du nicht so ein Ding auch am Leib tragen? So einen Kasten, wie ihn die Funker früher auf dem Rücken getragen haben?«

»Witzig.« Bishop machte weitere Eingaben in das Technik-Protokoll.

»Nee, das passt schon«, warf Brenner ein. »Craig hat doch die Vierte überhaupt nur bekommen, weil er quasi kein Privatleben hat. Die Zeit, die er nicht im Office oder in seinen vier Wänden verbringt, dürfte sich im Minutenbereich bewegen«, frotzelte er.

Eine Schaltfläche auf dem Desktop blinkte. Bishop öffnete die Nachricht aus dem Intranet. Nadir mit einem Link. Und einem Große-Augen-Emoji. Er klickte auf den Link. Noch ein Video. Mit der Überschrift: *Polizei beim Rumpimmeln.*

Auf der linken Seite wieder die Szene aus der Nacht von Herrmanns Tod, diesmal mit einem Timer, dessen Sekunden hochzählten, über dem stand: *Zeit seit dem feigen Mord.* Auf der rechten Seite ein weiteres Video, und diesmal eines, das Bishop noch nicht kannte. Er stand zusammen mit Helge Ruhland vor dem Pub und trank aus einem Pintglas. Ruhland rauchte. Unter dem Video stand: *Heftige Ermittlungen im Gange.*

Dann kam ein anderer von den Dartspielern dazu, in den Händen noch die Darts. Sie redeten, lachten offenbar. Die gute Laune war unschwer zu erkennen. Schließlich gingen sie wieder hinein.

Bishop klickte weiter vor ins Video. Er kam ein zweites Mal vor die Tür, frische Drinks. Es wurde ganz offenbar jede Menge geredet und gelacht. Der Timer lief unerbittlich nach oben.

Bishop übersprang einige Minuten des Videos. Er stoppte, als die Aufzeichnung ihn auf dem Sportplatz zeigte. Er trug sein prall sitzendes Rugby-Trikot mit den Querstreifen, das ihn und die anderen Spieler wie wütende Bienen aussehen ließ. Sie rannten, krachten zusammen, schlugen sich auf die Schultern. Lachten, riefen sich laut zu. Muntere Bilder. Der Spruch: *Der Kommissar mitten im Gedränge.* Und der Timer lief weiter. Bishop drehte sich der Magen um. Er klickte erneut mit der Maus.

Diesmal war er in der Halle bei der Berlin Flight Night. Neben ihm Whiteout, beide eine Flasche Bier in der Hand. Sie unterhielten sich angeregt, immer wieder wuschen die grellen Lichter über ihre ansonsten oft dunkel gehaltenen Gesichter. Prosteten sich zu, tranken. Der Spruch darunter: *Damit Sie nachts in Ruhe schlafen können.*

»Fuck!«, entfuhr es Bishop. Brenner und Marika kamen herüber, er überließ ihnen den Schreibtisch. Trat ans Fenster, strich sich mit den Händen über den kurzgeschorenen Schädel. Dann fiel ihm auf, dass er eine perfekte Zielscheibe für die Kamera bot, dort aufgebaut. Und wie verzweifelt seine Geste ausgesehen haben musste. Weil sie es war. Aber in dem Moment war es ihm egal. Er hob die Hand und zeigte der gegenüberliegenden Fensterfront den erhobenen Mittelfinger. Brach die Geste ab, als ihm klar wurde, wie schlecht die sich in einem neuerlichen Video machen musste.

»Du meine Güte, von wann sind die Aufnahmen?«, presste Marika heraus. Bishop drehte sich um. »Im Pub war der erste Abend, nach dem Fund in der Hasenheide. Das Training der Abend danach, und die Flight Night gestern Abend.«

»Und seit dem ersten Tag hat er dich auf dem Kieker?«

»Das ist doch nicht sein scheiß Ernst«, stieß Brenner hervor.

»Der Arsch hat Aufnahmen gemacht, seit wir die Kack-Drohne gefunden haben, und baut sich jetzt da sein eigenes kleines Narrativ daraus. Ich fasse es nicht!«, stimmte Marika zu.

Bishop schob sich an den beiden vorbei und setzte sich an den Schreibtisch. »Was machst du?«, wollte Marika wissen.

»Ich leite das an Frau Staatsanwältin weiter. Und dann bereite ich mich auf einen Gang nach Canossa vor.«

Marika klopfte ihm auf die Schulter. »Herzliches Beileid, Chef!«

»Das heißt, seit Ihrem ersten Auftauchen in der Hasenheide hat der Typ Sie im Visier?« Doktor Kettler lief unruhig hinter ihrem Schreibtisch auf und ab, während die Kommissare davorstanden. Die Staatsanwältin hatte nicht bloß Bishop, sondern alle drei sehen wollen.

»Ich nehme an, er hat gesehen, wie wir am Tatort waren. Es müsste für ihn dann ein Leichtes gewesen sein, zu erfahren, wer ich bin und dass ich die Ermittlungen leite.«

Brenner pflichtete bei: »Wenn der Kerl so eine Art Stalker-Junkie ist, liegt es vermutlich nahe, dass er sich mit seinen Drohnen an uns rangeheftet hat. Und einfach die Kamera mitlaufen ließ.«

»Einfach so?« Doktor Kettler sah Brenner mit giftigem Blick an. Der zuckte mit den Schultern. »Vermutlich. Ich meine, wenn so perverse Spanner am Strand oder so Frauen filmen, dann machen sie das ja auch, bevor es was zu sehen gibt. Wenn man erst die Kamera oder das Handy rausholt, wenn jemand blankzieht, ist es vermutlich zu spät.«

»Spanner? Und das wissen Sie warum so genau, Kommissar Brenner?« Brenner wurde rot und verzog das Gesicht. »Ich meine, das fände ich logisch …« Bevor er weiterstammeln konnte, ließ ihn Doktor Kettler von der Leine. »Schon gut. Ich verstehe, was Sie meinen. Kein Grund, weiter über Ihre privaten Hobbys zu reden.« Sie zwinkerte ihm zu, und der Rotstich wurde noch etwas tiefer.

»Wir glauben, dass der Täter vor allem provozieren will. Reaktionen auslösen, ausloten und vermutlich im besten Fall alles aufnehmen.« Marika versuchte das Thema wieder in konstruktive Bahnen zu lenken.

Doktor Kettler nickte. »Haben Sie eine psychologische Beurteilung angefordert?«

»Das läuft«, bestätigte Bishop. Mit etwas Glück bekommen wir die noch heute Nachmittag.«

»Allzu viel gibt es bisher ja auch nicht zu analysieren«, murmelte Brenner missmutig.

Doktor Kettler nickte, schien einen Entschluss zu fassen. »Aber das reicht mir nicht. Sie sagen, dass er uns provozieren will.« Sie hob die Arme. »Also provozieren wir ihn! Ich möchte, dass Sie eine Pressekonferenz mit mir zusammen gestalten, Herr Bishop. Da werden wir ein paar Sachen fallen lassen, die unserem Stalker nicht schmecken werden.«

»Was erhoffen wir uns davon?«, wollte Marika wissen.

Doktor Kettler deutete auf den Monitor. »Sie haben mir versichert, dass es aus den letzten Tagen kein, sagen wir, ›belastendes Material‹ von Ihnen mehr gibt, Herr Bishop.«

Er zögerte kurz, dachte nach, nickte dann. Bis auf Arbeiten hatte er sonst nichts mehr gemacht, das der Täter für seine »Rumpimmeln«-Videos hätte verwenden können. Trotzdem wurde er zusehends nervöser, als könnte jeden Augenblick eine weitere Bombe platzen, mit Dingen, die er getan hatte. Er musste an seinen Stinkefinger aus dem Fenster denken.

»Korrekt. Mehr gibt es nicht.«

Doktor Kettler nickte befriedigt. »Also geht ihm das Material aus. Wenn wir ihn aber herausfordern und er damit auf eine ähnliche Art und Weise wie bisher antworten will, dann muss er was tun?«

Sie sah die drei finster an, und Brenner fühlte sich offenbar genötigt, den Stichwortgeber zu spielen: »Seine Drohnen losschicken.«

Bishop konnte sehen, dass Marika ein Grinsen nur schwer unterdrücken konnte. Offenbar gefiel es ihr, Brenner so zappeln zu sehen.

»Genau. Und sobald er das macht …« Doktor Kettler knallte die Hände zusammen, sodass alle drei leicht zusammenzuckten. »… haben wir die kleine Mistsau.«

»Was ist, wenn der Drohnenflieger und der Ersteller der Videos gar nicht dieselbe Person sind?«, wagte Marika einzuwenden.

Doktor Kettler nickte, nahm den Einspruch aber im Galopp. »Theoretisch möglich. Sehr wahrscheinlich? Eher nicht.« Sie schüttelte energisch den Kopf. »Und außerdem, worauf wollen wir warten? Was käme als Nächstes? Irgendwelche Deep Fakes, in denen Bishop in verschiedene andere Videos reinverpflanzt wird? Das will sicher keiner sehen.«

Die Mehrdeutigkeit ihrer Aussage blieb unkommentiert, und Bishop sagte auch nichts dazu, dass diese Pressekonferenz ja gerade den Täter ebenfalls dazu treiben konnte. Ihm behagte der Gedanke nicht, öffentlich auftreten zu müssen, und zum wiederholten Mal fragte er sich, ob es nicht ein Fehler gewesen war, die Vierte zu übernehmen. Wenn er einfach bloß ein Hauptkommissar in Ruhlands MK wäre, müsste er jetzt nicht vor die Kamera treten. Dann gäbe es gar keine Bilder von ihm, sondern höchstens von seinem Freund Helge.

»In Ordnung«, sagte er schließlich. »Wir machen also die PK und warten darauf, dass die Multikopter wieder starten. Was sagen wir, damit er anbeißt?«

Doktor Kettler lächelte und sah dabei kein bisschen freundlich aus. »Keine Sorge, überlassen Sie das getrost mir. Wir brauchen einen Brandbeschleuniger, und den werde ich Ihnen liefern.«

»Vielen Dank, dass Sie so zahlreich und vor allem kurzfristig erschienen sind«, begann Doktor Kettler die Pressekonferenz. Sie hatte Bishop bereits als leitenden Ermittler vorgestellt. »Sie alle haben die Videos gesehen, die gerade die Runde machen. Und wie ich Ihnen bereits versichert habe, sind diese Videos *nicht* in dem suggerierten Zeitrahmen entstanden, sondern im Gegenteil vollkommen aus dem Kontext gerissen.« Dann folgte etwas allgemeines Blabla, mit dem die Staatsanwältin herausstrich, dass alles getan wurde, alle zur Verfügung stehenden Mitteln und so weiter. Bishop musste sich zwingen, nicht den obersten Hemdknopf zu öffnen und daran herumzunesteln. Es kam ihm vor, als würde er heftig schwitzen.

»Und damit übergebe ich das Wort an Hauptkommissar Craig Bishop.«

Bishop nickte, räusperte sich und lehnte sich leicht nach vorne. »Wir haben es bei diesen Mordfällen mit einem Phänomen zu tun, das es vor allem gibt, seit Social

Media existiert. Analog zu den Gaffern und Schaulustigen, die bei Unfällen auf der Autobahn lieber das Handy zücken als zu helfen.« Er musste unterbrechen, um einen Schluck Wasser zu nehmen. »Wie Sie wissen, ist es strafbar, Bilder von Opfern zu machen. Meistens gilt dies bei Unfällen, aber glauben Sie mir, Mord ist davon nicht ausgenommen.« Unruhiges, verhaltenes Lachen kam als Reaktion.

Bishop fuhr fort: »Eine Freiheitsstrafe von bis zu zwei Jahren ist keine Kleinigkeit, und dies gilt im Übrigen auch für Menschen, die solche Bilder oder Videos lediglich hochladen oder weiterverbreiten. Das sind keine Kavaliersdelikte!« Er pausierte kurz, um sich zu sammeln. »Aber abseits von strafrechtlichen Grundlagen sehen wir uns hier auch einem menschlichen Abgrund gegenüber. Es gibt jemanden, der vermutlich gewusst hat, dass ein Mord geschieht, oder dies zumindest billigend in Kauf genommen hat und lieber eine Videoaufnahme gemacht hat, als ein Menschenleben zu retten. Und der oder die dann Vergnügen daran findet, mit weiteren, im Übrigen ebenfalls illegal produzierten Videos eine Art persönliche Vendetta gegen mich als Person zu führen. Anonym. Das ist bestenfalls für unsere Ermittlungen grob schadhaft und umfasst deswegen vermutlich den Strafbestand der Justizvereitelung und im schlimmsten Fall Beihilfe zum Mord. Diese Art der Feigheit und Hinterlist macht die Person nicht zu einem Kämpfer für die Gerechtigkeit oder gar zu einem Helden, sondern einfach nur zu einem erbärmlichen Schmarotzer der sozialen Medien, der oder die offenbar nichts Besseres mit seinem oder ihrem Leben anzufangen weiß.«

Er machte eine kurze Kunstpause, sah in die Runde und fuhr mit fester Stimme fort: »Uns wird das bei unseren Ermittlungen nicht aufhalten!«

Damit lehnte sich Bishop wieder zurück und übergab erneut an Doktor Kettler. Vereinzelt war leises Klatschen zu hören.

»Sie haben sich gut geschlagen«, sagte die Staatsanwältin lächelnd, als sie hinter den Kulissen verschwunden waren. »Zwischenzeitlich habe ich kurz befürchtet, dass Sie mir ohnmächtig werden.«

Bishop verzog keine Miene. »Viel hat nicht gefehlt.«

Brenner und Marika tauchten auf und beglückwünschten ihn ebenfalls.

»Gute Arbeit, Boss. Ich schätze, die nächste Drohne ist bereits auf dem Weg.« Brenner machte eine Bewegung mit der Hand. »Wie eine wütende Hornisse.«

»Hoffen wir es. Dann war es das wert.«

Doktor Kettler lächelte erneut. »Wenn Sie glauben, dass wir das nur getan haben, um unseren Stalker aus der Deckung zu locken, dann unterschätzen Sie sich aber, mein Lieber. Sie haben geholfen, dass wir das sogenannte ›Narrativ‹ wieder in die eigene Hand genommen haben. Glauben Sie mir!« Damit verabschiedete sie sich und verschwand mit mehreren ihrer Mitarbeiter.

»Alles in Ordnung?«, wollte Marika wissen.

Bishop nickte, lächelte dann. »Jetzt ja.«

16

Marika betrat die Wohnung und ließ ihre Tasche krachend auf den Boden fallen. Enttäuscht hatte sie festgestellt, dass heute kein Post-it an der Tür klebte. Fast war sie versucht, nach oben zu gehen und zu checken, ob Yilderim ihre Nachricht noch nicht bekommen hatte. Aber sie griff sich einfach ihre Sporttasche, die bereits gepackt dastand, und zog die Tür hinter sich zu. Draußen im Hausflur begegnete ihr Jasmin Schönweg, ihre Nachbarin.

»Hey, alles gut bei dir? Ich habe dich ewig nicht mehr gesehen.«

Marika erwiderte das Lächeln, und die beiden umarmten sich. Seit Marika vor knapp zwei Jahren in ihre Wohnung gezogen war, hatten sich die beiden angefreundet und verbrachten immer wieder mal einen gemeinsamen Abend, bei dem sie zusammen kochten, einen Wein tranken oder fernsahen. Jasmin war zwei Jahre jünger als Marika und wie sie Single.

»Ich bin auf dem Weg zum Sport. Soll ich nachher einfach mit einer Flasche Roten bei dir vorbeischauen?«

Die beiden verabschiedeten sich, und Marika lief in großen Sätzen die Treppe hinunter, um endlich ins Gym zu kommen.

Zoè hatte ihn überredet, direkt mit ihr auf den Spielplatz zu gehen. David hatte gerade erst das Haus betreten, als sie bereits auf ihn losgestürmt war. Er hatte zugestimmt, und jetzt überlegte er, ob er das für sie oder für sich getan hatte. Er saß auf der Bank in der tief stehenden Sonne und betrachtete seine Tochter auf dem Klettergerüst. Kurz darauf hing sie kopfüber hinunter und brüllte: »Schweinebaumel!« Er lächelte.

Immerhin hatte er so das Haus gar nicht richtig betreten müssen. Hatte sofort den Rückzug antreten können und seine Tochter dabei mitnehmen können.

Kurz kam ihm der Gedanke, sie nachher einfach ins Auto zu setzen und mit ihr loszufahren. Scheiß egal wohin, einfach los. Ob sich so Väter oder Mütter fühlten, die ihre Kinder entführten? Jemand hatte mal gesagt, dass Kinder mit einem Teil deines Herzens da draußen rumlaufen, dachte er. Kein Wunder, dass man sich mit ihnen so ungeschützt vorkam. Vielleicht war so eine Entführung einfach der Versuch, diesen Teil seines Herzens wieder einzufangen, weniger verwundbar zu machen. Er seufzte.

Maren hatte er vorhin kaum gesehen, sie war in der Küche beschäftigt gewesen und vermutlich froh, dass sich David um Zoé kümmerte. Und froh, ihn nicht sehen zu müssen. Seine anklagenden Blicke …

Erneut stieß er einen Seufzer aus. Er hatte keine Ahnung, wie er mit der Situation umgehen sollte. War gefangen zwischen Angriff und Flucht und wusste nicht mal genau, was jede der Optionen so genau zu bedeuten hatte. Flucht – würde er dann vor Maren flüchten? Vor sich selbst? Oder, Gott bewahre, vor Zoé? Wieder fiel sein Blick auf seine Tochter, und ihm wurden die Augen feucht. Und Angriff, wen würde er da verletzen? Im Moment fühlte es sich an, als würde die Situation ihm selbst, egal was er tat, am meisten wehtun.

»Zoé, wir müssen nach Hause«, sagte er unvermittelt und stand auf. Seine Tochter protestierte. Weigerte sich. Feilschte. Und schließlich blieben sie fast noch eine Viertelstunde, in der David Zoé jagte, sich fangen ließ und mit ihr »unsichtbare Freunde« spielte.

Während des Abendessens redete nur Zoé. Sowohl David als auch Maren verzichteten darauf, etwas zu sagen, oder vielmehr antworteten sie nur, wenn Zoé allzu sehr darauf bestand, dass jemand das tat. Meistens störte sie nicht, dass ihre Eltern nicht reagierten.

Irgendwann räumte David ab und fing an, seine Tochter bettfertig zu machen. Und immer noch erzählte sie davon, was sie mit ihren Freundinnen im »Kindi« gemacht hatte, was es dort heute alles zu essen gab, was sie morgen alles machen würde und wer blöd zu ihr gewesen war.

David machte das unaufhörliche Geplapper glücklich. Manchmal ertappte er sich dabei, wie er seine wunderschöne Tochter einfach nur ansah und dabei dämlich lächelte.

Zweimal hielt Zoé inne, fixierte ihn und fragte: »Papa?«

»Hm?«, schreckte er hoch.

»Ist alles okay, Papa?« Dabei sprach sie ›okay‹ eher wie ein ›nkay‹ aus.

Er nickte und nahm sie lächelnd in den Arm, aber sie entzog sich. Sie fand, dass sie längst zu alt für solche Liebesattacken sei.

Nachdem er sie ins Bett gebracht und ihr vorgelesen hatte, schloss er sanft die Tür zum Kinderzimmer. Er zuckte zusammen, als er Maren am Küchentisch sitzen sah. »Ich dachte, du bist im Wohnzimmer«, flüsterte er.

»Du warst heute gar nicht dran«, sagte Maren sanft. Sie versuchten sich so gut es ging mit dem Zubettbringen abzuwechseln, und nur wenn David aufgrund seiner Einsätze nicht konnte, sprang Maren ein.

Irritiert hielt er inne. »Nicht?« Immer noch lächelnd schüttelte sie erneut den Kopf. »Aber du hast ausgesehen, als ob du Spaß hättest, deswegen wollte ich dich nicht bremsen.«

Er glaubte ihr.

»Willst du dich nicht zu mir setzen?«, bot sie an. »Wir könnten einen Wein aufmachen.«

Er stand an die Küchenzeile gelehnt und betrachtete seine Frau. Die so schön aussah im milden Licht. Die er so in- und auswendig kannte und von der er doch keine Ahnung hatte. Die möglicherweise ein Kind mit einem anderen Mann hatte. Ohne ihn. Er verspürte ein Ziehen im Oberkörper. »Ich kann nicht«, sagte er bloß und verließ die Küche. Eigentlich hatte er keine Ahnung gehabt, wo er hingehen wollte, er wollte nur raus aus der Situation. Am Ende stand er draußen in der Auffahrt, blinzelte in die untergehende Sonne. Und lief einfach los.

Marika warf die Sporttasche neben ihre Arbeitstasche und ging in die Küche, um die Flasche Wein zu holen. Dann schnappte sie sich ihren Schlüssel, zog die Tür hinter sich zu und wollte gerade bei Jasmin klingeln, als sich ihr Handy meldete. Sie ging ran, hörte eine Weile zu. Sagte dann: »Sicher. Natürlich.« Fügte hinzu: »Am Teufelsberg.« Sie legte auf, drückte den Klingelknopf, und als Jasmin öffnete, schob sie ihr die Flasche in die Hand und sagte: »Es tut mir leid. Ein Notfall, ich kann leider nicht. Trink sie allein, oder heb sie auf, dann kümmern wir uns gemeinsam darum, aber ich muss los. Sei bitte nicht böse!« Sie umarmte die überraschte Freundin, drückte ihr einen Kuss auf die Wange und lief die Treppe hinunter.

David erhob sich von dem Stamm, auf dem er gewartet

hatte, als Marika auf ihrem Fahrrad heranrollte. »Danke, dass du gekommen bist«, sagte er verlegen. Er sah sich um. »Hier war ich noch nie.«

»Nicht dein Ernst!«, brach es aus Marika hervor. Sie schloss das Fahrrad an und zeigte auf den Hügel, der sich hinter ihnen aus dem Grunewald erhob. »Du bist geborener Berliner und warst noch nie auf dem Teufelsberg? Manche Sachen kann man sich echt nicht ausdenken«, sagte sie kopfschüttelnd.

Dann folgten sie gemeinsam einem der kleinen Wege, die sich an der Flanke des Teufelsbergs bis nach oben wandten.

»Warum hast du mich angerufen? Ich meine, nicht dass ich mich nicht geschmeichelt fühlen würde. Aber gewundert habe ich mich schon.«

»Ganz ehrlich? Ich habe keine Ahnung. Ich wusste nicht, wen ich sonst fragen sollte«, sagte David nach ein paar Metern. Ihm war es nach wie vor peinlich, dass er sie hatte anrufen müssen, aber in dem Moment war es ihm wie die richtige Entscheidung erschienen. Und er war erleichtert gewesen, dass sie keine Fragen oder Bedingungen gestellt, sondern einfach zugestimmt hatte, ihn zu treffen. »Normalerweise mache ich so etwas nicht.«

»Was? Die Zicke und Lesbe anrufen und um Rat fragen?«

Er wollte etwas erwidern, sah dann ihr Grinsen. Lächelte verlegen. »Ungefähr so, ja.«

»Bereust du, mich angerufen zu haben?«, fragte Marika lächelnd. Ihre Wangen waren noch rot vom Radfahren. Sie hatte den Grunewald vorgeschlagen, als neutrale Zone zwischen ihnen beiden.

David sah weg und nickte. Sagte dann, weil er nicht

wusste, ob sie ihn beobachtet hatte: »Ja, ich glaube schon.«

»Mit wem besprichst du solche Dinge sonst?«

Er musste einen Moment überlegen. Dann zuckte er mit den Schultern, sah sie an. »Mit mir selbst?«

Marika verzog das Gesicht. »Ugh! Gar nicht gesund. Warum ist das so? Hast du keine Kumpels, mit denen du reden kannst? Oder andere Väter? Irgendwelche Kontakte über den Kindergarten?«

David überlegte einen Moment. »Ich weiß auch nicht. Die gibt es schon. Aber irgendwie wäre das ...« Er zögerte.

»Komisch?«

David nickte, kickte einen Stein den Abhang hinunter. »Als wäre das nicht ich. Da bin ich irgendwie jemand anders. Spiele eine andere Rolle.« Er sah Marika von der Seite an, um zu sehen, wie sie reagierte. Ob sie sich über ihn lustig machen würde. »Da bin ich der Typ, der dir in kürzester Zeit den Grill anschmeißt. Der geile Burger brät. Oder dir was über dein Auto erzählen kann.«

Marika beobachtete ihn ernst, nickte. David fuhr fort: »Da bin ich jedenfalls nicht der Mann, der Probleme mit Frau und Kind hat und keine Ahnung, was er machen soll.«

»Verstehe.« Sie betrachtete ihn immer noch, und er war dankbar, dass sie das Gesagte nicht zu bewerten schien. Dann fügte sie hinzu:

»Craig wäre stolz auf uns.«

Als sie seinen panischen Gesichtsausdruck bemerkte, lachte sie. »Wäre, Brenner, wäre! Konjunktiv. Ich habe nicht gesagt, dass ich es ihm erzähle. Aber du musst doch zugeben, was seine Bemühungen in Richtung

Teambuilding angeht, hat das hier das Zeug, etwas ganz Großes zu sein.«

David lachte erleichtert, als er verstand. »Ja, vielleicht.«

»Okay. Egal. Schieß los, was ist das Problem?«

David räusperte sich, suchte den Faden, um anzufangen. »Meine Frau hatte vor Jahren eine Affäre. Es ging uns nicht gut in der Beziehung. Wir haben damals über eine Trennung nachgedacht.« Marika sagte nichts, nickte bloß. Er fuhr fort: »Dann haben wir uns wieder angenähert, alles schien wieder in Butter zu sein.« Er atmete tief durch. »Und dann hat sie mir neulich morgens gesagt, dass sie nicht weiß, ob Zoé von mir ist. Meine Tochter«, fügte er mit einem schnellen Seitenblick hinzu.

»Oh Mann, das ist hart. Dass sie dich betrogen hat, das hattest du ihr verziehen?«

David nickte, atmete tief ein und aus. Es fiel ihm schwer, darüber zu reden. »Ja. Das war nicht leicht. Aber am Ende war mir unsere Ehe wichtiger. Und ich hatte verstanden, was ich falsch gemacht hatte. Warum sie überhaupt was mit dem Arsch Hoffmann hatte.

»Und jetzt fühlst du dich noch einmal verraten?«

»So ungefähr. Als hätte ich ihr etwas verziehen, ohne die ganze Wahrheit zu kennen.«

»Hättest du ihr damals vergeben, wenn das Thema mit deiner Tochter schon auf dem Tisch gewesen wäre?«

Er fuhr sich mit den Händen durch die Haare, überlegte. »Ehrlich gesagt, keine Ahnung.«

Sie hatten das Ende des Weges erreicht und standen auf dem Plateau. Die Sonne war gerade dabei, rot am Horizont im Wald zu versinken. Trotz der fortgeschrittenen Stunde waren noch einige Menschen unterwegs. Zu ihrer Linken standen die archaisch aussehenden Gebäude der alten amerikanischen Abhörstation. »In wie vielen Filmen das Ding schon mitgespielt hat«, sagte Marika, als sie weitergingen.

David blieb stehen, schirmte die Augen mit der Hand ab. »Ich habe das ja selbst noch nicht gesehen, kenne aber die Bilder. Wusstest du, dass das aus einer bestimmten Perspektive wie ein Penis aussieht?«

Marika schnaubte.

»Doch, wirklich, schau mal.« Er trat dichter an sie heran, deutete mit dem Finger darauf. »Da ist der Schaft, die runde Kuppel, und die beiden Eier.«

Marika lachte. »Ey, für euch sieht *alles* wie ein Penis aus.« Sie drehte sich zu ihm um. »Du bist doch bestimmt auch so 'n Typ, der immer überall Penisse hingezeichnet hat, oder?« Sie schlitzte die Augen. »Oder noch tut? So am Strand, in den Sand? Gleich mal einen Penis? Oder an das makellose Whiteboard, kurz vor der Besprechung? Unten rechts einen kleinen Penis? Gib's zu!«

David antwortete nicht sofort. Beide mussten sie lachen. »Das machen alle Jungs!«, versuchte er sich zu verteidigen.

Marika schüttelte den Kopf und wackelte mit dem Zeigefinger. »Es gibt die Theorie, dass manche Männer – das machen nämlich nicht alle – damit ihre Kastrationsängste verarbeiten wollen. Und eine andere besagt, dass das der Traumabewältigung dient. Zum Beispiel, wenn man schon mal wegen seines Schwanzes ausgelacht worden ist.«

»Autsch«, sagte David und verzog das Gesicht. »Womit wir irgendwie wieder beim Thema des heutigen Abends wären. Entmannung und so.«

Marika hielt an. Etwa zwanzig Meter von ihnen entfernt stand ein Mann und ließ einen Lenkdrachen steigen. »Ist das wirklich das Thema? Ist es das, was dich so mitnimmt?«

David überlegte. »Kann sein«, wich er aus, nicht sicher, was die korrekte Antwort auf die Frage war.

»Liebst du Zoé?«

»Ja!« Er zögerte keine Sekunde mit der Antwort.

»Liebst du deine Frau?«

Diesmal brauchte er einen Moment länger, dann sagte er: »Ja, ich glaube schon.« Dann fügte er mit einem Grinsen hinzu: »Also, ich bin mir relativ sicher.«

Marika ging langsam weiter. »Weißt du, es gab Zeiten, da habe ich mir vorgestellt, dass es ganz praktisch wäre, wenn ich wirklich lesbisch wäre, so wie alle ständig behaupten.«

»Ach ja? Warum das?«

»Ich konnte mir immer gut vorstellen, Kinder zu haben. Das hätte ich schön gefunden.«

»Aber?«

»Die Biester selber austragen?« Sie sah ihn gespielt entgeistert an. »Weißt du, was das mit deinem Körper macht? Das ist der absolute Horror!«

Er legte den Kopf schief. »Na komm, so schlimm …«

Bevor er weitersprechen konnte, riss sie den Arm hoch und bedrohte ihn mit dem Zeigefinger. Der war so dicht an seiner Nase, dass er fast schielte. »Bevor du weitersprichst, überleg dir gut, was du sagen willst. Und ob du wirklich Ahnung hast, wovon du redest.« Sie fing an, aufzuzählen: »Übelkeit, Wasser in den Beinen, Unterleibsschmerzen, Sodbrennen, Schwangerschaftsstreifen, Diabetes, Rückenschmerzen, Verstopfungen und Blasenschwäche, und da habe ich jetzt sicher noch ein halbes Dutzend oder mehr Sachen vergessen, und dann haben wir noch nicht mal von den Geburtsschmerzen selbst geredet!« Sie war gegen Ende so laut geworden, dass der Drachenmann zu ihnen herübersah. Marika winkte ab. »Mann, ich habe das noch nicht durchmachen müssen, aber wenigstens weiß ich, wovon ich rede. Was denkst du denn, wie eine Schwangerschaft aussieht? Rumsitzen und Kuchen essen, oder wie stellst du dir das vor? Glaube nicht, dass du bereit gewesen wärst, für deine Frau eure Zoé auszutragen.« Sie pikte ihn in den flachen Bauch, und er zuckte zurück. »Da hättest du dich aber eine ganze Weile von deiner Form verabschieden können.«

Verlegen verzog er das Gesicht. Marika hatte recht. In der Tat hätte er wohl freiwillig kaum das Austragen eines Kindes übernommen. »Kann sein. Vielleicht habe ich Maren auch nicht genug Respekt gezollt für das, was sie da geleistet hat.« Sofort musste er an Zoé denken, und was für ein Wunder sie war.

»Siehste, und deswegen hätte ich mir einfach eine Frau suchen können, die da Bock drauf hat, und die das machen lässt. Wenn ich Lesbe wäre«, fügte sie mit einem vielsagenden Blick auf David hinzu.

»Klingt einleuchtend«, gab er zu. Fragte dann: »Gab's mal Männer, die das wollten?«

»Was meinst du, Kinder mit mir haben? Oder Männer, die mich wollten?«, witzelte sie. David fühlte, wie eine leichte Schamesröte sein Gesicht überzog, auch wenn er wusste, dass sie ihn nur aufzog. Bevor er antworten konnte, sprach sie weiter. »Ja, es gab da einen. Der hätte im Handumdrehen eine ganze Bande von Kindern mit mir haben wollen. Und ganz ehrlich, der hätte sie vermutlich sogar ausgetragen, wenn das gegangen wäre.« Sie waren langsam weitergelaufen, und sie blickte über den Wald, als wäre sie gedanklich sehr weit weg. »Und manchmal frage ich mich, ob ich da wirklich die richtige Entscheidung getroffen habe.« Sie drehte sich ruckartig zu David um. »Damals waren mir meine Karriere und mein Sport wichtiger.« Sie zuckte mit den

Schultern. »Was wirst du jetzt machen? Willst du einen Vaterschaftstest?«

»Ich habe keine Ahnung. Irgendwie ja, aber ich habe auch ziemlich Schiss davor.«

»Verstehe ich.« Sie waren am Rande des Plateaus angekommen und sahen auf das Grün des Grunewaldes. Vor ihnen waren heftige Schneisen in den Sand gegraben, und David fragte sich gerade wovon, als sich direkt neben ihnen zwei Mountainbiker nacheinander in die Tiefe stürzten und den Sand aufwirbelten, während sie die Piste hinabschossen.

Als sie sich wieder auf den Rückweg machten, sagte Marika: »Also, keine Ahnung, ob dir das hier jetzt in irgendeiner Form geholfen hat, aber ich fand es trotzdem ganz nett.« Sie lächelte. »Und so haben wir dir wenigstens auch mal den Teufelsberg gezeigt. Du solltest am Wochenende mit der Familie herkommen, da steht der ganze Himmel voller Drachen.«

David nickte. »Vielleicht mache ich das. Und ja, ich glaube schon, dass du mir geholfen hast.« Langsam gingen sie wieder in Richtung Parkplatz zurück.

Er schlüpfte neben Maren ins Bett. Sie drehte sich kurz um, lächelte. »Was?«, fragte er. Klang gereizter, als er es vorgehabt hatte.

Sie schüttelte den Kopf. »Ich weiß nicht. Irgendwie hatte ich erwartet, dass du wieder in der Garage schläfst. Oder nach Alkohol riechst oder beides. Das hier ist eine angenehme Überraschung. Wo warst du?«

»Am Teufelsberg.«

Wieder drehte sie sich zu ihm um, die Augenbrauen hochgezogen. »Ach ja?« Er machte sich nicht die Mühe zu antworten. »Alleine?«

»Mit einer Freundin.«

Ihr überraschter Gesichtsausdruck fing an, ihm auf die Nerven zu gehen. Kurz fragte er sich, ob sie eifersüchtig war. Er hatte sonst keine weiblichen Freunde. Spielerisch drückte er ihren Kopf wieder auf das Kissen. Sie lachte. Wackelte mit dem Hintern und drückte sich dichter an ihn heran. »Wenn es hilft. Mir soll es recht sein.«

Kurz überlegte er, wie er mit der Situation umgehen sollte. So weit hatte er nicht darüber nachgedacht, als er entschieden hatte, zu Maren ins Schlafzimmer zu kommen. Schließlich legte er ihr zögerlich den Arm um die Taille. Sofort ergriff sie ihn und zog ihn noch fester an sich.

Er konnte schon bald ihren regelmäßigen Atem hören, brauchte selbst aber lange, bis er endlich einschlief.

17

Joachim Hagen verabschiedete sich von seinen Freunden, und während die anderen beiden sich unterhaltend und lachend die Straße Richtung Sonnenallee hochgingen, schloss er sein Fahrrad los. Dann machte er einen Versuch aufzusteigen und fiel fast der Länge nach hin. Machte einen zweiten Versuch, konnte sich gerade noch an einem Baum festhalten. Er hatte nicht das Gefühl, betrunken zu sein, aber offenbar sah sein Körper das anders. Mit hängendem Kopf starrte er einen Augenblick auf das Rad und konnte sich nicht entscheiden, was er jetzt tun sollte. Dann, mit einem debilen Grinsen, fing er an, das Rad zu schieben. Er stellte fest, dass es ihm einfacher fiel zu laufen, solange er sich am Lenker festhalten konnte.

Während er langsam tiefer nach Neukölln hineinwanderte, blieb er plötzlich stehen. Sah sich um. Die Straße war menschenleer, dunkle Flecken jenseits der Straßenlaternen. Es musste zwei, drei Uhr nachts sein. Deswegen fand er es ein wenig verwunderlich, dass außer ihm kaum Menschen unterwegs waren. Er hatte sich eingebildet, Schritte gehört zu haben.

Nach einem Augenblick ging er weiter. Wäre fast gestürzt, weil der Wechsel von Stehen zu Laufen nicht reibungslos vonstattenging.

An der nächsten Ecke warf er einen Blick über die Schulter, weil er sich erneut eingebildet hatte, etwas gehört zu haben. Starrte auf Schatten, weil er glaubte, eine Bewegung gesehen zu haben.

Es kam ihm vor wie eine Ewigkeit, während der er an der Ecke stand. Schließlich ging er weiter.

Vor dem Haus musste er eine Weile zwischen Schlüsseln und Fahrrad jonglieren, bis es ihm endlich gelang, die Tür aufzuschließen. Dabei fiel ihm das Rad zweimal um. Anstatt es liegen zu lassen, hob er es jedes Mal erneut auf, nur um dann ungeschickt mit verkrampften Armen wie ein T-Rex nach dem Schlüsselloch zu fahnden. Endlich hatte er den Schlüssel im Schloss, drehte ihn. Drückte die Tür auf, schob das Rad ein Stück hinein. Sah ein weiteres Mal auf die Straße, konnte nichts entdecken. Mit einem unwillkürlichen Schaudern drückte er das Rad hinein, stolperte selbst hinterher.

Erst als die Tür hinter ihm mechanisch ins Schloss fiel und er ein weiteres Mal zur Sicherheit dagegengedrückt hatte, entspannte er sich ein wenig. Er ging, um das Rad im Hof anzuschließen.

18

Bishop hatte morgens gerade den zweiten Kaffee getrunken, als sein Handy klingelte. »Nadir hier«, meldete sich der Techniker. »Bist du zu Hause?«

»Ja, ich wollte mich gerade auf den Weg ins Büro machen. Was gibt's?«

»Unsere Anlage behauptet, wir hätten eine Drohne online. Im Einzugsbereich deiner Wohnung.«

Bishop hielt inne und sah unauffällig zum Fenster. Entdecken konnte er nichts. »In Ordnung. Was passiert jetzt?«

»Die Peilwagen sind unterwegs, das MEK ist informiert. Die Wagen brauchen aber natürlich einen Moment, bis sie bei dir sind. Willst du warten oder ihnen entgegenkommen? Dann müsste ich nur genau wissen, welchen Weg du nimmst.« Bishop überlegte kurz, entschied sich dann dafür, in der Wohnung zu bleiben. Das erschien ihm das kleinere Übel. Unterwegs hätte er vermutlich andauernd den Reflex unterdrücken müssen, sich suchend umzuschauen oder gar loszurennen, um den unsichtbaren Verfolger abzuschütteln.

»Alles klar, ich informiere die Kollegen. Und versuch, dich so unauffällig wie möglich zu verhalten.«

»Was genau heißt das?«

Nadir lachte. »Ich weiß nicht. Mach einfach das, was du immer machst. Wenn dein Morgenritual ist, dass du dich morgens nackt auf den Balkon stellst und einen Urschrei ausstößt, dann tu das bitte heute auch. Ich verspreche dir auch, ich lösche die Bänder, sobald wir den Kerl haben.«

Bishop kommentierte den Witz nicht weiter und verabschiedete sich. Als er in sein Wohnzimmer kam, hatte er tatsächlich Mühe, sich »normal« zu verhalten, weil er gar nicht richtig wusste, wie er das tun sollte. Wie sah ein normaler Morgen für ihn aus? Und jetzt war ja schon alles nicht mehr normal, weil er ansonsten längst das Haus verlassen hätte, direkt nach dem zweiten Kaffee. Kurz überlegte er, ob er so tun sollte, als wäre der letzte Kaffee nie passiert, um sich in der Küche einfach noch einen zu machen. Aber das Risiko, vor den Augen der Drohnenkamera einen Herzkasper zu erleiden und die Verhaftung zu verpassen, erschien ihm zu groß.

Stattdessen nahm er das Handy und rief Marika an. »Ich habe gerade die Ansage bekommen, dass ein stiller Alarm ausgelöst wurde. Offenbar befindet sich eine Drohne in der Luft.«

»Ich weiß. Brenner und ich waren schon im Präsidium.« Er konnte ihre gute Laune hören und stellte sich vor, wie sie grinste. »Wir haben uns an das MEK drangehängt. Wollen doch zusehen, wenn der Vogel auffliegt.«

Bishop verzog das Gesicht. Darüber hatte er nicht nachgedacht, dass er jetzt hier rumhängen musste, bis die Falle zuschnappte. Ihm wäre auch lieber, mit dem MEK mit offenen Türen um die Ecke gesaust zu kommen und schön einen auf dicke Hose zu machen.

Seufzend legte er auf und ging, um etwas Wäsche zu sortieren. So konnte er die Zeit wenigstens nützlich verwenden.

Nach der Wäsche kümmerte er sich noch um etwas Abwasch, bevor er aus lauter Verzweiflung und Langeweile auch noch anfing, sein Bücheregal umzusortieren, als endlich erneut das Handy klingelte.

»Wir haben ihn«, sagte Brenner. Bishop fühlte, wie sich sein Puls beschleunigte.

»Allerdings ist er nicht unser Mann«, lachte Brenner nach einer Pause. »Sondern ein Vater, der mit der Drohne seines Sohnes herumgespielt hat. Nachdem er sich auf der Arbeit krankgemeldet hat.«

Bishop stöhnte. »Nicht dein Ernst.«

»Ich fürchte doch. Wir rollen jetzt mit dem MEK zurück ins Büro. Sehen dich da.«

Bishop verabschiedete sich und packte frustriert seine Tasche, um sich endlich auf den Weg zu machen.

»Hast du nicht gesagt, dass wir von diesem Manuel Kamander noch nicht alles gesehen haben?«, sagte Marika statt einer Begrüßung, als Bishop ins Büro trat.

Verdutzt blieb er stehen. »Was habt ihr?«

Brenner saß neben Marika auf dem Schreibtisch, und die beiden schienen sich gerade unterhalten zu haben. Für einen Moment fragte Bishop sich, ob die beiden anders miteinander umgingen als noch gestern oder er sich das nur einbildete.

»Kamander hatte Schulden. Jede Menge.«

»Okay. Was ist jede Menge? Und wofür?«

Brenner hüpfte vom Tisch und zeigte auf die Unterlagen vor Marika. »Fast fünftausend Euro Spielschulden. Sportwetten.«

Bishop pfiff leise. »Illegale Sportwetten?«

Brenner schüttelte den Kopf. »Nein, alles legal. Aber das Geld, das er da verzockt hat, das hat er sich, sagen wir, semi-legal geliehen.«

»Bei wem?«

»Einem isländischen Nachtclubbesitzer, Ófeigur Jökullson.« Brenner lachte, weil er den Namen vollkommen verstümmelte. »Der Kerl hat mehrere Läden. Sein Büro ist irgendwo im Graefekiez.«

»Wie habt ihr das rausgefunden?«

»In Kamanders Unterlagen haben wir die Belege für die Wetten entdeckt. Und sein Kumpel, der ihm das Alibi für den Mord an Eschenbach gibt, hat sich verquatscht.«

»Irgendwas in euren Gesichtern sagt mir, dass das noch nicht alles ist.«

Brenner sah Marika an und nickte. »Richtig. Ich habe einfach mal eine kurze Suche angeschmissen, um zu sehen, ob da Querverweise bei rauskommen. Und jetzt rate mal, wer Teilzeit für die Firma von Jökullson gearbeitet hat?«

Bishop sah sie beide wartend an. Er hatte keine Lust auf Spielchen.

»Sascha Eschenbach!«

Bishop strich sich mit den Fingern durch die Mundwinkel. »Schätze, das wirft ein etwas anderes Licht auf die Beziehung von Manuel Kamander und Eschenbach.« Brenner und Marika nickten.

»Mit wem reden wir zuerst?«, wollte Marika wissen.

»Den Kamander holen wir uns her. Das macht ihr, zusammen. Danach gehen wir alle gemeinsam zu dem Isländer. Ich hätte gerne eure Einschätzung von dem Mann.«

Brenner und Marika sahen sich an, versuchten vermutlich zu ergründen, ob er sie irgendwie auf die Probe stellen wollte, wenn er sie das gemeinsam machen ließ. Und in der Tat war das Teil der Motivation. Irgendwie hatte Bishop noch immer das Gefühl, dass sich die Chemie zwischen ihnen verändert hatte, und er wollte von außen betrachten, welche Auswirkungen das auf das Team hatte.

»Wir sind in Raum 33«, sagte Marika, die kurz den Kopf zu Bishop ins Büro gesteckt hatte.

»Ich komme«, sagte er, beendete noch kurz die Eingaben und machte sich dann auf den Weg in den dritten Stock. Von Marika war keine Spur mehr zu sehen.

Kurz darauf betrat Bishop den kleinen Raum auf der anderen Seite des Befragungszimmers und konnte durch den Einwegspiegel Kamander sehen, der Brenner und Marika gegenübersaß. Die Hände hatte er auf die Tischplatte gestützt, und immer wieder massierte er sie nervös. Brenner hatte sich lässig zurückgelehnt, als würde ihn die ganze Befragung nichts angehen, während Marika ihre ganze Aufmerksamkeit Kamander zuwandte.

»Warum haben Sie uns nichts von Ihren Schulden gesagt?«

Kamander zuckte mit den Schultern. »Sie haben nicht gefragt.« Die schlanken Finger spielten mit dem Plastikbecher, in dem sich vermutlich Wasser befunden hatte.

»Witzig«, entgegnete Brenner, ohne seine Position zu verändern. Kamander sah bei dem feindseligen Tonfall kurz hoch, nahm aber keinen Blickkontakt mit Brenner auf.

»Wofür haben Sie das Geld gebraucht?«, fragte Marika.

»Sie haben doch bestimmt Ihre Hausaufgaben gemacht und wissen das längst«, spuckte Kamander verächtlich aus.

»Warum sind Sie zu Jökullson gegangen?«

Kamander zuckte mit den Schultern. Er ließ sich noch etwas tiefer in seinen Stuhl sinken. »Weil er Leuten wie mir Geld gibt.«

»Ohne Sicherheiten, meinen Sie?«

Erneutes Schulterzucken.

»Aber Sie haben Ihre Schulden nicht zurückgezahlt«, stellte Marika fest.

»Weil ich nicht gewonnen habe!« Jetzt kam Leben in Kamanders Stimme, und er setzte sich aufrechter hin. »Wenn das mit dem Tipp geklappt hätte, dann hätte ich alles auf einen Schlag bezahlen können.«

»Haben Sie sich denn die fünftausend auf einmal geliehen?«

Er schüttelte den Kopf. »Natürlich nicht.«

»Über was für einen Zeitraum reden wir hier?«

»Ich weiß nicht. Drei, vier Monate?«

»Jökullson muss ein sehr geduldiger Mensch sein«, sagte Marika ganz ohne Spott.

Kamander schnaubte. »Richtig.«

»Sie haben sich also ein letztes Mal Geld geliehen, um Ihre Schulden abzubezahlen. Was Sie auch hätten tun können, wenn sich der Tipp als richtig erwiesen hätte.«

Kamander nickte.

»Wie viel war das, das letzte Mal?«

Kamander atmete tief ein. »Zweitausend.«

»Hatten Sie schon vorher Ärger mit Jökullson? Oder mit Eschenbach? Der hat für Jökullson gearbeitet, richtig? Hat er versucht, das Geld bei Ihnen einzutreiben?«

Kamander schien etwas sagen zu wollen, zögerte.

Jetzt lehnte sich Brenner nach vorne. »Der Arsch hat sich aufgespielt, oder? Erst hat er Sie aus dem Team werfen lassen, und dann hat er noch einen auf King gemacht, weil er für den Isländer arbeitet, richtig?« An Marika gewandt, fügte Brenner hinzu: »So Typen habe ich ja gefressen.«

Kamander sah Brenner mit funkelnden Augen an. »Das hat dem Spaß gemacht. Der hätte den Job auch gemacht, wenn ihm Jökullson nichts dafür bezahlt hätte. Genauso wie den Türsteherjob.«

»Er hat auch die Tür gemacht? In Jökullsons Clubs?«

Kamander blickte auf den Tisch, nickte. »Das war, bevor wir Ärger wegen des Gelds hatten. Aber nach dem Aufriss im Club. Ich wollte mit ein paar Kumpels ins *Nightline*, aber ich wusste nicht, dass er da arbeitet. Da hat die kleine Sau mich richtig auflaufen lassen. Hat alle anderen reingelassen und mich abgefischt.« Kamanders Gesicht verzog sich vor Wut. »Der wollte es mir einfach voll reindrücken! Bei jeder Gelegenheit!«

»Und wegen Ihrer Schulden, da hat er sie ebenfalls unter Druck gesetzt?«, hakte Marika nach.

»Der Drecksack! Hat sich dran aufgegeilt, mir noch eins auswischen zu können. Der ist sogar direkt zu meiner Arbeitsstelle gekommen, das erste Mal, und hat mir da gedroht. Das hat mir jede Menge Stress mit meinem Boss eingebracht. Und am Ende die Kündigung.«

»Jetzt sind Sie arbeitslos?«

Kamander nickte. »Vorübergehend.«

»In Ordnung, Eschenbach ist also in der Firma aufgetaucht und hat Sie unter Druck gesetzt. Dass Sie zahlen sollen.«

»Ja.« Kamander sah aus, als würde er zur Bekräftigung am liebsten auf den Boden spucken, aber er hielt sich zurück. Vermutlich kostete es ihn große Überwindung, nicht alle paar Minuten auszuspucken.

»Sie hatten die paar Tausend aber nicht auf Tasche. Also ist er irgendwann wiedergekommen.«

Kamander nickte. »Hat mir auf dem Weg nach Hause aufgelauert, mich zusammen mit einem Kumpel in einen Hinterhof gezerrt. Die Fotzen hatten Basies dabei. Die Schläger vom Training, können Sie sich das vorstellen? Erst lässt der Wichser mich aus dem Team werfen, und dann geht der mich quasi mit meinen eigenen Schlägern an.«

»Gehören die Schläger nicht den Spielern privat?«, fragte Marika verwundert.

»Begreifen Sie das nicht? Um mich dran zu erinnern, dass er mich aus dem Team geworfen hat. Das war seine Message!« Jetzt kochte Kamander richtig hoch, spuckte beim Sprechen, und Bishop konnte sehen, dass sich Brenners Körperspannung ebenfalls schlagartig erhöhte. Als würde er sich darauf vorbereiten loszuspringen. Um seine Kollegin zu beschützen, natürlich, dachte er mit einem Seufzer.

»Entschuldigen Sie, ich vermute, mir ist die Bedeutung nicht ganz klar. Weil Baseballschläger ja oft für derartige Drohgebärden eingesetzt werden. Es tut mir leid«, versuchte Marika zu beschwichtigen. Kamander schien leidlich beruhigt. Er erzählte weiter: »Die Pisser haben mich erst herumgeschupst und mich drangsaliert. Dann haben sie mich geschlagen und getreten, und zum Schluss eine Kellertreppe runtergeworfen.«

»Die Schläger haben sie nicht benutzt?«, fragte Marika

»Nein, das mussten sie nicht«, sagte er düster. »Sie haben mir trotzdem zwei Rippen angebrochen, die Milz angerissen, und ich hatte eine Platzwunde an der Stirn.«

»Haben Sie danach gezahlt?«, wollte Brenner wissen.

»Das konnte ich nicht!«, fauchte Kamander.

»Wegen des falschen Tipps?«, fragte Marika. Er nickte.

»In Ordnung. Das heißt, Sie hätten demnächst wieder Besuch bekommen, ist das richtig? Von Eschenbach oder jemand anders aus Jökullsons Umfeld. Korrekt?«

»Vermutlich«, murmelte Kamander. Dann schien ihm etwas aufzufallen. »Aber es macht immer noch keinen Sinn, dass Sie versuchen, mir den Mord an Eschenbach anzuhängen, weil sich für mich ja nichts ändert. Ja, ich hätte den Mistkäfer liebend gerne selbst fertiggemacht, aber mit Jökullson? Da nützt mir das gar nichts. Ich habe ja nicht Sascha das Geld geschuldet.« Er schien wieder in sich zusammenzusinken. »Der Isländer schickt einfach den nächsten Affen, der sich um mich kümmern soll.«

Bishop nickte aus Reflex. Kamander hatte recht. Auch ohne sein Alibi würde für den Mord höchstens Rache als Motiv infrage kommen, aber keine monetären Beweggründe. Seine Schulden war Kamander damit nicht los.

Knapp eine Stunde später saßen die drei Kommissare zusammen im Auto. Diesmal hatte Marika darauf bestanden, hinten zu sitzen, weil sie keine Lust mehr auf Sonderbehandlungen hatte.

»Ich fürchte, wenn wir mit Jökullson gesprochen haben, müssen wir Kamander wieder laufen lassen«, sagte sie, nach vorne gelehnt. Bishop, der am Steuer saß, nickte. »Ja, vermutlich schon.« Er rieb sich mit einer Hand frustriert den Schädel. »Das könnte ein ganz einfacher Fall sein!«

Brenner lachte. »Ja, wenn man einen Großteil der Fakten wegignoriert. Wie die Drohnen und ihren Piloten, die weitere Enthauptung und, und, und.«

Bishop setzte den Blinker und bog in die Durchfahrt zu einem Hinterhof ein. Er musste langsam fahren, weil rechts und links nicht besonders viel Platz war. Sie durchquerten den ersten Hinterhof aus Kopfsteinpflaster und fuhren in den zweiten ein. Dort parkte er.

Zu ihrer Rechten befand sich ein Piano-Outlet, direkt daneben ein Fitnessstudio. Bishop deutete auf einen Treppenaufgang. »Da müssen wir hoch.«

Sie stiegen hintereinander das Treppenhaus aus kargem Beton hinauf, weil niemand Lust hatte, den Lastenaufzug auszuprobieren. Wenig später drückte Bishop auf einen Klingelknopf im dritten Stock, der sich neben einer Stahltür aus Grasgrün befand. An die Wand hatte jemand mit einem dicken Stift »Kein Sex für Nazis!« geschrieben. »Einladend und zugleich so … abweisend«, spottete Brenner.

Die Tür wurde geöffnet. Ein athletischer Kerl mit Seitenscheitel, weißem Hemd und Anzugweste öffnete ihnen die Tür. »Ja, bitte?«, fragte er mit nordischem Akzent.

Sie zeigten ihre Ausweise, und Bishop stellte sie vor. Dann sagte er: »Wir würden gerne mit Herrn Jökullson sprechen.«

Der Mann starrte noch einen Augenblick auf den Ausweis, den Bishop ihm immer noch hinhielt, und schien zu überlegen. Dann nickte er, hob den Zeigefinger und ließ die Tür wieder zufallen.

Die drei warteten. Wenig später wurde die Tür erneut geöffnet, und der Mann ließ sie ein. Sie folgten ihm einen Gang entlang, der mit rotem Teppich und warmen Deckenstrahlern ausgestattet war. An den Wänden hingen großformatige Portraits von verschiedenen Menschen in Schwarz-Weiß. Insgesamt machte der Flur eher den Eindruck, er würde zu einer Galerie oder einer hippen Agentur gehören als zum Büro eines Nachtclubbesitzers und Geldhais.

Sie wurden in ein großes Büro geführt, dessen gesamte Front durch Glas eingenommen wurde, mit Blick auf Berliner Hinterhöfe. Vollkommen verschwendet für diese Art von Aussicht, fand Marika.

Ein breit gebauter Mann mit hellem, kurzem Haar und kleinen Augen erhob sich hinter dem Schreibtisch und trat auf sie zu, um ihnen die Hand zu schütteln. Die Haut in seinem Gesicht erschien merkwürdig faltig, als gäbe es da zu viel Haut für zu wenig Gesicht. Aus der

Nähe war Marika überrascht, wie groß der Mann war. Durch seine Körperfülle machte er einen deutlich kleineren Eindruck, aber sie schätzte, dass er bestimmt fast eins neunzig sein musste.

»Bitte, setzen Sie sich doch. Helgi sagte mir, dass Sie von der Polizei sind.«

Bei seinen Worten konnte Marika erkennen, wie es um Brenners Mundwinkel zuckte. Vermutlich war er über »Helgi« gestolpert, und jetzt musste auch sie ein Lächeln unterdrücken, wenn sie sich vorstellte, wie der kleine Junge in Brenner gerade innerlich platzte. Dabei war Helgi vermutlich ein ganz gewöhnlicher skandinavischer Name. Jökullson sprach wie sein Untergebener mit einem leichten nordischen Akzent, aber sein Singsang war etwas weniger ausgeprägt als der von Helgi.

Vor dem Schreibtisch standen zwei Stühle, und Helgi brachte gerade einen weiteren. Sie setzten sich, erst dann tat es ihnen Jökullson gleich. »Kann ich Ihnen etwas zu trinken anbieten?«

Alle drei lehnten ab.

Der Isländer breitete die großen Hände aus und lächelte. »Auch gut. Kommen wir gleich zur Sache.«

Bishop nickte, als wäre ihm das sehr recht. »Wir haben einen Mann in Gewahrsam, der sich von Ihnen Geld geliehen hat. Manuel Kamander.«

Jökullson nickte. »Das ist richtig, ja.« Dann grinste er. »Also, dass er sich Geld geliehen hat. Ob er wirklich bei Ihnen in Gewahrsam ist, kann ich natürlich nicht bestätigen.« Er lachte und warf einen Blick hinter sie, vermutlich auf Helgi.

Marika stellte sich vor, wie der andere Mann pflichtschuldig über den Witz lächelte.

Bishop verzog keine Miene. »Wollen Sie denn nicht wissen, warum sich Herr Kamander bei uns befindet?«

Das Lächeln versank langsam in den Falten des bulligen Gesichts. Jökullson lehnte sich leicht nach vorne. »Ganz ehrlich, Herr Kommissar, ich kann es mir bereits denken. Wir haben von Sascha Eschenbachs Tod gehört.«

Bishop nickte. »Richtig, deswegen haben wir Herrn Kamander befragt.« Er überlegte kurz. »Kannten Sie Sascha Eschenbach persönlich?« Jökullson nickte. »Natürlich. Ich kenne alle meine Leute persönlich. Sascha war ein guter Junge. Ehrgeizig. Hat sich immer reingehängt. Den konnten wir immer anrufen, wenn mal Not am Mann war. Seine Freundin Denise kannte ich übrigens auch persönlich. Es tut mir sehr leid für die beiden.« Er verzog traurig das Gesicht, und Marika fiel auf, wie beweglich seine Mimik war. Dafür, dass sie ihn zu Beginn eher stoisch eingeschätzt hatte. Aber sie vermutete, dass der Mann ein begnadeter Schauspieler sein könnte.

»Was werden Sie jetzt mit Manuel Kamander machen?«

Jökullson lächelte, aber Marika fand, dass das wegen seiner kleinen Augen ziemlich gruselig aussah. »Er muss seine Schulden bezahlen. Das werden Sie sicher verstehen.«

Bishop nickte. »Und Sie werden sicher verstehen, dass ich extrem ungehalten sein werde, falls Kamander in der nächsten Zeit einen ›Unfall‹ hat.« Er sah Jökullson einen Moment lang an, und Marika kam es so vor, als könnten die zwei Männer auch gut gleich aufeinander losgehen wie zwei Büffel. Die Nacken dazu hatten beide jedenfalls.

Nach einem Moment legten sich Jökullsons Falten wieder zu einem Lächeln zurecht, und er sagte: »Natürlich. Sie brauchen sich keine Sorgen zu machen.«

Helgi begleitete sie wieder zur Tür, und kurz darauf

waren sie im Treppenhaus auf dem Weg nach unten. Endlich platzte es aus Brenner heraus: »Der Helgi!« Marika musste lächeln. »Ey, du bist so ein Kind! Das ist das Einzige, worüber du die ganze Zeit nachgedacht hast, oder?« Sie boxte ihm auf den Arm. Brenner lachte erneut. »Ich habe einen Kumpel, den nennt seine Freundin Holgi. Vielleicht sollte ich die beiden mal einander vorstellen. Helgi und Holgi.« Lachend lief er weiter die Treppe hinunter.

Bishop stimmte in die Fröhlichkeit nicht mit ein, und es dauerte, bis sie wieder im Auto saßen, dass er etwas sagte. Anstatt den Motor zu starten, drehte er sich halb zu ihnen um. »Der Typ ist doch eiskalt, oder?«

Marika nickte. »Ich fand den auch ziemlich gruselig. Bei dem würde ich nicht gerne Schulden haben.«

»Geschenkt«, sagte Brenner. »Der Typ ist ein Geldverleiher und Nachtclubbesitzer, und wenn der noch was mit Nutten am Laufen hätte, dann würde es mich auch nicht wundern.« Brenner bemerkte den missbilligenden Blick nicht, den Marika ihm zuwarf, und fuhr fort: »Was ist, wenn der sich mit Eschenbach überworfen hat? Vielleicht gab es … betriebsinterne Gründe, den auf die Weise loszuwerden.«

»Derart drastisch? Und seine Freundin gleich mit umbringen?« Marika verzog das Gesicht. »Weiß nicht, wie plausibel ich das finde.«

»Wir brauchen mehr Informationen«, sagte Bishop. Er seufzte und ließ den Motor an, um vom Hof zu fahren.

19

Marika war gerade im Supermarkt, um für ein Abendessen mit Jasmin einzukaufen, als ihr Handy vibrierte. Brenner. Sie ging ran, begrüßte ihn.

»Wo bist du? Wir haben einen neuen Drohnenalarm. Wieder bei Bishop zu Hause. Wenn du dich beeilst, schaffst du es eventuell noch.«

»Wo bist du denn?« Sie ließ ihren Einkaufswagen stehen und eilte Richtung Ausgang. »Ich habe es smart angestellt und bin länger geblieben.« Sie konnte förmlich hören, wie er grinste.

»Ich reite gleich mit dem MEK los. Melde dich, sobald du in der Nähe bist. Wenn du Glück hast, können wir dich noch aufsammeln.«

Sie fluchte, legte auf und sprang ins Auto. Auf dem Weg rief sie Jasmin an, erreichte aber nur die Mailbox. »Gott, es tut mir so leid, aber ich muss schon wieder absagen! Ich habe einen Einsatz. Ich hoffe, ich kann das demnächst wiedergutmachen.«

Marika hatte gerade das Auto abgestellt, halb im Halteverbot, als die zwei dunklen Vans des MEKs um die Ecke gerauscht kamen. Brenner riss die Seitentür auf, noch bevor der Wagen zum Stehen gekommen war, und sie kletterte hinein. Dabei musste sie sich an einem Beamten vorbei zu Brenner in die hintere Reihe quetschen. Damit sie die Jungs beim Rausspringen nicht behindern würden, sagte sie sich. Außer ihr saßen mehrere Beamte im Wagen, alle mit Schutzwesten ausgerüstet. Einige hatten die schwarzen Masken bereits über dem Gesicht, andere trugen sie wie Mützen auf den Kopf geschoben. Ensen war nicht dabei, soweit sie sehen konnte. Vermutlich befand er sich im ersten Fahrzeug. Manche von ihnen trugen neben den schwarzen Sweatern auch schwarze Cargohosen, andere Jeans.

»Was ist mit den Peilwagen?«, wollte sie etwas außer Atem wissen.

»Sind unterwegs und am Peilen«, sagte Brenner mit einem Grinsen. »Drohne ist laut Nadir aber noch in der Luft. Er hat Bishop gebeten, sich vor die Tür zu begeben und in Bewegung zu bleiben. In den Park zu gehen, sich ein bisschen auf die Bank zu setzen. Macht es unserem Stalker einfacher, ihn zu verfolgen und schön mit der Kamera draufzuhalten. Damit er nicht die Lust verliert und wieder abhaut.«

Einen Augenblick später hielten die beiden Vans in zweiter Reihe. »Was passiert jetzt?«, fragte Marika und sah sich um.

Keiner der Männer machte Anstalten, sich zu bewegen. Sie fühlte sich furchtbar ungebrieft und überlegte, ob es sinnvoller gewesen wäre, doch nicht mitzukommen, sondern stattdessen mit Jasmin Pasta zu essen.

»Wir müssen auf die Peilung warten«, erklärte der Beifahrer, ohne sich umzudrehen. Seine Stimme klang rau und hatte einen noch härteren Berliner Dialekt als Brenners. Er war einer von denen, die die Maske hochgeschoben hatten. Vor ihm konnte Marika den Griff einer Maschinenpistole sehen.

Sie nickte und versuchte durchzuatmen. In den nächsten Minuten redete kaum jemand. Obwohl sie eigentlich das Bedürfnis hatte, sich mit Brenner auszutauschen, allein schon um die Spannung loszuwerden, kam sie sich in der Totenstille dabei merkwürdig vor. Unprofessionell. Ganz anders als bei früheren Einsätzen mit den MEK-Leuten. Sie hielt wie die anderen den Mund und fühlte sich an Zeiten in der Bücherei erinnert. Und musste grinsen, wenn sie an eine Bibliothek dachte, in der die ganzen MEKler schwer bewaffnet herumhingen und dafür sorgten, dass niemand laut sprach.

»Was ist?«, wollte Brenner mit flacher Stimme wissen. Die Atmosphäre beeinflusste ihn offenbar auch. Sie schüttelte bloß den Kopf und winkte ab. Er hakte nicht nach.

Es waren knapp zehn Minuten vergangen, als eine Bewegung des Beifahrers Marika aufschreckte. Unvermittelt sagte er: »Alles klar. Wir sind unterwegs.« Seine Stimme hatte merkwürdig laut im Wageninneren geklungen. Er drehte sich um und erklärte: »Wir haben die Peilung. Es geht los!«

Marika fühlte, wie sich ihr Puls beschleunigte, als sie spürte, dass der Wagen abrupt anfuhr und die restlichen Männer ebenfalls ihre Masken nach unten zogen. Sie hörte das metallische Klicken von Ausrüstung, die überprüft wurde. Obwohl es eigentlich lächerlich war, kam sie sich vor, als würde sie gleich mit dem Einsatzkommando irgendwas erstürmen, so sehr raste ihr Herz. Dabei würden Brenner und sie bloß hinterhertrotten und erst irgendwo hineingelassen werden, wenn die Action längst vorbei war. *Falls* es überhaupt Action gab, erinnerte sie sich. Immerhin fahndeten sie nach einem Drohnenflieger. Das konnte auch ein gesetzter Herr Mitte sechzig sein, mit einem karierten Hütchen. Oder ein Kind. Jedenfalls war die Chance nicht groß, dass es die geballte Macht des MEK brauchen würde, um ihn zu überwältigen.

Der Van stoppte, und die Türen wurden aufgerissen. Einen Herzschlag später waren alle MEK-Leute aus dem

Auto gesprungen. Marika und Brenner folgten dichtauf. Sie befanden sich am Rande eines Parks, und Marika bildete sich ein, hier schon einmal gewesen zu sein, als sie Bishop besucht hatte. Sicher sein konnte sie sich aber nicht.

Die Vans waren durch ein offenes Tor auf einen kiesbedeckten Platz gefahren. Acht oder neun MEK-Leute rannten auf eine Reihe von Bäumen weiter hinten zu. Dort standen mehrere Bänke, aber Marika konnte nicht sehen, was das Ziel der Beamten war.

Einen Augenblick später waren laute Rufe zu hören. Die Truppe hatte eine Bank umringt und eine Person, die darauf gesessen hatte, zu Boden geworfen. Mehrere der Männer behielten den Verdächtigen mit gezogenen Waffen im Auge, während vier von ihnen ausschwärmten und die nähere Umgebung sicherten.

Ensen kam ihnen entgegen und meldete: »In Gewahrsam.«

Brenner nickte und gab die Info per Telefon an Bishop weiter. »Er kommt«, sagte er in Marikas Richtung.

Die beiden näherten sich dem Mann, der in Handschellen auf der Bank saß, jeweils einen Mann vom MEK neben sich. Auf dem Boden lag eine Art Steuerkonsole mit Monitor, mehreren Knöpfen und zwei Joysticks.

»Wo ist die Drohne?«, wollte Marika wissen. Einer der maskierten Beamten zeigte in den Park. »Können wir die runterholen? Damit nichts passiert?«

Brenner nickte und beugte sich runter, um die Konsole aufzuheben. »Glaube, das bekomme ich hin.«

Kurz darauf hörte Marika das bekannte Surren in der Luft, und einen Augenblick später landete die Drohne auf dem Kies, wirbelte dabei jede Menge Staub auf. Die Rotoren hielten an, und es war still.

Währenddessen hatte Marika das MEK nach Personalien gefragt, aber die Männer verneinten. »Keine Identifikation und keine Aussage zu den Personalien.«

Marika nickte. Das war vermutlich ein gutes Zeichen. Der Familienvater, den sie gestern hochgenommen hatten, war so erschrocken über ihr Auftauchen gewesen, der hätte ihnen alles gesagt. Sie betrachtete den Mann auf der Bank. Mitte fünfzig, mit bereits schütterem Haar, das ihm dünn und strähnig vom Kopf fiel. Schlank, mit gebeugtem Rücken, wobei das auch daran liegen konnte, dass er jetzt mit hängendem Kopf auf der Bank saß. Er trug eine verblichene Jeans, flache Schuhe aus Leder und ein einfaches Hemd. Er schien zu bemerken, dass Marika ihn musterte, und hob den Kopf, um sie ebenfalls anzusehen. Seine Brille besaß eine orangene Tönung. Er trug einen Schnurrbart, der weit über die Lippen reichte und den ungepflegten Eindruck, den sein Haar vermittelte, verstärkte.

Marika hielt kurz inne, als sie die Intensität bemerkte, mit der er sie betrachtete. Fast als wäre da eine Art Funkeln in seinen Augen.

»Wir nehmen ihn mit«, sagte sie kurz angebunden.

Die beiden Beamten hatten den Mann gerade in die Höhe gezogen, als Bishop bei ihnen auftauchte

»Und, war schön da in der Sonne?«, begrüßte ihn Brenner, der ins Licht blinzeln musste.

»Wer ist er?«, fragte Bishop stattdessen Marika.

»Sagt er nicht. Hat auch keine Papiere dabei.«

»Alles klar, kein Problem. Finden wir schon heraus.«

Die Männer vom MEK führten den Drohnenpiloten zu den Vans, während Marika mit Brenner und Bishop in Richtung ihres Autos ging, um damit zurück ins Präsidium zu fahren.

David schloss die Tür hinter seinem Chef. Diesmal hatte

sich Bishop dazu entschlossen, zunächst ihn mit in das Verhör zu nehmen. Marika befand sich draußen vor dem Spiegel und sah zu. Bishop hatte ihm keine Anweisungen gegeben, bevor sie hineingegangen waren, und so beschloss David, zunächst abzuwarten und zu schauen, wie Bishop das Ganze angehen wollte.

Der Stalker saß auf seinem Stuhl, aufrechter, als es Kamander getan hatte, aber nicht viel. Er hatte den Becher mit Wasser vor sich nicht angerührt.

»Sie weigern sich also weiterhin, uns Ihren Namen zu nennen?«, fragte Bishop. Der Mann antwortete nicht. Er war bereits erkennungsdienstlich behandelt worden. Allerdings warteten sie noch auf die Ergebnisse vom ED. Mit etwas Glück war er bereits bekannt, und sie konnten sich das blöde Rumgeeiere ersparen.

Bishop versuchte weiter, den Mann zum Reden zu bringen, aber der blieb stumm. Er sah sie beide nicht einmal an. Zwischendurch hatte David den Verdacht gehabt, dass der Mann taub war, aber da er den Anweisungen der Beamten durchaus Folge geleistet hatte, war das auszuschließen. Außerdem funkelte er sie immer wieder bösartig an, sodass auch hier davon auszugehen war, dass eher Trotz dazu führte, dass er weiter beharrlich schwieg. David verzog das Gesicht. Irgendetwas an dem Mann kam ihm bekannt vor, aber er wusste nicht was oder woher.

Irgendwann leuchtete die kleine Lampe an der Wand auf: das Zeichen, dass jemand draußen mit den Ermittlern reden wollte. Der Rhythmus eines Verhörs wurde so nicht gestört, indem jemand hereinplatzte.

Bishop erhob sich und ging an die Tür. David beobachtete gelangweilt, wie der kleinere Hauptkommissar sich mit jemandem im Flüsterton unterhielt, den David nicht sehen konnte. Kurz darauf kam Bishop wieder herein, in den Händen eine Mappe. Er legte sie auf den Tisch, faltete die Hände und sagte: »Also, fangen wir noch einmal von vorne an. Ich bin Hauptkommissar Craig Bishop, das hier ist mein Kollege David Brenner, und das hier, David, ist Olaf Krager. Arbeitsloser Funktechniker, der offenbar bereits in der Vergangenheit öfter mal die Personalienangabe verweigert hat. Und sich deswegen in unserem System befand. Herzlichen Glückwunsch, Herr Krager! Sie haben sich durch Ihr renitentes Verhalten eine Sonderbehandlung verdient. Der Durchsuchungsbeschluss für Ihre Wohnung in …« Bishop sah in seine Unterlagen. »… der Luitpoldstraße in Reinickendorf sollte bereits auf dem Weg sein. Die Beamten werden sich dort umsehen, und ich kann Ihnen versichern, dass sich danach nichts mehr am rechten Platz befinden wird.« Er lachte. »In mancherlei Hinsicht ist es durchaus sinnvoll, mit uns zusammenzuarbeiten. Weniger Kollateralschäden«, fügte er mit einem Augenzwinkern hinzu.

Falls Bishop gehofft hatte, Krager damit aus der Reserve zu locken, wurde er enttäuscht. Krager zeigte mit keiner Miene, dass er überhaupt zugehört hatte. Möglicherweise hatte er auch das bereits öfter hinter sich.

David griff nach der Akte und schlug sie auf, um nachzusehen, was Krager bereits für Zusammenstöße mit der Polizei gehabt hatte.

Zweimal war er tatsächlich im Zusammenhang mit Drohnenflügen mit dem Gesetz in Konflikt gekommen, und einmal hatte er eine ED-Behandlung für Schwarzfahren in der U-Bahn bekommen. »Schwarzfahren?«, sagte David. »Ziemlich banal, wenn man wegen so etwas dann auffliegt, oder? Nur weil man zu dämlich war, sich ein Ticket zu kaufen. Aber ich verstehe das, die Automaten sind schon nicht ganz einfach.«

Krager sagte nichts, aber das Feuer, mit dem er David ansah, schien heißer zu werden.

»Und arbeitslos?« David stand auf, ging langsam um den Tisch herum, bis er hinter Krager stand. »Haben Sie Ihren Job verloren, weil Sie dumm oder weil Sie faul waren? Oder beides? Würde zum Schwarzfahren passen.«

David konnte sehen, wie eine Ader auf Kragers Schläfe pochte. Er lächelte, als er Bishop ansah. Dessen Ausdruck hatte sich nicht verändert, was David für ein gutes Zeichen hielt. Dass er ihn machen ließ. Er beugte sich nach vorne, bis er ganz dicht an Kragers Ohr sprach. Der zuckte zur Seite. »Ist das der Grund, warum Sie mit Ihrem kleinen Plastikspielzeug durch die Gegend fliegen? Und heimlich Menschen beobachten? Weil Sie sich dadurch überlegen fühlen? Endlich als *irgendwas* fühlen, in Ihrem kleinen, erbärmlichen Leben? Ist es das?«

David bildete sich ein, dass Krager etwas schneller atmete, aber ansonsten reagierte er nicht. Bishop fing seinen Blick ein und deutete eine Kopfbewegung an. Vor die Tür.

David verzog das Gesicht, aber er verstand, warum sein Chef nicht gerade das Gefühl hatte, sie stünden kurz davor, Krager zu knacken. Er griff nach der Akte, und sie verließen den Raum, in den jetzt ein Uniformierter trat, um bei Krager zu bleiben.

Sie gingen in den Überwachungsraum, wo Marika auf sie wartete.

»Haben wir den Durchsuchungsbeschluss?«, wollte Bishop sofort wissen.

»Ist gerade gekommen«, bestätigte Marika.

»Boss, ich will mich nicht beklagen, aber in Zukunft wüsste ich gerne vorab Bescheid, wenn wir neue Infos bekommen«, beschwerte sich David. Er hielt die Akte nach oben. »Fühlt sich irgendwie doof an, so ins kalte Wasser zu springen und absolut keine Ahnung zu haben.«

Bishop musterte ihn einen Moment lang und nickte dann. »Zur Kenntnis genommen. Sie haben recht, tut mir leid.« Dann wandte er sich wieder beiden zu. »Ich würde sagen, wir verfrachten den Kerl in seine Zelle und schauen uns bei ihm in der Wohnung um. Vielleicht bekommen wir dann Antworten, die er noch nicht bereit ist zu geben. Was war mit dem Drohnencontroller? Und der Drohne?«

Marika nickte und arbeitete dann seine Fragen ab: »Drohne war videofähig. Hat auch gesendet, laut Nadir. Das können sie beweisen. Müssen sie aber gar nicht, das Material befand sich nämlich auf einer Speicherkarte im Controllermodul. Er hatte dich aufgenommen, quasi seit dem Moment, wo du aus dem Haus gekommen bist. Damit wissen wir also zumindest sicher, dass wir den richtigen Mann haben.«

Bishop nickte grimmig bei ihren Worten. »Immerhin. Auch wenn der Rest bis hierher ziemlich zäh war. Alles klar, dann los. Ich gebe Bescheid, dass sie Krager erst einmal zurück in die Zelle bringen sollen. Schauen wir mal, was wir ihm alles an Fundsachen zurückbringen können, die das Vögelchen zum Zwitschern bringen.«

Diesmal fuhr Marika den Wagen, während Bishop David nach hinten beordert hatte. »Du kannst uns die Updates aus der Akte geben«, hatte er erklärt. David fragte sich erneut, ob sein Chef sie eine Art Testprogramm durchlaufen ließ, um herauszufinden, wie gut sie in verschiedenen Rollen funktionierten.

»Gut, dass ich nicht unter Reisekrankheit leide«, spottete Brenner, als Marika sportlich aus der Einfahrt des

Präsidiums fegte und er hinten fast die Kontrolle über die Akte verlor. »Ich hoffe, du bist angeschnallt«, sagte Marika mit einem Lächeln und einem Blick in den Rückspiegel.

»Jetzt ja!« David widmete sich wieder der Akte. »Also, Olaf Krager, Alter sechsundfünfzig. Frühpensioniert, weil ›voll erwerbsgemindert‹. Was soll das denn heißen?«

»Erwerbsgemindert ist das, was im Volksmund erwerbsunfähig bedeutet. Das heißt, der Kerl kann nicht mehr arbeiten. Also gar nicht«, erklärte Marika.

»Bekommt man da volle Rente?«

»Nein, im Gegenteil. Das ist ziemlich wenig, was man da noch rausbekommt.«

»Okay, weiter im Text. Hat ein kleines Haus in Reinickendorf von seinen Eltern geerbt. Mietfrei wohnen zu können hilft natürlich bei wenig Geld. Trotzdem wundert es mich, dass so jemand dann ordentlich Kohle in die Flieger investieren kann. Ich meine, nach dem, was Petersen uns erzählt hat, fliegt der ja schon eher Businessclass als Billigflieger.« Brenner hielt kurz inne. »Wer kommt alles noch zum Haus?«

»Petersen wird mit seinem Team vor Ort sein«, antwortete Bishop.

»In Ordnung. Wie gesagt, Eltern gestorben, keine Geschwister. Scheint insgesamt ein ziemlicher Einzelgänger zu sein. Passt zum Nerd-Image des Drohnenfliegers.«

»Warum konnte der nicht mehr arbeiten?«, wollte Marika wissen.

»Rheumatoide Arthritis«, antwortete David, nachdem er kurz nachgesehen hatte. »Arme, Beine, Wirbelsäule. Wenn das wirklich so drastisch ist wie hier beschrieben, dann dürfte der Kerl unter absoluten Dauerschmerzen stehen.«

»Den Eindruck hat er mir irgendwie nicht gemacht.«

David zuckte mit den Schultern. »Sieht man manchen Leuten nicht an. Ein Cousin von mir ist Schmerzpatient, da würdest du auch nicht ahnen, dass der quasi permanent Höllenqualen erleidet.«

Marika parkte den Wagen. David sah sich um und erkannte bereits den weißen Van von Petersen und seiner Crew. Sie befanden sich in einer Einfamilienhäuser-Hölle der Reinickendorfer Vorstadt. Die meisten der hier stehenden Häuser waren grau verputzt und sahen alt und verbraucht aus. Nur manchmal konnte man Tupfer von Farbe erkennen, und anders als in vielen Gegenden waren große Trampoline im Garten eher die Ausnahme als die Regel. Vermutlich wohnten ziemlich viele alte Menschen hier, mutmaßte David. Und nur wenn die starben, konnten sie durch jüngere Bewohner ersetzt werden. Früher wäre auch keine Familie freiwillig hierhergezogen, aber bei der Entwicklung der Mietpreise konnten sich viele vermutlich nicht mehr dagegen wehren. Da war ein Haus mit Garten quasi der Himmel – selbst in Reinickendorf.

Die drei stiegen aus und wurden bereits am Gartenzaun von Petersen begrüßt. »Wir haben ganz höflich auf euch gewartet«, sagte er mit einem Augenzwinkern. Hinter ihm stand ein weiterer KTler, den David allerdings nicht kannte. Sie nickten sich zu.

Mit dem Schlüsselbund, den sie Krager abgenommen hatten, gingen sie auf die Vordertür zu. Der Vorgarten machte keinen besonders gepflegten Eindruck, war aber auch nicht so verwildert, wie David erwartet hatte.

Das Haus machte einen ähnlichen Eindruck. Nicht vollkommen heruntergekommen, aber so, dass man durchaus einiges an Arbeit hätte investieren können.

David trat hinter Bishop und Marika in einen gefliesten Eingangsbereich. Mäntel und Jacken hingen an Haken an der Wand, und er konnte mehrere Türen sehen. Eine Treppe führte in das Obergeschoss.

Nachdem Bishop und Marika jeweils auf eine Tür zusteuerten, entschied sich David dafür, nach oben zu gehen.

Dort musste er feststellen, dass er eine wenig spektakuläre Wahl getroffen hatte. Ein Schlafzimmer mit einem Doppelbett und einem riesigen Bauernschrank, ein Badezimmer sowie ein Zimmer, das offenbar ausschließlich als Bibliothek genutzt wurde: Hier gab es nichts als Regale voller Bücher, einen Sessel und eine Stehlampe. Er trat an die Regale heran und überflog die Titel. Vermutlich eine Mischung aus den Büchern seiner Eltern und denen von Krager selbst, vermutete David. Da fanden sich Klassiker der Weltliteratur genauso wie eine Reihe über Funk- und Meldetechnik und weitere technische Handbücher. Etwas Fantasyliteratur, jede Menge Krimis und dann viele Sachbücher über Garten und Haushalt sowie einige Koch- und Backbücher. Möglicherweise war Olaf Krager in seinen Interessen aber auch einfach nur diverser aufgestellt, als David ihm das zugetraut hätte, dachte er mit einem Lächeln, als er wieder nach unten ging.

»Jackpot!«, rief gerade Marika von tief aus dem Haus. David ging die letzten Stufen hinunter, lief am Wohnzimmer vorbei, aus dem Bishop direkt vor ihm gekommen war, und folgte ihm in die Küche. Sie war wie der Rest des Hauses im besten Fall zweckmäßig zu nennen. Auch hier vermutete David bei den braunen Holzeinbauschränken und der Marmorarbeitsfläche eher die Hand der Eltern. Von der Küche aus gab es einen Durchgang zur Garage, und dort befand sich Marika offenbar gerade.

»Was hast du gefunden?«, wollte David wissen, der über Bishops Schultern spähte.

»Den Drachenhort, würde ich mal vermuten«, sagte Marika.

20

Die Garage war keine Garage, sondern ein absolutes Techniklabor. Grelles Flutlicht erhellte die Szenerie.

Eine riesige Werkbank an der rechten Seite war übersät mit Bauteilen, Motoren, Propellern, Platinen und jeder Menge feinelektronischer Werkzeuge. Die Wand darüber war behangen mit Regalen, Kästen für Kleinteile und ganzen Drohnen. Vor der Werkbank standen zwei Drehhocker.

»Das sieht alles ganz schön wertvoll aus«, bemerkte Bishop.

Petersen, der von hinten zu ihnen getreten war, nickte. »Das kann aber auch leicht täuschen. Für uns Uneingeweihte ist die Grenze zwischen billigem Schrott und Hochleistungskomponenten manchmal nicht einfach zu erkennen. Aber das finden wir für euch raus, keine Sorge.«

Nachdem sie auf den ersten Blick keine wichtigen Erkenntnisse gewinnen konnten, versammelten sich die drei Ermittler in der Küche und überließen die Werkstatt den Technikern.

»Ich will, dass wir uns in Kragers Finanzen graben«, sagte Bishop. »Wir müssen wissen, wie viel Geld der zur Verfügung hat und womit er den ganzen Kram hier bezahlt.« David und Marika nickten. »Und dann will ich wissen, warum uns der Typ so sehr auf dem Kieker hat.« Er lachte. »Ich meine, eigentlich will ich natürlich wissen, was Krager mit den Morden zu tun hat, aber ich will nicht gierig werden.« Er sah David an. »Wir machen mit dem Verhör weiter. Konfrontieren ihn mit dem, was wir haben. Und über ihn wissen. Du darfst ihn gerne ein wenig piksen. Nach dem, was wir gesehen haben, glaube ich, schaffst du es, ihm unter die Haut gehen. Marika, kümmere du dich um die Finanzen. Oder gib das an Holst oder die Braun weiter. Die sind uns nach wie vor zugeteilt. Haben wir irgendwo einen Rechner gefunden?« Beide schüttelten den Kopf. Bishop sah in die Garage, rief nach Petersen. »Rechner irgendwo?«

»Hier hinten steht ein Laptop«, sagte der zweite Techniker. »Und jede Menge externe Festplatten.«

»Alles klar. Bitte checkt, ob das der einzige Computer ist. Und dann müssen wir schauen, ob wir da digitale Spuren von den Videos finden, sowohl von den Morden als auch von mir. Damit wir ihm zweifelsfrei nachweisen können, dass er für die Uploads verantwortlich ist.«

Gut eine Stunde später befanden sie sich wieder auf dem Weg zurück ins Büro. Petersen hatte noch zwei weitere Leute angefordert und war dort geblieben, um alles zu katalogisieren.

Bishop trommelte mit den Fingern auf das Polster der Tür. »Hauptsache, das dauert alles nicht zu lange. Ich will irgendwas in die Finger bekommen, mit dem wir Krager kneifen können. Muss ja nicht alles auf einmal sein.«

David betrat hinter Bishop den Raum. Krager hatte man bereits vorher erneut geholt und auf seinen Stuhl gesetzt. Das frische Wasser hatte er ein weiteres Mal nicht angerührt. David blieb einen Augenblick stehen und musterte den Mann. Versuchte zu erkennen, ob er Schmerzen litt. Aber falls dem so war, ließ sich Krager nichts anmerken. Wieder hatte er etwas an sich, das Davids Unterbewusstsein kitzelte. Als wäre er dem Mann bereits früher begegnet.

»In Ordnung, Herr Krager«, begann Bishop. »Wir waren also jetzt bei Ihnen zu Hause und haben uns dort umgesehen. Nett haben Sie es da. Wollen Sie nicht doch anfangen, mit uns zu reden? Bevor unsere Techniker Ihren ganzen Computerkram auseinandernehmen?«

Krager antwortete nicht. David, der sich nicht hingesetzt, sondern stattdessen Krager beobachtet hatte, ging langsam um ihn herum, blieb hinter ihm stehen. Krager zuckte, als verspürte er den Wunsch, sich zu ihm umzudrehen. Tat es aber nicht.

»Wir wissen, dass es Ihre Drohne war, die wir in der Hasenheide gefunden haben. Sie haben Sascha Eschenbach und Denise Brink mit der Drohne überwacht und gefilmt, kurz bevor sie getötet wurden. Ist das korrekt?«, sprach Bishop weiter.

Keine Antwort.

»Und Sie haben mich ebenfalls mit Ihren Drohnen ausspioniert und aufgenommen. Bei mehr als einer Gelegenheit. Und Sie haben das Material im Netz veröffentlicht. Entspricht das den Tatsachen?«

Erneut sagte Krager nichts.

»Und den Mord am Treptower Ufer, den haben Sie ebenfalls gefilmt. Sie wussten, dass dort ein Verbrechen geschehen würde, oder?«

Krager starrte ausdruckslos nach vorne, als würde er Bishop gar nicht hören. David gab Bishop ein kleines Zeichen und übernahm, immer noch hinter Krager stehend. »Waren Sie erleichtert, als Ihre Eltern gestorben sind? Und Sie in das Haus konnten? Ab da mussten Sie keine lästige Miete mehr zahlen, oder?« Erneut zuckte Krager, kaum sichtbar. David hatte in den Unterlagen gesehen, dass Kragers Eltern vor knapp sieben Jahren verstorben waren. Erst die Mutter, dann kurz darauf der Vater. »Die Alten endlich tot, und dann, zwei Jahre später, lassen Sie sich frühpensionieren. Endlich können Sie den ganzen Tag in Ihrer Werkstatt hocken und mit Ihrem Spielzeug rumfliegen. Und niemand, der lästige Fragen stellt.« David konnte erneut die Ader auf Kragers Stirn sehen. Er fuhr fort: »Wahrscheinlich haben Sie immer schon Ärger mit Ihren Eltern gehabt, oder? Lästige Fragen wie: Was fängst du eigentlich mit deinem Leben an?, oder: Bist du nicht zu alt für dieses Zeug? Wie haben sie es genannt, Ihr Spielzeug? Lego?« Er konnte sehen, wie Krager anfing, heftiger zu atmen. Bishop, der Krager von vorne beobachtete, nickte kaum merklich.

David ging um Krager herum, zeigte ihm seinen verächtlichen Gesichtsausdruck und griff nach seinem Stuhl. Trug ihn um Krager herum und setzte sich damit direkt hinter ihm. Als er sprach, war sein Gesicht unmittelbar hinter Krager. Der zuckte, als wäre ihm ein möglicher Kontakt unangenehm. »Ihre Eltern haben Sie verachtet, richtig? Haben gedacht, dass Sie nichts auf die Reihe bekommen und ein erbärmlicher Versager sind. Kann das sein?«

»Sie haben doch keine Ahnung«, quetschte Krager heraus.

David zögerte, als käme ihm gerade eine Idee. Dann lehnte er sich noch ein Stück weiter vor und fragte: »An was sind Ihre Eltern eigentlich gestorben? Natürliche Todesursachen? Zweimal Herzversagen?« Er lehnte sich leicht zurück, verschränkte die Arme. »Das kommt mir, jetzt, wo ich drüber nachdenke, doch sehr verdächtig vor.« An Bishop gewandt sagte er: »Wir sollten die beiden exhumieren lassen. Könnte sein, dass wir herausfinden, dass ihr Tod doch nicht ganz natürlich war.«

Jetzt fuhr Krager herum, die Hände zu Fäusten geballt auf den Oberschenkeln. Die Knöchel weiß vor Anspannung. Das Gesicht kaum noch unter Kontrolle. David musste sich zusammenreißen, nicht zu lächeln, sondern Krager weiter neutral anzusehen.

»Wagen Sie es nicht«, entfuhr es diesem. »Rühren Sie meine Eltern nicht an!«

David kam wieder etwas nach vorne. »Reden Sie mit uns, Krager. Das ist Ihre einzige Chance.«

Als er den Anflug eines Lächelns auf Kragers Gesicht bemerkte, fragte er sich, ob er einen Fehler gemacht hatte. Zu früh umgeschwenkt war.

Bishop, Brenner und Marika betraten den Raum, in dem Petersen und einer seiner Assistenten, Darius Schulz, bereits auf sie warteten. Petersen saß wie meistens auf seinem Tisch und ließ die Beine baumeln.

»Was habt ihr gefunden?«, fragte Bishop ohne Umschweife, nachdem sie sich begrüßt hatten. Offenbar war er nicht in der Stimmung, sich von Petersen erst eine Weile durch den Zirkusring führen zu lassen.

Petersen lächelte und nickte Schulz zu. Der beugte sich über einen Laptop, und einen Augenblick später wurden Petersen auf seinem Tisch und die weiße Wand dahinter von einem Beamer angestrahlt. Der Chef der Kriminaltechnik hüpfte vom Tisch.

»Videos haben wir gefunden. Und zwar jede Menge.« Er sah Schulz an, als könnte ihm das beim Denken helfen. »Grob geschätzt würde ich sagen, vermutlich Material im vierstelligen Bereich.«

»Was heißt das? Festplatten?«

Petersen lachte. »Nein, keine tausend Festplatten. Stunden, Bishop, Stunden! Auf den sichergestellten Festplatten und etlichen Flashdrives haben wir mehr als tausend Stunden Material gefunden. Material, das Krager vermutlich größtenteils, aber nicht ausschließlich über seine Drohnen aufgenommen hat.«

David musste an die Videosequenzen von Bishop in der Drohnenhalle denken. Sie waren per Hand und mit dem Handy oder einer Kamera aufgenommen worden.

»Fuck«, entfuhr es Marika.

David sah sie erstaunt an, weil er nicht sofort begriff, aber Petersen grinste wölfisch. »Die Lady versteht, was das heißt.«

Als sie seinen Blick sah, erklärte Marika David: »Das müssen wir alles sichten!« Jetzt verzog auch er das Gesicht.

»Gibt es schon einen Überblick, in welche Richtung sich das Material bewegt?«, wollte Bishop wissen.

Petersen legte den Kopf schief. »Kommt darauf an. Das meiste sieht aus, als wäre es ohne Wissen der Betroffenen aufgenommen worden. Wenn ihr ihn also für Verletzungen von Persönlichkeitsrechten festnageln wollt, dann habt ihr damit jede Menge Material. Allerdings«, und er hob den Zeigefinger, »dürfte es eine absolute Qual sein, zu versuchen herauszufinden, wer die Betroffenen sind.« David und Marika nickten fast zeitgleich.

»Wenn es euch aber um konkrete Dinge geht, wie zum Beispiel den Mord am Landwehrkanal, dann bleibt uns nichts anderes übrig, als das Zeug wirklich durchzusehen.«

»Ich rede mit der Kettler. Dafür brauchen wir Verstärkung«, entschied Bishop. David war sich nicht sicher, ob ihnen Doktor Kettler genug Leute zur Verfügung stellen konnte. Die Sichtung würde immer noch ewig dauern.

»In Ordnung. Hast du Leute, die damit anfangen können?«, wollte Bishop wissen.

Petersen nickte. »Schulz und ein weiterer Laborant sind schon dran. Aber das ist nur eine Übergangslösung.

Entweder beschafft ihr Leute, oder ihr müsst das selbst übernehmen.« Wieder grinste er.

Sie hatten Krager unter Auflagen wieder gehen lassen müssen. Bishop hatte David und Marika danach sofort in einen kleinen Raum geschickt, wo Petersens Techniker bereits die ersten paar Stunden ausgewertet hatten.

David stöhnte und streckte sich auf dem Stuhl durch. Neben ihm starrte Marika konzentriert auf die Monitore. Jeder von ihnen hatte vier Stück auf dem Tisch, im Rechteck angeordnet, für die er zuständig war und auf denen mit doppelter Geschwindigkeit Kragers Videos abliefen. Sobald irgendwas auftauchte, das ihnen verdächtig erschien, konnten sie das Material per Mausklick zurücksetzen und verlangsamen. Bisher war nichts dabei gewesen, das für ihren Fall von Belang gewesen wäre. Trotzdem mussten sie immer wieder akribische Notizen machen, wenn auf den Videos Sequenzen auftauchten, bei denen davon auszugehen war, dass auf ihnen Persönlichkeitsrechte verletzt wurden. Allein schon um später möglicherweise einen Fall gegen Krager aufbauen zu können.

Krager schien nicht wahllos auszuspionieren. Vielmehr waren offenbar bestimmte Personen, wie in einer Art Doku-Soap, über einen längeren Zeitraum von ihm beobachtet worden. Meistens drei oder vier gleichzeitig, manchmal weniger, manchmal ein paar mehr. Dann verschwand eine Person aus den Videos, vermutlich, weil er das Interesse verloren hatte, und andere tauchten auf.

Eigentlich war Bishops Plan gewesen, ausgehend von dem gefilmten Mord aus chronologisch rückwärtszugehen. Die Logik dahinter war, dass die Chance, dass Krager belastendes Material besaß, höher war, je jünger die Videos waren. Aber das erwies sich als schwierig. Keine der Festplatten oder Flashdrives war mit einem Datum versehen, und auch wenn sie in die Ordnerstrukturen sahen, gab es auf den ersten Blick keine Chronologie, die sie erkennen konnten. Einzig das letzte Änderungsdatum der Dateien gab ihnen einen groben Anhaltspunkt über den zeitlichen Verlauf.

Vieles von dem Material war harmlos, ähnlich dem, was Krager von Bishop gemacht hatte, und zeigte die Unbekannten bei alltäglichen Verrichtungen: Wohnungsputzen, vor dem Fernseher, im Park mit dem Hund, beim Spielen mit den Kindern oder ähnlich belangloses Zeug. Trotzdem war sich David immer bewusst, dass die Menschen heimlich gefilmt worden waren und nichts über die Anwesenheit der Kamera gewusst hatten. Es gab ihm ein unangenehmes, öliges Gefühl, sie jetzt dabei beobachten zu müssen. Als würde ihn das zu einem Komplizen machen. Er hatte versucht, das mit Marika zu besprechen, aber sie schien damit weniger Probleme zu haben. »Wenn mich jemand beim Kacken filmt, aber ich bekomme das nicht mit? Dann ist das zwar nicht cool, mir aber letztendlich egal«, hatte sie pragmatisch entschieden, und so hatte er sich wieder den Filmen zugewandt.

Es gab auch Passagen, die expliziter, voyeuristischer und verstörender waren. Ein Mann, der immer wieder sein Kind anschrie und schlug, wenn er sich unbeobachtet fühlte. Eine Frau, die Krager mehrfach beim Urinieren in der Natur gefilmt hatte. Paare beim Sex oder einzelne Personen beim Masturbieren. Ein junger Mann, den Krager immer wieder gefilmt hatte, wie er sich verschiedene Haushaltsgegenstände anal einführte. Seine Familie, die die gleichen Gegenstände später benutzte, ohne ihre frühere Verwendung zu ahnen. Wenn David daran dachte, wie sehr Krager vermutlich gefeiert hatte, als ihm diese Aufnahmen gelungen waren, wurde ihm leicht übel. Das musste für Krager eine Art Jackpot gewesen sein. Entsprechend lange hatte er den jungen Mann unter Beobachtung gehabt.

»Alter, wenn wir das hier noch ein paar Tage machen müssen, dann bin ich danach um mehrere Jahre gealtert, das kann ich dir sagen«, stöhnte David irgendwann und lehnte sich in seinem Stuhl zurück.

»Craig hat gesagt, er besorgt uns ein paar Anwärter, die das für uns übernehmen können.«

»Schön wär's. Ich wette, bis er das durchhat, haben wir den Großteil schon gesichtet.« Er lehnte sich nach vorne, um sich wieder auf die Bildschirme zu konzentrieren. »Wie viel Uhr ist es?«, wollte er wissen.

Es dauerte geraume Zeit, bis Marika ihm endlich antwortete. Vermutlich verspürte sie genau wie er den Sog der Aufnahmen, der einem die Augen zu verdrehen schien, das Hirn schwurbelig machte und einen schließlich in die Bildschirme zu saugen drohte.

»Fast sieben«, antwortete sie mit monotoner Stimme. Er stöhnte. »Okay, Zeit, Schluss zu machen.« Er bemerkte ihren Blick. »Ich weiß, das habe ich vor einer halben Stunde schon mal gesagt.« Sie lachte. David verteidigte sich: »Aber das ist wie Katzenmemes im Web anzusehen. Oder Fail-Videos. Oder irgend so ein Shit. Das ist wie Hypnose.« Er zeigte auf den Bildschirm. »Und hier fühlt es sich zusätzlich noch so an, als müsste gleich etwas kommen. Als würden all die Stunden verbrannter Lebenszeit, die wir bereits verschwendet haben, nur darauf warten, dass wir gleich etwas entdecken.«

»Ich weiß, was du meinst. Als müsste im nächsten Schnipsel *der* entscheidende Hinweis kommen.« Sie legte ihm die Hand auf den Arm, der immer noch die Maus bediente. »Komm schon, Big Boy. Deine Familie wartet.«

Er ignorierte ihren Blick, mit dem sie ihn kurz taxierte. Vermutlich war das ihre stumme Frage danach, wie es ihm mit Maren und Zoé ging. Aber er hatte keine Kraft, jetzt darauf zu antworten.

Kurz darauf standen sie unten auf dem Parkplatz und verabschiedeten sich voneinander.

21

Joachim trat aus dem Haus und lief die Straße entlang. Er war mit Sebastian am Kottbusser Tor verabredet, um weiter zu einem Club in der Nähe der Jannowitzbrücke zu gehen. Während er lief, sah er auf sein Handy, schaute nur ab und an hoch, um sich zu orientieren. Er bemerkte den schwarzen Van, der am Ende der Straße, Richtung Ufer, stand, weil der nicht in die Umgebung zu passen schien. Er sah aus wie ein Lieferwagen und überragte die daneben geparkten Pkws wie ein Riese.

Joachim lief weiter und warf einen Augenblick später noch einen Seitenblick auf den Van. Die Seite war komplett schwarz, es gab keine Firmenaufschrift oder Ähnliches.

Als er oben am Ende der Straße gerade abgebogen war, hörte er das Knallen einer Tür, wie von einem Laderaum. Er suchte seine Kopfhörer aus der Tasche, spielte Musik auf seinem Handy ab und lief weiter Richtung Kanal und Kreuzberg.

Als sie am Kottbusser Tor die Treppe zur U-Bahn hinuntergingen, sah Joachim aus dem Augenwinkel im Kreisverkehr einen großen schwarzen Lieferwagen wie den, der in der Straße geparkt hatte. Er blieb stehen, um genauer hinzuschauen, aber in dem Moment redete Sebastian mit ihm, und der Van war bereits verschwunden. Kopfschüttelnd ging er weiter.

Während sie die nächsten Treppen zur U8 hinunterliefen, musste er an seinen Weg nach Hause neulich

Nacht denken. An das Gefühl, verfolgt zu werden. Aber von einem großen schwarzen Lieferwagen beschattet zu werden, war noch mal eine Nummer absurder, als wenn jemand ihm zu Fuß nachspionierte.

22

Sie hatten am Morgen bereits den ersten Gang zum Kaffeeautomaten hinter sich, und zwar so gegen elf, vermutete Marika. Sie saß wieder mit David vor ihren Monitoren und durchsuchte Kragers digitale Schätze. Auf einmal keuchte sie auf.

»Was ist los?«, wollte er wissen und lehnte sich zu ihr rüber. Marika griff nach der Maus und stoppte alle Monitore, sprang dann auf einem wieder zurück und ließ das Video weiterlaufen.

Auf dem Bildschirm sah man einen Mann von hinten die Straße entlanggehen. Kopfsteinpflaster, viele Autos, Bäume. Gaslichtlaternen. Blumenbeete um die Bäume, ein alter Sessel. Vielleicht Kreuzberg oder Neukölln. Das Datum lag etwa drei Monate zurück, die Uhrzeit war drei Uhr morgens.

Die hintere Tür eines dunklen Lieferwagens öffnete sich, ein Mann stieg aus, beugte sich wieder ins Innere. Licht im Fahrzeug war keines zu sehen. Der Mann, den Krager ursprünglich beobachtet hatte, ging daran vorbei. Er schien nicht mehr vollständig nüchtern zu sein, ab und an erkannte Marika charakteristische Bewegungen eines Betrunkenen.

Nachdem er den Lieferwagen hinter sich gelassen hatte, machte die andere Gestalt einen schnellen Schritt vom Wagen weg, trat hinter den Betrunkenen, und man konnte mehrere schnelle Armbewegungen sehen. Der Betrunkene sackte zusammen und wurde Richtung Lieferwagen gezerrt und dort verladen. Beide verschwanden im dunklen Innenraum.

Einen Augenblick später tauchte die Gestalt wieder auf. Sie trug eine Basecap und darüber die Kapuze eines Hoodies. Hastig kippte sie etwas aus einem Eimer auf die Straße. Danach warf sie den leeren Eimer hinten in den Wagen, stieg in die Fahrerkabine und parkte kurz darauf aus. Die Drohne verfolgte sie noch bis zu der ersten Kreuzung, aber als der Wagen abbog und auf einer Hauptstraße schneller fahren konnte, verlor sie ihn.

»Fuck!«, entfuhr es David. »Ist das noch ein Mord, den wir da gerade gesehen haben?« Er starrte Marika an.

Sie zuckte mit den Achseln. »Sah danach aus. Oder zumindest eine sehr gewaltsame Entführung.«

»Ich sag dem Boss Bescheid!«, entschied David.

»Lass mich das da noch mal sehen«, sagte Bishop und lehnte sich nach vorne. »Was macht er da mit dem Eimer?«

»Das ist exakt die Stelle des Angriffs. Falls er das Opfer mit einem Messer attackiert hat, gab es vermutlich Blutspuren. Vielleicht hat er Wasser oder Säure oder so etwas ausgekippt, um zumindest die gröbsten Spuren zu verwischen.«

»Konnte man irgendwo früher erkennen, wo sich das Ganze abgespielt hat?«

»Wir haben das schon mehrfach durchgesehen. Zu Beginn hatte ich das Gefühl, es könnte sich um eine Seitenstraße der Sonnenallee handeln. Das müsste ich mir aber noch einmal vor Ort ansehen, um sicher zu sein«, beantwortete Brenner seine Frage.

»In Ordnung, mach das. Wir müssen wissen, wo sich das abgespielt hat. Eventuell finden sich jetzt immer noch Spuren dort. Glaubt ihr, man kann mit Bildbearbeitung oder so das Kennzeichen des Vans herausfinden?«

»Unwahrscheinlich.« Marika schüttelte den Kopf. »Viel zu dunkel. Aber ich kann eine Anfrage bei der digitalen Forensik starten.«

»In Ordnung. Mach das zuerst, und David geht so lange weiter den Drive durch. Dann wechselt ihr. Wenn wir Glück haben, war das erst der Anfang. Ich möchte, dass ihr euch für den Augenblick auf dieses eine Video konzentriert, aber das müssen wir so schnell wie möglich durchschauen, um zu sehen, ob da noch mehr ist. Alles klar?« Die beiden nickten. Bishop richtete sich auf und drückte das Kreuz durch. »Und ich rede mit Doktor Kettler, dass wir uns offenbar auf noch mehr Morde einstellen müssen.«

Kurz darauf übernahm Marika von Brenner erneut die Stellung am Rechner. »Ich habe mit einem der digitalen Forensiker gesprochen. Er sagt, ich soll ihm die Datei mal weiterleiten«, erklärte sie, bevor Brenner sich verabschiedete. Er würde sehen, ob er die Stelle in der Nähe des Hermannplatzes wiederfinden konnte. »Viel Glück!«, rief sie ihm noch zu, während er die Tür schloss.

Marika startete das Video und beschleunigte es, allerdings nur auf anderthalbfache Geschwindigkeit. Bishop hatte ihnen eingeschärft, nicht zu skippen, um ja nichts zu verpassen, und sauber zu arbeiten. Falls sich irgendetwas Wichtiges auf den Bändern befand, mussten sie es finden.

Als Erstes ging Marika in dem Video zurück, um zu dokumentieren, was das Opfer gemacht hatte, bevor es zu dem Mord gekommen war, und um zu sehen, ob es irgendwelche Hinweise zur Identität des Opfers gab.

Krager hatte offenbar zwei Tage vorher angefangen,

den Mann zu beobachten: schlank, Anfang oder Mitte vierzig, mit sauber gestutztem Bart und schwarzen Haaren. Er wohnte im dritten Stock, Vorderhaus, und er schien Krager ins Auge gefallen zu sein, weil er eines Abends im Dunkeln in das Waschbecken seiner Küchenspüle gepinkelt hatte. Krager hatte das mit Nachtlicht aufgenommen, und es war das erste Mal, dass das Opfer überhaupt auf den Videos aufzutauchen schien.

In der Folge gab es jede Menge Belanglosigkeiten: Opfer beim Kochen, Opfer beim Joggen, Opfer in der Sonne auf seinem Balkon. Immerhin wusste Marika ziemlich bald, unter welcher Hausnummer der Mann wohnte, weil das bei einem seiner Ausflüge klar im Bild zu sehen war.

Länger dauerte es, bis sie herausgefunden hatte, dass sich seine Wohnung in der Weserstraße befand. Als der Mann an einem Sonntagmorgen zum Brötchenholen ging, tauchte das Straßenschild im Bild auf.

Sie griff zum Telefon und gab Bishop die Daten durch, Straße, Hausnummer, Etage, linke Haushälfte. Damit würde es kein Problem sein, das Opfer ausfindig zu machen.

Bis zum Mord geschah sonst nichts weiter von Belang, und der Mann pinkelte auch nur ein weiteres Mal in sein Spülbecken. Marika konnte nicht erkennen, warum er das tat. Er lebte allein, und das Bad war nicht besetzt. Möglicherweise reine Bequemlichkeit.

Dann hatte sie erneut die Mordnacht erreicht und ging sich einen Kaffee holen. Sie machte weiter.

Die anderthalb Stunden nach dem Mord waren unglaublich einschläfernd, weil Krager von seinem bisherigen Muster abgewichen war und nicht einmal Menschen gefilmt hatte. Er schien einfach nur Flüge durch Neukölln zu machen. Seine Drohnen flogen die Straßen ab, tauchten manchmal nur kurz darin ein, um dann kehrtzumachen und in eine andere Richtung weiterzufliegen. Die scheinbare Belanglosigkeit fing an, Marika aufzuregen, bis sie begriff, was Krager tat: Er suchte den schwarzen Lieferwagen.

Ihr Handy klingelte, es war Bishop. »Wir haben das Opfer«, sagte er. »Marcel Neumann, zweiundvierzig. Grafikdesigner, ein Freelancer, der zwei Tage nach der Mordnacht als vermisst gemeldet wurde. Von ihm ist nie wieder eine Spur gefunden worden.«

»Shit!«, entfuhr es Marika.

»Und Brenner hat sich gemeldet. Er ist sich ziemlich sicher, dass er den Tatort gefunden hat. Die KT ist bereits unterwegs.«

Nachdem sie das Gespräch beendet hatten, wandte Marika wieder ihre Aufmerksamkeit dem Video zu. Die nächste Stunde sah sie sich weiter langweilige Luftaufnahmen von Neuköllns Straßenzügen an, bis endlich ein schwarzer Van auftauchte, der ziemlich genau so aussah wie der aus der Mordnacht. Krager schien das Gleiche zu denken: Seine Drohne blieb in der Luft stehen, umkreiste den Wagen aus der Entfernung und schien ihn genau in Augenschein zu nehmen. Das Video endete.

Marika wollte gerade das nächste starten, als sich die Tür öffnete und Brenner hereinkam. »Und?«, wollte sie wissen.

Er nickte, grinste und ließ sich auf seinen Stuhl fallen. »Die KT hat großzügig Luminol versprüht und genug Spuren gefunden. Offenbar hat der Täter eine Art Chlorbleiche am Tatort ausgekippt, aber das hat nicht ausgereicht. Petersen ist sich relativ sicher, dass sie Neumanns DNA nachweisen können. Falls es sein Blut war«, schränkte Brenner ein.

Alte Berufskrankheit, dachte Marika. Sie wussten beide, dass die Chance, dass es sich *nicht* um Neumanns Blut handelte, quasi gegen null ging.

»Was machst du?«

Marika klärte ihn auf, dass Krager nach einer ausdauernden Suche offenbar den Lieferwagen gefunden hatte.

»Wow, der Knabe ist echt hartnäckig«, entfuhr es Brenner. »Aber klar, so ein Mord, der ihm zufällig unter die Linse kommt, das muss der absolute Höhepunkt seiner Karriere als Voyeur sein. Verglichen mit dem ganzen anderen Bullshit, den er sich sonst so den ganzen Tag ansehen muss.«

»Muss? Keiner hat ihn zum Spannen gezwungen!«, empörte sich Marika.

Er wiegelte ab. »Du weißt, was ich meine. Aber ich denke, dafür war er dann auch bereit, sich richtig reinzuhängen. Das muss ihm vorgekommen sein wie sein ganz großer Gig. Klar, dass er sich das nicht entgehen lässt. Okay, fahr mal ab.« Er deutete auf den Bildschirm.

Der nächste Clip startete erst zwei Tage später, als der schwarze Lieferwagen gerade loszufahren begann. Marika setzte sich auf. »Was soll das denn? Wieso ist da diese Riesenlücke?« Sie stoppte den Film und schaute in den Files, ob sie etwas übersehen hatte. »Warum startet der Film erst jetzt? Wo ist der Typ, der das Ding fährt?« Man hatte den Wagen nur von hinten gesehen, nachdem die Drohne angefangen hatte, ihm zu folgen. Marika sah Brenner verständnislos an. »Hat Krager Material gelöscht?«

David überlegte. »Möglich wäre es.« Dann kam ihm eine Idee. »Warte mal, pass auf! Also, Krager findet den Wagen in irgendeiner Seitenstraße. Er denkt, das ist das Fahrzeug, das er sucht. Aber er hat keinen Bock, den Wagen vierundzwanzig Stunden am Tag, mehrere Tage lang mit Drohnen zu überwachen. Schon gar nicht, Videos davon zu machen.« Er schüttelte den Kopf, als wollte er sich seine eigene Theorie bestätigen. »Vermutlich hat er das Ding ohne seine Drohnen observiert. Sich einfach irgendwo in der Nähe in sein Auto gesetzt und gewartet. So hätte ich es gemacht.«

Marika dachte nach. »Und dann kommt irgendwer, setzt sich in den Karren, und erst jetzt startet Krager die Drohne. Das ergibt Sinn!«

Sie ließ den Film weiterlaufen. Man konnte sehen, wie die Drohne dem Lieferwagen durch die Straßen von Neukölln folgte.

»Wie macht er das?«, wollte Marika wissen. »Da müsste doch irgendwann mal die Funkverbindung abreißen.«

»Nicht, wenn Krager im Auto hinterherfährt.«

»Hä? Und dabei die Drohne steuert? Wie soll das gehen?« Marika verzog das Gesicht.

»Gibt so Follow-Me-Drohnen. Die können entweder einfach ihrem Steuergerät hinterherfliegen, oder du kannst sie auf ein Objekt oder eine Person ansetzen. Eine simple Bilderfassungs-KI identifiziert das Ziel und fliegt dem selbstständig hinterher.«

»Was?« Marika sah ihn entgeistert an. »In kommerziellen Drohnen? Die ich einfach so im Laden kaufen kann?«

Brenner nickte.

Sie schnaubte. »Das ist krass!« Dann stutzte sie: »Woher kennst du dich denn auf einmal so gut aus?«

»Nadir hat mir einen Crashkurs verpasst, zu was die Dinger alles fähig sind. Irre!«

Gerade fuhr der Van den Britzer Damm hinunter und reihte sich ein, um auf die Autobahn aufzufahren. Da brach das Video ab. Entnervt fuhr sich Marika durch die Haare und fluchte.

»Auf der Autobahn hat die Drohne keine Chance mitzuhalten«, erklärte Brenner und griff ungeduldig nach der Maus, um das nächste Video zu suchen. Marika schaute ihn wegen des Übergriffs mit hochgezogenen Augenbrauen an, aber er schien das gar nicht zu bemerken. »Da hat Krager vermutlich einfach den Stöpsel gezogen und sie wieder reingeholt. Aber immerhin sollte die Forensik diesmal keine Schwierigkeiten mit dem Kennzeichen haben. Bei Tageslicht sollte es ein Leichtes sein, das rauszufiltern.« Er hatte das nächste Video gefunden.

Erneut sahen sie Neuköllner Straßen von oben, keine Menschen.

»Er sucht wieder den Wagen«, sagte Marika frustriert und unterbrach den laufenden Clip. »Ich leite das Video mit dem Wagen mal eben an die KT weiter.«

Der nächste Clip zeigte wieder die Gegend um die Sonnenallee. Sie beobachteten, wie Krager nach dem Wagen fahndete.

»Warum hat er das aufgenommen?«, wunderte sich Brenner irgendwann. »Ich meine, der sitzt da in seinem Auto und fliegt die Straßen ab. Geht schneller als Rumfahren, das sehe ich ein. Und sieht den ganzen Kram auf seinem Bildschirm. Ergibt alles Sinn. Aber warum dann aufnehmen? Und sogar speichern und dann nicht wieder löschen? Was soll das, das alles aufzuheben?«

Marika zuckte mit den Schultern. »Ich kannte früher Leute, die haben Filme aus dem Netz gesaugt. Die haben alles gerippt, was nicht niet- und nagelfest war. Und die haben nur ein Bruchteil dieser Filme jemals geschaut. Meine Eltern haben die ganze Festplatte vom Fernseher voll mit Sendungen, die sie ihr Lebtag niemals schauen werden. Das machen Menschen einfach. Vielleicht hat

Krager da so ein OCD-Ding am Laufen. Dass er einfach alles speichern muss, was seine Kameras aufnehmen.«

»OCD?«, fragte Brenner.

»Obsessive Compulsive Disorder. Zwangsneurotiker. So wie Monk aus der Serie. Sagt dir was?«

Brenner nickte. »Schon mal irgendwo gehört, ja.« Klang aber nicht überzeugt.

Sie saßen fast eine weitere Stunde gemeinsam da und schauten das Video. Marika fing an, ein schlechtes Gewissen zu haben. Eigentlich hatte Bishop ihnen die Weisung gegeben, nur einzeln die Videos zu kontrollieren, aber sie hatte das Gefühl, als stünden sie direkt vor einer wichtigen Entdeckung. Brenner schien es ähnlich zu gehen. Es hätte sich falsch angefühlt, wenn jetzt einer von ihnen beiden gegangen wäre, um irgendwelches anderes Zeug zu machen. Am liebsten hätte sie Bishop angerufen und ihn auch hinzugerufen, aber sie konnte sich vorstellen, was er dazu sagen würde, mit ihnen zusammen die »Neukölln-Straßenschau« anzusehen.

»Da!«, rief Brenner auf einmal, und Marika zuckte zusammen. »Das ist er.« In der Tat konnte man auf dem Bildschirm den schwarzen Lieferwagen erkennen, der hinter einem grauen Coupé parkte.

»Er hat ihn tatsächlich gefunden!«, stellte Marika verblüfft fest. »Ich würde gerne wissen, nach welchem System er vorgegangen ist. Das fühlt sich fast wie eine Rasterfahndung oder so an.«

Das Video endete, und ungeduldig rief sie das nächste auf. Es zeigte einen Flug über einen Wald, in großer Höhe, über den Bäumen.

»What the fuck?«, drückte Brenner heraus. »Wo sind wir denn jetzt?«

»Das sieht aus wie irgendein Wald in Brandenburg«,

sagte Marika. »Grunewald ist das nicht, da fehlen die Straßen und Autobahnen. Und die Seen.«

Brenner nickte, stimmte ihr offenbar zu. »Was macht Krager da?«

Die Frage blieb unbeantwortet, während sie verfolgten, wie die Drohne über den grünen Nadelbäumen schwebte. Das Ganze sah ein wenig aus wie eine Kamerafahrt in einem modernen Film.

»Fehlt nur noch, dass wir gleich auf den Lieferwagen ranzoomen«, murmelte Marika, aber sie wusste, dass das nicht sehr wahrscheinlich war. Krager hatte keine Möglichkeit gehabt, den Van mit seiner Drohne zu verfolgen, schon gar nicht tief in die Wälder Brandenburgs hinein. Was zum Teufel also tat er da, fragte sie sich.

Auf einmal tauchte die Drohne ab, glitt zwischen die Bäume und folgte einem engen Weg, auf dem zwei Reifenspuren im Sandboden zu sehen waren. Durch den Weg gaben auch die Baumkronen der Drohne genug Freiraum, ohne dass sie sich verheddern und abstürzen würde. Marika musste trotzdem zugeben, dass sich die Drohne mit beeindruckender Geschwindigkeit bewegte, dafür, dass bereits kleinste Fehler sie in die Äste befördern würden. Andererseits war Krager es gewohnt, in den Häuserschluchten zu manövrieren, er hatte also bereits bewiesen, dass er ein fähiger Pilot war.

Die Drohne folgte weiter dem Weg, bis sie nach ein paar Minuten auf eine kleine Lichtung zusteuerte und langsamer wurde. Zwischen den Bäumen konnte man ein Gebäude, so etwas wie eine Jagdhütte, erkennen, und davor stand der schwarze Lieferwagen.

»Krager hat den Kerl echt gefunden! Vielleicht müssen wir dem, wenn das hier alles vorbei ist, einen Job anbieten«, sagte Brenner.

Marika verzog das Gesicht. »Krager ist ziemlich creepy. Da fällt es mir schwer, wirklich Bewunderung für den zu empfinden.«

»Ich meine ja nur«, verteidigte sich Brenner und zeigte auf den Bildschirm. Marika nickte, weil sie verstand, was er damit sagen wollte.

Die Drohne flog um das Haus herum, sehr langsam, und drehte sich dabei immer wieder weg vom Gebäude, weil Krager der Lichtung ferngeblieben war und so ständig durch Drehung der Drohne checken musste, ob nicht irgendwelche Bäume im Weg standen. Aber er machte das sehr geschickt, und für Marika fühlte sich das fast so an, als würde sich eine echte Person an das Haus heranpirschen. Oder als würde sie jemandem zusehen, der einen Shooter am Computer spielte.

Schließlich hatte die Drohne ihre Umrundung beendet und schien unschlüssig in der Luft zu stehen. Ein Mensch würde sich jetzt wohl daranmachen, auf das Haus zuzugehen, dachte Marika. Oder aber das Weite zu suchen. Stattdessen zog sich die Drohne weiter zurück, links und rechts tauchten Bäume am Bildrand auf. Zwischendrin ließ Krager sie rotieren, um sich zu orientieren. Und immer wieder korrigierte er das Bild mit dem Zoom, um die größere Entfernung zur Lichtung zu kompensieren.

In diesem Moment öffnete sich die Tür der Hütte.

23

Ein Mann trat heraus, Mitte dreißig, mit blondem Bart, und blieb stehen. Sah sich um, schien zu horchen. Ging mit einem fast unsichtbaren Kopfschütteln zum Lieferwagen. Öffnete die hinteren Türen, kletterte hinein und gleich darauf wieder heraus. Er zog zwei offenbar schwere Kanister hinter sich her und trug sie in die Hütte. Kehrte zurück und wiederholte das mehrmals, bis er insgesamt acht der Kanister ins Haus getragen hatte. Dann kam er zurück an die Tür und verriegelte den Wagen per Fernbedienung.

»Ja, pass auf, dass dir niemand das Teil klaut«, murmelte Marika. »Hab gehört, in den tiefen Wäldern Brandenburgs werden dauernd Autos abgezogen.«

Brenner lachte. »Ich weiß nicht. Der Typ hat auch bestimmt nicht geglaubt, dass ihn jemand da findet, und Krager hat es geschafft.«

»Guter Punkt. Wie finden *wir* ihn?«

Brenner antwortete nicht, sondern beobachtete weiter das Video.

»Wenn die Reichweite der Drohnen nicht so ewig weit ist, muss Krager einen anderen Weg gefunden haben, ihn zu verfolgen.« Er holte sein Handy aus der Tasche und wählte eine Nummer. »Hey, Nadir, ich bin's. Kannst du kurz vorbeikommen?« Brenner nannte ihm die Raumnummer und verabschiedete sich.

Kurze Zeit später klopfte Nadir gegen den Türrahmen der offenen Tür. »Knock, knock!«, sagte er.

»Who's there?«, antwortete Brenner.

»A little old lady!«

»A little old lady who?«

Nadir lachte, kam herein und sagte: »Hey Mann, du kannst ja jodeln.«

Brenner stand auf, und die beiden umarmten sich.

Marika sah sie beide etwas fassungslos an. »Nicht im Ernst, oder? Ist das euer Ding?«, fragte sie, nachdem Nadir sie ebenfalls begrüßt hatte und sich einen dritten Stuhl herangezogen hatte. »Lahme Klopf-klopf-Witze? So etwas wie ein Super-Secret-Ghetto-Handshake?«

»Ignorier sie«, sagte Brenner. »Sie versteht das nicht.«

»Warum? Weil ich ein Mädchen bin? Weil das ein Dad Joke ist? Komm schon, Burner, erklär's mir. Können ja nicht alle so witzig sein wie du.« Sie merkte, dass sie deutlich aggressiver klang, als sie es vorgehabt hatte, aber es schien seine alte Fähigkeit zu sein, bei ihr die richtigen Knöpfe zu drücken.

Brenner schaute sie kurz an, hob beide Hände und sagte: »Es tut mir leid, okay?« Er deutete auf den Bildschirm und sah sie mit erhobenen Augenbrauen an. Sie verstand und nickte. Begrub das Kriegsbeil, für den Moment.

David übernahm die Maus und zeigte Nadir, was sie in den vergangenen Stunden herausgefunden hatten: Den nächtlichen Mord an Neumann, Kragers Fund des Lieferwagens und seine Verfolgung bis tief in die Wälder.

Nadir nickte beeindruckt. »Nicht schlecht, Kollegen. Das nenne ich mal einen Quantensprung.«

»Okay, hier ist unser Problem«, erklärte Brenner. »Wie hat Krager den Lieferwagen ausfindig gemacht? Wie finden wir die Hütte?«

Nadir überlegte. Dann gab er zu: »Ganz ehrlich, keine Ahnung. Spontan fällt mir dazu nichts ein. Aber das heißt nicht, dass ich es nicht herausfinden kann. Gebt mir ein bisschen Zeit, ich recherchiere und rede mit ein paar Kollegen. Und gebe euch Bescheid, sobald ich etwas habe.« Er deutete auf den Monitor. »Habt ihr das Nummernschild im Bildmaterial gefunden?«

Marika nickte. »Sind wir dran, liegt bei der KT. Ist mit bloßem Auge leider nicht zu erkennen.«

Nadir nickte und verabschiedete sich. Kaum war er gegangen, klingelte das Telefon. Es war Bishop. »Wir sollen hochkommen«, sagte Brenner, nachdem er aufgelegt hatte.

Oben im Büro stand Janina Braun neben Bishops Schreibtisch. Marika kam es vor, als ob sich Brenners Haltung sofort veränderte. Als würde er sich steifer bewegen oder verspannen. Sie wusste nicht genau, ob es war, weil er Janina attraktiv fand oder weil die Größe der Frau ihn einschüchterte.

Die vier begrüßten sich, und Bishop begann ohne Umschweife: »Janina hat sich um Kragers Finanzen gekümmert. Und dabei ist so einiges zutage getreten.« Er nickte ihr zu, um ihr das Wort zu übergeben.

»Vor drei Jahren, also knapp zwei Jahre nach seiner Pensionierung, hat er einen Kredit aufgenommen. Über fünftausend Euro. Hat den stückweise abbezahlt. Dann, ein Jahr später, noch einen Kredit, diesmal dreitausend Euro. Kurze Zeit später noch einen, über zweitausend Euro. Die Zinsen haben ihn quasi aufgefressen, das muss ganz schön hart gewesen sein. Und vor einem halben Jahr hat er alle Kredite auf einen Schlag abbezahlt! Bar eingezahlt und damit die Kredite gelöscht.« Keiner der anderen sagte etwas, sondern sie warteten ab. Also fuhr Janina fort: »Aber wir haben keinerlei Info über einen Sammelkredit oder eine Umschuldung oder Ähnliches gefunden. Wir haben keine Ahnung, wie Krager seine Kredite abbezahlt hat.«

»Die ganze Technik!«, sagte Brenner unvermittelt. »Da ist die Kohle reingeflossen.« Er sah Bishop und Marika an. »Wir haben gesehen, wie der haust. Der gönnt sich kaum etwas, lebt nicht über seine Verhältnisse. Mit dem Haus müsste das selbst mit seiner mageren Rente passen. Aber die ganze Technik? Das ganze Drohnenspielzeug? Das dürfte ordentlich ins Geld gehen. Vor allem, wenn man dann ab und an noch welche von den Dingern verliert, so wie die Drohne in der Hasenheide, die Eschenbach geschrottet hat.«

Bishop nickte. »Möglich. Könnte aber auch sein, dass er das Geld für was anderes brauchte. Seine Krankheit oder so.« Er sah Janina an. »Kannst du herausfinden, was die Dinge, die wir in seiner Garage gefunden haben, ungefähr wert sind? Vielleicht kann uns Petersen eine Hausnummer nennen, was Krager dafür ausgegeben hat. Wenn wir Glück haben, kommt das ja grob hin. Wie sieht es mit Kragers Konto aus? Wie viel Geld hat er?«

»Nicht viel. Anderthalb Tausend oder so. Das heißt, das Geld, das er bekommen hat, wurde definitiv hauptsächlich dazu benutzt, um seine Schulden zu tilgen.«

Bishop nickte. »Also gut. Immerhin wissen wir, dass er grob über den Daumen gepeilt um die zehn Riesen reinbekommen haben muss. Ist nicht viel, aber wenn wir irgendwo über so eine Summe stolpern, gibt uns das zumindest einen Anhaltspunkt.«

Bishop bedankte sich bei Janina, und beide wandten sich Marika zu. Sie berichtete, was sie auf den Drohnenaufnahmen entdeckt hatten.

Danach saß Bishop zurückgelehnt in seinem Sessel und rieb sich gedankenverloren mit dem Daumen über die Oberlippe. »Ich kümmere mich darum, dass wir Krager wieder hierherbekommen. Ich bin mir sicher, dass wir mit dem neuen Material kein Problem haben, den notfalls in Beugehaft zu nehmen. Der steckt ordentlich in der Klemme.«

Marika, Brenner und Janina wollten gerade wieder gehen, als Bishop noch etwas einfiel. »Die KT hat sich gemeldet. Sie haben das Kennzeichen vom Lieferwagen identifizieren können, aber das existiert gar nicht. Offenbar ist es gefälscht worden.«

Marika verzog das Gesicht. »Das wäre jetzt auch zu einfach gewesen, oder?«

»Falsche Kennzeichen zu bekommen ist jetzt nicht so schwer«, bemerkte Brenner. »Ich meine, vor jeder Zulassungsstelle hast du diese kleinen Buden, manchmal bloß Container oder so, in denen die Leute sich neue Kennzeichen machen lassen. Und diese Häuschen sind ja jetzt nicht krass gesichert. Kleine Brechstange, zack, Tür offen, und nach fünf Minuten spazierst du da raus mit deinem neuen Kennzeichen. Und der Diebstahl dürfte nicht mal besonders auffallen, weil alles, was fehlt, ein einzelner Rohling ist. Oder zwei.«

»Ich setze Braun oder Holst darauf an«, sagte Bishop. »Die sollen mal rausfinden, ob und wann bei den Stellen Einbrüche gemeldet worden sind. Eventuell ergibt sich daraus etwas.«

Marika biss in den Schokoriegel, den sie sich zusammen mit ihrem Kaffee am Automaten geholt hatte. Kurz hatte sie überlegt, nach oben ins Büro zu gehen und dort etwas zu essen zu holen, aber der Drang, so wenig Zeit wie möglich weg vom Video zu verbringen, war groß. Ihr war, als würde sie dem unbekannten Blonden, den Krager im Wald aufgespürt hatte, bereits in den Nacken atmen. Als könnte sie sich demnächst auf ihn stürzen.

Brenner ließ sich auf den Stuhl neben sie fallen.

»Was ist mit Krager?«, fragte sie abwesend.

»Streife war bei seinem Haus, er war nicht da. Jetzt warten sie ab, um zu schauen, ob er später kommt.«

Marika fluchte sanft. »Ich hoffe, die kleine Mistkröte hat sich nicht aus dem Staub gemacht.«

»Ach, das kann ich mir nicht vorstellen. Ich schätze den Kerl so ein, dass der sehen will, was dabei rauskommt. Der ist ein Player. Der ist bestimmt nur einkaufen oder im Pornokino.«

Marika schnaubte. »Pornokino? Das gibt es doch gar nicht mehr, oder? Wo jeder sich jeden Schmutz zu Hause online reinziehen kann.«

Sie setzte das Video wieder in Gang. »Musst du nicht langsam nach Hause?«, fragte sie nach einem Moment. »Ich meine, auf mich wartet niemand. Kein Freund, keine Katze, keine Liebhaberin«, fügte sie mit einem Augenzwinkern hinzu.

Er schüttelte den Kopf. »Ich habe mich bei meiner Frau abgemeldet. Das hier will ich nicht verpassen.«

Es gab Marika ein gutes Gefühl, dass es ihm ganz offensichtlich ähnlich ging wie ihr.

Das nächste Video zeigte erneut den schwarzen Lieferwagen, drei Tage später nach dem Waldvideo. Der Wagen stand geparkt in einer Straße, eine Situation ganz ähnlich der ersten, in der Krager ihn gefunden hatte. Die Drohne stieg auf und filmte die Straße hinunter. »Da ist er!«, rief Marika. Tatsächlich näherte sich der blonde Mann mit dem Schnurrbart seinem Fahrzeug. »Boah, jetzt ist bloß die Frage: Hatte Krager in der Zwischenzeit Besseres zu tun, oder hat der tatsächlich drei Tage lang auf der Lauer gelegen und auf das Auftauchen unseres Mörders gewartet?«

Marika griff nach der Maus und stoppte das Video.

Brenner sah sie an. »Was denn?« Sie runzelte die Stirn. »Wo ist die Suche?«

»Was meinst du?«, fragte Brenner.

Sie deutete auf den Monitor. »Na ja, das ganze Herumfliegen, die Straße rauf und runter, das ganze Gedöns. Dass er die beiden Male vorher veranstalten musste, um den Lieferwagen zu finden. Das fehlt jetzt. Er ist im Wald, weiß, wo der Wagen steht. Fliegt seine Drohne zurück. Und bumms, findet den in der Stadt wieder. Das passt doch nicht.«

»Du meinst …?«

»Genauso wie er den Wagen im Wald gefunden hat, wusste er, wo er jetzt steht, Das muss die Lösung sein. Ist Nadir noch im Haus?«

Statt zu antworten, griff Brenner nach dem Telefon, rief Nadir an. Er erklärte, woran sie gerade knabberten. Nach einem Moment legte er auf. »Er sagt, er hat einen Kollegen danach gefragt, aber noch keine Antwort erhalten. Jetzt bohrt er nach, auch wenn der Mann bereits außer Haus ist.« Er bemerkte offenbar ihren zweifelnden Gesichtsausdruck und grinste. »Keine Sorge, Nadir ist ein Terrier. Der lässt nicht so schnell locker.«

»In Ordnung«, antwortete sie ohne große Überzeugung. Sie ließ den Film weiterlaufen. Der Blonde kam an dem Wagen an, entriegelte ihn, stieg ein. Schien zu zögern, öffnete die Tür wieder und beugte sich heraus. Griff nach etwas unter dem Scheibenwischer. »Was ist das?«, wollte Marika wissen.

»Kaufe Auto, zahle bar!«, witzelte Brenner.

Aber der Blonde studierte den Zettel eine ganze Weile, nachdem er ihn auseinandergefaltet hatte, und sah sich dann um. Er stieg aus, verriegelte den Wagen per Fernbedienung und machte suchend ein paar Schritte in verschiedene Richtungen. Dann nahm er zögernd sein

Handy aus der Tasche, hob den Zettel erneut an und tippte offenbar eine Nummer auf dem Zettel ab. Brenner jubelte. »Der ruft da an! Ich sag's doch, der verkauft den Karren.«

»Halt die Klappe, du Witzbold.« Sie sah Brenner an. »Das ist Krager. Der hat den Zettel da drangemacht. Der Typ telefoniert gerade mit Krager, ich sag's dir.« Sie machte sich eine Notiz. »Wir müssen die Telefondaten von Krager einfordern. Datum und Uhrzeit haben wir«, sagte sie und deutete mit dem Stift auf den Monitor. »Und die andere Nummer sowie deren Aufenthaltsort hoffentlich auch, über den Provider.«

Der Mann im Video beendete das Gespräch und steckte das Handy weg. Nachdem er sich noch ein paarmal umgesehen hatte, ging er langsam zurück in die Richtung, aus der er gekommen war. Marika kam es so vor, als müsste er mehrmals den Reflex unterdrücken, über die Schulter zu blicken. Das wäre ihr in dieser Situation vermutlich genauso gegangen. Dann endete das Video.

24

»Knock-Knock«, sagte Brenner, aber Nadir winkte ab. »Keine Zeit, Alter. Reuß hat sich bei mir gemeldet.« Offenbar sah David verständnislos genug aus, sodass Nadir eine Erklärung hinterherschob: »Der Typ, den ich nach den GPS-Sachen gefragt habe. Mit euren Drohnen.« David nickte und legte den Flash-Drive auf den Tisch.

»Jedenfalls«, erklärte Nadir und lehnte sich in seinem Sessel zurück, »hat der mir was über Selfie-Drohnen erklärt.« Als David nicht reagierte, fügte er hinzu: »Follow-Me-Drohnen?«

Jetzt nickte David. »Alles klar.«

»Also, meine Überlegung war: Was machst du, wenn du irgendwas finden willst? Du machst einen Tracker dran.«

»Wie, irgendwas?«

»Na, es gibt die Dinger inzwischen in einer Größe, dass die an deinen Schlüsselbund passen. Falls du einer von diesen Leuten bist, die dauernd ihre Schlüssel suchen: Tracker dran, Handy raus, zack, gefunden. Und in der Größe kannst du das auch an ein Auto machen.«

»Du meinst, Krager hat an den Van eine Wanze gepackt?«

Nadir zuckte mit den Schultern. »Warum nicht? So würde ich es machen. Kleinen Neodymmagneten an das Teil, noch Folie drum, falls der Magnet ansonsten stört, und dann einfach irgendwo an den Unterboden bappen. Sobald sich das Fahrzeug bewegt, kannst du es sehen und ihm gemütlich hinterherfahren. So würde man das auch im Wald wiederfinden.«

»Das erklärt einiges.«

»Ich habe schon mit Petersen gesprochen. Wegen der Sicherstellungsliste. Und soll ich dir was verraten?« David ahnte bereits, was kommen würde, so breit wie Nadir grinste, aber er nickte trotzdem. »Schieß los.«

»Auf der Liste befinden sich zwei, in Worten: zwei, GPS-Tracker. Und weißt du, was das Beste ist?« Er lachte begeistert. »Sie sind mit Magneten versehen!« Er hob die Hand, und David gab ihm widerwillig ein High-five. »Dafür, dass ich gerade deinen Fall im Alleingang gelöst habe, siehst du aber alles andere als glücklich aus«, protestierte Nadir.

David schnaubte. »Richtig, Fall gelöst.« Dann atmete er tief ein. »Du hast recht. Du hast den richtigen Riecher gehabt, und wir sind ein ganzes Stück weitergekommen. Noch was: Sind die Tracker bei uns gelandet?«

Nadir nickte. »Alles, was technischer Natur ist, haben wir erst mal eingezogen. Das heißt, wir können uns die Dinger in der Asservatenkammer ansehen, wenn wir wollen.«

»Krager ist da und wartet auf uns«, verkündete Bishop, als David zu ihm und Marika in das Büro der Vierten trat.

»Was macht er für einen Eindruck?«, fragte David.

Bishop zuckte mit den Achseln. »Begeistert scheint er nicht zu sein. Aber auch nicht auffallend nervös. Ich glaube, dafür ist er auch zu abgezockt.«

»Alles klar. Wer geht rein?«

Bishop überlegte einen Moment, sah Marika an. »Eigentlich würde ich gerne mit David weitermachen. Ist das in Ordnung?« Sie lächelte, berührte ihn an der

Schulter. »Klar, kein Problem. Ich feuere euch von hinter dem Spiegel an.«

Kurz darauf betraten Bishop und David ein weiteres Mal das Vernehmungszimmer. Bishop begrüßte Krager, während David an der Tür stehen blieb.

»Brauchen Sie etwas zu trinken? Irgendetwas anderes?«, fragte Bishop, während er sich setzte.

Krager antwortete nicht, musterte ihn misstrauisch.

»Wir haben Ihren kleinen Film aus dem Reuterkiez gefunden. Das ist ja ein richtiges Kleinod, über das Sie da gestolpert sind.«

Krager reagierte nicht. David fuhr fort: »Und Ihr Video von Ihrem Ausflug in den Wald, darauf sind wir auch gestoßen.« Er näherte sich Krager, der sich demonstrativ zur Seite lehnte. »Ihnen ist schon klar, dass wir *alles* finden werden, was Sie auf den Drives gespeichert haben, oder?« Er machte wieder einen Schritt zurück und seufzte. »Es kostet nur ein paar von unseren Praktikanten etwas wertvolle Lebenszeit. Aber ganz ehrlich, was die sonst so tun, ist auch nicht wirklich sinnvoller.« Er lachte, und Bishop tat ihm den Gefallen, mitzulächeln. Krager beobachtete Bishop.

»Wir wissen, dass *Sie* wissen, wer der Täter ist. Der Mann, der die Morde im Reuterkiez, am Treptower Ufer und in der Hasenheide begangen hat. Und was Sie gerade tun, ist Beihilfe zum Mord. Dafür können Sie zwischen drei und fünfzehn Jahren bekommen.« Dass das nicht der Wahrheit entsprach, und Krager für Beihilfe nicht belangt werden konnte, verschwieg David. Er zuckte gespielt lässig mit den Schultern. »Und in Anbetracht dessen, dass es sich um eine Serie handelt, dass der Täter äußerst brutal vorgeht und es sich bei der letzten Tat auch noch um einen Doppelmord handelt, wäre ich extrem erstaunt, wenn Sie da einstellig aus der Nummer rauskommen würden. Was denkst du?« Bishop, der Krager aufmerksam beobachtet hatte, nickte zustimmend.

»Wenn Sie mit uns reden, wenn Ihre Informationen dazu führen, dass der Täter überführt werden kann, bevor noch etwas passiert, dann lässt sich da auf jeden Fall etwas machen«, sprach David weiter. Bishop nickte erneut.

»Helfen Sie uns, Ihnen zu helfen!«

Krager wandte den Kopf zur Seite und sah David für einen Moment lang an. Dann sagte er: »Wenn Sie alles auf Video haben, warum schauen Sie nicht einfach nach? Wofür brauchen Sie mich dann noch?« Mit einem überlegenen Lächeln lehnte er sich zurück und verschränkte die Arme.

David musste sich zusammenreißen, um seine Frustration nicht zu zeigen. Stattdessen trat er einen Schritt zurück, lehnte sich an die Wand hinter Krager. Außerhalb von dessen Sichtfeld. Mit grimmigem Gesichtsausdruck sah er Bishop an. Der lehnte sich nach vorne und tippte nachdenklich mit dem Mittelfinger auf den Tisch. »Warum schützen Sie den Täter? Was haben Sie davon? Sagen Sie uns, wo wir die Hütte finden können, und wir übernehmen den Rest.« Er sah Krager eindringlich an, aber der widerstand dem Blick.

Schließlich erhob sich Bishop und gab David ein Zeichen. Die beiden verließen den Raum und gingen zu Marika.

Gemeinsam betrachteten sie Krager, der unverändert am Tisch saß, mit hängendem Kopf und hängenden Schultern, auf David aber keinen geschlagenen Eindruck machte. Und bei der schlaffen Körperhaltung fiel ihm endlich wieder ein, warum ihm Krager so bekannt vorkam. »Der Flaschensammler!«, stieß er hervor.

»Der was?«, fragte Marika.

David sah die anderen beiden an. »Der Flaschensammler. Im Park. Hasenheide. Als wir bei den beiden Leichen waren. Da war so ein Typ, mit zwei Plastiktüten und Regenjacke. Das war er!« David war sich sicher.

»Auf der Suche nach seiner Drohne«, vermutete Marika. »Das erklärt zumindest, warum er wusste, dass du die Ermittlungen leitest.«

»Ändert aber nichts daran, dass der Kerl nicht mit uns redet! Was verspricht er sich davon?«, platzte es frustriert aus David heraus.

»Er fühlt sich überlegen. Wir brauchen eine Information, die er hat. Solange er sie uns vorenthalten kann, stärkt das seine Position«, erklärte Marika.

Bishop nickte. »Also müssen wir ohne ihn weitermachen. Ist ja nicht das erste Mal, dass wir einen Zeugen oder einen Beschuldigten haben, der nicht kooperieren will.« Er berührte beide an der Schulter. »Das bekommen wir schon hin.«

Sie hatten Krager wieder in die Zelle bringen lassen und trafen sich jetzt zu einer Lagebesprechung.

»Was ist mit der Gesichtserkennung? Haben die was?«, wollte Bishop von David wissen.

Der schüttelte den Kopf. »Nein. Sie haben ein einigermaßen gutes Bild herausbekommen, reicht für ein Fahndungsposter, aber mehr nicht. Sieht nicht so aus, als ob der schon Kunde bei uns gewesen wäre. Fahndung ist allerdings raus.«

»Was ist mit den Kennzeichen?«, fragte Bishop.

Marika hob die Hand. »Hier, dazu hab ich was. Wir haben einen gemeldeten Einbruch in so einer Kennzeichenbude vor der Kfz-Zulassungsstelle Lichtenberg.«

»Die kenne ich«, sagte David. »Da sind wirklich so

mehrere Container von den Dingern, wo man sich Nummernschilder direkt machen lassen kann.«

»Aber da bekommt man doch bloß die Nummernschilder, nicht die Plaketten, oder?«

David zuckte mit den Schultern. »Mit einem Farbkopierer drucke ich dir die Dinger in ein paar Augenblicken aus. Auf das Nummernschild geklebt, sind die aus ein paar Metern nicht von echten zu unterscheiden.«

»Und warum nicht einfach welche klauen?«, wandte Bishop ein.

»Weil geklaute Kennzeichen gemeldet werden, sobald das dem Besitzer auffällt. Das heißt, Nummernschilder klauen, die du länger verwenden willst, ergibt nur Sinn, wenn du weißt, dass jemand das Fahrzeug sehr, sehr lange nicht überprüft. Wenn die Dinger geklaut sind, tauchen sie in unseren Dateien auf, und du fliegst auf.«

Marika nickte. »Und in genau so einem Container ist vor etwa einem Dreivierteljahr ein Einbruch gemeldet worden. Gestohlen wurde angeblich nichts, aber eine ziemlich große Verwüstung angerichtet. Sachschaden belief sich auf mehrere Tausend Euro.«

David zeigte mit dem Finger auf sie. »Habe ich es nicht gesagt? Genau so hätte ich es auch gemacht. Einfach alles zerschlagen, dann stellt niemand dumme Fragen. Ich sage euch, da hat sich der Kerl die Schilder gemacht. Und vielleicht nicht nur ein Paar. Das müssen wir bei der Fahndung berücksichtigen, dass der jetzt möglicherweise jede Menge gefälschter Kennzeichen zur Verfügung hat.«

»Was ist mit den Telefondaten von Krager? Wer ist da dran?«

»Holst wollte sich darum kümmern«, sagte Marika.

»Lass mich das mal checken.« Sie nahm das Telefon hoch und telefonierte.

Währenddessen wandte sich Bishop an David. »Was haben wir noch?«

Der schaute auf den Zettel auf seinem Schreibtisch. »Die Telefonliste und das Geld, an das Krager gekommen ist. Mehr haben wir nicht.«

»Okay, dann klemm dich mal hinter die Forstbehörde. Ich weiß, dass es eine Suche nach der Nadel im Heuhaufen ist, aber wir müssen irgendwie herausfinden, wo sich diese verdammte Hütte befindet. Dann haben wir auch den Killer.«

David nickte, als Marika gerade wieder auflegte und verkündete: »Wir haben die Daten. Die Nummer, die der Mörder an seinem Wagen angerufen hat, war tatsächlich Krager. Prepaidkarte, unregistriert. Die beiden haben in der Folge ziemlich regelmäßig miteinander telefoniert, alle paar Tage. Nach zwei Wochen haben die Telefonate abrupt aufgehört, und …«

»Warte mal!«, unterbrach David sie. »Anonym? Das geht doch überhaupt nicht mehr. Du musst dich doch seit, keine Ahnung, ein paar Jahren immer identifizieren, selbst bei Prepaidkarten.«

Marika legte den Kopf schief. »Theoretisch ja. De facto kannst du dir welche im Netz für kleines Geld kaufen. Entweder deutsche, bereits aktivierte Karten oder welche aus dem Ausland. Niederlande, Großbritannien, such's dir aus. Da ist dann leider gar nichts mehr dran registriert. Unser Mann benutzt eine niederländische Nummer.«

»In Ordnung, und dann was?«, bohrte Bishop nach. Marika nahm den Faden wieder auf. »Die Telefonate haben aufgehört und erst nach einer Weile wieder begonnen.« Ihre Miene verdüsterte sich.

»Was?«, wollte David wissen.

»Seit wir Krager das erste Mal hochgenommen haben, gab es nur noch ein einziges Telefonat, direkt nach seiner Freilassung, seitdem Funkstille. Und die Nummer ist auch nicht mehr aktiv.«

David nickte. »Hat ihm brühwarm von uns erzählt, klar.« Er seufzte. »Mit der Spur ist es damit auch Essig.«

»Okay, was machen wir jetzt?«, fragte Marika.

Bishop deutete mit dem Kinn in Davids Richtung. »Ich habe David schon darauf angesetzt, die Hütte zu finden. Auch wenn die Chance nicht groß ist. Braun und Holst sollen sich weiter darum kümmern, dieses Geld von Krager aufzutreiben. Das muss ja irgendwo hergekommen sein.«

»Soll ich versuchen, den Lieferwagen zu finden?«, bot Marika an. »Ich meine, wenn Krager den zweimal gefunden hat, schaffen wir das auch. Könnte halt bloß dauern.«

»Ich will, dass du dir erst mal das Video zu Ende ansiehst. Ich weiß, dass uns das viel Zeit kostet, aber möglicherweise finden wir so noch einen direkteren Hinweis.«

David bezweifelte es, sagte aber nichts. So wie er Krager einschätzte, war der tatsächlich ganz gut darin, seine Spuren zu verwischen und es ihnen so schwer wie möglich zu machen.

Marika suchte gerade nach ihrem Schlüsselbund, während sie die Treppe hinauflief, als sie zurückzuckte. Direkt vor ihrer Tür, auf der obersten Stufe, saß Yilderim. Er grinste, als er sah, wie sie erschrak.

»Gott!«, sagte sie, während sie sich an ihm vorbeischob. Er rührte sich nicht, um ihr Platz zu machen. »Nicht witzig!«

Sie öffnete die Tür und wollte gerade nach dem Paket greifen, als sie zögerte. Sie schaute zurück. Yilderim saß immer noch auf der Treppe, als wäre es ihm egal. Mit einem Grinsen ließ sie die Tür laut ins Schloss fallen.

Es dauerte nur etwa zwei Sekunden, bevor er wild von außen dagegenhämmerte. »Ey! Nicht dein scheiß Ernst, oder?«

Sie machte die Tür wieder auf und lächelte. »*Das* war witzig«, sagte sie und knallte ihm das Paket vor die Brust.

Er griff danach und starrte es an, als könnte er es nicht ganz fassen. Dann sah er sie an. »War das jetzt unbedingt notwendig? Das ganze Spiel? Alles? Die Kinderkacke?«

Sie antwortete nicht sofort, betrachtete ihn. Erwiderte dann: »Erstens: Ich bin nicht oft zu Hause. Und das habe ich dem Paketmann auch gesagt. Der wollte nicht hören. Zweitens: Du hast mich Schlampe genannt.« Empört verzog er das Gesicht. »Habe ich nicht! Was sagst du da, habe ich nicht, Mann!«

Sie lehnte sich zur Seite, um sein erstes Post-it abzuziehen, das sie sauer innen an die Tür geklebt hatte. Nachdem sie noch einmal draufgesehen hatte, klebte sie es ihm mit einer schnellen Bewegung auf die Stirn. Er zog den Zettel ab und las ihn. »Siehst du. Nicht Schlampe!«, sagte er triumphierend und präsentierte das Geschriebene.

»Dein Ernst?«

»Was denn?« Er sah ernsthaft überrascht aus. »Bitch, ich meine, das sage ich zu meinen Kumpels. Zu der kleinen Schnecke aus dem Club oder der Süßen hinter der Theke im Sportclub. ›Kleine Bitch‹, das ist liebevoll gemeint!«

Sie ließ die Tür ins Schloss fallen.

»Hey!«, rief er durch das Holz. »Komm schon, sei nicht so. Kleine Bitch«, fügte er dann lachend hinzu. »Ich lade dich auf ein Bier ein. Oder einen Cocktail!«

Als sie nicht antwortete, hörte sie ihn kurz darauf die Treppe nach oben laufen. Dabei murmelte er offenbar noch etwas vor sich hin, aber sie konnte nicht verstehen was. Sie war gerade auf dem Weg in die Küche, als es klingelte. Marika zuckte kurz zusammen, weil sie tief in Gedanken gewesen war, und ärgerte sich über sich selbst. So schreckhaft war sie sonst nicht.

Draußen stand nicht Yilderim, wie sie fast erwartet hatte, sondern Jasmin. Die grinste sie an. »Das Paket?«, wollte sie wissen. Marika rollte mit den Augen und stieß die Tür auf, damit die Nachbarin reinkommen konnte. »Willst du was trinken?«

Kurz darauf saßen die beiden nebeneinander auf der Couch im Wohnzimmer, beide ein Weinglas in der Hand. »Heute zur Abwechslung mal kein Training?«

Marika schüttelte den Kopf. »Ich bin zu fertig.«

»In Ordnung. Jetzt mal raus mit der Sprache, was läuft da mit Sinan?«

Marika stöhnte. »Da *läuft* gar nichts. Ich wollte das Paket nicht annehmen, hab's trotzdem gemacht und hatte den Salat. Jetzt bin ich ihn los. That's it!«

Jasmin lächelte. »Ich habe mich neulich mit ihm unterhalten. Und ihm von deinen Schlamm-Runs erzählt. Ich glaube, er war ein bisschen beeindruckt.«

»Machst du Witze? Willst du hier die Kupplerin spielen, oder was?«

Jasmin zuckte mit den Schultern und nahm noch einen Schluck. »Brauchen könntest du es.«

»Pfffff! Das sagt die Richtige. Ich bin ja wohl nicht die Einzige im Haus, die momentan etwas untervögelt ist.

Nee, aber nicht mit dem Yilderim. Der ist mir echt zu viel Macho.«

Als sie später im Bett lag, dachte Marika über das Gespräch mit Jasmin nach. Und dass sie, nachdem sie längst nicht mehr über Männer geredet hatten, noch an Nadir gedacht hatte. Mit einem Lächeln kuschelte sie sich ins Kissen. Vielleicht sollte sie Jasmins Rat befolgen und einfach mehr von den Männern »ausprobieren«: »Du weißt nie, welche Schätze du da so findest. Und zur Not macht allein das Ausprobieren Spaß.« Sie hatten beide gelacht, nach der ersten Flasche Wein auch kein Wunder, und sich dann anderen Themen zugewandt.

25

Joachim und Sebastian stießen ihre fast leeren Flaschen zusammen. Sie saßen auf einer Bank am Landwehrkanal, auf der Kreuzberger Seite, und sahen über das Wasser auf Neukölln. Als sie sich getroffen hatten, war die untergehende Sonne gerade dabei gewesen, alles in ein orange-goldenes Licht zu tränken. Sie hatten sich auf die Bank gesetzt, um sich die Jogger, Spaziergänger, Touristen und Einheimischen anzusehen, die in einem regen Treiben an ihnen vorüberzogen. Selbst auf dem Wasser war einiges an Verkehr gewesen. Immer wieder paddelten Menschen in Schlauchbooten oder Kanus auf oder ab, die meisten mit Getränken ausgestattet. Die Luft roch nach Sommer und Berlin, und so waren schnell mehrere Stunden vergangen, in denen die beiden wie in einer Zeitblase auf der Bank festgehangen hatten.

Inzwischen war es längst dunkel, und obwohl immer noch relativ viele Menschen auf dem Sandweg am Landwehrkanal entlang unterwegs waren, hatte sich die Zusammensetzung geändert. Jetzt waren es vor allem die Nachtschwärmer und Szenegänger, die den schmalen Weg als Transitstrecke zwischen Events, Kneipen und Partys benutzten.

»Alter, hau rein«, sagte Sebastian, als sie sich erhoben hatten. Joachim streckte sich. Sein Rücken knackste nach den Stunden auf der harten Bank. Die beiden umarmten sich und stellten die verbleibenden Flaschen zu den anderen, die sie in den Stunden vorher geleert hatten, neben den Mülleimer. Als kleine Opfergabe für die Flaschensammler, die früher oder später vorbeikommen würden.

»Wegen morgen melde ich mich, okay? Ich weiß noch nicht genau, ob ich es schaffe.«

Sebastian nickte, die beiden schlugen noch einmal in einem zelebrierten Gruß die Hände zusammen. Während sie mit erhobener Hand in verschiedene Richtungen auseinandergingen, stürzte sich schon eine Gruppe aus Mädchen mit Sektflaschen und wild gefärbten Haaren auf die frei gewordene Bank. Kurz hielt Joachim an, um sich die Kopfhörer in die Ohren zu stecken und auf dem Handy elektronische Musik laufen zu lassen.

Er lief am Kanal entlang und am großen Bouleplatz vorbei, auf dem immer noch verschiedene Gruppen spielten, bevor er die Thielenbrücke erreichte und auf die Neuköllner Seite wechselte.

Je weiter er sich vom Kanal wegbewegte, umso weniger Menschen waren auf den Straßen unterwegs, bis er schließlich tief in den Wohngebieten fast allein unterwegs war.

Auch Verkehr gab es kaum noch, und so sah er kurz hoch, als er aus dem Augenwinkel eine Bewegung wahrnahm. Ein großer Lieferwagen fuhr an ihm vorbei. Die Rücklichter flammten auf, als er an der Ecke abbog.

Kurz darauf folgte ihm Joachim und überquerte die Straße, um auf seine Haustür zuzulaufen. Er hörte etwas, zog irritiert einen Kopfhörer aus dem Ohr. Ein einzelner Hund bellte irgendwo. Dancehall-Musik schwebte aus einem der Hinterhöfe herüber. Kurz fragte sich Joachim, ob es aus seinem Haus kam. Dort gab es einen Kerl, der im Sommer ziemlich oft seine Nachbarn mit seiner Musik beschallte, durchaus auch nachts um diese Uhrzeit.

Er steckte sich den Hörer wieder ins Ohr und lief weiter. Erreichte die Haustür und schloss auf. Drinnen stellte er fest, dass das Licht nicht ging. Er lief den dunklen Hausflur entlang auf den Hinterhof zu. Blieb einen Moment stehen, sah sich um. Kurz kam es ihm so vor, als ob die Haustür nicht richtig schloss. Er bildete sich ein, durch den Spalt Licht von den Laternen draußen zu sehen. Er überlegte, zurückzugehen und sie zuzudrücken. Und kam sich dabei wie ein Spießer vor, weil er das Gefühl hatte, in Neukölln dürfte man die Haustür nachts auf keinen Fall offen stehen lassen. Ärgerte sich über sich selbst, als er zurückging, um sie trotzdem zuzudrücken. *Scheiß Gentrifizierung,* dachte er lächelnd, als er die Hand ausstreckte, um gegen das Holz zu drücken.

Mit einem Stoß schwang ihm die Tür entgegen, stieß ihm hart gegen das Handgelenk, dann den Ellenbogen und warf ihn zurück. Er taumelte, ging halb zu Boden und streifte die Wand hinter sich. Weiterer Schmerz durchfuhr seinen Arm, als er versuchte, den Sturz abzufangen. Mit einem Fluch, lautlos durch die Elektronik, die immer noch direkt aus den Kopfhörern in sein Gehirn zu pulsieren schien, schob er ein Knie unter sich, versuchte sich ungelenk aufzurappeln. Sah eine dunkle Gestalt hinter der Tür durchtreten. Mattes Licht fiel von draußen um sie herum in den Flur.

»Scheiße, Mann, was war das denn?«, rief er wütend, unsicher, wie laut er das tat, weil die Musik alles überlagerte. Er wollte sich gerade am Kabel die Hörer aus dem Ohr reißen, als er etwas glitzern sah. Einen silbernen Bogen. Nur einen Augenblick später spürte er einen heißen Schmerz in der Seite. Schrie auf.

Die Gestalt hatte sich vorgebeugt, zog den Arm zurück. Joachim fiel nach hinten, trat instinktiv mit den Füßen. Traf die Gestalt an der Brust, warf sie zurück. Die stürzte nach vorne, wieder konnte Joachim das Glitzern sehen. Ein scharfer Stich traf ihn am Oberschenkel. Er schrie erneut auf, warf sich zur Seite, schlug noch heftiger mit den Füßen aus. Erwischte wieder etwas, konnte nicht erkennen, was.

»Hey, was wird das?«, rief eine Frauenstimme. Absätze, die auf dem Fliesenboden schnell näher kamen. »Ey!«, stieß sie erneut empört hervor.

Sowohl Joachim als auch die Gestalt schienen einen Moment zu verharren, und plötzlich war sie verschwunden. Mildes Licht der Gaslaternen strömte durch den Türspalt, der sich langsam schloss. Joachim konnte Feuchtigkeit unter den Fingern spüren, die sich auf Seite und Oberschenkel pressten.

»Alles in Ordnung?«, fragte Frau Schulte aus dem Hinterhaus, die schwer atmend neben ihm kniete und zu erkennen versuchte, was passiert war.

Joachim stöhnte und verzog das Gesicht, um den Schmerz, der rot durch seinen Körper waberte, unter Kontrolle zu bekommen.

26

Marika saß morgens bereits eine Weile an ihrem Rechner, als erst Bishop und kurz darauf Brenner ins Büro kamen. Brenner war aber offenbar schon vor ihr da gewesen, weil seine Sachen bereits am Platz lagen. »Wo warst du denn?«, begrüßte sie ihn.

»Unten bei Nadir. Ich soll dich schön grüßen«, antwortete er mit einem Augenzwinkern.

Genervt und gleichzeitig etwas ertappt verzog sie das Gesicht. »Was ist los? Verströme ich gerade Pheromone oder so?« Sie hob die Arme, um demonstrativ an den Achseln zu riechen. »Oder stimmt irgendwas mit dem Wasser nicht? Das ist doch gerade nicht normal.«

Schließlich wandte sich Marika wieder ihrem Monitor zu. Jetzt, da sie sich auf den einen Drive und die darauf befindlichen Videos konzentrierten, konnte sie oben im Büro an ihrem Arbeitsplatz arbeiten. Bishop hatte sich dagegen entschieden, dass sie mehrere der verbleibenden Videos gleichzeitig ansehen sollte, aus Sorge, ihr könnte etwas entgehen. So ging sie den Rest jetzt einzeln, aber immerhin in doppelter Geschwindigkeit durch. Im Hintergrund telefonierte Brenner mit verschiedenen Forstämtern vor allem in Brandenburg, aber auch in Berlin, in der Hoffnung, jemanden zu finden der ihm bei dem Video weiterhelfen konnte.

Von dem Blonden gab es noch einige Videos, wie er in Neukölln unterwegs war, aber nichts, was ihr weiterhalf.

Frustriert fuhr sie sich durch die Haare.

Brenner, der die Geste gesehen hatte, nickte. Ihm ging es offenbar nicht anders. Er knallte den Hörer auf die Schale. »Es ist ungefähr so unmöglich, wie wir es uns vorgestellt haben. ›Entschuldigung, könnten Sie sich bitte ein undefinierbares Stück Brandenburger Wald für uns ansehen und uns genau sagen, wo es sich befindet? Was? Nein, keine besonderen Merkmale. Keine Feuertürme, keine Straßen, keine Dörfer. Einfach nur Wald. Alles grün. Und ein bisschen braun. Ach, und das ist dann schwierig? Ah, so. Hmmm, das überrascht uns jetzt. Hätten wir nicht gedacht.‹ Mann, so macht das echt keinen Spaß«, beschwerte er sich.

Marika musste bei seiner übertriebenen Darstellung lachen. »Du machst das gut, mit der Stimme. Ich wette, du bist ein guter Vorleser.« Überrascht sah sie wie ein Anflug von Röte sein Gesicht überzog. Er wandte sich wieder seinem Rechner zu, nahm erneut das Telefon in die Hand.

Bingo, dachte Marika, während ihr Blick einen Augenblick länger auf ihm verweilte. Als sie wieder wegsah, bemerkte sie, dass Bishop sie aufmerksam beobachtet hatte. Auch wenn sein Gesicht keine Regung zeigte, ärgerte sie sich. Kam sich wie unter der Lupe vor. Der Chef, der zusah, wie gut seine Untergebenen inzwischen miteinander klarkamen. Sie versuchte, den Gedanken abzuschütteln. So wie Brenner und sie sich zu Anfang gegenseitig angegangen waren, konnte sie Bishop diese Art der Skepsis kaum verübeln.

Auf ihrem Bildschirm tauchte eine neue, Marika unbekannte Person auf. Eine junge Frau mit lockigen braunen Haaren. Sie zog abends in Unterwäsche gerade die Vorhänge zu, als die Drohne offenbar auf sie aufmerksam geworden war. Obwohl Marika sie nur einen Augenblick sehen konnte, war zu erkennen, dass sie große Brüste besaß.

In der Folge gab es weniger Material von dem Blonden, und die Frau tauchte immer wieder auf. Viele Clips schienen morgens entstanden zu sein, wobei die Frau die Routine hatte, die Vorhänge entweder leicht oder gar nicht bekleidet zu öffnen. Das musste ein absolutes Fest für Krager gewesen sein, und bei dem Gedanken, wie er sich an seiner Konsole vermutlich daran aufgegeilt hatte, schüttelte es Marika.

Die Frau ging regelmäßig joggen, und auch hier schien Krager seinen Überwachungsplan an ihre üblichen Zeiten angepasst zu haben. Was ebenfalls auffiel, war, dass er, anders als bei vielen anderen Überwachten, sie auffällig oft von vorne oder von der Seite filmte. Marika stoppte den Clip, sah zu Brenner hinüber und wartete kurz, bis er ein weiteres, offenbar frustrierendes Telefonat beendet hatte. Er bemerkte ihren Blick und hob die Augenbrauen.

Marika hatte Schwierigkeiten, ihre Gedanken zu formulieren. »Hast du eigentlich ein Beuteschema? Bei Frauen, meine ich?«

Brenner sah sie amüsiert an. »Was, du meinst so etwas wie: sportlich, mit bissigem Humor, clever, nimmt regelmäßig an krassen Hindernisrennen teil? So was, meinst du?«

Jetzt fühlte Marika, wie sie etwas rot wurde. »Blödmann. Ich meine körperlich. Groß oder eher zierlich, kleine Brüste, dicker Hintern, so was in der Art.«

Die Frage schien ihm etwas peinlich zu sein. »Ich weiß nicht. Die meisten meiner Freundinnen waren eher klein und zierlich. Und dunkel, von der Haarfarbe.« Er zuckte mit den Schultern. »Vielleicht ist das mein Beuteschema.«

Marika lächelte. »Okay, jedenfalls, wenn du der Typ wärst und heimlich Frauen beobachten könntest. Würdest du dann nur denen folgen, die diesem Schema entsprechen?«

Er überlegte kurz. »Glaube nicht. Wenn ich so 'n Spanner wäre, würde ich vermutlich jeder unter den Rock gucken. Also, jeder, der ich könnte. Wenn!«, fügte er vielsagend hinzu.

Sie winkte ab. »Ja, ja, schon klar. Alles rein hypothetisch. Und würdest du dann auch Männer beobachten? Also, angenommen, du stehst nicht auf die?«

Brenner verzog das Gesicht. »Nein. Warum sollte ich das machen? Hässliche Männer, auch nackte, kannst du eigentlich überall sehen. Warst du mal im Sommer an der Krummen Lanke? Da kannst du dich vor fetten Bäuchen und kleinen Schwänzen schier gar nicht retten.«

Marika fuhr sich mit der Zunge über die Zähne und starrte auf ihren Monitor.

»Was sollen denn die ganzen Fragen? Worauf willst du hinaus?«

Sie drehte sich wieder zu ihm um. »Na ja, pass auf. Gerade hat Krager diese hotte Lady im Visier. Ende zwanzig, Anfang dreißig. Jede Menge Shots von der in Dessous oder komplett blank, mit riesigen Brüsten.«

Brenner schoss von seinem Stuhl hoch. »Verscheißerst du mich? Zeig her!«

Marika verdrehte die Augen. »Gott, du bist so ein Idiot! Ich dachte, du bist einer von den Anständigen?«

Brenner verzog das Gesicht und ließ sich wieder in seinen Sessel fallen. »Ich schaue es mir nachher heimlich an. Und sie ist wirklich heiß?«

Marika lachte und warf ihren Stift nach Brenner. »Bring mich nicht raus. Was ich sagen wollte: Du summst und brummst also mit deiner Drohne rum und kannst dir so heiße Frauen ansehen. Nackt, halb nackt, was auch immer. Warum in drei Teufels Namen solltest du dann die ganzen anderen Kerle beobachten. Den Typen, der sich Dinge in den Arsch steckt, oder den Kerl, der immer seine Popel gegessen hat? Warum? Wieso machst du das und verschwendest auf die deine Zeit? Und ziehst dir nicht die ganze Zeit den guten Stoff rein?« Sie tippte hart gegen ihren Bildschirm. »Das raffe ich einfach nicht.«

»Weil es nicht um Sex geht«, mischte sich Bishop von hinten ein. Er hatte ihren Dialog offenbar verfolgt. »Es geht nicht um Titten, Ärsche und Schwänze. Nicht darum, sich einen runterzuholen. Beziehungsweise nicht dazu. Dem geht einer ab, weil es ein Machtgefälle gibt. Zwischen dem, der beobachtet wird, der sich vor ihm bloßstellt, und dem, der ihm zusieht. Das ist sein Ding. Dass die Frau da große Dinger hat – geschenkt!« Er machte eine wegwerfende Handbewegung. »Ich sag dir, das ist dem egal. Das ist quasi Zufall. Oder aber ein kleiner Bonus, weil er weiß, wie geil andere Männer das fänden, der zuzusehen.« Er sah betont in Brenners Richtung. »Oder Lesben«, fügte er dann noch mit einem Lächeln hinzu. »Das wertet es für ihn noch einmal auf. Aber das ist alles. Wenn der zu den ganzen Filmchen masturbiert hat, dann eher zu Morden. Oder wenn Leute so richtig peinliche Dinge tun. Sieht die Frau in den Clips so aus, als ob es ihr peinlich wäre, wenn ihr jemand auf die Brüste starrt?«

Marika schaute bei seinen Worten noch einmal auf den Monitor, wo die Brünette gerade in einem Standbild aus ihrem Hauseingang kam, das lange Haar in einem Windstoß wehend.

»Eher nicht«, gab sie nach einem Moment zu. Sie kniff die Augen zusammen. »Vielleicht fände sie es sogar ganz gut, wenn sie wüsste, dass ihr jemand zuschaut. Wer weiß!«

»Und der Typ, der sich die Sachen seiner Familie in den Hintern gesteckt hat? Würde der es gut finden, wenn das alle wüssten?« Als Marika und Brenner beide das Gesicht verzogen, musste er lachen. »Keine weiteren Fragen, Euer Ehren!«

In dem Moment klopfte es am Türrahmen hinter Marika, und reflexartig erwartete sie den nächsten Klopfklopf-Witz, aber es war Holst. Der wirkte nicht so, als ob er oft Witze machte. Obwohl es bestimmt lustig aussehen würde, wenn er über sie lachte, dachte Marika, als sie sein Doppelkinn betrachtete.

»Wir haben was über Kragers Geld herausgefunden«, sagte er tonlos.

»In seinen Unterlagen oder so war nichts«, erklärte Holst, der sich einen Stuhl genommen und neben Marikas Schreibtisch gesetzt hatte. »Das haben wir alles durchgeackert. Aber dann hatte Janina gestern eine ziemlich gute Idee. Wir haben mal Kragers Telefonliste mit den Nummern, die wir schon hatten, verglichen. Und jetzt ratet mal, wer auf den Listen aufgetaucht ist?«

Niemand biss an, niemand antwortete auf die Frage. Vielleicht lag es daran, dass Detlev Holst echt Schwierigkeiten hatte, bei seinen Zuhörern Enthusiasmus aufkommen zu lassen, dachte Marika. Er kam ihr ein wenig vor wie jemand, der nicht verstanden hatte, dass Mimik und Intonation Teil einer Konversation sein sollten.

»Auf der Liste haben wir Jökullson gefunden!«

Bishop zuckte an seinem Schreibtisch hoch. »Im Ernst?«

Holst nickte. »Krager hat Jökullson ungefähr zwei Wochen vor der Tilgung seiner Kredite das erste Mal angerufen. In der Folge haben sie dreimal miteinander telefoniert, und dann noch zweimal, nachdem die Kredite abbezahlt worden waren.«

Bishop fuhr sich mit den Fingern durch beide Mundwinkel. »Der hat sich das Geld von Jökullson geliehen!« Dann zeigte er in Marikas und Brenners Richtung. »Und damit haben wir auch eine Verbindung zu Sascha Eschenbach.« Er stand auf und kam aufgeregt um seinen Tisch herum. »Bisher sind wir davon ausgegangen, dass er den Killer nur beobachtet und gefilmt hat. Aber davon können wir uns jetzt wohl verabschieden. Gute Arbeit, Detlev«, sagte er und klopfte Holst auf die Schulter. »Ich werd mir den Isländer noch mal vorknöpfen.«

»Können wir mit?«, fragte Marika. An Brenners Blick erkannte sie, dass es ihm genauso ging wie ihr.

Bishop schüttelte den Kopf. »Du hast noch jede Menge Videomaterial anzusehen, und du«, fügte er an Brenner gewandt hinzu, »hast sicher noch ein paar Forstbeamte, die du nicht angerufen hast.« Beide schnitten fast zeitgleich eine Grimasse.

Auf dem Parkplatz blieb Bishop einen Moment stehen und streckte den Rücken durch. Er hatte den beiden nicht ganz die Wahrheit gesagt. Tatsächlich wollte er gerne allein zu Jökullson fahren, weil er seine Gedanken ordnen wollte. Zum anderen verspürte er das dringende Bedürfnis, selbst mal wieder etwas zu tun. Etwas Handfestes. Er wusste, dass es albern war, aber in gewisser Weise beneidete er Marika und Brenner. Ihre Aufgaben mochten stupide sein, aber wenigstens konnten sie etwas abarbeiten. In letzter Zeit war er bloß damit beschäftigt gewesen, zu koordinieren, Doktor Kettler Bericht zu erstatten, Protokolle zu verfassen und schlechte Nachrichten vom Rest des Teams entgegenzunehmen. Ihm fehlte die eigentliche Ermittlungsarbeit, und während er auf sein Auto zuging, fragte er sich, ob er doch weniger geeignet war für den Chefposten, als er sich das vorgestellt hatte.

Helgi machte ihm die Tür auf und führte ihn nach hinten in das Büro. Jökullson saß diesmal nicht an seinem Schreibtisch, sondern rauchte eine Zigarre und stand am offenen Fenster. Er bot Bishop ebenfalls eine an, aber der lehnte ab.

»Was kann ich für Sie tun?«

»Olaf Krager«, sagte Bishop nur.

Jökullson musterte ihn mit seinen kleinen Augen und schien seine Optionen abzuwägen. Dann hatte er sich offenbar entschieden. »Ein Kunde von mir.«

»Kunde heißt, er hat sich Geld geliehen?«

Jökullson legte den Kopf schief. »Das wissen Sie doch bereits, oder?«

Bishop entgegnete nichts.

Jökullson nickte und ging, um sich einen Drink einzuschenken. Wieder lehnte Bishop das Angebot ab. Der Isländer nahm einen Schluck aus seinem Glas und musterte Bishop währenddessen aufmerksam. Als wollte er entscheiden, was er bereit war preiszugeben. Schließlich zuckte er mit den Schultern und sagte: »Zehntausend.«

Bishop nickte.

Jökullson trat wieder ans Fenster und sah nach draußen. »Ich weiß nicht, woher er meine Nummer hatte. Meistens kenne ich die Leute, die an mich vermitteln, aber in dem Fall nicht. Ich frage aber auch nicht zwangsläufig nach«, fügte er nach einem schnellen Blick auf Bishop erklärend hinzu. »Er hat sich gemeldet, erklärt, dass er Geld braucht, und ist kurz darauf hier gewesen. Er hat die zehn Riesen bekommen.«

»Aber die hat er noch nicht zurückgezahlt«, stellte Bishop fest. »Dabei wäre er längst fällig gewesen, oder?«

Jökullson antwortete nicht sofort. Mit einiger Verzögerung sagte er: »Dadurch, dass er jetzt sitzt, ist es nicht gerade einfacher geworden.«

»Was? Ihm Leute wie Sascha Eschenbach auf den Hals zu schicken? Schläger?«

Jökullson sah ihn bloß an, trank von seinem hochprozentigen Drink.

»Woher wissen Sie, dass wir Krager eingezogen haben?«

Jökullson lächelte. »Manche Dinge sprechen sich schnell herum.«

»Haben Sie Sascha Eschenbach beauftragt, sich um Krager zu kümmern? Das Geld einzutreiben?« Er fügte hinzu: »Und überlegen Sie sich gut, was Sie jetzt sagen. Wir haben genug, um hier anzutanzen und den ganzen Laden auseinanderzunehmen. Bisschen die Muskeln spielen zu lassen. Ich bin nicht sicher, ob das so gut fürs Business ist.«

Jökullson nickte, als würde er Bishops Drohung ganz sachlich akzeptieren. »Ja, Sascha sollte das Geld eintreiben«, sagte er schließlich.

»Wie genau?«

Der Isländer breitete die Arme aus. »Zum einen werden Sie sicher verstehen, dass ich da aus rechtlichen Gründen nicht zu sehr ins Detail gehen kann. Nicht dass ich mich aus Versehen noch selbst belaste.« Er lächelte gefährlich. »Und zum anderen überlassen wir das auch gerne unseren Vollstreckern. Genau wie ich auch einem Türsteher nicht vorschreibe, wie er seine Tür macht, erwarte ich, dass unsere Leute da ihren eigenen Stil entwickeln und, sagen wir, kreativ werden.«

»So kreativ wie Menschen eine Kellertreppe hinunterwerfen? Wie Sie es bei Kamander haben machen lassen?«

Jökullson verzog das Gesicht, als bereitete ihm der Gedanke körperliche Schmerzen. »Das war lediglich ein Unfall. Und ein Missverständnis noch dazu.«

»Schon gut.« Bishop winkte ab. Er hatte wenig Lust, sich das aalglatte Schmierentheater länger als nötig anzuhören. »Arbeiten Ihre Leute auf Kommission?«

Wieder schien der andere Mann einen Augenblick zu überlegen, nickte dann. »Wenn das Geld zurückgezahlt wurde, ja.«

»Das heißt, für Krager hat Eschenbach nie Geld gesehen?«

Jökullson schüttelte den Kopf. »Nein.«

»Hat Krager versucht, Aufschub zu bekommen?«

»Ja. Er hat mehrmals deswegen angerufen und war sogar persönlich hier. Zu Anfang hat das auch ganz gut funktioniert. Ich bin kein Unmensch.« Er lächelte. »Aber irgendwann ist meine Geduld erschöpft gewesen, und das habe ich Krager gesagt. Und Sascha Bescheid gegeben. Seitdem habe ich aber weder von dem einen noch von dem anderen etwas gehört. Was in Anbetracht der Tatsache, dass einer tot und einer verhaftet ist, auch kein Wunder ist.«

Bishop verabschiedete sich und sagte: »Ich finde allein raus, danke.«

Wenig später stand er in dem großen Hinterhof und sah nach oben in den blauen Himmel. Die Hitze stand auf dem Asphalt. Kaum eine Wolke, kein Luftzug. Alles schien stillzustehen. Zu warten. Bloß auf was, fragte er sich, während er grübelnd auf seinen Wagen zuging.

»Und natürlich habe ich nichts erreicht«, sagte David frustriert, während er zusah, wie sich Nadir eine Gabel voller Nudeln in den Mund schob. »Ich bin froh, dass die mich nicht ausgelacht haben«, fügte er hinzu und spießte ein Stück Gemüse auf. Sie saßen in der Kantine, und obwohl er versucht hatte, Marika zum Mitkommen zu überreden, war sie lieber an ihrem Rechner geblieben. Als er erwähnt hatte, dass Nadir ihn begleiten würde, hatte sie ihn misstrauisch angesehen. »Versuchst du jetzt auch, mich zu verkuppeln?« Er hatte alles abgestritten, aber wenn er seinen Kumpel so betrachtete, könnte es Marika auch schlechter treffen, fand er.

»Bist du eigentlich gerade solo?«, fragte er unvermittelt.

Nadir hielt mitten im Kauen inne. »Wie bitte?«, fragte er mit vollem Mund.

»Hast du eine Freundin?«

Nadir schüttelte den Kopf, sah David noch einen Augenblick an, schluckte herunter und sagte dann: »Wie dem auch sei, Bishop hat ja wohl genau wie du gewusst, dass das nichts bringen würde. Da braucht ihr schon ein bisschen mehr. Aber jetzt, wo ihr davon ausgehen könnt, dass Krager den Täter gewarnt hat, könnt ihr nicht mal den Tracker-Trick selbst anwenden.« Er lachte. »Das wäre doch cool. Ihr findet den Wagen im Reuterkiez, pappt da Kragers Tracker dran und fahrt dem einfach in den Wald hinterher. Das Gesicht würde ich gerne sehen.«

»Ich meine, Marika hat ja vorgeschlagen, den Wagen noch mal in den Straßen zu suchen, aber wir können uns nicht mal sicher sein, ob er den jetzt noch benutzt. Nachdem er weiß, dass wir an ihm dran sind.«

Nadir nickte und aß weiter. Als er fertig gekaut hatte, sagte er: »Es ist echt ein Jammer, dass die Georeferenzierung ausgeschaltet ist. Das hätte die Sache so viel einfacher gemacht.« Er schob sein Essen mit der Gabel zusammen.

»Was meinst du?«, fragte David, der nicht verstand, wovon Nadir redete.

Der Techniker sah hoch. »Die GPS-Daten im Material.«

»Hä?«

»Deutsches Wort mit h«, lachte Nadir. »*Hä.*«

»Alter, ich habe keine Ahnung, wovon du redest.«

Nadir verzog das Gesicht. »Ich rede davon, dass wir das ganze Problem nicht hätten, wenn Krager bei seinen Drohnen und dem Videomaterial die GPS-Daten eingebettet hätte. Was, ehrlich gesagt, auch nicht zu weit hergeholt gewesen wäre, so wie der bisher gearbeitet hat.«

»GPS-Daten? In den Videos, oder was?«

Nadir sah ihn verblüfft an. »Du weißt schon, dass so etwas Standard ist, oder? Ich meine, das habt ihr gecheckt, richtig? Ob da die Geo-Daten eingebettet sind?« Beide Männer sahen sich einen Moment stumm an. David immer noch verständnislos, Nadir eher fassungslos. Der ließ theatralisch die Gabel fallen. »Alter! Ich fasse es nicht. Du Boomer! Gib mir dein Handy.«

Widerwillig nahm David sein Telefon vom Tisch, entsperrte es und reichte es seinem Freund. Der tippte und wischte eine Weile durch verschiedene Menüs und lehnte sich dann rüber, um mit David zusammen ein Selfie zu machen. »Say ›Cheese‹!« David verzog das Gesicht.

Dann hielt Nadir ihm das Handy hin, zeigte ihm, dass er in der Galerie das Bild heraussuchte. Tippte auf die Informationen dazu, und einen Augenblick später öffnete sich die Karten-App. Zeigte den Standort des Präsidiums. »Wenn du ein Foto oder Video machst, speicherst du ja jede Menge an Meta-Informationen. Datum, Uhrzeit und, wenn du Zugriff auf GPS-Ortung hast und das zulässt, eben auch den Standort. Wie meinst du, machen soziale Netzwerke das, dass die wissen, wo du deinen Burger gegessen hast?« Er lehnte sich ein weiteres Mal nach vorne und sagte: »Deswegen meine Frage: Ob die Videos GPS-Daten enthalten, habt ihr aber schon gecheckt, oder? Ihr Amateure!«

»Hier ist die Hütte«, sagte David und deutete auf die Leinwand, auf der die Karten-App projiziert wurde. »Etwas über eine Stunde von Berlin, Brandenburger Umland. Tiefster Wald, da ist sonst praktisch gar nichts.« Er räusperte sich. »Nadir hat das überprüft. Alle von Kragers Videos sind mit GPS-Tags versehen, das heißt, wir können exakt bestimmen, an welcher Stelle sie aufgenommen worden sind.« Er sah in die Runde. Bishop und Marika schauten ungefähr so, wie er in der Kantine ausgesehen haben mochte, während Nadir wie ein Honigkuchenpferd grinste. Holst und Braun verzogen keine Miene, machten aber eher den Eindruck, als würden sie ihm auch am liebsten an die Stirn schlagen. Ensen tat, als würde ihn das Ganze ohnehin nichts angehen.

Vermutlich hatten alle Techniker gewusst, dass das möglich war, nur war keiner von ihnen auf die Idee gekommen, dass die Kerntruppe der Vierten davon keine Ahnung hatte.

»Von der Wohnung des Täters gibt es nach wie vor kein Video, die scheint Krager in der Tat gelöscht zu haben, aber wir können uns die Hütte vornehmen.« Er nickte Ensen zu, der einen Schritt nach vorne machte und übernahm.

»Wir haben die Videos des Geländes bereits ausgewertet. Falls wir nicht durch das Unterholz kommen wollen, gibt es nur eine Zufahrt. Nicht asphaltiert. Der Plan ist, mit zwei Vans des MEKs vorzurücken und direkt am Haus auszuschwärmen und das Gebiet abzusichern. Wir werden ein Dutzend Leute am Start haben. Dahinter folgen Hauptkommissar Bishop und seine Leute.«

Bishop nickte, als Ensen ihn wie zur Bestätigung ansah, und fügte hinzu: »Kommissar Almasi hat sich bereit erklärt, für uns die Luftüberwachung via Drohne zu spielen.« Nadir grinste bei den Worten noch breiter. Für ihn war das die absolute Leistungsschau. »Er wird mit Brenner im zweiten Wagen sein und dafür sorgen, dass wir Augen vor Ort haben. Dann kann das MEK reingehen. Durch den Videofeed können die anderen Wagen auch direkt sehen, was die Drohne sieht.«

»Yeah, Baby«, flüsterte Nadir, aber so laut, dass ihn jeder im Raum hören konnte.

»Hauptkommissar Petersen und sein Team werden uns direkt folgen, um Spuren zu sichern.« Bishop sah alle nacheinander an. »Noch irgendwelche Fragen?«

David fuhr vorsichtig hinter Bishops Auto und den beiden schwarzen Minibussen des MEK hinterher. Hinter ihm folgte der große Bus der Kriminaltechnik, nicht unähnlich dem, den der Täter selbst fuhr, nur in Weiß.

Von den Videos wusste David bereits, dass es sich um typische Waldwege handelte, mit eingefahrenen Spurrinnen und Gras in der Mitte, das immer wieder am Unterboden kratzte. Zwischenzeitlich gab es harte Kurven und fiese Schlaglöcher, und gerade in Hinsicht auf Nadir, der neben ihm saß und sich auf seine Konsole konzentrierte, versuchte er so vorsichtig wie möglich zu fahren.

Nadir hatte darauf verzichtet, eine VR-Brille zu tragen, sondern kontrollierte die Drohne nur über den kleinen Monitor auf seinem Steuergerät. Vor etwa fünf Minuten hatten sie kurz angehalten, Nadir war ausgestiegen und hatte den kleinen Multikopter in die Luft gebracht und sich dann wieder in das Auto gesetzt. Nachdem die Drohne einen kleinen Vorsprung herausgearbeitet hatte, hatte sich der Konvoi wieder in Bewegung gesetzt.

»Hütte in Sicht«, erklärte Nadir mit Blick auf den Monitor.

David ging davon aus, dass in den anderen Autos vermutlich gerade jemand genau das Gleiche sagte. Er fuhr noch ein wenig weiter und hielt dann am rechten Wegesrand hinter Bishops Auto. Die Vans des MEK fuhren langsam weiter.

»Im Südosten ist nichts«, sagte Nadir.

David lehnte sich rüber und beobachtete, wie die Drohne langsam zwischen den Bäumen das kleine Haus umrundete. Dabei benutzte er die gleiche Taktik, die auch Krager bereits in den Videos angewendet hatte, und drehte den Kopter immer wieder auf der Stelle, um sich umzusehen und sicherzustellen, dass er nicht seitlich in Bäume flog.

»Osten ist sauber«, gab Nadir durch. Wenig später hatte er das Gebäude einmal umrundet. Es war nichts zu sehen gewesen.

»Gehe in die Luft und auf Stand-by«, sagte Nadir und schraubte die Drohne auf dem Weg in die Höhe, um von oben ein größeres Gebiet abzudecken.

»Zugriff«, hörte David Ensen über seinen Knopf im Ohr. Auf dem Monitor konnte er aus der Vogelperspektive sehen, wie die beiden schwarzen Vans auf die Lichtung schossen, die Türen aufgeworfen wurden und die MEK-Männer nach draußen sprangen. Mehrere von ihnen liefen links und rechts am Rand der Lichtung entlang, um das Haus von hinten zu erreichen, während

Ensen und ein halbes Dutzend seiner Leute sich der Hütte mit erhobenen Waffen von vorne näherten. Die Ersten hatten sie erreicht, traten auf die kleine Veranda davor, und einer der Beamten hämmerte mit der Faust gegen die Tür. Hören konnte David nichts, weil die Drohne kein Audio übertrug, aber einen Augenblick später sah er, wie einer der Polizisten von hinten kam, in den Händen die Ein-Mann-Türramme, wie sie von Spezialeinheiten häufig eingesetzt wurde. Mit geschicktem Schwung wuchtete er sie gegen die Tür. Sie sprang nach innen auf, und sofort strömten mehrere der Beamten an dem Kollegen vorbei nach innen.

Nadir bewegte die Drohne etwas, und man konnte den Rest der sichernden Polizisten an der Seite und hinter dem Haus sehen. An die Hütte angebaut gab es noch so etwas wie einen kleinen Schuppen, den ebenfalls einer der Männer öffnete und sicherte. Ansonsten regte sich nichts im Wald.

Kurz darauf knisterte der Funk, und Ensen sagte: »Hier ist alles sauber. Die Hütte ist leer.« Er räusperte sich. »Kein schöner Anblick.« Seine Stimme klang merkwürdig gepresst.

David ließ den Motor an und folgte Bishop und Marika kurz darauf auf die Lichtung. Die Vans hatten genug Platz gelassen, sodass sie zwischen ihnen vor die Hütte fahren konnten. Selbst der KT-Bus kam, wenn auch mit Millimeterarbeit, dort hindurch.

Marika warf David beim Aussteigen einen kurzen Blick zu, und er wusste, dass sie sich genau wie er fragte, auf was Ensen wohl angespielt hatte. Er war nicht der Typ für blöde Witze oder Spielchen, deswegen vermutete David, dass was auch immer sie drinnen finden würden, vermutlich krass war.

Die restlichen MEK-Männer unter der Führung von

Ensen kamen ihnen an der Tür entgegen und überließen ihnen die Hütte. Die drei zogen sich Plastik-Überschuhe an und gingen hinein. Petersen und seine Leute würden die Hütte übernehmen, sobald sich die Vierte einen Überblick verschafft hatte.

Drinnen gab es einen großen Raum mit einer Küchenecke an der rechten Seite, einem Tisch mit vier Stühlen und zwei Ohrensesseln vor einem Kamin. Eine Tür im hinteren Teil schien in ein Schlafzimmer zu führen, eine weitere ging in ein kleines Bad. Innen sah es aus wie in einer typischen Jagdhütte: alles sehr rustikal, Geweihe an der Wand und verschiedene ausgestopfte Tiere wie Marder, Eichhörnchen und sogar ein Dachs, die alle in irgendwelchen Posen präsentiert wurden. Jede Menge Karomuster auf Decken und Bezügen. Die Vorhänge hätten Davids Oma stolz gemacht, so alt mussten die sein.

»Mehr nicht?«, sagte David, aber als er einen Schritt nach vorne machte, sah er die Falltür, die neben dem Bad offen stand. Daneben lag auf einem Haufen ein Karoteppich. Vermutlich war die Tür darunter verborgen gewesen, aber Ensens Leute hatten sie schnell gefunden.

Sie spähten hinein. Eine Metalltreppe führte in eine Art Keller. Unten brannte Licht. Bishop stieg als Erster hinunter, dann Marika und schließlich David. Der musste den Reflex unterdrücken, nicht die Waffe zu ziehen. In die Jagdhütte des Killers eindringen, das kam ihm vor wie in einem schlechten Film, aber Ensens Team hatte das Objekt gesichert. Also gab es keinen Grund, nervös zu werden, sagte er zu sich selbst. Es roch übelerregend süßlich hier unten. David musste wieder an Ensens Worte denken. Aber die hatten sich vermutlich nicht auf den Geruch bezogen.

»Ach du Scheiße«, entfuhr es Marika, die vor David

unten angekommen war. Einen Augenblick später konnte auch er sehen, warum die anderen beiden wie versteinert vor ihm standen.

In dem Raum, der nur unwesentlich kleiner war als das Wohnzimmer oben und fachmännisch ausgemauert war, befand sich eine lange Werkbank, die fast die komplette eine Seite des Raumes einnahm. Auf ihr lagen Messer, Skalpelle, Pinzetten, Bohrer, Sägen und anderes Werkzeug, dazu mehrere Boxen mit Latexhandschuhen, Papiertüchern und Wattespendern. Zusätzlich ein Plastikzylinder mit Reinigungstüchern. Unter der Werkbank standen verschiedene Behälter mit Flüssigkeiten.

Auf der anderen Seite befanden sich mehrere Metallspinde, und überall standen Kanister und Plastikflaschen, in denen sich offenbar Chemikalien befanden. Jedenfalls den warnenden Aufklebern nach zu urteilen, die auf den meisten von ihnen angebracht waren. Am Kopfende des Raumes stand etwas, das wie eine riesige Kühltruhe aussah.

Über der Werkbank an der Wand befand sich ein Regal mit einer ganzen Reihe von präparierten Köpfen. Menschlichen Köpfen. Sieben oder acht, und sie schienen merkwürdig gelassen auf die Eindringlinge in ihr Reich zu blicken. David bemerkte Sascha und Denise, und glaubte auch Marcel Neumann zu erkennen.

»Das ist so surreal«, quetschte Marika heraus. Sonst sagte keiner von ihnen etwas. Hinter sich hörte David Schritte auf der Treppe. Benommen bewegte er sich leicht nach vorne, um Platz zu machen. Petersen tauchte hinter ihm auf. »Hier sind also die ganzen Köpfe abgeblieben. Kein Wunder, dass wir die nicht gefunden haben.«

»Was ist das hier? Der Keller direkt aus der Hölle?«,

murmelte David und ließ sich langsam auf die Metallstufen sinken.

Petersen machte ein paar Schritte in den Raum, sah sich um. Er ging zu den Spinden, öffnete einige der Türen und hob mehrere der Kanister auf, um sich die Etiketten anzusehen. Dann trat er an die große Gefriertruhe und schaute hinein. Er begutachtete das Gerät von allen Seiten und nickte beeindruckt. »Das ist ein Gerät zum Gefriertrocknen. Selbst gebaut, so wie es aussieht. Ich kenne die Dinger nur aus der Industrie.«

Brenner wiederholte seine Frage. »Was ist das hier?«

Petersen sah sich erneut um. »Ich würde sagen: Taxidermie.«

Keiner von ihnen reagierte, also bemühte sich Petersen zu einer weiteren Erklärung. »Ein Präparator. So wie die Tierchen oben in der Hütte. Und wie mir scheint, hat es sich jemand zum Hobby gemacht, Teile seiner Opfer zu präparieren.« Unnötigerweise deutete er auf die aufgereihten Köpfe. »Hier unten. Das ist seine Werkstatt.«

David war der Erste, der genug hatte. Er stieg die Leiter wieder nach oben, Marika folgte ihm kurz darauf. Einer von Petersens Technikern wartete oben höflich, bis sie aus der Luke gestiegen waren, bevor er sich an den Abstieg machte.

Selbst die Hütte war David zu viel. Die Tiere, die ihn mit ihren gläsernen Augen anstarrten, erinnerten ihn zu sehr an die Szene unten. Er trat vor die Tür.

»Boah, ist das krank«, sagte er halblaut, als Marika zu ihm trat. Ensen und seine Leute standen an den Vans und beobachteten sie. Zwei oder drei von ihnen checkten am Rande der Lichtung die Peripherie.

Nadir kam eben auf sie zu. »Und?«

»Wenn du auf Horror und Creepshow stehst, dann geh mal runter. Da hast du länger was von«, sagte David. »Ich würde es dir aber nicht empfehlen. Ich würde das Ganze gerne ungesehen machen.«

»So schlimm?«

Marika und David nickten beide gleichzeitig. Nadir klopfte David kurz auf die Schulter und ging dann nach drinnen.

David sah ihm kurz hinterher und musste ein Kopfschütteln unterdrücken. Nadir war erwachsen. Dann fiel ihm etwas ein. Er trat von der kleinen Veranda und rief Ensen zu: »Was ist dahinten? In dem Anbau?«

Ensen kam ein paar Schritte auf ihn zu, vermutlich, damit er nicht so laut reden musste. »Eine Art Boiler oder so. Für warmes Wasser?«

David nickte und ging am Haus entlang, bis er den Anbau erreicht hatte. Er öffnete die Tür und betrachtete das große Konstrukt aus Metall. Ensen hatte recht, es sah wirklich aus wie eine Art Boiler, aber viel größer als alles, was David jemals in der Art gesehen hatte. Damit würde man lange duschen können. Außerdem konnte man den oberen Teil offenbar öffnen, was bei einem Boiler keinen Sinn ergab. Er nahm sich einen Metallhocker, stieg hinauf und öffnete den Deckel. Innen war es dunkel. Er zog seine Taschenlampe aus der Tasche und leuchtete hinein, konnte aber nichts entdecken. Nur glänzenden Stahl.

Ansonsten gab es auch in der Kammer nichts Auffälliges. Er schloss die Tür wieder und ging zurück zu Marika. Inzwischen war auch Bishop zu ihnen nach draußen getreten.

»Okay, das ist wirklich eine kranke Mistsau, die wir da jagen«, stellte David fest.

Marika verzog das Gesicht. »Bis jetzt sind wir davon ausgegangen, dass wir hinter einem Serienkiller her sind, der seine Opfer erst brutal absticht oder ihnen die

Kehlen durchschneidet und sie dann enthauptet. Das finde ich alles auch schon ganz schön krank.«

»Wie viele Tote haben wir?«, fragte Bishop unvermittelt.

David stellten sich die Nackenhaare auf. Er kannte den Tonfall. Den hatten seine Lehrer immer benutzt, wenn sie im Unterricht Fangfragen gestellt hatten. Und er keine Antworten gehabt hatte.

Marika schien das nicht zu stören. »Von denen wir ultimativ wissen? Vier. Von denen wir ausgehen können? Acht, wenn man nach den Köpfen drinnen geht.«

Bishop nickte. »Wie viele Körper haben wir gefunden?«

Marika spielte weiter mit: »Drei. Denise und Sascha sowie Herrmanns.«

Noch ein Nicken. »Warum?«

»Was meinst du?«, fragte sie. David fing an zu ahnen, worauf Bishop hinauswollte. »Warum haben wir die Körper von den dreien gefunden? Und wieso nicht von dem Rest?«

»Keine Ahnung. Das war die Hasenheide. Und das Treptower Ufer. Vielleicht war es schwierig, die von da wegzubekommen.«

Bishop kratzte sich den runden Schädel. »Okay, das ist natürlich bisher alles komplett hypothetisch. Aber wenn der Modus operandi des Täters ist, seine Opfer nachts zu überraschen und dann abzutransportieren, und wir wissen, dass das zumindest bei zweien passiert ist und eventuell auch bei allen anderen, deren Köpfe da drinnen stehen – weil Fälle mit Enthauptungen hat Marika ja keine gefunden –, dann ergibt das mit Sascha, Denise und Herrmanns doch gar keinen Sinn. Warum hat er die Taten so begangen, dass er die Leichen nicht abtransportieren kann? Das ist doch Quatsch.«

David sagte grimmig: »Krager.«

Bishop nickte, offenbar zufrieden, dass David ihm in seiner Logik gefolgt war. »Wir wissen, dass Krager Kontakt mit unserem Killer hatte. Mehrfach mit ihm telefoniert hat, eventuell haben sie sich sogar getroffen. Und jetzt hat er ihn gewarnt. Und er hält lieber den Mund, als ihn zu verraten. Da ist es wohl nicht komplett abwegig, dass Krager den Mörder irgendwie dazu gebracht hat, Eschenbach für ihn zu töten.«

»Aus Rache für die Schuldengeschichte?«

Bishop nickte. »Erinnert euch daran, was Kamander gesagt hat. Dass Eschenbach ein echter Arsch war und sich sonst was eingebildet hat. Auf einem Powertrip war. Bei allem, was wir über Krager wissen, wie hätte der wohl darauf reagiert, so behandelt zu werden? Mal unabhängig davon, ob Krager jetzt wirklich eine narzisstische Störung hat oder nicht. Das hätte der doch nicht auf sich sitzen lassen.«

Sowohl Marika als auch David mussten zustimmen. Krager machte in der Tat nicht den Eindruck von jemandem, der solche persönlichen Kränkungen schnell vergessen würde.

»Und Herrmanns? Was für eine Verbindung gibt es da zu Krager?«

»Die müssen wir erst noch finden. Aber an einen Zufall glaube ich auch da nicht.« Bishop klatschte leise in die Hände und sah sich um. »Aber wo sind die restlichen Leichen? Die wir nicht gefunden haben?« Er ließ den Blick schweifen. »Müssen wir mit Leichenspürhunden herkommen? Hat der Kerl die Überreste im Wald vergraben?«

»Zwischen den ganzen Kiefern? Das glaube ich nicht. Da hätte niemand Bock drauf, schon gar nicht jemand, der davon ausgeht, dass er regelmäßig weitere Leichen vergraben muss.« David schüttelte den Kopf. »Das halte ich wirklich für unwahrscheinlich.«

»Wo sonst? Wenn wir nach den Videos gehen und dem, was wir wissen, tötet er seine Opfer und packt sie hinten in den Lieferwagen. Dann fährt er mit ihnen hier raus. Vorher trennt er ihnen den Kopf ab. Jedenfalls ist er dann hier mit den Leichen, oder? Was also macht er damit?« Marika ging ein paar Schritte von der Hütte weg und drehte sich im Kreis.

»Warten wir ab, was uns Petersen zu sagen hat«, meinte Bishop, aber er klang nicht begeistert.

27

»Zunächst mal: Vakuum-Gefriertrockung«, verkündete Petersen am nächsten Morgen gut gelaunt. »Das ist das A und O moderner Taxidermie. Und so ein Ding hat sich der Kollege da in seinem Keller hingebastelt. Ziemlich beeindruckend. Der Mann versteht auf jeden Fall etwas von Technik. Ein Tüftler, würde ich sagen.«

Bishop unterdrückte ein Augenrollen. Es nervte ihn, dass Petersen schon wieder derart in Plauderlaune war. Auf der Leinwand hinter Petersen waren verschiedene Fotos vom Keller zu sehen, die der Kriminaltechniker mit einer kleinen weißen Fernbedienung jeweils weiterklickte.

»Die Chemikalien und Werkzeuge, die wir da unten gefunden haben, passen auch alle dazu. Dort sind die Köpfe präpariert worden. Und jetzt zu der alles entscheidenden Frage! Was ist mit den Körpern passiert?« Er hob den Zeigefinger und zeigte nach oben. »Möchte irgendjemand raten? Craig, du vielleicht?« Bishop schüttelte den Kopf. »Irgendjemand?«

Auch vom Rest rührte sich niemand. Holst, Braun und Nadir waren ebenfalls anwesend, aber sie sagten nichts. Bishop war erstaunt gewesen, wie gut Nadir den Besuch des Horrorkellers, wie sie ihn intern nannten, überstanden hatte. Immerhin hatte er es nicht auf die leichte Schulter genommen, wie Petersen es offenbar getan hatte. Es konnten aber wohl nicht alle soziopathische Tendenzen haben wie der Leiter der KT, dachte Bishop mit einem Seufzer.

»Keiner? Gut, dann verrate ich es euch: das Ding hinter dem Haus.« Er klickte auf die Fernbedienung, ein Bild von dem überdimensionierten Boiler in dem Schuppen erschien.

»Was auf den ersten Blick aussieht wie ein riesiger Dampfkochtopf … ist auch einer.« Er lachte. »Bei den Chemikalien unten im Keller haben wir große Mengen an Natriumhydroxid gefunden.« Er machte eine Pause, wartete auf den Effekt. »Natronlauge.« Jetzt bekam er einige nickende Kopfbewegungen, grinste wie ein überheblicher Oberstufenlehrer. »Mit dem Natriumhydroxid kann man Leichen quasi verschwinden lassen.« Laut schnippte er mit den Fingern. »Wenn man sie eine ganze Weile ordentlich erhitzt, auf ungefähr 150 Grad, unter Druck. Da bleibt fast nichts übrig, nur etwas Kalziumphosphat, das aus Zähnen und Knochen zurückbleibt. Das Ganze dauert ein paar Stunden, und man braucht, wie gesagt, diese Art Dampfkocher. Den hat sich unser Mann vermutlich ebenfalls selber gebaut. Oder bauen lassen. Aber wir haben ein Schweißgerät gefunden, was die Eigenbau-Theorie unterstreicht. Ist jedenfalls nicht von der Stange. Ich bin auch nicht sicher, wo genau man das ordern könnte.« Erneut lachte er. »Wenn man das also lange genug macht, bleibt nur eine braune Brühe übrig, die man theoretisch sogar in den Abfluss kippen könnte. Wir haben hinter dem Haus eine alte Sickergrube gefunden, wissen aber noch nicht, ob das Zeug da gelandet ist. Möglicherweise werden wir das auch nie rauskriegen, weil das, ehrlich gesagt, ein ziemlich smartes Verfahren ist, um Körper loszuwerden. Da bleibt halt nicht viel übrig, und selbst das kann man danach ziemlich leicht zu Staub zermahlen.«

»Und das hat der extra dafür gebaut? Um die Leichen loszuwerden?«, fragte Marika.

Petersen nickte. »Das Verfahren ist gar nicht mal so unüblich. Es wird seit Jahren industriell angewendet, um zum Beispiel Tierkadaver zu entsorgen. Alkalische Hydrolyse, nennt man das da. Es gibt sogar einige Menschen, die das gerne als alternative Bestattungsform einführen würden. Aber da regt sich bei den meisten Leuten noch zu viel Widerstand. Irgendwas mit Pietät, wenn von einem Menschen nur eine Masse übrig bleibt, die an Rohöl erinnert.« Er zuckte mit den Schultern. »Ob ein Haufen Asche, der einem bei starkem Wind ins Gesicht weht, so viel besser ist, wage ich zu bezweifeln. Unser Mann hat das, abgesehen von Tierkadavern, mit den menschlichen Leichen übrigens nicht erfunden. Mexikanische Kartellkiller benutzen diese Technik schon eine ganze Weile. Dort wird das ziemlich zynisch *pozole* genannt. Pozole ist ein Eintopf aus vorgekochten Maiskörnern.« Er zog die Augenbrauen hoch und wartete pflichtschuldigst auf die angeekelten Gesichtsausdrücke, die er von den meisten auch bekam. Kurz dachte Bishop darüber nach, ob Petersen wirklich so weit weg war von Krager mit seinem vermuteten Narzissmus

Endlich gab der Techniker die Bühne frei, und Bishop übernahm. »Haben wir schon etwas über den Besitzer der Hütte?«

Janina Braun schüttelte den Kopf. »Aber wir sind dran. Die Grundbucheinträge sind bereits angefordert.«

»Okay, alles klar, dann seid ihr jetzt auf dem letzten Stand. Wir warten ab, was ihr über die Hütte herausfinden könnt, und in der Zwischenzeit reden Brenner und ich noch mal mit Krager. Möglicherweise hat der ja irgendwann mal das Gefühl, er müsste mit uns sprechen. Marika, du hast immer noch Videomaterial, das zu sichten ist, oder?« Er bemerkte, wie sie eine Grimasse schnitt, aber nickte. Bishop schloss das Meeting, und als nach und nach alle den Raum verließen, bat er Marika noch kurz zu bleiben. »Alles in Ordnung?«, wollte er wissen.

Sie schien einen Augenblick zu überlegen, schüttelte dann den Kopf. Nickte. »Ja, alles gut.«

Bishop zögerte, betrachtete sie. »Raus mit der Sprache, was ist es?«

Marika blies kurz die Backen auf, atmete aus. Sagte dann: »Okay, ich sage es, weil du mich zwingst, in Ordnung? Machen wir keine große Sache draus, weil ich bereits entschieden hatte, darüber hinwegzugehen.«

Er lächelte. »Mach's nicht so spannend.«

»Du hast ursprünglich Kragers Verhör mit David angefangen. Vollkommen in Ordnung. Aber jetzt spuckt der Kerl nicht aus, die Gespräche mit ihm ziehen sich durch die Ermittlungen wie Fußpilz, der nicht weggeht, und manchmal komme ich mir vor wie das dritte Rad am Moped. Dann kommt jetzt noch dazu, dass ich wieder in die Kammer gehe, um Videos zu schauen, und das pikst ein bisschen. Fühlt sich an wie die Quotenfrau, die die Sekretärinnenjobs übernimmt.« Sie hob die Hand, um Bishops Antwort zu stoppen. »Ich weiß, dass das nicht so ist. Dass Brenner und ich auch schon zusammen das Material gesichtet haben und das alles in der Form nicht geplant war. Aber dann kommen noch so Dinge dazu, wie dass du und Brenner mir ständig irgendwo den Vortritt lasst, und das macht es mir mitunter schwer, mich einfach nur als Mitglied in einem Team zu fühlen. Das ist aber das, was ich will, Craig. Was ich brauche in diesem Team.«

Er nickte. Räusperte sich. »In Ordnung. Wie du sagst, gab es da keinen kosmischen Plan. Hat sich einfach so ergeben. Aber ich versuche, das im Kopf zu behalten. Und dir in Zukunft die Tür vor der Nase zuzuknallen.«

Er grinste, sie lächelte zurück. »Ja, bitte!«

Dann überlegte er kurz und fügte hinzu: »Du weißt aber schon, dass das gar nichts mit dir zu tun hat, oder? Dass ich David genauso den Vortritt lasse?« Sie antwortete nicht, also fuhr er fort: »Wie wäre es, wenn wir das mit der Tür und dem Vortritt auf sich beruhen lassen und unter allgemeiner Höflichkeit verbuchen, aber wenn einer von uns anfängt, dir in den Mantel helfen zu wollen oder dir den Stuhl zurechtrückt, du uns dann in den Arsch trittst?«

»Deal!«

Sie verabschiedeten sich mit einer kurzen Umarmung.

Brenner befand sich bereits mit Krager im Raum, als Bishop dazukam. David hatte ihn gefragt, ob er bereits hineingehen dürfe, und Bishop hatte zugestimmt. Sie hatten Krager vor dem Treffen hierherbringen lassen. Bishop war sich nicht zu schade, kleine Spielchen mit dem Mann zu spielen.

»Guten Tag, die Herren«, begrüßte Bishop die beiden. Krager sah ihn nur unbewegt von der Seite her an.

Nachdem er sich Krager gegenüber hingesetzt hatte, legte Bishop beide Hände auf die Mappe, die er mitgebracht hatte. Brenner hatte wieder seinen Platz hinter Krager eingenommen, lehnte dort an der Wand.

»Ich weiß nicht, ob es Ihnen mein Kollege schon gesagt hat, aber wir haben den Unterschlupf Ihres Freundes im Wald gefunden. Und die Überreste von Sascha Eschenbach und Denise Brink sowie der anderen Opfer, deren Köpfe gefehlt haben. Wollen Sie mal sehen?« Er schlug die Mappe auf und holte mehrere großformatige Hochglanzbilder heraus, legte sie vor Krager aus. Die Fotos brachten den Grusel ihres Kellerfundes gut zur

Geltung. Bishop vermutete, dass sich Petersen da besondere Mühe gegeben hatte. Aber Krager war zu stolz, um wegzusehen. Da Bishop die Bilder direkt in sein Sichtfeld gelegt hatte, hätte er den Kopf drehen müssen, um sie nicht zu betrachten. Das wollte er offenbar nicht. Also nahm er sie stattdessen kühl in Augenschein, aber Bishop konnte erkennen, wie er mehrmals schlucken musste.

Immerhin, dachte er. Dann tippte er mit einem Finger auf ein Bild, auf dem Eschenbach und Brink einzeln zu sehen waren. »Das waren Sie! Sie haben dafür gesorgt, dass die beiden umgebracht wurden.«

Krager hob den Blick und sah ihn ausdruckslos durch seine farbigen Gläser an.

»Sie haben den Täter dazu gebracht, sie umzubringen. Weil Sie sich an Eschenbach rächen wollten. Dafür, dass er Sie erniedrigt hat. Weil Sie Jökullson sein Geld nicht zurückgezahlt haben.« Kragers Augen weiteten sich kurz, verengten sich aber sofort wieder. Er schien Mühe zu haben, sich weiter zurückzuhalten.

»Dachten Sie, wir finden das nicht heraus?« Brenner lachte überheblich. Er machte einen Schritt nach vorne und klopfte Krager grob auf die Schulter. Der zuckte zusammen und versuchte, sich wegzudrehen. Ob die Berührung einfach nur unangenehm oder schmerzhaft gewesen war, vermochte Bishop nicht zu sagen. Sie wussten immer noch nicht, wie stark Krager unter seiner Krankheit litt.

Bishop hob die Hand und zählte ab: »Wir wissen, dass Sie Jökullson Geld geschuldet haben. Und dass Eschenbach für ihn gearbeitet hat. Wir wissen auch, dass Eschenbach Sie unter Druck gesetzt hat.« Diesen Teil vermuteten sie bloß, aber nach einer kurzen Beratung waren sie übereingekommen, den Bluff zu spielen. Es gab sonst keine andere sinnvolle Erklärung für die Verbindung zwischen Eschenbach und dem Mörder, wenn man von einem Zufall absah.

»Und wir wissen auch, dass Sie dafür gesorgt haben, dass Eschenbach getötet wird. Eschenbach und Brink passten weder in das typische Schema, noch ist er unter ähnlichen Umständen wie die anderen getötet worden. Dafür sind Sie verantwortlich.« Er machte eine kurze Pause.

Brenner nutzte die Gelegenheit, um zu übernehmen. »War Ihnen egal, dass Denise ebenfalls Opfer werden würde? Oder haben Sie das bei der brillanten Planung Ihrer Rache schlicht übersehen?« Er stützte dabei beide Hände auf Kragers Schultern, als wären sie alte Kumpels in der Bar. Krager machte dabei erneut den Eindruck, als könnte er sich nicht entscheiden zwischen Angriff und Flucht.

»Dabei war doch der eigentliche Schuldige Jökullson. Der ist der Kredithai. Oder haben Sie sich an den nicht herangetraut? Eschenbach war doch nur ein ganz kleines Licht«, fuhr Brenner fort.

Endlich erwiderte Krager etwas: »Eschenbach war ein Idiot. Einer, dem es Spaß gemacht hat, andere einzuschüchtern. Er hat verdient, was er bekommen hat.«

Bishop nickte. »Das deckt sich mit dem, was wir über ihn gehört haben. Haben Sie vielleicht gar nichts mit seinem Tod zu tun? Wir sind immer noch auf der Suche nach seinem Mörder. Helfen Sie uns!« Er breitete die Hände aus.

Brenner kam um den Tisch herum, setzte sich neben Bishop. »Ach was, der Kerl da?« Er deutete auf Krager. »Wie soll der was mit dem Mord zu tun haben? Der Typ ist doch kaputt. Zerfressen von innen heraus. Hat sich bloß über den Zufall gefreut, dass es Eschenbach erwischt hat. Oder?«

Krager lächelte. »Das ist ziemlich plump, Herr Brenner. Mich bei der Ehre packen zu wollen. Aber es tut mir leid, ich habe damit leider wirklich nichts zu tun. So gerne ich jetzt auch aufspringen und mir auf die Brust trommeln würde.«

»Was sollte ›Who made you the Pope?‹? heißen«, fragte Bishop unvermittelt. Krager musterte ihn. Schien darüber nachzudenken, was er antworten sollte. Sagte schließlich: »Genau das, was es heißt. Wer hat Sie zum verdammten Papst ernannt? Auf Ihrem hohen Ross.«

»Wofür steht ›BB‹?«

Krager lächelte. Aber offenbar hatte er entschieden, einen Teil des Katz-und-Maus-Spiels aufzugeben. »*Big Brother is watching you.*« Er kniff ein Auge zu und legte den Kopf schief, als würde er Bishop ganz genau beobachten. Dann hob er die Hand, zielte mit dem Finger und drückte mit dem Daumen ab.

»Sie geben also zu, dass Sie die Videoaufnahmen von Hauptkommissar Craig Bishop per Drohne gemacht haben, daraus einen Videoclip erstellt und auf verschiedene Videoportale hochgeladen haben?«, fragte Brenner.

Krager seufzte, schaute gelangweilt nach oben. »Ja, das gebe ich zu. Das war ich.«

»Geben Sie außerdem zu, dass Sie mehrere Morde mit Drohnen beobachtet und gefilmt haben?«

Den Kopf immer noch nach oben haltend, erklärte Krager: »Auch das gebe ich zu.«

Etwas überrascht, aber zufrieden machte sich Bishop Notizen. Fragte dann: »Geben Sie zu, den Täter beeinflusst zu haben, Sascha Eschenbach und Denise Brink umgebracht zu haben?«

Krager senkte den Kopf und sah ihn an. Grinste wölfisch. »Wie soll ich das gemacht haben? Und fürs Protokoll: Nein, das gebe ich nicht zu. Damit habe ich nichts zu tun.«

»Was ist mit Jörg Herrmanns? Kannten Sie den?«

»Nein.«

»Haben Sie dafür gesorgt, dass er umgebracht wird? So wie mit Eschenbach und Brink?«

»Nein.«

Bishop seufzte. »Nennen Sie uns den Namen des Täters. Oder seinen Aufenthaltsort.«

Krager schüttelte den Kopf. »Tut mir leid, das kann ich nicht.« Er lehnte sich etwas nach vorne. »Aber wer weiß, vielleicht kennt der Mann inzwischen ja Sie? Und Ihren Aufenthaltsort? Könnte doch sein, dass er mal bei Ihnen vorbeikommt. Dann können Sie ihn selbst fragen.«

Brenner war nach vorne gezuckt und packte Krager grob am Arm. »Sie bedrohen einen Beamten. Das würde ich mir gut überlegen!«

Krager ließ sich nichts anmerken, auch wenn sich Bishop vorstellen konnte, dass der Griff schmerzte. »Nein, das tue ich keinesfalls. Ich habe gar nicht die Macht, irgendwem zu drohen. Es sind lediglich Möglichkeiten, von denen ich rede. Das ist ein großer Unterschied.« Er lächelte Brenner an und sah pointiert auf dessen Hand, bis der ihn schließlich losließ. Abwesend rieb sich Krager den Arm.

»Der Kerl geht mir so was von auf den Sack«, platzte es aus Brenner heraus, während sie den Flur Richtung Aufzug gingen. Eine Uniformierte hatte Krager entgegengenommen, um ihn wegzubringen. »Es ist, als ob er nur noch dafür lebt, uns in dem kleinen Zimmer ein wenig auf der Nase herumzutanzen. Das kann es doch für ihn nicht sein, oder?«

Bishop zuckte stoisch mit den Schultern und wartete auf den Aufzug. »Wer weiß!« Als Brenner ihn von der Seite ansah, fügte er hinzu: »Du hast den Mann selbst armselig genannt. Wenn man armselig genug ist, braucht es nicht mehr so viel, um einen aufzubauen. Ich kann es dir nicht sagen.«

Oben im Büro saß Marika vor ihrem Rechner. »Wie ist es gelaufen?«, wollte sie wissen. Vermutlich war sie froh über eine Pause in ihren Überwachungen. Brenner gab ihr einen Überblick über die Vernehmung, und sie sagte: »Immerhin habt ihr etwas mehr aus ihm herausgequetscht.«

Bishop trat ans Fenster und sah nach draußen. »Aber auch nur, weil er wusste, dass wir ihn dafür ohnehin dranbekommen, auch ohne Geständnis. Wir haben alle seine Geräte, die Videos, da kann die digitale Forensik einen feuerfesten Fall draus bauen. Aber seine restliche Beteiligung …« Er beendete den Satz nicht.

Vom Gang her trat Holst in das Büro, begrüßte sie.

»Habt ihr was?«, wollte Bishop wissen.

Der Techniker nickte, dass sein Doppelkinn mitschwang. »Die Hütte gehört einem älteren Ehepaar Krussath aus Buckow. Der Mann ist vor ein paar Jahren gestorben, aber die Frau lebt noch. In einem Pflegeheim, sie ist schwer dement. Siebenachtzig Jahre alt.«

Bishop stöhnte. »Wäre auch zu einfach gewesen, wenn jetzt einfach mal der Täter der Besitzer gewesen wäre. Kinder?«

Holst nickte und fuhr fort: »Wir haben einen Termin mit Frau Krussath. Die Tochter wird ebenfalls dort sein, um das Gespräch zu begleiten. Nach dem, was die Tochter mir gesagt hat, wird man aus der Mutter ohnehin nichts herausbekommen.«

Bishop nickte. »Alles klar. Marika und David, ihr

macht das. Bei mir steht ein kleines Gespräch mit der Frau Staatsanwältin an.«

Marika und David begrüßten die blonde Mittfünfzigerin, die sich als Kerstin Krussath vorstellte. Neben ihr im Rollstuhl saß eine zusammengefallene Frau mit weißen Haaren, die teilnahmslos in die Gegend starrte. Ihre Tochter war adrett angezogen, im Kostüm und mit streng in einen Pferdeschwanz zurückgezogenen Haaren, und hatte etwas viel Make-up aufgelegt, fand David.

»Ich bin nicht sicher, warum wir uns hier treffen. Ich habe Ihrem Kollegen bereits gesagt, dass Sie von meiner Mutter keinerlei Informationen erwarten dürfen. Sie hat Alzheimer, und an guten Tagen weiß sie zwischendurch mal für einen Herzschlag, wer ich bin«, erklärte sie leicht genervt. »Wir hätten uns auch genauso gut bei mir im Büro treffen können.«

»Das verstehe ich, und es tut mir leid«, sagte David. Marika sah ihn überrascht an, als hätte sie nicht erwartet, dass er das Gespräch übernehmen würde. »Aber Sie können sicher nachvollziehen, dass wir uns in einem solchen Fall selbst ein Bild von der Lage machen müssen.« Er kniete sich vor der älteren Frau Krussath hin und lächelte sie an. Sie starrte ausdruckslos zurück. »Frau Krussath, ich bin Kommissar Brenner vom LKA. Wir haben ein paar Fragen an Sie bezüglich Ihrer Hütte im Wald. Das Forstgrundstück, das Ihr Mann vor dreißig Jahren gekauft hat.«

Sie reagierte nicht, die wässrigen Augen schienen ins Leere zu starren. Auf einmal sagte sie: »Kennen Sie meinen Mann?«

David lächelte und schüttelte den Kopf. »Leider nein. Aber können Sie sich an die Hütte erinnern?«

Die alte Frau schien das Interesse verloren zu haben und sah zur Seite. Zwischendurch warf sie ihm kurze Blicke aus dem Augenwinkel zu, wie um zu sehen, ob er immer noch da war.

»Um den Wald hat sich ausschließlich mein Vater gekümmert«, sagte Kerstin Krussath. »Ich weiß gar nicht, ob meine Mama oft dort war. Er war leidenschaftlicher Jäger und hat dort oft die Wochenenden verbracht.«

David warf einen letzten Blick auf die alte Frau und erhob sich wieder, akzeptierte, dass er von ihr keine relevanten Antworten erhalten würde.

»Gehen wir doch ein Stück«, sagte die Tochter und fing an, den Rollstuhl auf eine Glasfront zuzuschieben, die auf einen Park hinausschaute. Marika und David blieb nichts anderes übrig, als ihr zu folgen.

»Als mein Vater zu krank wurde, um noch selbst zu jagen, wurde die Hütte eine ganze Weile von seinen Freunden benutzt. Die er früher mit hingenommen hatte. Das war eine Art stilles Einverständnis zwischen ihnen. Ich glaube, sie haben auch alle sehr lange so getan, als würde es Papa irgendwann besser gehen und sie könnten wieder zusammen auf die Jagd. Wenn Sie verstehen.« Sie sah sie an, beide nickten. »So konnten alle so tun, als wäre es gar nicht so schlimm. Jedenfalls sind auch die immer älter geworden, und nach und nach war kaum noch jemand in der Hütte. Und vor gut zehn Jahren, als es das erste Mal darum ging, Pflegekosten aufzubringen, da hat mein Vater die Hütte verpachtet. Die Hütte und die Jagdrechte. Aber nur für ein paar Jahre. Nicht mehr als zwei oder drei. Und seitdem stand die Hütte leer, und gejagt hat dort auch niemand mehr.«

»Können Sie uns sagen, wer der Pächter der Hütte war?«

Sie schüttelte den Kopf. »Also nicht aus dem Kopf.

Aber ich bin sicher, das habe ich irgendwo noch in Papas Unterlagen.«

28

David rief Holst und Braun über die Freisprechanlage des Autos an. Dann gab er ihnen durch, was ihnen Frau Krussath über den Mieter der Hütte gesagt hatte, und während sie noch auf dem Rückweg waren, rief Janina Braun sie zurück. Sie gab ihnen alles durch, was sie über den Mann hatte, und schickte David die Unterlagen. David gab die neue Adresse in das Navi ein.

Gut eine Dreiviertelstunde später hatten sie ihr Ziel erreicht. Sie fuhren auf den Hof, und Marika stellte den Motor ab. Sie befanden sich in einem Dorf in Brandenburg, knapp sechzig Kilometer von Berlin entfernt. Auf dem Weg zu dem Haus von Hanno Ruhnke, dem ehemaligen Pächter der Hütte, waren sie bereits an jeder Menge Leerstand und verfallenen Häusern vorbeigekommen. Einige offenbar so lange verlassen, dass Efeu und andere Kletterpflanzen sich den Grund bereits wieder zurückerobert hatten.

»Ein Paradies an Lost Places«, murmelte Marika, als sie an einigen der Ruinen vorbeifuhren. Viele von ihnen befanden sich direkt neben Häusern und Höfen, die offenbar noch bewirtschaftet wurden, aber neu oder gut in Schuss sah hier fast kein Gebäude aus.

»Was?«, fragte David gedankenverloren. Er hatte aus dem Fenster gestarrt.

»Lost Places. Orte, die mal bewohnt wurden und jetzt vollständig verlassen sind. Manche Leute stehen total auf so etwas und erforschen die.«

David nickte. »Hat was von Filmkulisse, stimmt.«

»Hier in Brandenburg gibt es ziemlich viele davon. Manchmal ganze Areale, noch von den Russen oder der NVA. Ich habe mal ein Wochenende bei einer Zombie-Apokalypse auf so einem Gelände mitgemacht, das war sehr geil.«

»Du hast bitte was?«

Marika grinste und setzte den Blinker, um abzubiegen. »Zombies. Ein Live-Rollenspiel. Das ganze Wochenende versuchst du zu überleben. Wirst du erwischt, dann schminken professionelle Maskenbilder dich zu einem Zombie, und du jagst die anderen Spieler.«

David schüttelte den Kopf. »Klingt ziemlich crazy.«

Sie sah ihn an und grinste. »Ich glaube, das würde dir Spaß machen. Könnte mir dich gut in abgeranzten Klamotten und mit einer Airsoft-Gun vorstellen. Und mit so dicken Brillengläsern, leicht paranoid und auf der Flucht. Deine Art von Charakter.«

»Haha, sehr witzig.« Aber auch wenn er nicht begeistert klang, fand David die Idee gar nicht so abwegig. Die Aussicht, mit Marika ein ganzes Wochenende über ein verlassenes Militärgelände zu streifen, auf der Flucht vor Zombies, erschien ihm attraktiver, als sie vielleicht dachte. Er konnte sich vorstellen, dass Marika für diese Art Abenteuer eine hervorragende Begleitung war.

»Was macht man da so das ganze Wochenende?«

Marika zuckte mit den Schultern. »Überleben. Du hast nur das dabei, was du auch tragen kannst. Und wenn es regnet, schleppst du dann ein Zelt mit dir rum? Und stellst das auf? Im Freien?« Sie warf ihm einen schnellen Blick zu und grinste.

Er antwortete: »Ich dachte, da gibt es überall Gebäude, wo man unterkommen kann.«

Sie nickte. »Und wenn da schon jemand ist? Bist du dann bereit, für deinen Unterschlupf zu kämpfen? Zu töten? Also jetzt im Spiel, meine ich?«, ergänzte sie mit einem Lachen.

»Wie wird gekämpft?«

»Mit Polsterwaffen. Und Airsoft-Waffen. Da gibt es Pistolen, Gewehre, sogar Maschinen- und Scharfschützengewehre. Messer, Knüppel und Stahlrohre aus Schaumstoff. Das tut nicht weh, wenn man damit getroffen wird«, sagte sie mit einem Augenzwinkern, als hätte er sich darüber Sorgen gemacht. David schnaubte.

Sie parkte den Wagen auf dem Kopfsteinpflaster des Hofes. Freilaufende Hühner und ein Pony, das müde Gras zupfte, schenkten ihnen kaum Beachtung. Ein großer schwarzer Hund, der auf einer Steinveranda lag, sah sie mit triefenden Augen an, die David an die alte Frau Kussath erinnerten.

Sie stiegen aus und sahen sich um. Es handelte sich um einen Dreiseitenhof, bei dem das Wohnhaus an beiden Seiten von Wirtschaftsgebäuden, vermutlich Ställen, flankiert wurde. Der Hof sah ähnlich heruntergekommen aus wie der Rest des Dorfes, morsche Türen hingen in den Angeln, überall wuchsen Brennnesseln, und es lag jede Menge Müll und Schrott herum: eine alte Badewanne, ein kaputtes Auto und das Stahlgerippe eines Anhängers, bereits vollkommen überwuchert. Vor dem Haus befand sich ein riesiger Kastanienbaum, unter dem mehrere Campingstühle aus Plastikseil und Metall standen. Daneben stand noch eine rostige Hollywoodschaukel.

Sobald sie ausgestiegen waren, erhob sich der Hund und fing an, müde und tief zu bellen. Ohne jegliche Ambitionen, eher so, als würde er einer lästigen Pflicht nachkommen. Vor der Tür hing ein Fliegenschutz aus bunten Plastikstreifen, durch den jetzt ein Mann Mitte bis Ende fünfzig trat und sie missmutig ansah. Er trug ein löchriges Hemd, darüber eine speckige Lederweste und eine Cordhose sowie offene Stiefel. Vermutlich etwas kleiner als eins siebzig, besaß er eine drahtige Figur und lockige Haare, die ihm oben am Kopf schon ausgingen.

Marika und David gingen auf ihn zu. »Guten Tag, ich bin Kommissarin Kleebaum vom LKA Berlin, und das ist mein Kollege Brenner. Sind Sie Hanno Ruhnke?«

Er betrachtete sie einen Augenblick, ohne den Gruß zu erwidern. Der Hund hatte aufgehört zu bellen und schien abzuwarten, welche Entscheidung sein Herrchen treffen würde.

»Warum wollen Sie das wissen?«, fragte Ruhke feindselig. »Haben Sie einen Durchsuchungsbeschluss?«

»Um Ihnen ein paar Fragen zu stellen?« Marika lächelte und kam näher. »Dafür brauchen wir den nicht.« Der Hund setzte sich wieder auf, knurrte grollend, die Nackenhaare aufgestellt.

»Ich muss nicht mit Ihnen reden.«

Marika lächelte erneut, schüttelte den Kopf. »Das stimmt. Das müssen Sie nicht. Nicht jetzt.« Sie sah sich um. »Leben Sie hier allein?« Einige der Hühner, die sich verzogen hatten, als sie auf den Hof gefahren waren, kamen nach und nach zurück und fingen an, wieder im Sand zu scharren und zu picken. Eine Henne bewegte sich dicht an Marika heran und beäugte sie aufmerksam, mit leicht schief gelegtem Kopf. Sie machte *buook-buook,* als wüsste sie nicht genau, was sie von den Neuankömmlingen halten sollte.

Marika sah Ruhnke wieder an. »Wir können Sie auch vorladen. Ganz amtlich, mit Termin. In Berlin. Da sind Sie dann ungefähr einen halben Tag unterwegs, schätze ich.« Sie legte die Hand an die Stirn, sah sich wieder bedeutungsschwanger um. Zuckte mit den Achseln.

»Wenn Ihnen das lieber ist, können wir das machen. Wir sind Beamte«, lachte sie. »Wir bekommen den Tag bezahlt, ob wir in der Hauptstadt unterwegs sind oder einen kleinen Ausflug aufs Land machen.« Sie zuckte mit den Schultern. »In Ordnung, Brenner. Gehen wir. Wenn der Mann nicht mit uns reden will ...« Sie drehte sich um und berührte David an der Schulter.

Der zögerte einen Moment, sah, wie Ruhnke sie beobachtete und sich dann offenbar zu einer Entscheidung durchrang. »Also gut. Was wollen Sie wissen?«

Marika ging wieder auf ihn zu. Diesmal hatten sie nicht vorher abgesprochen, wer das Gespräch führen würde, aber David hatte kein Problem damit, ihr das Steuerrad zu überlassen. Schon als sie gefragt hatte, ob sie fahren könnte, war ihm das recht gewesen. Er *wollte* sehen, wie sie Ruhnke in die Zange nahm und was dabei herauskam.

»Setzen Sie sich«, sagte Ruhnke und deutete auf die Campingstühle. Er zog sich einen davon heran, und David erwartete halb, dass der unter ihm zusammenbrechen würde. Aber der Stuhl hielt stand, und so nahm er sich ebenfalls einen. Der Hund legte sich neben Ruhnke und fing an zu hecheln. Marika ging zur Seite und probierte die Schaukel aus. Quietschend schwang sie leicht vor und zurück. Ruhnke quittierte das mit zusammengezogenen Brauen, sagte aber nichts.

»Also noch mal: Sind Sie Hanno Ruhnke?«, fragte sie, ohne Ruhnke anzusehen, nachdem sie einen Moment das Hin und Her der Schaukel begutachtet hatte.

»Ja«, gab er tonlos zurück. Befriedigt nickte Marika und lächelte »Damit hätten wir den ersten Schritt schon mal geschafft.« Nach einer kurzen Pause fuhr sie fort: »Sie haben vor einigen Jahren eine Hütte ungefähr dreißig Kilometer von hier gemietet und dazu eine Jagd gepachtet. Können Sie sich daran erinnern?«

Ruhnke verzog das Gesicht. »Ich habe in meinem Leben so viele Jagden gepachtet, da kann ich mich beim besten Willen nicht daran erinnern«, antwortete er.

Marika lächelte süßlich. »Herr Ruhnke, das haben wir bereits überprüft. Sie hatten in Ihrem Leben genau zweimal die Pacht einer Jagd inne, und das zweite Mal war nur für sehr kurze Zeit in Sachsen. Ich glaube also nicht, dass es da viele Möglichkeiten für Verwechslungen geben dürfte.« Sie nannte Ruhnke die Parzellenzahl für die Hütte. »Sagt Ihnen das etwas?«

Er seufzte. »Ja, das sagt mir etwas. Dort habe ich in der Tat gejagt.«

»Wann waren Sie das letzte Mal in der Hütte?«

Ruhnke verzog erneut das Gesicht, diesmal nachdenklich. Nach einem Augenblick sagte er: »Das ist sicher so etwas wie sieben Jahre her.«

Marika nickte, das deckte sich mit dem, was ihnen Frau Krussath erzählt hatte. »Wie lange waren Sie Pächter der Hütte und der Jagd?«

Erneut musste er überlegen. »Drei Jahre oder so?«

»Warum haben Sie das Pachtverhältnis beendet?«, wollte Marika wissen, aber sie kannten die Antwort bereits: Ruhnke war damals die Jagdlizenz aberkannt worden, und er hatte nie wieder eine neue bekommen.

Er leckte sich über die Lippen. »Die Jagd war irgendwann nichts mehr für mich«, sagte er wie beiläufig.

»Dass Sie Ihren Waffenschein und die Jagdlizenz wegen Unzuverlässigkeit verloren haben, hatte damit nichts zu tun?«, fragte David ebenso beiläufig.

Ruhnke funkelte ihn an. »Sehen Sie, deswegen will niemand mit der Polizei reden. Keiner mag einen Klugscheißer. Wenn Sie ohnehin schon alles wissen, warum fragen Sie mich dann? Das macht den Eindruck, als würden Sie eigentlich nur herkommen, um sich überlegen zu fühlen. Ist es das?«

David schüttelte lächelnd den Kopf, aber es war Marika, die antwortete: »Wissen Sie, wenn man in seinem Beruf den ganzen Tag nur angelogen wird, dann wird da ganz automatisch ein Spiel daraus. Um zu sehen, ob nicht doch jemand mal Lust hat, wenigstens einen Funken Wahrheit zu sagen. Etwas Wahrhaftigkeit, das wäre in der Tat schön.« Sie lächelte entwaffnend, aber er reagierte nicht.

Schließlich sagte er: »Ja, ich musste die Hütte abgeben. Zusammen mit der Pacht.«

»Haben Sie jemals wieder eine Jagdlizenz erhalten?«

Er schüttelte den Kopf, sah auf seine Schuhe.

»Haben Sie es probiert?«

Erneutes Kopfschütteln. Soweit sie wussten, entsprach das der Wahrheit. Und David glaubte ihm. Es schien, als gäbe es da immer noch eine Wunde in Ruhnkes Leben, die nicht komplett verheilt war. David konnte sich das gut vorstellen. Sein eigener Großvater war immer schon Jäger gewesen und hatte sich darüber definiert. David konnte sich nicht vorstellen, was passiert wäre, wenn man ihm diesen Teil seiner Identität weggenommen hätte.

»Sie wurden für unzuverlässig erklärt, nachdem es zu mehreren Vorwürfen wegen häuslicher Gewalt gekommen ist«, fuhr Marika fort.

»Ich habe meine Frau geschlagen. Und meinen Neffen.«

»Der hat damals bei Ihnen gewohnt?«

Ruhnke nickte auf Marikas Frage.

»Warum?«, fügte sie hinzu.

»Seine Eltern sind gestorben. Er ist zu uns gekommen, als er zwölf war. Wir hatten nie Kinder.« Ruhnke kniff die Augen zusammen und sah über ihre Köpfe hinweg.

»Wie alt war Ihr Neffe, als es zur Anzeige kam? Der war schon erwachsen, oder?«

»Das mit der Unzuverlässigkeit, das war Blödsinn. Ich habe nie verstanden, was die Anzeige mit der Jagd zu tun hat«, sagte Ruhnke verbittert und kaute auf der Innenseite seiner Wange. Er sah auf seine Hühner, die um sie herum im Sand scharrten.

David war erstaunt gewesen, dass man bereits als unzuverlässig und damit unzulänglich für eine Jagdpacht oder das Tragen von Jagdwaffen, für Verkehrssünden oder sogar so etwas wie Steuerhinterziehung deklariert werden konnte. Dinge wie das Mitführen von ungesicherten und geladen Waffen, das verstand er. Aber der Rest erschien ihm arg weit hergeholt. Doch so sah es das deutsche Gesetz vor. Und Ruhnke hatte in der Vergangenheit noch weitere Vergehen begangen, wie tätliche Angriffe und Widerstand gegen die Staatsgewalt, die ihn ohnehin alle seine Lizenzen gekostet hätten.

»Lebt Ihre Frau noch bei Ihnen?«, wollte Marika wissen.

Ruhnke schüttelte den Kopf. »Ist vor ein paar Jahren weg. Hat einen anderen Kerl.«

Ruhnke war Tischler gewesen, hatte irgendwann seine Firma verloren, dann seine Anstellung und lebte inzwischen von Hartz IV.

Marika nahm eine Mappe aus ihrer Tasche und zog die Fotos aus der Jagdhütte heraus. Breitete sie vor Ruhnke aus. Ausdruckslos sah er erst die Bilder, dann Marika an. »Was ist das?«

»Erkennen Sie irgendetwas davon?«

Ruhnke musterte sie weiter, schüttelte erneut den Kopf. »Sind das echte Köpfe?«

»Ja, sind es. Gefunden in Ihrer Hütte. Haben Sie eine Ahnung, wie die dort hingekommen sein können?«

»Das ist nicht meine Hütte. Ich war seit Jahren nicht mehr da. Wollen Sie sagen, ich sei der Letzte gewesen, der in der Hütte war?«

»Das versuchen wir herauszufinden. Sie können uns also zu den Köpfen und der ganzen Ausrüstung nichts sagen?«

Ruhnke schüttelte erneut den Kopf. »Tut mir leid.«

Gut eine halbe Stunde später saßen sie wieder im Auto, und Marika rangierte rückwärts aus der Ausfahrt. »Was hältst du von ihm?«, fragte sie.

David zuckte mit den Schultern. »Er ist mehrfach als gewalttätig aufgefallen. War der letzte Mieter der Hütte. Und er kennt sich mit dem Jagdgeschäft aus. Petersen hat zwar nicht ausdrücklich gesagt, dass es sich bei unserem Täter um einen Jäger handelt, aber gewisse Grundkenntnisse muss er schon mitbringen.«

»Denkst du, wir hätten ihn mitnehmen sollen?«

Marika schüttelte den Kopf. »Dafür ist das, was wir haben zu dünn. Da hätten wir schon bei einer Durchsuchung was finden müssen.«

Bishop hatte bereits einen Durchsuchungsbeschluss beantragt, bisher aber keinen bekommen. Doktor Kettler hatte sie ebenfalls bereits ausgebremst. »Das ist verdammt dünnes Eis«, hatte sie gesagt. »Wenn unser einziger Anhaltspunkt ist, dass er vor sieben Jahren die Hütte gemietet hat, weiß ich nicht, ob wir damit durchkommen.«

Sie waren schon eine Weile wieder auf Brandenburger Landstraßen unterwegs, als Davids Handy brummte. Es war Janina Braun. »Seid ihr noch da?«

David verneinte. Er stellte auf laut, sodass Marika mithören konnte.

»Dann könnt ihr umdrehen. Ihr habt den Haftbefehl und auch den Durchsuchungsbeschluss. Brandenburger Kollegen aus Potsdam sind bereits unterwegs, um euch zu unterstützen. Petersen und seine Crew sind ebenfalls schon auf der Straße.«

Marika stieg hart auf die Bremse, sodass der Wagen schlingerte, und wendete elegant auf der engen Landstraße. »Verdammt«, murmelte sie.

»Was ist passiert?«, wollte David von Janina verblüfft wissen. Er hielt sich mit der freien Hand fest, als Marika anfing, Gas zu geben.

»Wir haben parallel versucht herauszufinden, wer die anderen Opfer in der Hütte sind. Und einer der Getöteten ist ein Mann namens Jürgen Dehmer. Der wurde vor fünf Jahren als vermisst gemeldet.«

»Und?«

»Na, euer Ruhnke! Ratet mal, wer den damals angezeigt hat, wegen häuslichen Missbrauchs?«

»Der Dehmer?«

»Ganz genau. Ist ein alter Kollege von Ruhnke. Der hat das damals zur Anzeige gebracht, und eine der Anzeigen wegen eines tätlichen Angriffs in der Folge ist ebenfalls von ihm. Ruhnke scheint ihm aufgelauert zu haben, hat ihn übel verdroschen und dann in eine Güllegrube geworfen. Dabei wäre Dehmer wohl fast draufgegangen.«

»So sieht Rache auf dem Land aus«, kommentierte Marika grinsend. Sie schüttelte sich vor Ekel. »Gülle!«

»Aber Ruhnke ist nicht der Mann auf den Videos«, sagte David. Braun ging nicht darauf ein. »Ich kann dir nur sagen, was wir hier rausgefunden haben. Und was die Kettler uns weitergibt. Aber seid vorsichtig: Ruhnke gilt als besonders jähzornig und unberechenbar.«

David beendete das Gespräch, als sie erneut in Ruhnkes Dorf einfuhren.

Marika rauschte derart schnell auf den Hof, dass die Hühner auseinanderstoben und eine kleine Staubwolke aufgewirbelt wurde, als sie abrupt bremste. Sie sprangen beide aus dem Auto, und der Hund vor der Tür fing an, heftig zu bellen.

Einen Augenblick später erschien Ruhnke im Türrahmen, sah sie und drehte sofort um. Er verschwand im Inneren des Hauses.

Marika und David liefen auf das Haus zu, bremsten aber ab, als ihnen der Hund aggressiv knurrend den Weg versperrte.

»Und jetzt?«, rief David, die Hand an der Hüfte, bereit, die Waffe zu ziehen.

»Keine Ahnung«, antwortete Marika, die sich seitlich am Haus entlangbewegte, offenbar um zu sehen, ob Ruhnke versuchte, durch einen Hinterausgang zu fliehen.

Stattdessen tauchte er einen Augenblick später wieder an der Vordertür auf, in der Hand eine langstielige Axt. Er sprang an dem Hund vorbei, der dabei nach ihm schnappte und packte die Axt mit beiden Händen, riss die Arme zurück. Anstatt auszuweichen, machte David einen Schritt auf ihn zu, duckte sich unter dem Schwung hinweg durch und drosch Ruhnke zwei harte Haken auf Leber und Milz. Stolpernd klappte der zusammen, fiel über einen der Campingstühle, der dabei zerbrach. David trat über ihn, riss ihm die Axt aus den Händen und drehte ihm die Arme auf den Rücken, um ihm Handschellen anzulegen. Der Hund stand breitbeinig bellend da, machte aber keine Anstalten, näher zu kommen.

Einen Augenblick später war Marika da und half ihm, Ruhnke auf die Beine zu ziehen. Alle Energie schien aus Ruhnke gewichen zu sein. Zusammengesunken hing er zwischen ihnen.

Sie setzten Ruhnke auf einen der Stühle, die noch standen, und warteten ab, bis sowohl die Brandenburger Kollegen als auch Petersen und sein Team auf den Hof rollten.

Dann verfrachteten sie Ruhnke in das Auto und machten sich auf den Weg zurück nach Berlin.

»Viel Spaß mit dem Köter«, sagte David mit einem letzten Blick auf die Beamten, die versuchten, den Hund zurück ins Haus zu scheuchen.

Diesmal führten Marika und Brenner die Vernehmung. Marika wusste nicht, ob Bishop auch nur im Entferntesten daran gedacht hatte, ihr Ruhnke wieder wegzunehmen, aber sie hatte keinen Zweifel daran gelassen, dass er ihr gehörte.

»Warum haben Sie uns angegriffen?«, fragte sie ihn gerade.

»Ich wollte mir nichts mehr zerstören lassen! Mein ganzes Leben habt ihr bereits in Stücke geschlagen, jetzt ist Schluss. Jetzt wehre ich mich!«

»Sie haben sich doch bereits vorher gewehrt. Mehrfach sogar. Gegen Ihre Frau, Ihren Neffen, Ihren Kollegen, den Jürgen Dehmer.« Bei der Nennung des Namens fuhr Ruhnkes Kopf herum, und kurz dachte sie, er würde sie anspucken. »Dehmer, der alte Feigling. Musste immer den Sheriff spielen, sich in Dinge einmischen, die ihn nichts angehen.«

»Wie die Tatsache, dass Sie Ihre Frau krankenhausreif

schlagen?« Marika nickte gespielt verständnisvoll. »Das geht ja auch wirklich keine Sau was an, nicht wahr? Kann ein Mann in seinen eigenen vier Wänden nicht mehr machen, was er will? So eine Kakerlake aber auch, dieser Dehmer.«

Ruhnke funkelte sie an. »Spotten Sie nur, das macht es auch nicht weniger wahr. Das ging Dehmer nichts an. Und der hat das auch nicht für meine Frau gemacht, sondern für sich selbst. Wollte sich als Retter aufspielen und sich dann an sie ranmachen, die alte Sau.«

»Ist er deswegen bei Ihnen an der Wand gelandet?«

Überrascht sah er sie an, legte die Stirn in Falten. Marika schob ihm die Fotos hin, die Brenner auf den Tisch gelegt hatte. Ruhnke sah auf die Bilder, schaute noch einmal hin, und dann zeigte er seine schlechten Zähne in einem Grinsen. »Der Dehmer! Da an der Wand sieht der richtig gut aus, steht ihm. Das hätte mal längst einer machen sollen.«

»Das waren Sie, Herr Ruhnke. Sie haben sich für alle wahren und eingebildeten Schmähungen gerächt, haben Herrn Dehmer entführt, getötet und enthauptet!«

Ruhnke ging nicht auf den Vorwurf ein, sondern hielt das Bild weiter in der Hand und starrte darauf, mit einem kleinen Lächeln. »Das ist mir beim ersten Mal gar nicht aufgefallen. Wenn Sie mir gleich gesagt hätten, dass Sie den Dehmer so gefunden haben, wäre ich nicht mit der Axt gekommen«, sagte er entschuldigend an Brenner gewandt. »Da hätte ich Sie im Gegenteil zu Kaffee und süßen Stückchen eingeladen.«

Bishop ignorierte ihm. Er zog aus der Mappe ein Bild des blonden Mannes, den Krager observiert hatte. »Kennen Sie diesen Mann?«

Ruhnke nahm das Foto in die Hand und betrachtete

es eine ganze Weile. Dann schüttelte er den Kopf. »Wer soll das sein?«

»Seine Fingerabdrücke haben wir auch in der Hütte gefunden«, sagte Holst, der momentan die Schnittstelle zu Petersen bildete. »Aber weder unten im Keller noch an irgendwas, das ihn mit den Morden in Zusammenhang bringt. Sondern in der Tat nur dort, wo es seine frühere Pacht vermuten lässt.« Er und Janina Braun saßen zusammen mit den drei Kommissaren der Vierten in deren Büro.

»Haben wir noch weitere Fingerabdrücke?«, fragte Bishop.

Holst nickte. »Jede Menge, verschiedene Personen. Einige lassen sich nicht zuordnen. Wir versuchen noch, die Abdrücke des verstorbenen Besitzers zu bekommen, aber das könnte schwierig werden. Aber dort, wo es wirklich zählt, unten in dem Keller und bei dieser Laugenanlage im Schuppen, da gibt es nur die Fingerabdrücke einer einzigen Person.«

»Des Täters«, fügte Bishop hinzu.

Marika verzog das Gesicht und stöhnte. »Das kann doch nicht sein. Wir haben Ruhnke. Der hat Möglichkeit und Motiv. Ihr wollt mir doch nicht ernsthaft erzählen, dass der damit nichts zu tun hat? Nur weil wir die Fingerabdrücke eines anderen da gefunden haben?«

Holst zuckte mit den Schultern. »Keine Fingerabdrücke zu hinterlassen, ist schon nicht einfach. Da unterlaufen einem gerne mal Fehler, vor allem bei jahrelanger Benutzung. Aber die Abdrücke eines anderen überall zu hinterlassen, und dafür keine eigenen? Das dürfte so gut wie unmöglich sein. Und es sind nicht einfach nur ein paar prominente Stellen, sondern überall dort, wo man durch jahrelangen Gebrauch welche vermuten würde. Für mich ist Hanno Ruhnke als Täter raus.«

»Deckt sich auch nicht mit dem Videomaterial, das wir haben«, brummte David.

»Du sagtest jahrelang – wann wurde das erste Opfer vermisst und mutmaßlich getötet?«

Holst sah in seine Unterlagen. »Das war Dehmer. Vor knapp fünf Jahren. An der Identifizierung des vermutlich nächsten arbeiten wir noch. Aber auch da hat Petersen bisher nur Schätzungen abgegeben. Also über die Todesreihenfolge der Opfer. Das dritte Opfer ist Marius Kehl, der wurde vermutlich vor zwei Jahren getötet. Bei ihm und den anderen Opfern gibt es bisher aber, anders als bei Dehmer, noch keinen Zusammenhang zu Hanno Ruhnke.«

»Was hat die Durchsuchung ergeben?«, wollte Bishop wissen. Diesmal antwortete Janina Braun: »So weit keine weiteren Erkenntnisse. Wir haben zwei nicht registrierte Jagdgewehre bei ihm gefunden und mehrere Messer. Ein oder zwei könnten zu den Schnittwunden bei Eschenbach und Brink passen, aber sicher sagen kann Petersen uns das noch nicht. Ob sich ihre DNA daran befindet, ist auch noch nicht untersucht.«

»Das heißt, die Messer sind unser Strohhalm«, seufzte Bishop. »Wenn wir die mit den Morden in der Hasenheide in Verbindung bringen können, haben wir Ruhnke, ansonsten stehen wir ganz schön blank da.«

Marika schüttelte den Kopf. »So oder so haben wir ein Problem. Weil der blonde Unbekannte, der zur Hütte gefahren ist und mit dem Krager mutmaßlich Kontakt hatte, nach wie vor nicht identifiziert ist. Und ich verwette meinen Arsch, dass die Fingerabdrücke von Blondie sind. Von wem sollten die sonst sein?«

»Wie weit sind wir mit den Videos?«

»Auf dem Drive haben wir nur noch die Morde an Eschenbach und Brink in der Hasenheide. Beziehungsweise die Beobachtung der beiden, den Mord selbst konnte Krager ja nicht mehr filmen. Aber man sieht, wie Eschenbach die Drohne herunterholt. Und wir haben ein paar Tage Material, als Krager Eschenbach observiert hat. Aber nichts, das uns weiterhilft.«

»Was ist mit der Mordnacht am Treptower Ufer?«

»Haben wir ebenfalls«, bestätigte Holst. »Zusammen mit dem Material, das von dir aufgenommen wurde. Aber ansonsten war auf dem Drive nichts mehr.«

»In Ordnung. Das heißt aber auch, dass wir uns trotzdem um die anderen Speichermedien kümmern müssen.« Fast alle im Raum stöhnten auf. Bishop hob die Hände, ließ sie wieder fallen. »Nützt ja nichts. Auch wenn unwahrscheinlich ist, dass auf den Bändern noch etwas Bahnbrechendes auftauchen wird, müssen wir sichergehen. Kann ja nicht sein, dass die einfach im Archiv verschwinden, und wir haben keine Ahnung, was Krager noch so alles aufgenommen hat. Dafür teilen wir uns wieder auf. Jeder von uns bekommt ein paar Datenträger, und dann rocken wir das weg!«

Diesmal kam Gemurmel von der Truppe, was man nur mit viel Fantasie als Zustimmung werten konnte.

»Aber vorher möchte ich, dass ihr beide versucht, mit Frau Ruhnke zu reden. Und mit dem Neffen, Theo Ruhnke.« Er sah Marika und Brenner an. Die beiden nickten.

»Wir haben noch etwas anderes. Einen nächtlichen Messerangriff in einem Hausflur in Neukölln. Das Opfer heißt Joachim Hagen, ist sechsundzwanzig, Student. Er wurde morgens um halb eins nach Betreten seines Hauses von einem Unbekannten mit einem Messer angegriffen und schwer verletzt. Stiche haben seine Lunge perforiert und die Oberschenkel-Aorta knapp verfehlt. Viel hat nicht gefehlt, und er wäre innerhalb von Minuten verblutet.«

»Hat er irgendwas gesehen?«, wollte Marika wissen. Bishop schüttelte den Kopf. »Das Licht im Flur war kaputt, und er hat seinen Angreifer nicht erkennen können. Er glaubt, dass es ein Mann war, vom Geruch her und den Bewegungen, aber selbst da ist er sich nicht sicher. Er kann noch nicht einmal sagen, ob der Täter eine Maske getragen hat oder ob es einfach dunkel war.«

»Da hat wohl jemand Glück gehabt«, murmelte Brenner. Ob er damit Hagen oder den Täter meinte, blieb unklar.

Erika Ruhnke kam aus der Durchfahrt zu ihrem Haus und lief die Straße entlang. Sie war eine mittelgroße Frau, so alt wie Hanno Ruhnke und ging leicht vornübergebeugt, als müsste sie sich vor Regen schützen. Die lockigen Haare hingen ihr ins Gesicht.

Marika und Brenner stiegen aus dem Auto, überquerten vorsichtig die Kopfsteinpflasterstraße und schnitten ihr den Weg ab. Als Frau Ruhnke die beiden auf der Straße bemerkte, beschleunigte sie ihre Schritte, sodass ihre hochhackigen Schuhe auf dem Pflaster Stakkato schlugen. Marika fing an zu joggen und erreichte die Kreuzung vor ihr. Kurz zögerte Frau Ruhnke und schien darüber nachzudenken, umzudrehen und zu fliehen. Dann blieb sie einfach stehen. Die beiden Kommissare kamen auf sie zu. »Guten Tag, Frau Ruhnke! Ich bin Marika Kleebaum, Kommissarin beim LKA, und das ist mein Kollege David Brenner. Wir hatten telefoniert.«

Erika Ruhnke schüttelte den Kopf, legte ihn schief und strich sich eine Strähne aus dem Gesicht. Sie sah sie nicht an. »Ich habe Ihnen doch schon gesagt, dass ich Ihnen nicht helfen kann.«

Marika nickte geduldig. »Und ich habe Ihnen ebenfalls bereits gesagt, dass wir Sie notfalls einfach vorladen können. Leider drängt die Zeit ein wenig, und ich habe keine Lust, mich durch Verfahrensstricke zu kämpfen. Deswegen haben wir gedacht, wir kommen einfach mal zu Ihnen und reden persönlich.«

Hinter ihnen schien eine Art Jugendzentrum zu liegen, und eine ganze Reihe von jungen Männern hing vor dem Eingang herum. Sie riefen sich laut etwas zu, lachten und kreischten. Frau Ruhnke warf immer wieder erschrockene Blicke über die Schulter, wenn sie zu laut wurden.

»Hören Sie, Frau Ruhnke, wir wollen Ihnen wirklich keinen Ärger machen. Wenn Sie uns einfach ein paar Fragen beantworten, sind wir ganz schnell wieder weg.«

»Also gut«, sagte sie, die Stimme fast ein Flüstern. »Was wollen Sie wissen?«

»Jürgen Dehmer hatte Ihren Mann damals angezeigt, richtig?«

Sie nickte.

»Wie hatte er davon erfahren?«

»Alle wussten davon. Schon seit Jahren. Das war kein Geheimnis. Jürgen war nur der Erste, der etwas getan hat.«

»Irgendwann wurde er von seiner Tochter als vermisst gemeldet, und er ist nie wieder aufgetaucht. Was glauben Sie, ist mit ihm passiert?«

Sie zuckte mit den Schultern.

»Können Sie sich vorstellen, dass Hanno ihn umgebracht hat?«

Jetzt riss sie die Augen auf und starrte Marika an.

schüttelte vehement den Kopf. »Nein, das glaube ich nicht.«

»Warum sind Sie sich da so sicher?«

Sie schob den Unterkiefer nach vorne. Marika konnte erkennen, wie sie die Wangenmuskeln anspannte. »Weil Hanno im Grunde seines Herzens ein Feigling ist. Dazu hätte er nie die Traute gehabt.«

»Glauben Sie nicht, dass das Verschwinden von Jürgen Dehmer irgendetwas mit Hanno zu tun hat?«

»Nein, das glaube ich nicht.« Erneut schüttelte sie heftig den Kopf, dass die halblangen Locken nur so flogen.

Marika wechselte das Thema. »Wie lange hat er Sie verprügelt?«

Etwas huschte über Frau Ruhnkes Gesicht, ein Lächeln oder eine Erinnerung. »Immer schon«, antwortete sie.

»Seit Sie sich kannten?«

»Ja«, antwortete sie tonlos. Marika sagte nichts, und Frau Ruhnke schien dankbar, dass sie nicht die üblichen Fragen stellte, die sie vermutlich schon eine Million Mal gehört hatte: *Wie konnte er das tun? Warum sind Sie bei ihm geblieben? Wieso haben Sie sich keine Hilfe geholt?* Alles Fragen, die Missbrauchsopfer in der Regel nicht beantworten konnten.

»Wissen Sie, wo wir Ihren Neffen erreichen?«

Erneut schüttelte sie den Kopf. »Ich habe ihn nicht mehr gesehen, seit er bei uns ausgezogen ist.«

»Vielen Dank, Frau Ruhnke! Es kann sein, dass wir uns noch einmal bei Ihnen melden. Und falls Ihnen noch etwas einfällt, rufen Sie mich bitte an. Meine Nummer haben Sie.«

Nachdem sie sich verabschiedet hatten, gingen Marika und Brenner zurück zum Auto.

»Jetzt schien sie fast erleichtert, dass sie mit uns geredet hat«, sagte Brenner beim Einsteigen.

29

Marika schloss ihr Fahrrad im Hof an und stieg das Treppenhaus nach oben. Als sie auf den letzten Absatz kam, stoppte sie abrupt ab. Dort oben stand Yilderim, in Jeans und Hemd, mit einem Blumenstrauß in der Hand.

»Nicht dein scheiß Ernst«, murmelte sie. Starrte ihn von unten her an.

Er setzte ein Grinsen auf.

Gerade wollte sie ansetzen, etwas zu sagen, als sich Jasmins Tür öffnete und sie Yilderim anstrahlte. Er drehte sich zu ihr um, grinste noch breiter und nahm sie in den Arm. Dann überreichte er ihr den Strauß.

Jasmin winkte Marika kurz zu, lächelte verschwörerisch und verschwand dann im Inneren ihrer Wohnung. Yilderim folgte ihr einen Moment später. Die Tür oben klappte zu, und Marika stand wie vom Donner gerührt auf dem Absatz. Sie brauchte ewig, bevor sie sich so weit zusammenreißen konnte, dass sie nach oben stieg und ihre Tür aufschloss. Dabei sah sie immer wieder ungläubig auf Jasmins Wohnung, bis sie mit einem Kopfschütteln die Tür hinter sich schloss.

Bishop machte einen Schritt zurück, nachdem er seine Kugel geworfen hatte. Während eine der Mitspielerinnen an die Markierung trat, um ebenfalls in Richtung der Zielkugel, des »Schweinchens« zu werfen, setzte sich Bishop und trank aus seiner Bierflasche. Er war nach der Arbeit nur kurz zu Hause gewesen, um seine Kugeln und zwei Flaschen Bier zu holen, und hatte sich dann auf die breite Allee begeben, wo jeden Abend auf unzähligen Feldern Menschen Boule spielten. Sie hatten keine feste Gruppe, sondern bildeten spontan Teams, auch wenn Bishop mit den meisten Männern und Frauen, mit denen er gerade die Partie austrug, bereits in der Vergangenheit gespielt hatte.

Rita, die gerade zwei ihrer Kugeln geworfen hatte, setzte sich auf die Bank neben Bishop. Sie und ein paar andere hatten Gläser dabei und tranken Rotwein. Sie stießen an.

Auf der gesamten Länge der Allee, auf der riesige Pappeln standen, gab es fast zwei Dutzend Boule-Felder, und an lauen Sommerabenden wie diesem wurden auch fast alle bespielt. Hinzu kamen unzählige Spaziergänger und Passanten, die die mediterrane Atmosphäre des abendlichen Rituals genossen. So war die Allee meistens gut gefüllt, und ein Grundrauschen aus Konversationen, Gelächter und Musik erfüllte die Luft. Dazu der unverkennbare Geruch von Haschisch und Gras, der mal stärker, mal schwächer aus verschiedenen Richtungen herüberwehte, und das Berliner Sommergefühl war perfekt, dachte Bishop, während er einen weiteren Schluck nahm.

Marika und Brenner hatten ihm von ihrer Begegnung mit Frau Ruhnke berichtet. Er hatte Marikas Fassungslosigkeit darüber geteilt, dass Frau Ruhnke die Beziehung und der Missbrauch durch ihren Mann ihr immer noch derart nachhingen, dass sie anscheinend nicht mal in der Lage war, ohne Schrecken auf die Straße zu gehen. Wie fühlte man sich, wenn man immer Angst haben musste? Er musste an den Neffen der Ruhnkes denken, Theo. Wie war das mit einem jungen Mann, Mitte zwanzig, der dauernd befürchten musste, von seinem jähzornigen Onkel verprügelt zu werden? Und warum war der nicht aus der Situation geflohen? Um seine Tante nicht im Stich zu lassen? Er schüttelte den Kopf, während er einen weiteren Schluck nahm. Marika und Brenner hatten den Neffen nicht erreicht, darum würde er sich also morgen kümmern müssen.

Er musste an Kragers Worte denken. Was wenn er dem Mörder tatsächlich etwas gesteckt hatte? Was, wenn der wie Krager angefangen hatte, sich für Bishop zu interessieren? Bishop schüttelte den Kopf, nannte sich selbst einen Idioten und nahm einen weiteren Zug aus der Flasche. Aber das merkwürdige Gefühl, beobachtet zu werden, konnte er nicht abschütteln. Auch nicht, als er wieder an die Markierung trat, um seine weiteren Kugeln nach dem Schweinchen zu werfen. Er musste sich zwingen, sich dabei nicht immer wieder über die Schulter umzusehen.

Auf dem Weg nach Hause, nach dem zweiten Bier bereits leicht angeheitert, ertappte er sich dabei, wie er immer wieder in die Nacht hineinlauschte. Wartete, ob er das Surren eines Multikopters zu hören bekam. Mehrmals blieb er stehen und spähte mit zusammengekniffenen Augen in die Dunkelheit, auf der Suche nach rot blinkenden Leuchten. Auch wenn er wusste, dass der Gedanke noch dümmer war als das Gefühl, vom Mörder verfolgt zu werden. Krager benutzte Drohnen, nicht der Killer. Wenn der ihn verfolgte, dann tat er das vermutlich persönlich.

Mit einem Seufzer drehte sich Bishop um und ging weiter. Er zwang sich sogar, seine Schritte nicht zu beschleunigen.

Zu Hause stand er kurz im dunklen Wohnzimmer und sah nach draußen. Dann zog er mit einem Ruck die Vorhänge zu. Er wusste, dass er kurz davor war, paranoid zu werden, musste dann aber an einen alten Spruch seines Ausbilders denken: »Nur weil du paranoid bist, heißt das nicht, dass sie *nicht* hinter dir her sind.« Er musste grinsen und setzte sich an seinen Laptop, weil er ahnte, dass er so schnell nicht schlafen können würde, trotz seiner Bettschwere durch das Bier.

Nach kurzem Überlegen suchte er nach den Details von Theo Ruhnke aus seinen Unterlagen. Gab ihn in die Suchmaschine ein. Und hockte einen Augenblick wie vom Donner gerührt da. Dann schnappte er sich sein Telefon und fuhr zurück ins Präsidium.

Am nächsten Morgen saß er bereits im Büro, unrasiert und hohlwangig, als nach und nach die anderen eintrudelten. Er hatte auch Holst und Braun in das Büro bestellt und ignorierte die fragenden Blicke von Brenner und Marika, die offenbar nicht erwartet hatten, ihn schon dort vorzufinden.

»Hast du hier geschlafen?«, spottete Marika, die sich gestern von ihm verabschiedet hatte, als er noch am Rechner saß und Kragers Videos durchsah. Er schüttelte bloß den Kopf, ging nicht auf den Witz ein.

Als endlich alle anwesend und mit Kaffee versorgt waren, erhob er sich, drehte seinen Monitor, sodass ihn alle sehen konnten, und präsentierte ihnen ein Foto. Marika und Brenner erstarrten. Sie hatten den Mann sofort erkannt. Es war der blonde Mann mit dem schwarzen Lieferwagen, den sie alle für den Mörder hielten.

»Wer ist das?«, fragte Marika endlich. »Wo hast du denn den gefunden?«

»Das hier, meine Damen und Herren«, erklärte Bishop, der sich neben den Monitor auf den Schreibtisch setzte, »ist Theo Ruhnke. Der Neffe von Hanno Ruhnke.« Als keiner der anderen etwas sagte und Marika und

Brenner nur weiter ungläubig schauten, fuhr Bishop fort: »Theo Ruhnke hat eine Ausbildung als Tierpräparator, hat aber angeblich nie in dem Beruf gearbeitet. Deswegen ist er in den Unterlagen auch als Buchprüfer geführt worden. Und ich habe in den alten Akten nachgesehen, laut Aussage von Jürgen Dehmer ist Ruhnke von seinem Onkel im Jagdhandwerk ausgebildet worden. Ruhnke hatte vermutlich seit frühester Kindheit Kontakt zum Jagen. Es ist anzunehmen, dass er auch mit seinem Onkel in der Hütte war, während der dort seine Pacht hatte.«

Bishop sah in die Runde. »Jedenfalls: Ensen und sein MEK wurden heute Morgen informiert und bereiten den Zugriff in Theos Wohnung vor. Dann bekommen wir hoffentlich weitere Antworten.«

Marika verzog das Gesicht. »Die häusliche Gewalt damals von Hanno Ruhnke richtete sich vor allem gegen seine Frau, aber Theo war ebenfalls involviert. Ein Opfer. Als erwachsener Mann. Und die Untersuchungen damals gingen davon aus, dass der Missbrauch jahrelang erfolgt ist. Die Anzeige von Dehmer war quasi nur die Spitze des Eisberges. Warum sollte Theo Ruhnke den Mann, der ihn und seine Tante aus dieser Situation befreit hat, töten und als Trophäe in die Jagdhütte packen? Das ergibt doch keinen Sinn.«

Bishop zuckte mit den Schultern. »Du glaubst nicht, dass es Theo Ruhnke ist? Wir haben ihn auf Video, wie er Marcel Neumann umbringt. Daran scheint es kaum einen Zweifel zu geben. Ich kann es dir auch nicht sagen, vielleicht kann Ruhnke es uns erklären. Täter-Opfer-Beziehungen und missbräuchliche Beziehungen sind oft kompliziert und nehmen merkwürdige Formen an. Nicht auszuschließen, dass Ruhnke damit irgendwas verarbeitet hat. Eine Art ›Stellvertreter-Tötung‹.« Er zuckte mit den Schultern. »Mir ist im Moment wichtiger, dass wir den Kerl finden und stoppen.«

30

Bishop, Marika und Brenner saßen in zwei Autos unten auf der Straße und warteten auf das »Go« des MEKs. Bishop hatte vorgeschlagen, allein zu fahren, weil er nach dem Einsatz noch vorhatte, Jökullson einen Besuch abzustatten. Möglicherweise gab es eine Verbindung zwischen ihm und Theo Ruhnke, die das verworrene Beziehungsgeflecht etwas erhellte.

Ensen und seine Leute hatten das Haus vor ein paar Minuten betreten. Die schwarzen Vans standen vor ihnen in zweiter Reihe. Theo Ruhnkes Wohnung befand sich ebenfalls im Reuterkiez, nicht allzu weit von den Straßenzügen, in denen Krager so erfolgreich seinen Lieferwagen aufgespürt hatte.

Bishop sah in den Rückspiegel und betrachtete Marika und Brenner, die sich angeregt zu unterhalten schienen. Er musste lächeln. Sie schienen in letzter Zeit immer besser miteinander auszukommen, und Bishop hatte das Gefühl, dass sie tatsächlich ein zusätzliches eigenes kleines Team bildeten. Auch wenn er vermisste, Teil davon zu sein, wusste er, dass es nur so wirklich funktionieren würde. Er war der Boss, während die beiden sich auf Augenhöhe verständigen konnten.

Hinter ihrem Wagen stand der Van der KT. Bishop konnte sich gut vorstellen, wie Petersen ungeduldig mit den schlanken Fingern auf dem Lenkrad herumtrommelte. Er bestand immer darauf, den Van selbst zu fahren.

Bishop warf einen Blick auf die Hausfassade. Dann

knisterte der Funk, Ensen meldete sich. »Wir sind drin. Alles sauber. Niemand anwesend.«

Bishop verzog das Gesicht. Als er ausstieg, konnte er an den Gesichtern der anderen beiden eine ähnliche Enttäuschung ablesen. Gemeinsam betraten sie das Haus, wo sie unten im Flur bereits von einem Beamten des MEK erwartet wurden. Sie stiegen die Treppe hinauf bis in den zweiten Stock, wo mehrere der vermummten Männer auf dem Absatz vor der Tür warteten. Drinnen kam ihnen Ensen entgegen, die Maske auf dem Kopf nach oben geschoben. »Tut mir leid, das Vögelchen ist ausgeflogen.« Er klopfte Bishop im Vorbeigehen auf die Schulter.

Die drei sahen sich um. Sie befanden sich in einer Zweizimmerwohnung, spartanisch eingerichtet und tadellos in Schuss gehalten. Tatsächlich sah die Wohnung so aus, als wäre jemand erst vor Kurzem eingezogen, und trotzdem machte sie einen verblichenen, schalen Eindruck. Als hätte man alles innen zu lange in der Sonne gelassen. »Wie lange wohnt Ruhnke hier schon?«, fragte Bishop.

»Finde ich raus«, antwortete Marika.

Die kleine Küche bestand aus einer funktionalen Einbauzeile, verblichen von Weiß zu Gelb, und einem Tisch mit zwei Stühlen, der neben einem Gasherd stand. Zwei Pflanzen mit breiten grünen Blättern, die im Gegensatz zu dem Rest wie frisch poliert schimmerten, schauten durch die grau gewordenen Vorhänge auf die Straße.

Der schmale Flur war bis auf eine Wandgarderobe, an der Jacken und Mäntel hingen, komplett leer. Der Holzfußboden abgezogen, aber stumpf.

Das erste Zimmer zur Linken war ein Schlafzimmer. Mehrere einfache Möbelschränke standen einem Bett gegenüber, das merkwürdig aus der Art zu fallen schien.

Der goldene Rahmen und der Himmel aus einer Art blauem Tüllstoff darüber passten so gar nicht zu dem Rest der Wohnung. Aber auch sonst blieb der Raum merkwürdig schmucklos. Keine Bilder oder Fotos an der Wand, keine kleinen Gegenstände, die ansonsten in Wohnungen herumflogen.

Sie gingen weiter. Zur Rechten ging ein kleines Bad ab, leicht schlauchförmig, und bot gerade genug Platz für ein Waschbecken, die Toilette und eine Dusche. Daneben befand sich eine Mischung aus Arbeits- und Wohnzimmer, in dem sowohl ein Schreibtisch mit Stuhl wie auch eine kleine Couch mit einem Kaffeetisch davor stand. Beides sah nicht wirklich aus, als würde es von Ruhnke benutzt werden, sondern machte vielmehr den Eindruck, als wäre es eingerichtet worden, weil man das »halt so machte«, dachte Bishop.

»Mein Gott, wie trostlos«, sagte Marika, als sie einen Blick in den Raum geworfen hatte. »Ich weiß nicht, ob ich jemals schon eine Wohnung derart ohne Seele gesehen habe. Hier macht alles eher den Eindruck, als wäre es für das Theater aufgebaut worden.«

»Oder für uns«, murmelte Brenner. »Sind wir sicher, dass Ruhnke hier wirklich gewohnt hat?«

Am Eingang wartete Petersens Team ungeduldig darauf, dass die drei die Wohnung verlassen würden, damit sie ihre Arbeit aufnehmen konnten.

»Ich sehe euch im Büro«, verabschiedete sich Bishop von Marika und Brenner. Während die beiden die Treppe hinabstiegen, ging er, um mit Petersen zu reden.

»Marika und David waren sich nicht sicher, ob wir hier irgendwas finden würden. Das sieht hier alles so leblos und steril aus.«

Petersen, der sich gerade in der Küche umsah, nickte. »Macht den Eindruck, ja. Ist aber nicht so. Hier wurde schon gelebt, keine Frage.« Er sah Bishop an. »Mach dir keine Sorgen, du bekommst genug Spuren von Ruhnke.« Er fing an, den Türrahmen mit Pulver zu bearbeiten. Verschiedene Fingerabdrücke tauchten auf. »Und ich bin mir sicher, dass diese kleinen Kerle mit denen in der Hütte übereinstimmen«, fügte er fröhlich hinzu, während er auf den Rahmen zeigte.

»Ich bin aber nicht nur auf der Suche nach Fingerabdrücken«, sagte Bishop resigniert.

Petersen lachte. »Ich verstehe schon, du willst echte Antworten. In der Tat weiß ich nicht, ob du die hier finden wirst. Das sieht eher nicht nach der Wohnung eines Täters aus, der viele persönliche Spuren hinterlässt. Tagebücher, Briefe, Gemälde oder andere Dinge, die sein Tun erklären können?« Er legte den Kopf schief. »Das wird wohl nicht einmal die KT hervorzaubern können.« Er drehte sich um. »Wir haben bisher nicht einmal Waffen gefunden. Also nichts, was über ein einfaches Küchenmesser hinausgeht. Wo versteckt der Kerl die?«

Bishop zuckte mit den Schultern.

Vor der Wohnungstür hatte inzwischen ein uniformierter Beamter die Männer vom MEK ersetzt, von denen nichts mehr zu sehen war. Auch die schwarzen Vans waren bereits verschwunden. Ein weiterer Polizist stand unten neben der Haustür und nickte ihm zu.

Wenig später stieg Bishop auf der Straße in seinen Wagen und fuhr los in Richtung Kreuzberg, um im Graefekiez Jökullson zu befragen.

Nachdem er auf die Sonnenallee einbog und sich in den dichten Verkehr eingefädelt hatte, bemerkte er irgendwann kurz vor dem Herrmannplatz einen schwarzen Lieferwagen ein Stück weiter hinten. Misstrauisch überquerte er die große Kreuzung am Platz und bog kurz darauf rechts in den Graefekiez ein. Der schwarze Wagen fuhr Richtung Südstern weiter.

»Herr Jökullson ist nicht da«, sagte ihm Helgi kurz angebunden an der Tür.

Bishop verzog das Gesicht. »Er hatte mir zugesichert, dass ich vorbeikommen könne«, sagte er unzufrieden.

Helgi zuckte mit den Schultern. »Sie sind vorbeigekommen.«

»Sehr witzig. Wann ist er wieder zurück?«

»Das weiß ich nicht.«

Bishop überlegte kurz, ob er darauf bestehen wollte, drinnen auf den Isländer zu warten. Allein schon um Helgi zu nerven. Da er aber keine Ahnung hatte, wie lange Jökullson unterwegs sein würde, wollte er nicht irgendwann ungeduldig mit eingezogenem Schwanz wieder abziehen. Dafür war ihm das kleine Machtspielchen nicht wichtig genug. »Sagen Sie ihm, er soll mich anrufen!«, befahl er, bevor er die Treppe wieder nach unten lief.

Auf der Straße war er auf dem Weg zu seinem Parkplatz, als er kurz innehielt. Am Ende der Straße stand ein dunkler Lieferwagen, der aussah wie der von Theo Ruhnke. Unschlüssig blieb er einen Augenblick stehen, holte dann das Handy aus der Tasche. Brenner ging sofort ran. »Was gibt es?«, fragte er fröhlich.

»Ich bin nicht sicher, aber ich habe das Gefühl, dass Theo Ruhnke mir folgt.«

»Wo bist du gerade?«

»Graefekiez. Ich werde versuchen, das zu verifizieren. Sobald ich sicher bin, will ich, dass Ensen und seine Leute sich auf den Weg machen. Nur dass ihr schon mal Bescheid wisst.«

»Alles klar, ich rede mit dem MEK.«

Kurz hatte Bishop überlegt, ob er mit dem Anruf warten sollte. Erneut musste er an das Gefühl vom Abend zuvor denken. Er hatte keine Lust, dass ihn seine Paranoia beeinflusste und die Kontrolle übernahm. Auf der anderen Seite mussten sie eventuell schnell agieren, falls es sich wirklich um Ruhnke handeln sollte. Wie realistisch war es, dass der Mann anfing, den mit seinem Fall betrauten Hauptkommissar zu verfolgen? Bishop hatte keine Ahnung. Mit einem letzten Blick auf den Lieferwagen stieg er in den Wagen und parkte aus. Fuhr dann langsam in Richtung Ende der Straße, dort, wo der Van stand. Als er gemächlich an ihm vorbeifuhr, konnte er niemanden entdecken. Beruhigt fuhr er weiter, Richtung Urbankrankenhaus.

Aber als er gerade den Blinker setzte, um abzubiegen, sah er das große Fahrzeug im Rückspiegel auftauchen. Er entschied sich dafür, dass es sich nicht mehr um Paranoia handelte, und rief Brenner ein zweites Mal an, um grünes Licht zu geben. Er nannte seine Position und erklärte seinen ungefähren Plan. Brenner versprach, dass er und Marika sich genau wie das MEK auf den Weg machen würden.

Bishop fuhr weiter auf der Urbanstraße nach Westen und achtete dabei mehr auf den Rückspiegel als die Straße vor sich.

An der Baerwaldstraße wurde er langsamer, blinkte links und bog ab. Umrundete dort ein kleines Dreieck aus Bürgersteig und Gras und blieb stehen, um jederzeit zurück auf die Urbanstraße einbiegen zu können. Der Lieferwagen war ihm nicht gefolgt, hielt jetzt aber knapp hundert Meter weiter, ebenfalls in zweiter Spur, und setzte die Warnblinkanlage. *Clever,* dachte Bishop: Nichts unterschied ihn von den zahllosen Lieferwagen, die Geschäfte und Privathaushalte belieferten.

Er wartete auf eine Lücke im Verkehr und fädelte sich ein, nur um kurz darauf etwa fünfzig Meter hinter dem Van zu halten, ebenfalls mit Warnblinker. Er rief Brenner an und gab ihm das Nummernschild durch. »Überprüft das bitte mal.« Er glaubte nicht daran, dass es sich tatsächlich um das Kennzeichen handeln würde, mit dem Theo Ruhnke seinen Mord auf Video begangen hatte, aber selbst ein nicht registriertes Nummernschild machte es sehr, sehr wahrscheinlich, dass es sich um Ruhnkes Fahrzeug handelte.

Unwillkürlich griff er nach seiner Waffe, während er aufmerksam die Umgebung absuchte. Er hatte wenig Lust, von Ruhnke überrascht zu werden, während er auf die anderen wartete. Aber von dem blonden Mann war nichts zu sehen.

Kurz kam es Bishop so vor, als würde er über den Außenspiegel des Vans Bewegung in der Fahrerkabine sehen. Einen Moment später flammten die Rücklichter auf, und der Wagen setzte sich in Bewegung. Falls es sich um Ruhnke handelte, hatte er offenbar verstanden, dass er auf diese Weise nicht gewinnen konnte. Bishop fuhr ihm hinterher. Sein Handy klingelte, er betätigte die Freisprechanlage.

»Das Kennzeichen ist nicht registriert«, bestätigte Brenner. »Sieht so aus, als ob du Ruhnke gefunden hast. Wir sind unterwegs.«

Bishop zögerte einen Moment, bevor er sagte: »Es kann sein, dass ich ihn aufgeschreckt habe.«

Brenner fluchte. »Was macht er?«

»Jetzt verfolge ich ihn.«

»Warum hast du nicht einfach so weitergemacht, bis wir da sind?«

Bishop atmete durch, konzentrierte sich auf einen Spurwechsel. »Weil ich sichergehen musste, dass es sich um Ruhnke handelt«, erklärte er. »Ich wollte nicht, dass ihr über einen ahnungslosen Paketboten herfallt.«

»Okay, das verstehe ich«, lachte Brenner. »Wir beeilen uns.«

Der Lieferwagen fuhr weiter nach Westen, bis er den Mehringdamm erreichte, abbog und Richtung Süden steuerte. Bishop folgte ihm und hielt die Kollegen über ihre aktuelle Position informiert.

Halb erwartete er, dass Ruhnke in Tempelhof auf die Autobahn auffahren würde, aber das tat er nicht. Stattdessen ging es immer weiter nach Süden, bis tief nach Mariendorf hinein. Und hindurch.

»Verdammt!«, fluchte Brenner über das Telefon, als Bishop sie darüber informierte. »Wenn der immer weiter nach unten rausfährt, holen wir ihn nie ein.«

Konnte sein, dass es genau das war, was Ruhnke bezwecken wollte, dachte Bishop, sagte aber nichts. Sie fuhren weiter die B96 entlang, bis sie schließlich die Berliner Stadtgrenze hinter sich ließen und Richtung Mahlow fuhren. Bishop überlegte kurz, ob er die Verfolgung eigentlich abbrechen musste. Einen bewaffneten Tatverdächtigen, der mit an Sicherheit grenzender Wahrscheinlichkeit mehrere Morde begangen hatte, allein zu verfolgen, war nicht das, was man sich auf der Polizeischule unter einem »sicheren Konzept« vorstellte. Andererseits: Wenn er Ruhnke jetzt davonfahren ließ, gab es keine Sicherheit, dass sie ihn überhaupt noch erwischen würden. Er wusste, dass sie ihm auf der Spur waren, dass Krager aufgeflogen war, und jetzt war ihm sicherlich auch bekannt, dass sie seine Identität und seine Wohnung aufgespürt hatten. Was sollte er jetzt noch tun, außer zu fliehen? Gut, außer Bishop persönlich nachzustellen, addierte er in Gedanken.

Kurz bevor sie Rangstorf erreichten, bog der Lieferwagen erneut nach Westen ab, und fuhr auf die A 10. Eine ganze Weile rauschten sie erneut nach Westen.

Fieberhaft überlegte Bishop, was Ruhnke wohl vorhatte. Befand er sich wirklich auf der Flucht? Gab er Gas und wollte einfach nach Hannover, München, Bielefeld? Irgendwo untertauchen? Aber er konnte sich kaum der Illusion hingeben, dass er das mit Bishop auf den Fersen tun konnte.

Aber als Ruhnke in Ludwigsfelde von der Autobahn abfuhr und sie anfingen, sich auf kleineren Straßen durch bewaldetes Gebiet zu bewegen, verstand Bishop, wohin sie fuhren. Sie kamen zwar von einer anderen Seite, aber Ruhnke steuerte eindeutig die Gegend um die Jagdhütte an.

Er rief Brenner an und teilte es ihm mit. Möglicherweise konnten die Kollegen Ruhnke den Weg abschneiden, aber die Hoffnung nahm ihm Brenner. »Wir sind euch so sehr auf eurer spontanen Fahrt durch die Stadt gefolgt, dass es jetzt deutlich zu spät ist, um ihm den Weg abzuschneiden. Ich kann höchstens noch versuchen, ein paar Streifenbeamte dorthin zu schicken, zur Unterstützung. Aber selbst da habe ich meine Zweifel. Und ein Hubschrauber nutzt uns in dem dichten Wald nichts.« Im Hintergrund konnte Bishop Marika fluchen hören, die offenbar mit dem Verkehr kämpfte. Er legte auf.

31

Gut eine halbe Stunde später fuhr Bishop dem Van auf dem engen Pfad durch den Wald hinterher. Das schwere Fahrzeug sprang und hüpfte auf dem unebenen Boden, und mehrfach musste Bishop weiter zurückbleiben, aus Angst, aufzufahren oder weil er das Gefühl hatte, der Wagen vor ihm würde jeden Moment umstürzen.

Endlich erreichten sie die Lichtung mit der Hütte. Anstatt dort draufzufahren, bremste Ruhnke ab und stellte den Lieferwagen leicht schräg. Bishop hatte ebenfalls gehalten und wartete ab, nachdem er seine Pistole gezogen hatte. So wie der Van stand, konnte Bishop das Führerhaus nicht einsehen, aber er konnte auch nicht an ihm vorbei, dafür war die Einfahrt auf die Lichtung zu schmal. Er fluchte.

Er entschloss sich auszusteigen. Die Waffe erhoben, umkreiste er den Van im Uhrzeigersinn, bis er endlich die Fahrerkabine und die offene Tür sehen konnte. Wieder entfuhr ihm ein Fluch. Offenbar war Ruhnke herausgesprungen, sobald er die Lichtung erreicht hatte. Bishop sah sich um, konnte aber keine Spur von ihm entdecken. Er zögerte. Eigentlich müsste er jetzt warten, bis Verstärkung eintraf. Und was wollte Ruhnke tun? Durch den Wald zu Fuß fliehen? Wohl kaum. Die Hütte niederbrennen? Das ergab wenig Sinn, nachdem alle Beweise bereits gesichert worden waren. Bishop zögerte. Waren denn wirklich alle Beweise gesichert? Gab es etwas, das sie übersehen hatten? Etwas, für das Ruhnke jetzt seine Freiheit riskierte, um es zu holen? Oder zu vernichten? Oder war der Mann aus einem irrationalen Gefühl heraus hierhergekommen? Hatte Bishop ihm mit seiner Verfolgung eine andere Wahl gelassen? Was hätte Ruhnke ganz objektiv machen sollen, nachdem er entdeckt hatte, dass Bishop hinter ihm her war? Er hatte keine Ahnung.

Kurz entschlossen bewegte er sich leichtfüßig auf den Van zu, bis er direkt in die Kabine spähen konnte. Drinnen konnte er eine Ledertasche sehen, die auf dem Beifahrersitz stand. Daraus ragte etwas hervor, das Bishop für den Griff einer Machete hielt. *Vermutlich Ruhnkes Mördertasche,* dachte er. Von Ruhnke selbst keine Spur.

Mit einem Seufzer fing er an, vorsichtige Schritte auf die Hütte zu zu machen, die Waffe mit beiden Händen auf den Boden schräg vor sich gerichtet. Jetzt konnte er sehen, dass die Tür der Hütte leicht offen stand, das Polizeisiegel zerrissen. Er ging weiter.

Schob die Tür mit der linken Hand vorsichtig auf, sicherte mit der Waffe in der Rechten. Konnte drinnen weder etwas sehen noch hören. Bewegte sich Schritt für Schritt hinein, lauschte zwischendrin immer wieder. Nach und nach checkte er die Hütte, aber von Ruhnke war keine Spur zu sehen. Die Falltür nach unten stand offen. Wieder zögerte Bishop. Wenn Ruhnke dort hinuntergestiegen war, dann konnte er nicht entkommen. Dann wäre es das Einfachste, auf die Truppe zu warten. Aber was wollte er dort unten? Würde Bishop später bereuen, gezögert zu haben?

Bishop gab sich einen Ruck. Schob sich Stück für Stück an die Luke heran, konnte nichts erkennen, kniete sich hin, um nach unten zu spähen. Sah auch dort nichts. Mit einem Kopfschütteln fing er an, langsam hinunterzusteigen, bereit zu feuern, sollte Ruhnke etwas versuchen.

Er war etwa auf halber Höhe, als er hinter sich, oben in der Hütte, ein Geräusch hörte. Er fuhr herum und wurde von der Metallluke getroffen. Dumpfer Schmerz durchzuckte seine Schulter. Mit den Füßen rutschte er von der Leiter. Er stürzte die restlichen Stufen hinab, prallte hart auf den Betonboden und prellte sich die Rippen. Die Waffe hatte er verloren, sie lag neben ihm auf dem Boden. Oben knallte die Luke herunter. Er hörte einen Riegel schließen. Ruhnke musste sich in der Hütte versteckt haben. Der Kerl hatte nur darauf gewartet, dass er hinunterstieg.

Bishop rappelte sich auf, griff nach der Pistole und stieg die Leiter wieder hinauf. Drückte dagegen, aber die Luke bewegte sich nicht. Er brüllte einen Fluch, spuckte fast vor Wut. Hatte sich hereinlegen lassen wie ein Amateur. Kurz zögerte er. Überlegte, wie dick das Metall der Luke wohl sein mochte. Er legte den Kopf schief, um das rechte Ohr an die Schulter zu drücken, und presste die linke Handfläche auf das andere Ohr. Er sah vermutlich dabei ziemlich absurd aus, befand er. Dann hob er die Waffe, winkelte sie etwas ab, um die Gefahr eines Querschlägers zu verringern, und drückte ab.

Der laute Knall, zurückgeworfen durch den engen Raum, klingelte ihm in den Ohren. Der Kordit biss in seine Lungen. Die Kugel war durch das Metall hindurchgegangen. Mühsam unterdrückte er den Hustenreiz. Er schoss ein weiteres Mal, direkt daneben, und dann ein drittes Mal. Vorsichtig drückte er mit der Schulter gegen die Luke. Sie bewegte sich.

Mit dem Kopf schob er die Luke weiter nach oben, spähte in die Hütte. Konnte nichts erkennen, drückte sich weiter nach oben. Die Waffe zuckte von links nach rechts und wieder zurück. Keine Spur von Ruhnke.

Bishop stieß die Luke komplett zurück, richtete sich

auf. Atmete tief durch, um das Beißen aus der Lunge zu vertreiben. Unsicher sah er sich um. In seinen Ohren tönten die Schüsse immer noch nach, sodass er sich nicht darauf verlassen konnte, Ruhnke im Zweifelsfall zu hören.

Vor ihm, neben einem der Ohrensessel, fehlte ein Stück der Holzvertäfelung. Dahinter war ein Versteck von etwa einem mal einem halben Meter zu sehen. Wie tief es in die Wand hineinging, konnte Bishop nicht erkennen.

Er machte einen Schritt nach vorne und konnte das Stück Vertäfelung sehen, das Ruhnke offenbar aus der Wand gehoben hatte. Bishop verzog das Gesicht. Vermutlich hatten Petersen und seine Crew den gleichen Fehler gemacht wie er: Sie hatten sich zu sehr auf den Keller konzentriert. Im Keller und im Schuppen hatten sie alles gefunden, was zu Ruhnkes blutigen Taten gehörte, und irgendwie war ihnen der Rest der Hütte dabei weggerutscht. Was hatte Ruhnke hier rausgeholt?

Bishop sah sich um. Es gab keine Möglichkeit, sich in der Hütte zu verstecken. Nichts, das er nicht gecheckt hatte, als er hereingekommen war. Dann fiel sein Blick auf die offen stehende Haustür. Was, wenn Ruhnke gar nicht in der Hütte gewesen war? Was, wenn er nur die Tür geöffnet, und dann um die Ecke verschwunden wäre? Bishop wäre wie ein dämlicher Bär auf der Suche nach Honig hineingetappt, und Ruhnke hatte ihm nur noch folgen und ihn die Treppe hinunterstoßen müssen. Aber wofür? Was war sein Plan?

Reflexartig befühlte Bishop seine Tasche, aber der Autoschlüssel befand sich noch da. Manche seiner Kollegen ließen bei dieser Art von Einsatz den Schlüssel stecken, um jederzeit Zugriff auf das Auto zu haben. Aber dann hätte Ruhnke einfach einsteigen und fortfahren können. Mit dem Van konnte er nicht flüchten, den Weg hatte Bishop ihm versperrt.

Er atmete tief durch, versuchte, das Summen in den Ohren und die Schmerzen in der Seite und der Schulter zu ignorieren, und ging auf die Tür zu. Möglicherweise hatte Ruhnke gerade erst festgestellt, dass er mit Bishops Wagen nicht wegkam, und er würde ihn einfach einsammeln können.

Bishop trat an die Tür, sah nach draußen. Konnte Ruhnke nicht entdecken.

Er wollte gerade einen Schritt nach vorne machen, als er den Knall hörte. Große Teile des Türrahmens neben ihm wurden weggefetzt, Holzsplitter rissen ihm die Wange auf.

Er warf sich nach hinten, in die Hütte, als der nächste Knall ertönte. Ein großes Loch wurde in den Holzfußboden gerissen. Bishop rollte zur Seite, außerhalb dessen, was er als Schusslinie vermutete. Und plötzlich verstand er, was Ruhnke hier gewollt hatte. Was sie alle ignoriert hatten. Ruhnke war Jäger, das hatte ihm sein Onkel beigebracht. Aber sie hatten keine Waffen im Haus gefunden, nicht eine einzige. Da auch Messer oder die vermutete Machete gefehlt hatten, waren zunächst alle irgendwie davon ausgegangen, dass Ruhnke die Waffen bei sich zu Hause hatte. Aber auch dort waren sie nicht aufgetaucht, und jetzt verstand Bishop auch warum. Messer, Beile oder Macheten waren handlich genug, um sie zu transportieren und im Van zu verstecken, aber Jagdgewehre eben nicht.

Er bewegte sich ein Stück zur Seite, um aus der Tür zu spähen. Versuchte zu erkennen, wo sich Ruhnke befand, auch wenn seine Dienstpistole nicht besonders gut geeignet war für einen Shootout gegen eine Langwaffe, wie das im Fachjargon hieß.

Wieder ertönte ein Schuss. In die Wand hinter ihm schlug eine Kugel ein. Bishop verzog das Gesicht. Ruhnke war offenbar nicht dämlich und hatte sich so positioniert, dass er den Eingang unter Beschuss nehmen konnte. Vermutlich lag er im Dickicht am Rande der Lichtung. Bishop hatte kaum eine Chance, ihn richtig zu Gesicht zu bekommen, geschweige denn einen Schuss auf ihn abzugeben.

Er orientierte sich kurz. Rollte sich dann zurück auf die rechte Seite, sodass er außer Ruhnkes Sicht war, und robbte sich dann näher an die Wand. Er wusste nicht, wie viel Schutz das Holz gegen die Geschosse bieten würde, aber immerhin konnte Ruhnke ihn so nicht sehen, selbst wenn er anfing, sich zu bewegen und so seinen Sichtbereich veränderte. Wenn Bishop weiter hinten geblieben wäre, hätte er darauf immer wieder achtgeben müssen.

Er betrachtete die Pistole in der Hand. Im Film würde er jetzt immer wieder einen einzelnen Schuss abgeben, bis sein Magazin leer wäre, ohne großen Effekt. Sondern im Gegenteil, Ruhnke, der die ganze Zeit in Ruhe zielen konnte, würde es die Gelegenheit geben, ihn mit einem gezielten Schuss auszuschalten.

Er sah sich um. Die Hütte besaß nur kleine Fenster an der Front und nach hinten hinaus. Vorne würde er Ruhnke ein Ziel bieten, und nach hinten hatte er Angst, dass der Versuch, durch das Fenster zu steigen, darin endete, dass er stecken blieb. Oder zu lange brauchte. Noch schlimmer, als in der Hütte von Ruhnke erschossen zu werden, war vermutlich nur, getötet zu werden, während er gerade mit seinem dicken Bauch versuchte, aus einem zu kleinen Fenster zu krabbeln. Diese Erniedrigung wollte er sich gerne ersparen.

Er nahm das Handy aus der Tasche, hatte aber keinen

Empfang. Kurz überlegte er, ob es wert wäre, in der Hütte herumzukriechen und zu sehen, ob er in irgendeiner Ecke einen Balken Empfang bekommen könnte, aber das Risiko schien den potenziellen Ertrag nicht wert.

Bishop widerstand auch der Versuchung, an das Fenster zu kriechen und einen Blick hinauszuwerfen. Ebenfalls etwas, das er tun würde, wenn er sich im Film befinden würde. Er versuchte, seinen Atem zu beruhigen. Dann hörte er Motorengeräusch. Die Kavallerie war da!

Jetzt konnte er nicht mehr anders und rollte vorsichtig in Richtung Tür, um unten am Türrahmen vorbei nach draußen zu spähen. Kein Schuss ertönte. Stattdessen sah er vor sich eine Bewegung im Unterholz. Ruhnke hatte die sich nähernden Wagen offenbar auch gehört und beschlossen zu fliehen.

Ohne nachzudenken, sprang Bishop auf und rannte los. Er konnte Ruhnke sehen, der langsamer vorankam, weil ihn der unebene Boden und Zweige und Äste immer wieder aufhielten. Außerdem hielt er in der einen Hand noch das lange Jagdgewehr, das ihn beim Rennen behinderte.

Als er Bishop sah, änderte er leicht seinen Kurs, tiefer in den Wald hinein, damit ihm der Kommissar nicht so leicht den Weg abschneiden konnte. Dann wurde er kurz langsamer, packte die Waffe mit beiden Händen und versuchte, mit einer halben Drehung aus dem Laufen zu schießen. Der Schuss ging ins Nirgendwo, und Bishop wurde nicht mal langsamer. Grimmig visierte er den vor sich laufenden Ruhnke an und überlegte, ob er seinerseits einen Warnschuss abgeben sollte. Aber er glaubte nicht, dass das Ruhnke beeindrucken würde. Also konzentrierte er sich, schob die Pistole zurück ins Holster und versuchte, noch schneller zu rennen. Er stellte fest, dass er dabei grinste. Allemal besser als durch einen Heckenschützen im Haus festgenagelt zu sein, und immerhin machte er das hier jede Woche. Nicht im Wald und unter Beschuss, aber das spielte kaum eine Rolle, dachte er. So viel anders als ein lebhaftes Rugbyspiel war das auch nicht.

Ruhnke warf gehetzte Blicke über die Schulter, als er den anderen Mann näher kommen hörte. Schmiss irgendwann das Gewehr zur Seite, um besser laufen zu können, und versuchte, Bishop zu verwirren, indem er anfing, Haken zu schlagen. Das kostete ihn bloß Zeit. Bishop erhöhte noch einmal das Tempo, bevor er sich direkt nach einer weiteren Kursänderung seines Opfers nach vorne warf und Ruhnke mit beiden Armen umschlang und ihn heftig zu Boden warf.

Ruhnke schrie dumpf auf, das Gesicht halb ins Moos gedrückt. Offenbar hatte ihn ein hochstehender Ast schmerzhaft in die Seite getroffen, und das Gewicht des Kommissars hatte ein Übriges getan.

Geschickt wuchtete sich Bishop auf Ruhnkes Rücken und ignorierte dessen Proteste. Dann zog er die Handschellen vom Gürtel und ließ sie um Ruhnkes Handgelenke zuschnappen. Erst dann erlaubte er sich, sich heftig atmend neben den anderen Mann ins Moos fallen zu lassen. Es dauerte einen Moment, bevor er wieder bei Puste war.

Schließlich rappelte er sich wieder auf und zog Ruhnke mit sich hoch. Langsam suchten sie sich ihren Weg zurück zur Hütte. Von dort hörten sie bereits die Rufe von Marika, Brenner und des MEKs. Als sie an dem Gewehr vorbeikamen, zog Bishop einen Handschuh an und hob es auf. Ruhnke stand daneben und betrachtete ihn teilnahmslos.

»Na los, wir haben eine Verabredung«, sagte Bishop und stieß den stolpernden Ruhnke nach vorne.

»Warum sind Sie zurück zur Hütte gefahren, Herr Ruhnke?«, fragte Bishop ein weiteres Mal. Theo Ruhnke saß ihm und Marika gegenüber, sah ihn aus wasserblauen Augen an und schien nicht richtig zuzuhören. Auf Marika machte er den Eindruck, als wäre er auf Drogen oder seltsam entrückt.

»Ich wollte meine Waffen holen.«

Nach Ruhnkes Festnahme hatten sie neben der Waffe, mit der er auf Bishop geschossen hatte, auch noch ein weiteres Gewehr am Rande der Lichtung gefunden.

»Aber Sie wussten, dass ich direkt hinter Ihnen war. Hatten Sie von Anfang an vor zu schießen?«

Ruhnke schien zu überlegen. Dann schüttelte er den Kopf. Sonst sagte er nichts.

»Haben Sie Sascha Eschenbach und Denise Brink umgebracht?«

Ruhnke nickte. »Ja.«

»Was ist mit Marcel Neumann? Den haben Sie auch getötet?«

»Ja.«

»Haben Sie Jürgen Dehmer umgebracht?« Und so ging Bishop die ganze Liste durch, alle Opfer, die sie aus der Hütte bereits identifiziert hatten. Und Ruhnke bestätigte seine Taten. Noch fehlten ihnen zwei, aber so, wie er sich bisher verhalten hatte, hatte Marika keinen Zweifel, dass er ihnen vielleicht sogar sagen würde, wer die Menschen waren. Bisher hatte er angegeben, sich nicht erinnern zu können. Eventuell entsprach das sogar der Wahrheit. Bei seiner Vorgehensweise schien sich Ruhnke nicht besonders dafür interessiert zu haben, wer seine Opfer waren.

Bishop zog ein Foto aus einer Mappe, schob es Ruhnke über den Tisch. Er nahm es auf, starrte es an. »Haben Sie diesen Mann schon einmal gesehen?«, fragte Bishop.

Zögernd nickte Ruhnke.

»Das ist Joachim Hagen. Er ist bei einem nächtlichen Messerangriff fast getötet worden. Waren Sie das?«

Ruhnke hob den Kopf und sah Bishop an. Er nickte.

»Gab es dafür einen besonderen Grund? Warum Sie sich ihn ausgesucht haben?«

Ruhnke schüttelte den Kopf.

»Warum töten Sie, Herr Ruhnke? Warum jagen Sie Menschen?«

»Der Mensch ist das gefährlichste Raubtier auf diesem Planeten, wussten Sie das?«, fragte Ruhnke im Gegenzug.

Marika musste sich beherrschen, nicht abfällig zu schnauben. Keines von Ruhnkes Opfern war wirklich gefährlich gewesen. Die meisten hätten sich nicht mal effektiv wehren können. Eschenbach war vermutlich die einzige Ausnahme, und nicht einmal den würde Marika als besonders gefährlich einstufen. Ein skrupelloser Schläger und ein Großmaul, das traf es wohl eher.

»Warum Sascha Eschenbach und Denise Brink? Warum haben Sie die umgebracht?«

Ruhnke sah ihn an, blinzelte. Schließlich sagte er: »Ich war auf der Jagd«, als würde das irgendwas erklären.

»Nach den beiden?« Ruhnke nickte.

»Warum haben Sie genau die zwei gejagt? Kannten Sie sie?« Ruhnke schüttelte den Kopf. »Das war Zufall.«

Bishop verzog das Gesicht. »Alle anderen Ihrer Opfer haben Sie nachts getötet. Wo Sie niemand sehen konnte.« *Außer Kragers Drohnen*, fügte Marika in Gedanken hinzu.

»Warum mussten Eschenbach und Brink am Abend sterben, als es höchstens gerade dunkel wurde? In einem Park, wo Sie nicht einmal die Leichen entsorgen konnten?« Bishop lehnte sich leicht vor. »Sie nehmen doch sonst immer die Körper mit, Herr Ruhnke. Sie arbeiten sehr sorgfältig und bedacht.«

Ruhnke nickte abwesend. »Das stimmt.«

»Warum also dann Eschenbach und Brink?« Bishop wartete einen Moment, fuhr fort: »Hat Olaf Krager Ihnen gesagt, Sie sollen die beiden töten? Oder zumindest Sascha Eschenbach? Mit dem hatte Olaf Krager persönliche Probleme. Eine Rechnung offen. War es das? Wollten Sie das Paar gar nicht töten? Und es war Kragers Entscheidung?«

Marika konnte sehen, wie Ruhnke zögerte. Überlegte. Sie waren sich alle sicher, dass es so war. Aber würden sie das beweisen können?

Ruhnke hob den Kopf und sah ihn an. »Es war ein Zufall, dass ich die Leichen nicht mitnehmen konnte. Und es war Zufall, dass es nicht mitten in der Nacht passiert ist.«

Zufall. Daran schien sich Ruhnke festklammern zu wollen wie ein Ertrinkender.

»Was ist mit Jörg Herrmanns? Warum haben Sie seinen Körper nicht mitgenommen? Wie die anderen?«

Ruhnke antwortete nicht sofort. »Es war zu belebt. Man hätte mich gesehen.«

Bishop nickte, weil er offenbar genau diese Antwort erwartet hatte. »Aber warum haben Sie ihn dann dort getötet? Und nicht wie die anderen Opfer irgendwo, wo Sie den Körper entsorgen können?«

Ruhnke antwortete nicht.

»Hat Ihnen jemand vorgeschlagen, an genau der Stelle einen Mord zu begehen? Um die Uhrzeit? Olaf Krager vielleicht?«

»Ich war auf der Jagd«, wiederholte Ruhnke.

Bishop seufzte. Marika verstand seine Frustration. Falls Krager den Mord an Herrmanns bloß inszeniert hatte, um Bilder für seine Kampagne gegen ihn zu bekommen, würden sie das nur beweisen können, wenn Ruhnke dazu aussagte.

»Warum haben Sie Jürgen Dehmer getötet? Dehmer war Ihr erster Mord, richtig?«

»Ja«, antwortete Ruhnke tonlos.

»Hatte Ihr Onkel damit etwas zu tun? Hat er sie dazu angestiftet?«

Ruhnkes Kopf ruckte hoch, und er fixierte Bishop mit einem Blick, der wacher und aufmerksamer war als alles, was er bisher gezeigt hatte. Dann schüttelte er langsam den Kopf, ohne den Blick von Bishop zu lösen. »Nein, mein Onkel hatte damit nichts zu tun«, sagte er mit bösartig verzogenem Gesicht. »Es war ganz allein meine Entscheidung! Mein Onkel hätte das niemals gekonnt. Nicht mal den Gedanken daran«, spuckte er aus. Dann schien er sich wieder zu beruhigen. »Mein Onkel ist vermutlich einer der feigsten Menschen, der Ihnen je begegnet ist.« Er lächelte. »Nein, das hatte nichts mit meinem Onkel zu tun.«

Marika beobachtete ihn, und irgendetwas knabberte am Rande ihres Bewusstseins, aber sie wusste nicht genau, was es war.

»Waren Sie damals mit Ihrem Onkel in der Jagdhütte? Das erste Mal?«

»Ja, er hatte mich dorthin mit auf die Jagd genommen.«

»Und was ist dann passiert?«

Ruhnke zuckte mit den Schultern. »Dann hat er seinen Schein und die Pacht verloren.«

»Und dann sind Sie allein in die Hütte. Ohne dass die Besitzer etwas davon wussten?«

»Nicht sofort. Ich wusste nicht, ob jemand anders sie übernehmen würde.«

»Also haben Sie die Hütte beobachtet?«

Ruhnke nickte.

»Und was ist dann passiert?«

»Irgendwann bin ich dorthin zurück. Habe den Keller ausgebaut.«

»Ihr Onkel wusste nichts davon?«

»Nein, er hatte keine Ahnung.«

»Als Sie den Keller ausgebaut und den Kessel geschweißt haben, wussten Sie da bereits, dass Sie Menschen töten würden?«

Ruhnke fixierte Bishop mit festem Blick, bevor er antwortete. »Ja, das wusste ich. Ich bin zurück in die Hütte, um zu jagen.«

»Menschen zu jagen?«

»Richtig.«

Marika lehnte sich leicht nach vorne, um das Wort zu ergreifen. »Wie alt waren Sie, als Ihr Onkel Sie das erste Mal mit auf die Jagd genommen hat, Theo?«

»Dreizehn«, sagte er tonlos.

»Hat Ihnen die Jagd Spaß gemacht?«

Theo Ruhnke starrte jetzt vor sich auf den Tisch, schien in Gedanken versunken zu sein. Er schüttelte den Kopf.

»Hat Ihr Onkel Sie dazu gezwungen?«

»Ja«, gab er tonlos zurück. Sah Marika immer noch nicht an.

»Wie haben Sie sich dabei gefühlt?«

Er schluckte. »Ich habe es gehasst«, antwortete er leise. »Jede Minute. Ich wollte das nicht. Ich wollte die Tiere nicht töten. Aber er hat mich gezwungen.« Er machte eine kurze Pause, aber Marika sagte nichts. Nach einem Moment fuhr er fort: »Manchmal habe ich so geweint, dass ich vor Tränen nichts gesehen habe. Nicht schießen konnte. Dann hat er mich nur noch mehr geschlagen.«

»Was hat er noch gemacht?«

»Er hat mich die Tiere aufbrechen lassen. Und ausweiden musste ich sie. Bis zu den Ellenbogen war ich im Blut. Musste die Gedärme rausholen.« Ihn schien körperlicher Ekel zu schütteln.

Marika kam eine Idee. »Haben Sie deswegen angefangen, Tiere zu präparieren?«

Er schaute auf, sah sie an, als würde er sie zum ersten Mal richtig wahrnehmen. Nickte. »Ja«, fügte er hinzu.

»War das so eine Art Wiedergutmachung?«

Er zuckte mit den Schultern, antwortete nicht.

Marika wechselte unvermittelt das Thema, als ihr einfiel, was vorhin bei seinen Antworten an ihr genagt hatte. »Haben Sie Dehmer getötet, weil Ihr Onkel das nicht gekonnt hätte? Weil Sie damit etwas tun konnten, wodurch Sie ihm überlegen waren?«

Ruhnke starrte sie an, schien durch sie hindurchzusehen. Langsam nickte er. »Eigentlich wollte ich das nicht«, flüsterte er. »Aber direkt nach der Anzeige ist alles nur viel schlimmer geworden. Ich war wütend auf Jürgen. Hab ihm die Schuld gegeben, aber er ist wütend geworden. Hat mich angebrüllt und beleidigt. Warum ich nicht selbst längst etwas getan hätte, um meiner Tante zu helfen. Er hat einfach nicht aufgehört, sondern immer weiter rumgeschrien.«. Ruhnke machte eine Pause. »Irgendwann habe ich mein Messer gezogen und auf ihn eingestochen. Bis er endlich die Klappe gehalten hat.«

»Was haben Sie mit der Leiche gemacht? Immerhin

hatten Sie noch keine Erfahrung und vermutlich auch keinen Kessel.«

Er nickte. »Ich habe sie in den Wald gefahren, zur Hütte. Und ihm dort den Kopf abgeschnitten. Den Rest habe ich vergraben. Später, als ich mit dem Natriumhydroxid zu experimentieren angefangen habe, habe ich ihn wieder ausgegraben. Und danach entsorgt.«

Ihr kam eine andere Idee. »Warum nur Männer? Warum haben Sie sich ausschließlich männliche Opfer ausgesucht?« Denise Brink ließ sie unerwähnt, weil sie davon ausgehen konnten, dass sie lediglich einen »Kollateralschaden« bei der Ermordung Sascha Eschenbachs darstellte. Ruhnke antwortete nicht, aber sie hatte das Gefühl, dass er nicht wollte, anstatt die Antwort nicht zu wissen. Sie stocherte weiter. »Sind die Opfer ein Ersatz gewesen? Wollten Sie eigentlich Ihren Onkel töten, ihm das Messer in den Leib rammen, ihm den Kopf abhacken? Ist es das, was Sie eigentlich wollten? Hanno umbringen, um ihn endlich loszuwerden? Damit er aus Ihren Gedanken verschwindet?«

Ruhnke starrte geradeaus, und sie bildete sich ein, ein Glitzern in seinen Augen zu bemerken. Sie wollte gerade einlenken, als sich Bishop nach vorne lehnte. »Hat sie recht, Theo? Haben Sie die anderen Menschen umgebracht, weil Sie zu schwach waren, um sich an Ihrem Onkel zu rächen? Er hätte den Tod verdient, oder?«

Ruhnkes Gesichtszüge zogen sich zusammen, und für einen Moment konnte Marika nicht deuten, was für Gefühle gerade aus ihm herausbrachen. Ob er gleich vor Wut losbrüllen würde. Stattdessen liefen ihm Tränen über die Wangen, und er flüsterte: »Ich wollte es so sehr. Wollte dem ein Ende machen, aber ich konnte nicht. Verstehen Sie, ich habe es einfach nicht geschafft, ihn zu töten. Er war zu groß.« Theo Ruhnke schluchzte und ließ den Kopf hängen.

Marika lehnte sich zurück. Bei ihm lief vermutlich alles auf das hinaus, was das psychologische Gutachten sagen würde. Ob Ruhnke derart gestört in seiner Wahrnehmung war, dass er möglicherweise nicht voll schuldfähig war. Dass es für ihn vermutlich entweder auf eine geschlossene Anstalt oder zumindest Sicherheitsverwahrung hinauslaufen würde, daran hatte sie wenig Zweifel. Die große Frage war: Was würden sie Olaf Krager nachweisen können?

32

»Setzen Sie sich bitte«, sagte Doktor Kettler und deutete auf die Stühle, die vor ihrem Schreibtisch standen. Sie machte einen müden Eindruck und schien weit weniger streitlustig als sonst.

»Sie haben bereits mit Theo Ruhnke geredet?«, wollte sie wissen. Bishop nickte. »Er ist geständig, in allen Punkten.«

Bishop berichtete, was sie aus Ruhnke rausgequetscht hatten.

Doktor Kettler seufzte, offenbar nicht zufrieden. »In Ordnung. Reden wir über den Elefanten im Raum: Krager.«

»Theo gibt den nicht auf. Der hält dicht«, erklärte Marika.

Doktor Kettler nickte und sagte: »Das hatte ich befürchtet. Damit haben wir nichts, was ihn direkt mit den Morden an Eschenbach und Brink in Verbindung bringt.« Sie sah, dass Marika etwas sagen wollte und kam ihr zuvor. »Wir bekommen ihn weder für Beihilfe, Anstiftung noch Mittäterschaft dran, wenn Ruhnke nicht aussagt. Dass es die gemeinsame Historie von Krager und Eschenbach gibt, wird nicht ausreichen. Zumal Krager ja, wie wir bereits festgestellt haben, persönlich gar keinen Gewinn aus der Tat zieht. Da er das Geld Jökullson schuldet und nicht Eschenbach.«

Marika gab nicht auf. »Krager ist hochgradig manipulativ und Ruhnke das perfekte Opfer dafür. Das muss sich doch durch psychiatrische Gutachten nachweisen lassen.«

Doktor Kettler nickte. »Ja, davon bin ich überzeugt. Das wird nur für eine Anklage nicht ausreichen. Weil das trotzdem alles Mutmaßungen sind. Das wissen Sie selbst, Frau Kleebaum.«

»Was ist mit Nicht-Anzeige einer geplanten Straftat?«, fragte Brenner. »Krager hat gewusst, dass Ruhnke wieder töten würde.«

Doktor Kettler legte den Kopf schief, hob dann die Hände. »Nehmen Sie es mir bitte nicht übel, wenn ich hier gerade den Advocatus Diaboli spiele, aber genau so wird uns ein guter Strafverteidiger den Fall auseinandernehmen.« Die Kommissare winkten ab, und sie fuhr fort: »Das können wir versuchen, aber ich fürchte, das ist ziemlich dünn. Dafür müssten wir nachweisen, dass Krager explizit und im Detail gewusst hat, dass Ruhnke ein weiteres Mal töten würde. Die Tatsache, dass er es bereits einmal getan hat und wieder tun *könnte,* reicht nicht aus. Im Grunde genommen müsste man belegen, dass Ruhnke ein potenzieller Serientäter ist. Und dass Krager es gewusst hat, das ist der springende Punkt! Da Krager nicht über das gleiche psychologische Profiling verfügt wie wir, wird das extrem schwer werden.«

Marika fuhr sich frustriert mit der Hand durchs Gesicht. »Also bleibt uns nur noch Strafvereitelung. Was ist das? Vier, fünf Jahre?«

»Maximal fünf, ja. Aber vergessen Sie nicht, dass wir ihn auch noch für Verletzung von Persönlichkeitsrechten, für das Filmen, drankriegen und für Gewaltdarstellung.«

»Richtig, die Videos aus der Mordnacht. Wir haben das anhand seiner IP-Adresse und der Daten auf seinem Rechner nachweisen können. Dafür bekommen wir ihn also auf jeden Fall.« Marika stand auf. »Aber auch wenn da ein bisschen was zusammenkommt und ein Paket geschnürt wird, das ist doch alles Kleinkram. Das ist nicht das Verbrechen, das Krager wirklich begangen hat. Er hat sich Ruhnke gefügig gemacht, ihn gesteuert und wie eine Waffe eingesetzt. Das ist, als würde man statt Ruhnke die Machete verurteilen.«

Bishop betrachtete Olaf Krager, der ihn mit blutunterlaufenen, aber wachsamen Augen anschaute. Der Mann sah aus, als hätte er nicht viel geschlafen in den letzten Tagen. Brenner saß neben ihm, schwieg ebenfalls. Wartete darauf, dass Bishop das Schweigen brach.

»Wir haben Theo Ruhnke gefasst«, sagte Bishop schließlich. »Und er hat gestanden.« Er beobachtete Krager und wartete auf eine Reaktion, aber der andere hielt sich bedeckt.

»Bleiben Sie nach wie vor dabei, dass Sie Ihre Aussage verweigern? Uns nicht helfen wollen?«

Krager blinzelte, schien zu überlegen. Er räusperte sich, schob sich höher auf seinen Stuhl und legte die Hände gefaltet auf den Tisch. »Was wollen Sie wissen?«, fragte er dann.

Bishop hatte ihn so wenig sagen hören, dass er fast ein wenig überrascht war vom Klang seiner Stimme. Neben sich konnte er fühlen, wie Brenner sich versteifte.

Bishop fing an, das Standardprogramm abzuspulen. Er zeigte Krager auf einem Tablet mehrere von dessen Videos. »Haben Sie das Video gemacht?«

»Ja.«

»Mit einer Drohne, die Sie ferngesteuert haben?«

»Per Remote, ja.« Krager war es wichtig, die Termini zu korrigieren. Seine Art, Kontrolle über das Narrativ zu behalten, dachte sich Bishop.

»Haben Sie gewusst, dass Theo Ruhnke einen Mord begehen würde?«

Krager schüttelte den Kopf. »Nein, habe ich nicht.«

»Haben Sie Theo Ruhnke weiterhin beobachtet, weil Sie vermutet haben, dass er einen weiteren Mord begehen würde? Oder eine andere Straftat?«

»Nein, das wusste ich nicht.«

»Haben Sie es gehofft?«

»Nein, das habe ich nicht.«

Bishop atmete tief ein und aus. Auch wenn Krager jetzt entschieden hatte, sein Schweigen zu brechen, war es nicht weniger frustrierend als vorher. Er bewegte sich behutsam, immer darauf bedacht, sich nicht selbst zu belasten. Wenn das so weiterging, würden sie nichts in die Hand bekommen, um ihn wirklich festzunageln. Er konnte sich vorstellen, wie Marika toben würde.

Brenner sagte unvermittelt: »Nur mal angenommen, rein hypothetisch, Sie hätten die Macht, Theo Ruhnke bei dem, was er tut, zu beeinflussen.« Er spreizte die Finger. »Ganz theoretisch.« Krager betrachtete ihn wachsam durch die getönten Gläser. »Warum hätten Sie es getan? Reine Neugierde.«

Bishop versuchte sich seine Verwunderung nicht anmerken zu lassen. Dass Brenner es schaffte, seine Rolle Krager gegenüber so elegant zu wechseln und seine persönliche Antipathie so gut zu verstecken, überraschte ihn.

Krager taxierte Brenner für einen Moment und zeigte so etwas wie ein kaum wahrnehmbares Nicken, Offenbar hatte er entschieden, sich auf Brenners Spiel einzulassen, denn er antwortete: »Wenn wir diesen vollkommen theoretischen Fall einmal annehmen, weil ich wie gesagt damit nichts zu tun habe und darüber eigentlich keine Aussage treffen kann, dann würde ich sagen, aus dem gleichen Grund, warum Menschen sehr hohe Berge besteigen.«

Brenner tat ihm den Gefallen zu fragen: »Weil sie es können?«

Krager nickte lächelnd. »In der Tat.«

»Sie haben Ruhnke manipuliert, weil er eine arme Sau ist und schwach, richtig? Weil Sie sich deswegen überlegen fühlen konnten.« Brenner redete schneller, lauter.

Krager legte den Kopf schief. »*Wenn* ich so etwas getan hätte, dann ja, vielleicht wirklich, weil Menschen wie Ruhnke es einem leicht machen.«

»Das ist alles?« Jetzt bekam Brenners Maske endgültig Brüche. »Sie lassen andere Menschen töten, weil *Sie es können?*« Brenner hatte sich aggressiv vorgelehnt und war sehr laut geworden. Bishop legte ihm unter dem Tisch die Hände auf den Oberschenkel, um ihn zurückzuhalten.

Karger sah Brenner an wie eine zufriedene Katze. Er hatte Brenner vermutlich genau da, wo er ihn haben wollte.

»Sie sind so ein unfassbares Arschloch!«, brüllte Brenner und stand auf, dass sein Stuhl umfiel. Er ging, um sich vor der Tür abzuregen.

Bishop betrachtete Krager, der jetzt ihn intensiv zu mustern schien. Vermutlich überlegte er, welche Knöpfe er noch drücken konnte, um Bishop ähnlich hochzufahren. Und dann musste Bishop an die Paranoia der vergangenen Tage denken, an all die besorgten Blicke, die er aus dem Fenster oder über die Schulter geworfen hatte, und stellte fest, dass Krager möglicherweise seine Knöpfe längst gedrückt hatte.

David stemmte die Hände gegen das Lenkrad und

streckte sich durch. Er hatte sich von Bishop die Erlaubnis geben lassen, heute früher zu gehen. Genug Überstunden zum Abbummeln hatten sie allemal, und so konnte er endlich seit Langem mal wieder Zoé von der Kita abholen. Er rief Maren an und gab ihr Bescheid. Sie fragte überrascht: »Kannst du denn schon weg? Was ist passiert?«

Müde antwortete er: »Das erzähle ich dir heute Abend. Aber komm, wann du willst. Ich kümmere mich um das Abendessen.«

Maren antwortete einen Moment nicht. Sie hatten keine klare Aufteilung, dass nur Maren für Einkauf und das Essen verantwortlich war. David war stolz darauf, seinen Teil beizutragen, aber oft erlaubten seine Stunden es nicht, und Maren kümmerte sich hauptsächlich darum. Aber er wusste, dass sie es genoss, wenn sie einfach Schluss machen konnte, wann sie wollte, und ganz in Ruhe nach Hause kommen konnte. Nach einem Moment fügte er hinzu: »Ich kann auch mit Zoé allein essen, wenn du etwas machen willst. Falls du dich mit jemandem treffen willst oder so.«

Sie schien einen Augenblick nachzudenken. Dann sagte sie: »Nein, ich komme. Ich bin rechtzeitig zum Essen da.«

Sie verabschiedeten sich, und David startete den Wagen.

Zoé kreischte, als er den Einkaufswagen mit voller Geschwindigkeit über den Asphalt auf die parkenden Autos zulenkte und erst in letzter Sekunde abbremste. Sie hockte beim Einkaufen immer im Wagen, und er warf ihr die Einkäufe aus den Regalen zu, die sie dann im Wagen verstaute. Außer Eiern, die reichte er ihr an. Aber selbst Glasbehälter warf er ihr oft aus kurzer Entfernung zu, und sie war inzwischen erstaunlich geschickt darin, sie zu fangen. Als sie dies das erste Mal gemacht hatten, hatte ihn Zoé danach mit riesigen Augen angesehen, als ob sie etwas unglaublich Verbotenes getan hätten. Überhaupt war der gesamte gemeinsame Einkauf inzwischen so etwas wie ein ritualisierter Abenteuerausflug, und David gab sich alle Mühe, ihn entsprechend aufregend zu gestalten.

Nachdem er die Einkäufe im Kofferraum verstaut hatte, fing er an zu pfeifen, hob Zoé ebenfalls in den Kofferraum des Kombis und schloss die Heckklappe. Dann brachte er den Einkaufswagen weg.

Während er zurückschlenderte, immer noch übertrieben pfeifend, sah er sie lachend gegen die Scheibe klopfen. Mit aufgerissenen Augen beeilte er sich, die Klappe zu öffnen. »Wie kommst du denn mitten unter die Einkäufe?«, spielte er seinen Part, und Zoé konnte sich kaum noch halten vor Lachen.

Wenig später rollten sie vom Parkplatz und fuhren nach Hause.

Sie hörten die Haustür aufgehen, und wenig später stand Maren in der Tür zum Kinderzimmer. David und Zoé saßen auf dem Boden inmitten einer Unzahl von Spielzeug und sehr, sehr vielen Pferden und Einhörnern. Zoé erklärte ihm gerade, wer wann abgeholt, gestriegelt und gefüttert werden musste.

»Hey«, sagte Maren. David sah hoch und winkte. Zoé beachtete ihre Mutter kaum. Stattdessen zog sie David am Arm. »Du musst Leo bewachen. Er haut sonst ab. Das macht er immer, der Rabauke.«

David nickte und bewegte das Pferd, ohne hinzusehen, um seine Tochter ruhigzustellen. »Essen ist im

Ofen«, sagte er an Maren gewandt. »Zehn Minuten, würde ich schätzen.«

Kurz darauf kam er in die Küche. Maren stand mit einem Glas in der Hand an die Anrichte gelehnt und beobachtete ihn. Einen Moment sahen sie sich bloß an, dann lächelte sie. Er lächelte zurück. Sie bot ihm das Glas an, er kam auf sie zu, nahm einen Schluck von dem Wasser. »Ich hatte auf Alkohol gehofft«, witzelte er. Maren lehnte sich leicht nach vorne, und David ging darauf ein. Sie küssten sich. Auf eine Weise, wie sie sich schon eine ganze Weile nicht mehr geküsst hatten. Auch danach hielt David sie noch an der Hüfte fest. Sie sahen sich erneut lange in die Augen.

Schließlich fragte Maren leise: »Und, denkst du immer noch, du möchtest einen Test machen?« David antwortete nicht sofort. Lehnte sich stattdessen nach vorne und küsste sie erneut. Mit geschlossenen Augen, und während sich ihre Lippen immer noch berührten, schüttelte er leicht den Kopf. »Ich glaube nicht«, flüsterte er. »Im Moment jedenfalls nicht.« Er konnte fühlen, wie sie leicht lächelte. Sie küssten sich erneut.

»Papa!«, rief Zoé, die in der Tür aufgetaucht war. »Wir brauchen dich jetzt! Sofort! Auf der Nordweide sind alle Tiere ausgebrochen. Das ist ein Notfall.«

»Ich komme, Maus. Eine Sekunde.« Zoé beobachtete sie beide misstrauisch, als wollte sie dort in der Tür stehen bleiben, bis die elterliche »eine Sekunde« vergangen war, aber nach einem Moment drehte sie auf dem Absatz um und verzog sich. Ihre Eltern lächelten und küssten sich ein weiteres Mal.

David räusperte sich. »Sag mal – meinst du denn, um alles wieder ein bisschen ins kosmische Gleichgewicht zu bringen, könnte ich mal mit der Marika? So wie du damals mit dem Hoffmann?«

Maren starrte ihn an. Schien ernsthaft darüber nachzudenken, bis er in lautes Lachen ausbrach. Sie heftig in den Arm nahm. »Das war ein Witz. Marika würde mich nicht mal mit der Kneifzange anfassen.«

Es dauerte eine Weile, bis sich Marens Verspannung in seinen Armen löste und sie die Umarmung erwidern konnte.

Der Timer vom Ofen fing an zu piepsen, um ihnen mitzuteilen, dass der Nudelauflauf fertig war. Und aus dem Kinderzimmer konnte man ein strenges »Papa!« hören. Erneut lachten beide.

33

Marika hatte ihr Fahrrad im Innenhof angeschlossen und war gerade dabei, den Schlüssel für die Haustür unten rauszusuchen, als die sich öffnete und Jasmin herauskam. Sie begrüßten sich mit einer Umarmung.

»Du, wegen neulich«, begann Jasmin. »Du bist mir nicht böse wegen Sinan, oder?« Sie sprach nicht besonders laut und sah zwischendurch kurz über die Schulter, als könnte der junge Nachbar wie ein beschworener Dämon aus dem Nichts auftauchen. Marika winkte ab. »Ach Quatsch. Wieso sollte ich? Ihr seid beide alt genug.«

Jasmin lachte. »Nur … weil … ich weiß nicht, womöglich hattest du selbst ein Auge auf ihn geworfen …«

»Nach dem Kerl werfe ich höchstens einen Schuh«, unterbrach Marika sie. »Wie ist das, seid ihr zwei jetzt ein Paar oder so?«

Jasmin verzog das Gesicht, winkte ab. »Auf keinen Fall. Glaube, das hätte er ganz gerne. Ich meine, das war schon okay, aber halt auch nicht mehr, weißt du? Der ist echt keine Granate im Bett. Und Beziehungsmaterial ist der jetzt nicht unbedingt, wenn du verstehst, was ich meine.« Beide lachten, und kurz darauf verabschiedeten sie sich.

Oben vor ihrer Haustür hatte Marika gerade aufgeschlossen, als Sinan Yilderim die Treppe herunterkam. *Ein Dämon mit Verspätung,* dachte Marika mit einem kleinen Lächeln.

»Sieh an, die Frau Kommissarin«, sagte er gut gelaunt und schob sich einen Streifen Kaugummi in den Mund. »Wie geht's, wie steht's?«

Marika sah ihn nur an, weil sie sich nicht sicher war, wie sie auf die plumpe Frage reagieren sollte.

Er kam näher und lehnte sich an die Wand, dabei mit offenem Mund kauend, grinste. Marika zog die Augenbrauen hoch. »Ist irgendwas? Habe ich wieder ein Paket oder so?«

Das Grinsen wurde breiter.

»Ich dachte bloß«, sagte er und zuckte mit den Schultern, »vielleicht könnten wir zwei einfach mal ausgehen.«

»Und was ist mit Jasmin? Ich meine, die Blumen, das Hemd ...«

Er winkte ab. »Das war nichts Ernstes. Auch wenn die Kleine das gerne gehabt hätte. Aber es hat funktioniert, oder? Da hast du auch gleich glänzende Augen bekommen.« Er zwinkerte ihr zu. Bevor sie antworten konnte, fügte er hinzu: »Ich habe bei dem Date auch immer wieder mal an dich denken müssen. Du, auf der anderen Seite der Wand, nur ein paar Meter weit weg.«

Marika verzog das Gesicht und musste sich zusammenreißen, keine Würgegeräusche zu machen. Gott sei Dank handelte es sich um einen Altbau, und die Wände waren entsprechend dick. Lärmbelästigung durch Jasmins Männerbesuche hatte sie jedenfalls noch keine gehabt.

Yilderim schien ihren Widerwillen nicht zu bemerken. »Jedenfalls, wenn ich mit allen schönen Frauen hier im Haus schlafen wollte, dann würde ich mir dich für den Schluss aufheben. Du bist mit Abstand die Schönste!«

Marika lachte auf. »Ja, genau. Puh, du hast meinen

wunden Punkt getroffen. Jetzt kann ich ja gar nicht mehr anders, als mit dir ins Bett zu gehen.«

»Wirklich?«

»Schönen Abend noch, Sinan!« Sie zog die Tür hinter sich zu, als ihr Handy gerade klingelte. Sie ging ran.

»Hallo, hier ist Nadir«, hörte sie. Als sie nicht sofort etwas sagte, weil sie so überrascht war, schob er hinterher: »Kommissar Almasi.«

Sie lachte auf. »Ich weiß schon, wer du bist. Ich war bloß etwas von den Socken. Nicht gerade ein Anruf, den ich erwartet habe.« Er räusperte sich. »David hat mir deine Nummer gegeben. Ich hoffe, das ist okay.«

»Das kommt darauf an«, sagte sie und legte ihre Schlüssel auf die Kommode im Flur. Zog die Schuhe aus und ging dann weiter ins Wohnzimmer. »Wenn du mich jetzt um große Summen anpumpen willst oder einen heißen Tipp fürs Pferderennen hast, muss ich wohl ein ernsthaftes Wort mit Brenner reden.«

Jetzt lachte er. »Nein, nichts in der Art.«

»Okay, schieß los«, sagte sie und ließ sich auf die Couch plumpsen.

»David hat erzählt, dass du so Hindernisläufe machst. Quer durchs Gelände, durch Matsch und Schlamm und so, auch im Winter. Hartes Zeug.«

»Ja«, antwortete sie vorsichtig, weil sie noch nicht genau wusste, wohin die Reise ging.

»Ich fand so Events immer schon total spannend und wollte da mal mitmachen. Aber ich habe keine Ahnung, wie man dafür trainiert. Auf was man vorbereitet sein muss. Fühle mich da latent überfordert. Und da dachte ich, na ja, vielleicht, wenn du Lust hättest ...«

»Ich soll dich unter meine Fittiche nehmen?«

»Ja, so in der Art. Oder zumindest mal Starthilfe geben.«

Sie überlegte kurz. Ob das eine Art Anbaggerversuch war, nicht ganz so plump wie der von Yilderim, aber in eine ähnliche Richtung. »Hat David dich auf mich angesetzt?« Sie erinnerte sich noch an seinen Versuch, sie zu verkuppeln.

»Nein, nicht direkt.« Er machte eine Pause. »Eigentlich hat er mich sogar ausgelacht. Meinte, das würde ich gar nicht packen. Dass du zu tough für mich bist.«

Sie zog die Augenbrauen bei dem Kompliment hoch. Wahrscheinlich durfte sie Brenner nicht sagen, dass sie davon wusste, sonst würde er vor Scham im Boden versinken.

»In Ordnung. Wir probieren das aus. Am Wochenende treffe ich mich mit ein paar Leuten auf einem Gelände in Brandenburg, da gibt es verschiedene Parcours. Betrachten wir das einfach als eine Art Testlauf.«

Sie konnte förmlich hören, wie er bis über beide Backen grinste, als er sich bedankte und sie das Gespräch beendeten. Danach starrte sie noch einen Moment aus dem Fenster. Überlegte, ob es smart war, mit einem gut aussehenden Kollegen auf so eine Art Date zu gehen. War das ein Date? Sie seufzte. Wenn sie sich diese Kontakte auch noch untersagte, dann würde sie demnächst überhaupt niemanden mehr treffen können, befand sie und entschied, sich vorerst keine weiteren Gedanken mehr zu machen. Es war ohnehin nicht einfach, sich romantischen Gedanken hinzugeben, wenn man vollkommen erschöpft, unterkühlt und schlammverschmiert war. Oder wenn, dann wusste man zumindest, dass das echte Liebe sein musste, dachte sie lächelnd, als sie in die Küche ging, um sich etwas zu essen zu machen.

Bishop hatte fast seine Straße erreicht und war bereits auf der Suche nach einem Parkplatz, als er anhielt. Überlegte. Dann kurz entschlossen den Blinker setzte und wieder startete. Durch Berlin fuhr, bis er die Stadtgrenze hinter sich gelassen hatte.

Eine Weile später hatte er das Dorf erreicht, in dem Hanno Ruhnke lebte. Er suchte sich seinen Weg bis zum Hof und fuhr langsam zwischen protestierenden Hühnern auf die Kastanie vor dem Haus zu.

Er blieb im Auto sitzen, während der Hund neben dem Vordereingang stand und laut bellte. Irgendwann erschien Hanno Ruhnke und schaute missmutig auf das Auto. Bishop stieg aus und kam auf Ruhnke zu.

»Was wollen Sie schon wieder?«, fragte der mürrisch.

»Mit Ihnen reden.«

»Warum?«, fragte er, kam aber langsam auf die verbliebenen Campingstühle zu. Bishop nahm sich einen und setzte sich. Er deutete auf den anderen. Ruhnke ließ sich darauf nieder. Sie hatten ihn gehen lassen, nachdem er verhört worden war. Er würde sich später dafür verantworten müssen, dass er mit der Axt auf sie losgegangen war.

»Wir haben Ihren Neffen gefasst«, sagte Bishop unvermittelt. »Warum haben Sie behauptet, dass Sie ihn nicht kennen, als ich Ihnen das Bild gezeigt habe?«

Hanno Ruhnke sah ihn nicht an. Zuckte mit den Schultern. »Sie haben ihn doch auch so gefunden.«

Bishop schnaubte, ging aber nicht weiter auf den Kommentar ein. »Bei einer Razzia in seiner Wohnung ist er uns noch entkommen, aber bei der Jagdhütte haben wir ihn dann erwischt. Nachdem er mehrfach auf mich geschossen hat.«

Ruhnke lächelte. »Offenbar hat er sie verfehlt.« Bishop quittierte das mit einem angedeuteten Nicken. Ruhnke streichelte dem Hund, der sich neben ihn gesetzt hatte und hechelte, abwesend den Kopf. »Er war nie ein besonders fähiger Schütze.«

»Haben Sie versucht, einen guten Jäger aus ihm zu machen?«

Ruhnke kniff die Augen zusammen und musterte Bishop. »Ich habe versucht, einen guten Menschen aus ihm zu machen.«

Bishop zog die Augenbrauen hoch. »Indem Sie ihn jahrelang verprügelt haben?«

Ruhnke antwortete nichts.

»Was haben Sie gedacht, als er angefangen hat, Tiere zu präparieren?«

Ruhnke antwortete nicht, zuckte bloß mit den Schultern.

»Haben Sie gedacht, dass er das aus der Lust an der Jagd tut? Um Trophäen zu sammeln?«

Wieder schwieg Ruhnke.

»Ich glaube, das hat er getan, um Wiedergutmachung zu leisten. Für das, was Sie ihn gezwungen haben zu tun. Die Jagd hat ihn angewidert, das Töten, das Blut. Aber er hatte keine Möglichkeit, dem zu entkommen.« Ruhnke betrachtete ihn stumm, widersprach nicht.

Bishop lehnte sich vor, redete mit sanfter Stimme weiter. »Wissen Sie, wenn uns solche Fälle begegnen, wo Täter derart ohne Empathie handeln, wenn wir es mit Psychopathen oder Soziopathen zu tun haben, dann ist eine Frage, die wir uns, und das ist ganz natürlich, glaube ich, immer wieder stellen: Wer ist dafür verantwortlich? Eigentlich müssten wir uns das nicht fragen, weil das nicht unsere Aufgabe ist. Leider.« Er spreizte die Finger. »Gewaltprävention könnte so einige Straftaten verhindern. Aber dass man darüber nachdenkt, ist vermutlich vollkommen menschlich. Wer ist dafür verantwortlich, dass Theo Ruhnke kaltblütig acht Menschen getötet und enthauptet hat? Ihre Köpfe präpariert und in der Hütte ausgestellt hat? Auf eine Art, dass die Angehörigen vermutlich noch in Jahren davon Albträume bekommen, was denken Sie?«

Ruhnke antwortete nicht, sondern sah Bishop eindringlich an. Fast gequält.

Bishop zuckte mit den Schultern. »Ich meine, ich mache nicht den Fehler, es mir zu einfach zu machen. Die Antwort wird wohl kaum lauten: Theo Ruhnke ist zum vielfachen Mörder geworden und wird potenziell den Rest seines Lebens in Sicherheitsverwahrung verbringen, weil sein Onkel ein jähzorniger, feiger Kinder- und Frauenschläger war. So banal ist das nicht, da gehört schon mehr dazu. Aber Ihren Teil haben Sie bestimmt dazu beigetragen. Was haben Sie noch alles gemacht, außer ihn grün und blau zu schlagen? Ihn psychisch und emotional fertiggemacht? Ihn ohne Essen ins Bett geschickt? Ihn ausgelacht?« Er musterte Ruhnke. »Ich habe da über die Jahre so einiges in den Akten gehabt, das können Sie mir glauben. Sie sind da leider nichts Besonderes, keine Ausnahme. Theo hat bestimmt noch jede Menge Narben, die er Ihnen verdankt. Würden Sie sie wiedererkennen? Wüssten Sie noch, welche Narbe, welche Spur für welches tatsächliche oder eingebildete Vergehen steht? Könnten Sie seinen Körper wie eine Landkarte lesen?« Er lachte humorlos auf, fast ein Bellen. Der Hund zuckte mit den Ohren. »Ich bin mir sicher, Theo könnte das. Der weiß ganz sicher noch genau, wo alles zu verorten ist. Eine Topografie der Schmerzen.« Bishop stand abrupt auf, dass der Stuhl fast umfiel. Der Hund bellte erschreckt einmal auf.

»Wenn Sie nicht so eine arme Sau wären, Ruhnke, dann würde ich mir wünschen, dass Sie bestraft werden für das, was Sie ihm angetan haben.« Er sah sich um.

»Aber irgendwie habe ich das Gefühl, das hat der Kosmos schon ganz gut hinbekommen. Karma hat kein Verfallsdatum!«

Ohne ein weiteres Wort drehte er sich um, ging zurück zum Auto und stieg ein. Ruhnke saß immer noch da, schaute ihm hinterher, eine Hand auf dem Fell des Hundes. Die Hühner stoben auseinander, als Bishop rückwärtsfuhr und kurz darauf in einer kleinen Staubwolke vom Hof rauschte.

»Hey Mann, danke, dass du gekommen bist«, sagte Bishop und schob sich auf den Stuhl gegenüber von Whiteout. Der Programmierer hatte sein Pintglas bereits zur Hälfte geleert, obwohl Bishop pünktlich in den Pub gekommen war.

»Nicht dafür«, erwiderte der andere, und sie stießen ihre Gläser zusammen.

»Was liegt an?«, fragte Whiteout, während er sich den Schaum seines Guinness von der Lippe leckte.

»Ich wollte mich entschuldigen.«

Whiteout zog die Augenbrauen hoch. Bishop fuhr fort: »Es tut mir leid, dass ich Krager und Ruhnke durch meine Ermittlungen zur Flight Night gelockt habe.«

Whiteout winkte ab. »Schwamm drüber. Wie ich dir schon gesagt habe, wir Flieger waren auf eurer Seite. So kranken Scheiß braucht kein Mensch.«

Bishop bedankte sich mit einem stummen Nicken. Dann fragte er: »Hast du deine Darts dabei?«

Zur Antwort hob Whiteout das schwarze Mäppchen, in dem seine Pfeile steckten.

»Na, dann los«, forderte Bishop ihn auf, und sie standen auf, um rüber zur Scheibe zu gehen.

»Krager spielt mit uns«, sagte Bishop am nächsten Morgen, während er am Fenster in Doktor Kettlers Büro stand und nach draußen sah. Er fragte sich, ob er unbewusst nach Drohnen Ausschau hielt. »Er ist gesprächig und bereit, uns bei den Ermittlungen zu helfen, sagt aber nichts, was ihn selbst belasten würde.«

Doktor Kettler nickte. »Das hatte ich schon befürchtet. Nach dem, was Sie mir erzählt haben, ist der Kerl ein Fuchs. Und wenn er tatsächlich eine narzisstische Störung aufweist, dann ist dieses Umschwenken tatsächlich auch eine logische Folgerung.«

Bishop drehte sich um. »Was meinen Sie?«

Sie erklärte: »Bisher hatten wir nichts. Wir waren auf ihn angewiesen. Indem er uns nichts an die Hand gegeben hat, mussten wir immer wieder auf ihn zurückgreifen. Er stand im Mittelpunkt, obwohl er gar nicht der Täter war.« Sie seufzte und erhob sich von ihrem Stuhl, um neben Bishop an das Fenster zu treten. »Jetzt haben wir Ruhnke, und es dreht sich vor allem um ihn. Wir befragen ihn, versuchen, seine Motivation zu verstehen, durchleuchten ihn und seine Vergangenheit. Krager ist abgemeldet, nur noch eine Fußnote.« Sie sah Bishop an. »Verstehen Sie, was ich meine?« Er nickte, und sie fuhr fort: »Indem er sich jetzt bereit erklärt, mit uns zu reden, bringt er sich wieder ins Spiel. Wie ich bereits sagte, er ist unser einziger wirklicher Zeuge, und im Sinne einer sauberen Prozessführung gegen Ruhnke *wollen* wir mit ihm reden. Mit ihm zusammenarbeiten. Das weiß Krager oder ahnt es zumindest, und deswegen hat er seine Taktik geändert.« Sie seufzte. »Was gut für den Fall gegen Ruhnke ist, aber nicht so gut für unseren Fall gegen Krager.«

»Weil damit die Strafvereitelung wegfällt«, brummte Bishop.

Doktor Kettler nickte. »Und was den 201a angeht, die

Verletzung der Persönlichkeitsrechte, kann ich Ihnen jetzt schon sagen, dass das schwierig werden wird.«

»Wieso das?«

Doktor Kettler lehnte sich gegen das Fensterbrett und zuckte mit den Schultern. »Die Mordopfer sind tot, und alle anderen, die er illegal mit seinen Drohnen beobachtet hat? Kennen wir die?« Sie sah ihn an. Bishop schüttelte den Kopf. »Ich bin bisher das einzige Opfer, das wir kennen.«

»Sehen Sie. Wir müssten also aus den Videos die GPS-Daten heraussuchen und in der ungefähren Gegend, in der die Aufnahmen gemacht wurden, unsere potenziellen Opfer suchen. Und dann müssten die alle auch noch bereit sein, das durchzuziehen. Können Sie sich vorstellen, was das für ein logistischer Aufwand wäre?« Sie schüttelte den Kopf. »Das bekommen wir nicht so einfach genehmigt. Nicht für so etwas Banales. Außerdem, viel wichtiger: Was glauben Sie denn, wie viele von den Opfern, vor allen von denen, die Krager bei wirklich peinlichen Dingen gefilmt hat, bereit sind, in einem zivilrechtlichen Prozess auszusagen? Und ihre Details und die Videos der Öffentlichkeit zu zeigen?« Sie hob die Hand, um Bishops Protest im Keim zu ersticken. »Ja ich weiß, andere Menschen heimlich und in teilweise derart unwürdigen Situationen zu beobachten, ist keine kleine Sache und kein Kavaliersdelikt, aber auf der kosmischen, rechtsstaatlichen Skala? Kommen Sie schon, Bishop, Sie wissen so gut wie ich, dass das im Gegensatz zu acht Morden mit anschließender Enthauptung de facto keine Rolle spielt. Da wird sich niemand drauf konzentrieren wollen. Kein Richter, kein Staatsanwalt.«

»Das war's dann? Das ist alles, was wir tun können?«

Doktor Kettler legte den Kopf schief. »Na ja, straffrei geht er ja nicht aus, ein bisschen was kommt da ja schon zusammen. Und wenn wir Glück haben, benimmt er sich eben nicht mustergültig. Dann ist er auch nicht nach ein, zwei Jahren wieder draußen. Und wegen seiner ganzen illegalen und nicht registrierten Drohnen wird er ein Großteil seiner Technik verlieren. Das könnte für ihn schlimmer als das Gefängnis sein. Und vergessen Sie nicht, dass er diesem Isländer immer noch jede Menge Geld schuldet. Der wird sich freuen, wenn Krager dann wieder auf freiem Fuß ist.«

Bishop nickte, gedanklich abwesend, verabschiedete sich und zog die Tür hinter sich zu. Es war Zeit für seine nächste Verabredung.

»Setzen Sie sich doch bitte«, sagte Harro Frams und deutete auf den Stuhl vor seinem Schreibtisch. Bishop ließ sich nieder.

»Herzlichen Glückwunsch! Ich habe gehört, Sie haben Ihren Mörder.« Bishop bedankte sich mit einem Nicken. Er wusste, dass Frams ihn nicht nur in sein Büro gebeten hatte, um ihm zu gratulieren. Der Kommissionsleiter saß mit offenem Hemd und aufgekrempelten Ärmeln an seinem Platz und musterte Bishop über den Rand seiner Brille hinweg. »Wie geht es Ihnen?«, fragte er unvermittelt.

Bishop räusperte sich. »Gut, denke ich.«

»Sind Sie mit dem Abschluss des Falles zufrieden?«

Bishop zögerte. Die normale Antwort wäre jetzt ein deutliches »Ja!« gewesen. So hätte es sein alter Chef vermutlich erwartet. Aber Frams war nicht sein alter Chef. Nach einem Moment antwortete Bishop: »Wir sind nicht hundertprozentig zufrieden.«

»Woran liegt das?« Frams schaffte es, keinerlei Wertung in seine Worte zu legen, sondern ausschließlich neutral interessiert zu klingen. Auch wenn Bishop wusste, dass sich der Mann dazu bereits Gedanken gemacht haben musste. So naiv war er nicht.

»Wir sind der Meinung, dass Olaf Krager zumindest eine Teilverantwortung für zwei, wenn nicht sogar drei der acht Morde trägt. Nachweisen können wir ihm das aber vermutlich nicht. Das drückt die Euphorie im Team etwas.«

Frams nickte nachdenklich. »Das verstehe ich. Sind Sie alle drei der gleichen Meinung?« Bishop bejahte. Frams nickte erneut. »Wie ist die Stimmung im Team?«

Bishop hatte gewusst, dass die Frage kommen würde. Dass das sogar der eigentliche Fokus von dem Termin mit Frams gewesen sein mochte, und trotzdem fühlte er eine leichte Unsicherheit, als er antwortete. Als würde davon viel abhängen. Zu viel. »Gut, würde ich sagen. Kleebaum und Brenner arbeiten ordentlich zusammen. Sie haben beide bei den Ermittlungen hervorragende Arbeit geleistet.«

Frams sah ihn weiter ausdruckslos an. Noch immer nicht wertend, in die eine oder die andere Richtung.

»Reißen sie sich zusammen? Oder sind sie wirklich ein Team?«

Diesmal zögerte Bishop nicht mit der Antwort: »Die beiden sind ein Team. Ich habe sogar das Gefühl, dass sie inzwischen privat befreundet sind. Das hätte ich vor einer Weile nicht für möglich gehalten.« Frams nickte und ließ sich zu einem Lächeln hinreißen. »In der Tat. Nach meinem Gespräch mit David Brenner hier in diesem Büro wäre ich davon auch nicht überzeugt gewesen. Gratulation, das haben Sie hervorragend hinbekommen! Ich weiß nicht, ob das nicht sogar die größere Leistung ist als die eigentliche Ermittlung.« Er hob abwehrend die Hand. »Ohne Ihrem Ermittlungserfolg da in irgendeiner Weise etwas absprechen zu wollen. Aber Sie wissen, was ich meine. Die ganze Abteilung hat im Grunde darauf gewartet, dass Sie scheitern. Und umso besser, wenn die beiden nicht das Gefühl hatten, Ziel von aktiven Teambuilding-Maßnahmen zu sein.«

»Die ganze Abteilung? Sie aber nicht«, sagte Bishop, und er formulierte das nicht als Frage. Es war keine Schmeichelei. Tatsächlich schätzte er Frams so ein, dass der ein kalkuliertes Risiko eingegangen, aber auf Bishop gesetzt hatte. Das rechnete er ihm hoch an.

Frams grinste breit. »In der Tat, ich nicht. Sonst hätte ich mich auf das Experiment nicht eingelassen. Und ich bin froh, dass es so ausgegangen ist. Ich habe darüber nachgedacht, die Vierte im Nachgang Ihrer Ermittlung zu vergrößern. Was denken Sie darüber? Haben Sie vielleicht sogar schon Kandidaten im Auge?«

Bishop räusperte sich. »Möglicherweise.«

David versuchte, seinen Atem zu regulieren, und kroch langsam nach vorne. In der Dunkelheit war kaum etwas zu erkennen. Der Halbmond, der schmierig am Himmel stand, spendete durch die Baumkronen kaum Licht. »Siehst du ihn?«, presste er leise heraus.

Marika, die neben ihm ebenfalls auf dem Bauch lag, schob sich dichter neben ihn. Er konnte spüren, wie sie den Kopf schüttelte. Ihre Haare berührten seine Schläfe.

»Wo ist er, zum Teufel?«

Zu ihrer Rechten konnten sie auf einmal ein lang gezogenes, tiefes Stöhnen vernehmen. Dann knackten Äste. David schaute zur Seite, konnte Marikas aufgerissene Augen im Dunkeln erkennen. »Wir müssen weg«, flüsterte er.

Marika schüttelte den Kopf, presste den Finger gegen die Lippen. Hinter sich konnte David Bishop hören, der sich auf dem Waldboden etwas bewegte.

»Wir können nicht länger warten«, sagte er und umklammerte das Airsoft-Gewehr mit beiden Händen. Nachmittags hatte er schon mehrere Schüsse damit abgegeben, als sie unvermittelt auf eine Gruppe Zombies gestoßen waren. Seit Einbruch der Dunkelheit hatten sie es geschafft, allen Gruppen aus Schlurfern auszuweichen.

»Wir hätten uns nicht trennen dürfen«, fluchte er leise.

»Halt die Klappe!«

Sie warteten jetzt bereits eine halbe Ewigkeit auf Nadir, der sich bereit erklärt hatte, das Gelände vor ihnen auszukundschaften. Wenn sie die Nacht nicht unter freiem Himmel verbringen wollten, mussten sie dringend den legendären »Haven« finden, eine kleine Kolonie aus Überlebenden, die gut geschützt in einer der verlassenen Anlagen leben sollten. Die angeblich alle aufnahmen, die zu ihnen kamen. Nur gefunden hatten sie die Kolonie noch nicht.

Es knackte erneut direkt vor ihnen, und etwas brach aus dem Unterholz hervor. David musste ein erschrecktes Quieken unterdrücken. »Knock-knock!«, stieß Nadir außer Atem hervor und kniete sich vor ihnen hin.

»Fuck, hast du mich erschreckt«, stieß Marika hervor. »Hast du was gefunden?«

»Ja. Direkt vor uns liegt ein Weg. Wenn wir den überqueren, erreichen wir ein weiteres Waldstück. Hundert Meter oder so, dann gelangt man an einen Zaun. Durchbrochen, mit ein paar Lücken. Danach kommt eine alte Ruine, und dahinter fängt der Compound des Haven an. Ich habe Licht gesehen«, flüsterte er gehetzt.

»Dann los«, sagte Marika und erhob sich. David und Bishop folgten ihr.

Unter Nadirs Führung suchten sie sich ihren Weg

durch das Unterholz, weiterhin ohne Licht und bedacht darauf, nicht zu viel Lärm zu machen. David war erstaunt, wie schwierig es war, im Sommer lautlos durch einen Wald zu laufen. Andauernd knickte und knackte irgendwas, manchmal so laut, dass man erschreckt innehielt, weil man das Gefühl hatte, seine Anwesenheit auf mehrere Kilometer zu verraten.

Es war Nadirs Idee gewesen, mit Marika zu dem Zombie-Spiel zu gehen, und er hatte nicht lange gebraucht, um David zu überreden. Der wiederum hatte Bishop dazu gebracht, das Ganze als eine Teambildungsmaßnahme zu betrachten. Die Versetzung von Nadir in die Vierte war noch nicht durch, aber irgendwie gingen alle davon aus, dass sie demnächst ein neues Mitglied haben würden. Bishop hatte die Zusammenarbeit mit Holst, Braun und Almasi als positiv und konstruktiv empfunden, und er hatte ihnen seine Idee unterbreitet, so etwas wie die »junge, hippe, technikaffine Vierte« zu werden. David und Marika hatte die Idee gefallen, und Nadir war ebenfalls begeistert auf den Zug aufgesprungen.

Sie erreichten eine breite Sandstraße. David stolperte fast, als er von dem unebenen Waldboden auf die ebene Fläche wechselte. Hier spendete der Mond etwas mehr Licht, aber wirklich viel konnte man trotzdem nicht erkennen.

Auf einmal hörten sie zu ihrer Linken ein lang gezogenes Röcheln. Eine grelle Lampe flammte auf, beleuchtete den Weg links. Eine Gruppe aus Schlurfern, fünf oder sechs, kam mit ausgestreckten Armen auf sie zugewankt.

Marika fluchte, rief: »Licht aus!« Aber bevor Nadir reagieren konnte, hörte David schon etwas hinter sich. Knacken und Brechen, und aus Reflex schaltete er ebenfalls seine Lampe an. Hinter ihnen kam mindestens ein Dutzend Zombies aus dem Wald, krass geschminkt und mit Kunstblut versehen, die Klamotten zerfetzt. Sie hätten locker in jedem Film mitspielen können. Und weiter hinten konnte er eine geduckte, deutlich schnellere Gestalt sehen. »Crawler!«, brüllte er, und seine Stimme überschlug sich fast. Die Crawler bewegten sich viel flinker als normale Zombies, kletterten, sprangen und sprinteten wie Parkour-Läufer, und sie hatten nachmittags schon gesehen, was ein paar von ihnen mit einer Gruppe aus Überlebenden anstellen konnten.

David riss die Airsoft hoch und fing an, auf die Zombies zu feuern. Hinter sich hörte er das *Plop-plop* von mindestens einer weiteren Waffe.

»Feuer einstellen«, brüllte Marika, die sich, dem Klang der Stimme nach, bereits weiterbewegt hatte. In den gegenüberliegenden Wald hinein. »Feuer einstellen, Licht aus. Los, kommt! Wir müssen weg.«

David widerstand dem Drang weiterzuschießen, bis sein Magazin leer war. Schnell löschte er die Lampe. Er stolperte zurück, bis er gegen jemanden stieß und aufgehalten wurde. Bunte Lichter tanzten über seine Netzhaut und machten ihn praktisch blind. Man hatte sie am Nachmittag genau davor gewarnt. Licht konnte nachts tödlich sein. Es blendete einen, und es lockte Zombies an. Er schrak zusammen, als er eine Hand auf seiner Schulter spürte, aber es war Marika, deren Haare ihn im Nacken kitzelten. »Komm«, hauchte sie. »Langsam zurück.«

David konnte die Schemen von Nadir und Bishop zu seiner Rechten sehen und bewegte sich vorsichtig zurück. Marika hielt ihn immer noch an der Schulter, wie um ihn zu führen.

Von der Sandstraße aus konnten sie Röcheln hören. Und näher kommende Schritte. Schmatzlaute.

Während er langsam weiter rückwärts Richtung Haven ging, bemerkte er, dass er bis über beide Ohren grinste. Sie erreichten eine Lichtung, und im Mondlicht konnte er die anderen erkennen. Sie schienen die Zombies abgehängt zu haben.

Bishop beriet sich flüsternd mit Marika, und David betrachtete die kleine Gruppe. Seine Gruppe. Plötzlich wurde sein Grinsen wölfisch. Wenn sie es schafften, die Nacht gemeinsam zu überstehen, wäre das großartig. Aber wenn sie es nicht alle schaffen sollten, würde er auf jeden Fall seine eigene Haut retten. So war das in der Zombie-Apokalypse. Zur Not würde er Marika oder Nadir in eine Gruppe von den Zombies stoßen, dachte er mit einem Lächeln, als er das Magazin seiner Airsoft kontrollierte.

Danksagung

Bücher leben naturgemäß von jeder Menge Einflüssen und Input, und oft ist es hinterher schwierig zu bestimmen, was woher gekommen ist. Manchmal aber auch nicht.

Ich möchte mich an dieser Stelle bei Anna Albers, Rechtsanwältin und ehemalige Staatsanwältin, sowie bei Christian Zorn, Kriminologe und Mordermittler in Berlin, für ihre Hilfe bedanken.

Die beiden haben mir dabei geholfen, den komplizierten Fall von Olaf Krager auf juristischer Ebene zu entwirren, und mich dabei unterstützt, für ihn den richtigen ›Weg‹ zu finden, und mir auch sonst jede Menge wertvolle Hinweise und Tipps gegeben. Danke dafür!

Alle verbleibenden Fehler und Ungenauigkeiten sind dabei allerdings allein mir anzulasten.

Ben Bauhaus, Berlin 2022

Der Tod wird dich finden!

Nikolas Stoltz
TODESKALT
Thriller

384 Seiten
ISBN 978-3-404-19357-8

Kriminalpsychologin Caro Löwenstein erhält einen verzweifelten Anruf. Ihre alte Freundin Melanie ist vollkommen panisch und fühlt sich verfolgt. Sofort eilt Caro in das verschneite Dorf im Taunus. Dort entdeckt sie die Leiche einer jungen Frau – Melanie hingegen ist verschwunden.
Weitere seltsame Dinge gehen in dem verschwiegenen Ort vor sich: Die örtliche Polizei arbeitet lieber mit einer Bürgerwehr zusammen als mit Caro. Und um die Tote scheinen die Einwohner nicht im Geringsten zu trauern. Zusammen mit Kommissar Simon Berger und seinem Team macht Caro sich auf die Suche nach Melanie und dem Mörder. Was sie entdecken, bringt die Ermittler in tödliche Gefahr …

Lübbe